내 동생의 무덤

MY SISTER'S GRAVE (Tracy Crosswhite, 1)

by Robert Dugoni

내 동생의 무덤

MY SISTER'S GRAVE

로버트 두고니 장편소설 ― 이원경 옮김

비채

나의 처남 로버트 A. 카펠라에게.
당신이 말년에 잃어버린 평온과 사랑, 안위를
부디 주님의 품 안에서 찾기를.

CHARACTERS

인물 소개

시애틀 경찰국

트레이시 크로스화이트 강력범죄 전담반 A팀 소속. 시애틀 경찰국 최초의 여성 강력
계 형사. 고등학교 화학 교사로 일하다가 경찰이 되었다.

킹징턴 로 A팀 소속 형사. 트레이시의 파트너.

빅터 파치오 A팀 소속 형사. 델모와 함께 '이탈리아 건달'로 불린다.

델모 카스틸리아노 A팀 소속 형사. 빅터와 함께 '이탈리아 건달'로 불린다.

빌리 윌리엄스 A팀 팀장. 트레이시가 겪는 차별을 이해하고 트레이시의 편이 되어준다.

앤드루 롭 강력반장. A팀 팀장을 역임했다.

조니 놀래스코 수사국장.

베넷 리 공보실장.

마리아 밴펠트 채널8 크릭스 방송사 소속. 시애틀 경찰국 담당 기자.

시더 그로브

로이 캘러웨이 시더 그로브의 보안관. 34년 동안 시더 그로브를 지켰다.

핀레이 암스트롱 시더 그로브의 부보안관.

밴스 클라크 캐스케이드 카운티의 검사.

디안젤로 핀 시더 그로브 지역 변호사.

댄 올리리 트레이시의 어린 시절 친구.

크로스화이트 가족

세라 크로스화이트 트레이시의 동생. 트레이시보다 네 살 어리다.

애비 크로스화이트 트레이시의 어머니.

제임스 크로스화이트 트레이시의 아버지. 시더 그로브의 의사.

1부

무고한 죄인 한 명을 만들기보다는
범법자 열 명을 놓치는 편이 낫다.

윌리엄 블랙스톤 경卿, 《영국법 주해》

1

"수면의 중요성은 과장됐다. 이제 제군은 잠 없이 버티는 법을 익히게 될 것이다."

경찰대학 시절 전술 교관은 이른 아침 훈련 시간에 농담이랍시고 이런 소리를 지껄이곤 했다.

물론 거짓말이었다.

잠은 섹스와 같아서 모자랄수록 갈망하게 된다. 요즘 트레이시 크로스화이트에게는 잠도 섹스도 모자랐다.

그녀는 등을 곧게 펴고 목을 돌렸다. 아침 조깅을 거른 탓에 몸은 찌뿌듯하고, 잔 것 같지도 않은 잠이 덜 깨어 몽롱한 기분이었다. 패스트푸드와 카페인을 줄이라고 의사는 충고했지만, 살인사건을 조사하면서 건강식을 먹고 충분히 운동한다는 게 가당키나 한가. 더구나 카페인을 끊으라니, 자동차에 기름을 넣지 말라는 얘기였다. 트레이시는 카페인 없이 살 수 없다.

"우리 교수님, 일찍 출근하셨네. 오늘은 누가 죽었어?" 빅터 파치오가 우람한 몸뚱이를 트레이시의 파티션에 기댔다. 누가 죽었냐고 묻는 것은 강력반 형사들의 오래된 농담이다. 하지만 파치오

11

의 걸걸한 목소리와 뉴저지 주州 억양 덕분에 시답잖은 소리로 들리지 않았다. 희끗희끗한 올백 머리에 투실투실한 몸집을 자랑하는, 강력반의 자칭 '이탈리아 건달'은 마피아 영화에 나오는 과묵한 보디가드 같은 분위기를 풍겼다. 파치오는 〈뉴욕타임스〉의 십자말풀이와 도서관에서 빌려온 책을 들고 있었다. 아랫배에서 '소식'이 온다는 뜻이었다. 일단 화장실에 들어가면 파치오는 좀처럼 나올 줄을 몰랐다.

트레이시는 이날 아침 출력한 사건 현장 사진을 그에게 내밀었다.

"오로라 애비뉴에 살던 댄서야."

"나도 들었어. 변태적인 범죄지?"

"더 끔찍한 성범죄도 많이 봤는걸."

"내가 깜빡했군. 자네는 섹스를 포기하고 죽음을 택했지."

트레이시는 파치오가 즐겨 쓰는 말로 응수했다.

"죽음이 더 쉬우니까."

술집 댄서 니콜 핸슨은 시애틀 북부 오로라 애비뉴의 싸구려 모텔 방에서 손발이 모두 묶인 채 발견되었다. 목에 올가미를 씌우고 그 줄을 등줄기로 내려 손목과 발목을 묶어놓은, 교묘한 방식이 특징이었다. 트레이시는 파치오에게 검시 보고서를 건넸다.

"시간이 지나 팔다리 근육이 경직되자 피해자는 너무 고통스러운 나머지 다리를 펴고 말았어. 스스로 목을 조른 거지. 대단하지 않아?"

파치오는 사진을 유심히 살펴보았다. "단순히 변태적 성행위가 목적이었다면 쉽게 풀리는 풀매듭 따위를 사용하지 않았을까?"

"상식적으로는 그렇지."

"그래서 자네 생각은 뭐야? 가해자가 범행 현장에서 죽어가는 피해자를 지켜보며 즐겼다?"

"아니면 일이 잘못되자 겁을 먹고 달아났을지도. 어찌 됐건 피해자 스스로 몸을 묶진 않았어."

"그야 모르지. 후디니* 같은 여자였을 수도 있잖아."

"후디니의 장기는 묶는 게 아니라 푸는 거였어." 트레이시는 보고서와 사진을 도로 받아 책상에 내려놓았다. "이 사건 때문에 아침부터 여기 앉아 있는 거야. 당신이랑 나, 귀뚜라미밖에 없는 이 어처구니없는 시간에."

"나랑 귀뚜라미들은 5시부터 여기 있었수다, 교수님. 그런 말 못 들어봤어? 일찍 일어나는 새가 벌레를 잡는다."

"그렇고말고. 하지만 난 지금 너무 피곤해서 벌레가 내 엉덩이를 물어도 모를 지경이야."

"킨징턴은 어디 있어? 왜 이 재밌는 걸 혼자 하는 건데?"

트레이시는 손목시계를 보았다. "커피 사러 나갔는데, 여태 안 오는 걸 보니 커피 농장까지 갔나 봐." 그녀는 파치오가 든 책을 고갯짓으로 가리켰다. "《앵무새 죽이기》라니, 제법인데?"

"발전하려고 노력 중이라네."

"아내가 골라준 게 아니고?"

파치오가 파티션에서 몸을 뗐다. "물론이지. 이제 화장실에서 머리 굴릴 시간이로군. 앵무새와 함께 밀어내기 한판."

"그런 것까지 알려줄 필요는 없잖아."

그가 방을 나서다 말고 물었다. "어이, 교수님. 나 좀 도와줘. 아홉 글자인데, '도시가스 사용을 안전하게 해주는 물질'이래."

---

* 위험천만한 탈출 묘기로 유명했던 헝가리 출신의 마술사.

경찰대학에 입학하기 전 트레이시는 고등학교에서 화학을 가르쳤다. '교수님'이라는 별명이 생긴 것도 그래서였다. 그녀가 대답했다. "메르캅탄^{mercaptan}."

"뭐?"

"메르캅탄이야. 가정에서 가스가 샐 경우 냄새가 나도록 첨가하는 물질이지."

"웃기는군. 무슨 냄새가 나는데?"

"유황 냄새. 썩은 달걀 냄새 말이야."

트레이시가 단어의 철자를 알려주자 파치오가 연필심에 침을 묻히고 받아썼다. "고마워."

그가 밖으로 나가자마자 킹징턴 로가 A팀 사무실로 걸어 들어왔다. 킹징턴은 톨 사이즈 컵 두 개 중 하나를 트레이시에게 건넸다.

"늦어서 미안."

"하도 안 와서 수색구조대에 연락하려던 참이었어."

A팀은 강력범죄 수사국의 네 팀 중 하나이다. 각 팀은 형사 4명으로 이루어져 있는데, 트레이시와 킹징턴, 그리고 이탈리아 건달 2인조라 불리는 파치오와 델모 카스틸리아노가 A팀의 구성원이었다. 이들은 사무실의 네 귀퉁이에 책상을 두고 서로 등진 채 앉았는데, 트레이시도 그게 편했다. 어항처럼 비좁은 강력반에서 프라이버시는 딴 세상 얘기였다. 사무실 한복판에 놓인 회의 테이블 밑에 살인사건 파일을 쌓아두고, 각자 조사 중인 자료는 책상에 두는 식이었다.

트레이시는 두 손으로 컵을 감싸고 중얼거렸다. "어서 오렴, 달곰씁쓸한 신들의 음료야." 그녀는 커피를 한 모금 마시고 윗입술에 묻은 거품을 핥았다. "뭐 하다 이제 왔어?"

킨징턴은 자리에 앉으며 얼굴을 찡그렸다. 대학 4년에 프로 리그에서 1년, 도합 5년 동안 미식축구 러닝백으로 활약한 킨징턴은 의사들이 부상을 오진하는 바람에 은퇴했다. 킨징턴은 그 후로도 줄곧 퇴행성 고관절염에 시달렸다. 언젠가는 관절 교체 수술을 받아야겠지만, 그는 참을 수 있을 때까지 참아볼 작정이라고 했다. 당장은 소염제를 씹으며 버티는 수밖에 없었다.

트레이시가 물었다. "많이 안 좋아?"

"날이 추워져서 그래."

"진작 치료했어야지. 뭘 망설이는 거야? 요즘 그런 건 수술도 아니라던데."

"쉬운 수술이란 없어. 의사가 산소마스크 씌워주면서 한숨 푹 자라고 하면, 그다음은 아무도 모른다고."

킨징턴은 여전히 얼굴을 찡그린 채 시선을 돌렸다. 엉덩이 통증 말고도 뭔가 다른 근심거리가 있다는 뜻이었다. 지난 6년간 실과 바늘처럼 함께 일해온 사이라, 트레이시는 킨징턴의 속을 훤히 들여다보았다.

킨징턴은 강력반에서 그녀가 맞이한 세 번째 파트너이다. 첫 번째 파트너였던 플로이드 해티는 여자랑 같이 일하느니 차라리 은퇴하겠다고 선언했으며, 얼마 후 정말로 박차고 나갔다. 두 번째 파트너는 고작 여섯 달을 버텼는데, 그의 아내가 어느 바비큐 파티에서 트레이시를 만난 뒤 강력반을 떠났다. 남편이 비좁은 공간에서 젊은 미혼 여성 형사와 함께 일한다는 사실을 아내가 용납하지 못했기 때문이다.

킨징턴이 트레이시의 파트너가 되겠다고 자원했을 때, 트레이시는 살짝 까칠하게 반응했다.

좋아요. 하지만 당신 아내가 괜찮겠어요? 잘못하면 잠자리를 거부당할지도 몰라요.

킨징턴은 넉살 좋게 대답했다.

걱정 말아요. 여덟 살도 안 된 애가 셋이라.

그 말을 듣자마자 트레이시는 이 남자랑 같이 일해도 되겠구나 싶었다. 두 사람은 그 자리에서 약속했다. 서로 완전히 솔직하기로. 마음에 앙금을 남기지 않기로. 그렇게 6년을 탈 없이 지내왔다.

"무슨 다른 걱정거리 있어?"

킨징턴은 한숨을 쉬고 트레이시의 눈을 보았다. "아까 로비에서 팀장님한테 불려갔는데……."

"그 인간 때문에 내 커피가 늦어졌군. 별일 아니기만 해봐. 당장 쫓아가서 아작을 내버릴 테니까."

킨징턴은 웃지 않았다. B팀 사무실 텔레비전에서 흘러나오는 아침뉴스 소리가 벽을 통해 들렸다. 누군가의 책상에서 전화벨이 계속 울렸다.

"핸슨 사건과 관련된 거야? 그 일 때문에 위에서 얻어터지기라도 했대?"

킨징턴은 고개를 젓고 트레이시를 똑바로 보았다.

"검시소에서 연락을 받았대. 사냥꾼 두 명이 시더 그로브 북부 산속에서 오래된 유해를 발견했다고."

2

트레이시의 손가락이 기대감에 움찔거렸다. 온종일 주기적으로 불던 산들바람이 거세지면서 그녀가 걸친 카우보이 망토 뒷자락이 사납게 펄럭였다. 트레이시는 바람이 잠잠해지기를 기다렸다. 대회가 사흘째로 접어든 이날은 1993년 워싱턴 주 카우보이 액션 슈팅 챔피언을 가르는 결승전 날이었다. 스물두 살의 트레이시는 이미 세 차례 우승했지만, 작년에 자기보다 네 살 어린 동생 세라에게 챔피언 타이틀을 빼앗겼다. 올해 이들 자매는 거의 동점으로 결승에 올랐다.

대회 심판이 트레이시의 귀에 타이머를 가까이 대고 나직이 말했다. "크로스드로, 준비됐지?"

트레이시의 별명인 크로스드로는 그녀의 성姓을 살짝 바꾼 것이자 자매가 좋아하는 크로스드로 스타일 총집* 이름이기도 했다.

트레이시는 카우보이모자를 쓴 채 고개를 숙이고 심호흡한 다음, 역사상 최고의 서부영화에 나오는 대사를 읊조렸다. "총 뽑아,

---

* 양손을 엇갈려 총을 뽑게 만든 총집.

17

개자식아*!"

타이머가 울렸다.

트레이시는 오른손으로 왼쪽 총집에서 콜트 권총을 뽑아 공이치기를 당기고 발사했다. 곧바로 오른쪽 총집에서 이미 뽑아 든 권총 방아쇠를 당겨 두 번째 표적을 맞혔다. 리듬이 생기자 속도가 점점 빨라졌다. 끊임없이 들려오는 총성에 총알이 표적에 맞는 소리가 안 들릴 지경이었다.

오른손. 공이치기. 발사.

왼손. 공이치기. 발사.

오른손. 공이치기. 발사.

이번에는 아래쪽 줄의 표적을 겨냥했다.

오른쪽, 발사.

왼쪽, 발사.

마지막 세 발은 순식간에 연속으로 발사되었다. 탕. 탕. 탕. 트레이시는 권총 두 자루를 빙그르르 돌리고 나무 탁자에 후려치듯 내려놓았다.

"끝!"

몇몇 관객들이 환호성을 질렀지만, 박수 소리는 이내 잦아들었다. 트레이시가 이미 알고 있는 것을 그들도 알아차렸기 때문이다.

열 발 쏴서 아홉 발만 명중.

아래쪽 줄 다섯 번째 표적이 꼿꼿이 서 있었다.

한 발이 빗나간 것이다.

곁에 서 있는 탄착 관측원 세 명 모두 손가락 하나를 들어 그 사

---

* Fill your hands, you son of a bitch! 서부영화 〈진정한 용기〉에서 주인공이 읊는 대사.

실을 확인해주었다. 벌칙으로 사격 시간에 오 초가 추가되는 중대한 실수였다. 트레이시는 남은 표적을 노려보았지만 그런다고 표적이 쓰러질 리 없었다. 그녀는 마지못해 권총을 총집에 꽂고 옆으로 비켜섰다.

모두의 눈이 '더 키드' 세라에게 쏠렸다.

* * *

트레이시와 세라는 아버지가 만들어준 튼튼한 카트를 끌고 흙과 자갈이 뒤덮인 주차장을 가로질렀다. 덜거덕거리며 흔들리는 카트 안에는 자매의 총과 탄알이 실려 있었다. 머리 위에서 하늘이 금세 어두워졌다. 일기예보의 예상보다 빨리 폭풍이 올 듯싶었다.

트레이시는 자신의 파란색 포드 트럭 짐칸 덮개를 열고 뒷문을 내렸다. 그리고 세라 쪽으로 몸을 돌렸다. 나직이 말하려 했지만, 자기도 모르게 언성이 높아졌다. "제기랄, 대체 왜 그랬어?"

세라가 모자를 벗어 트럭 짐칸에 던져 넣자, 금발이 어깨 위로 쏟아져 내렸다. "무슨 소릴 하는 거야?"

트레이시는 은도금된 챔피언 버클을 쳐들었다. "지난 수년간 네가 두 발을 실수한 적은 없었어. 너, 내가 바보로 보이니?"

"갑자기 돌풍이 부는 걸 어떡해."

"거짓말을 하려면 제대로 해."

"언니가 이긴 게 못마땅해?"

"진짜로 이긴 게 아니니까. 네가 져줬잖아."

대회 구경꾼 두 명이 종종걸음으로 다가왔다. 빗방울이 떨어지기 시작했다. 트레이시는 그들이 지나가길 기다렸다가 한마디 덧붙였다. "아빠가 여기 오지 않은 게 행운인 줄 알아."

8월 21일은 이들 부모의 결혼 25주년 기념일이었다. 제임스 크로스화이트는 차마 아내에게 하와이 여행을 포기하고 먼지 날리는 사격 대회장에 가서 딸의 우승을 축하해주자고 말할 엄두가 나지 않았다. 트레이시는 여전히 속이 부글거렸지만 조금 누그러진 목소리로 말했다. "전에도 얘기했잖아. 우리 둘 다 최선을 다하지 않으면 짜고 친다는 오해를 살 거라고."

세라가 대꾸하기도 전에 자갈 위로 타이어 구르는 소리가 들렸다. 트레이시의 눈길이 그쪽으로 쏠렸다. 그녀의 남자친구 벤이 하얀색 픽업트럭을 몰고 포드 트럭을 돌아 다가오더니, 운전석 밖으로 고개를 내밀고 빙그레 웃었다. 사귄 지 1년도 넘었건만 벤은 트레이시를 볼 때마다 싱글거렸다.

"이 문제는 집에 가서 다시 이야기하자." 트레이시가 세라에게 말하고 벤을 맞이하러 갔다. 차에서 내린 벤은 지난 크리스마스에 트레이시가 선물로 준 가죽 재킷을 걸치고 있었다. 두 사람이 짧게 키스했다.

"늦어서 미안. 음주 운전을 불법으로 규정한 놈은 터코마* 시내에서 차를 몰아보지 않았을 거야. 맥주 한 병이 정말 그립더라고."

트레이시가 벤의 옷깃을 펴주는 동안, 벤은 그녀가 들고 있는 버클을 보았다. "우와, 자기 우승했구나."

"응, 우승했지."

트레이시는 세라를 노려보았다. 벤은 어리둥절한 표정으로 세라에게 인사했다. "안녕, 세라."

* 워싱턴 주의 항구 도시.

"안녕, 벤."

벤이 트레이시에게 물었다. "갈 준비 됐어?"

"잠깐만." 트레이시는 카우보이 망토를 벗고 빨간색 스카프를 풀어 트럭 짐칸에 던져 넣었다. 그러고는 트럭 뒷문에 걸터앉아 세라에게 부츠를 벗겨달라고 한쪽 다리를 들었다. 이제 하늘은 완전히 새까매졌다. "이런 날씨에 너 혼자 운전하는 게 영 찜찜해."

세라가 트럭 짐칸에 부츠를 던지자 트레이시가 나머지 다리를 들었다. 세라는 언니의 부츠 뒤꿈치를 잡았다. "난 열여덟 살이야. 운전 정도는 혼자 할 수 있어. 이 동네 비 오는 게 처음도 아니고."

트레이시는 벤을 바라보았다. "얘도 같이 데려가는 게 좋겠어."

"그러기 싫다잖아. 세라, 내 말 맞지?"

세라가 대답했다. "응. 따라갈 마음 전혀 없어."

트레이시는 신발을 신으며 중얼거렸다. "폭풍이 올 거라던데."

"언니, 걱정 마. 난 열 살짜리 어린애가 아니라고."

"열 살짜리처럼 굴고 있잖아."

"언니 눈에는 내가 어린애로 보이나 보지."

벤이 손목시계를 보고 재촉했다. "숙녀분들의 지적인 대화를 방해하긴 싫지만, 지금 가지 않으면 예약 시간에 맞추기 어려워, 트레이시."

트레이시는 작은 여행 가방을 벤에게 주고, 그가 자기 트럭으로 가방을 옮기러 간 사이 세라에게 말했다. "고속도로만 타고 가. 국도는 안 돼. 어둡고 비가 와서 앞이 잘 안 보일 테니까."

"국도가 더 빨라."

"잔소리 말고 시키는 대로 해. 고속도로 타고 가다 출구로 나와서 좀 돌아가면 돼."

세라가 트럭 열쇠를 달라고 손을 내밀었지만 트레이시는 굽히지 않았다. "약속해."

"좋아, 약속할게." 세라는 가슴에 성호를 그었다.

트레이시는 세라의 손에 차 열쇠를 꼭 쥐여주었다. "다음번에는 일부러 실수하지 말고 제대로 맞혀."

트레이시가 떠나려 하자 세라가 한마디 했다. "언니, 모자!"

트레이시는 검은 카우보이모자를 벗어 세라의 머리에 씌워주었다. 그러자 세라가 메롱 하고 혀를 내밀었다. 트레이시는 화를 내고 싶었지만 세라에게는 도무지 화가 나지 않았다. 오히려 얼굴에 미소가 번지는 느낌이 들었다. "넌 진짜 못 말리는 애야."

세라는 과장된 웃음을 지으며 대꾸했다. "응. 그래서 언니가 날 사랑하잖아."

"맞아. 그래서 내가 널 사랑하지."

트럭에 앉아 있던 벤이 한마디 했다. "나도 자기 사랑해." 그는 조수석 문을 열어주고 운전석 밖으로 고개를 내밀었다. "하지만 예약 시간에 늦지 않으면 자기를 더 사랑할 거야."

"갈게."

트레이시는 조수석에 올라앉아 문을 닫았다. 벤은 세라에게 손을 흔들어주고 재빨리 차를 돌리더니, 자동차가 길게 늘어선 출구 쪽으로 트럭을 몰았다. 트럭 전조등에 비친 빗방울은 이제 금빛 점으로 보였다. 트레이시는 고개를 돌려 차창 밖을 바라보았다. 세라는 여전히 빗속에 서서 그들이 떠나는 모습을 지켜보고 있었다. 트레이시는 문득 돌아가고픈 충동이 들었다. 뭔가를 잊고 온 것만 같았다.

벤이 물었다. "자기 괜찮아?"

"응." 말은 그렇게 했지만 충동을 떨치기가 어려웠다. 트레이시는 동생을 지켜보았다. 세라는 손을 펴고 언니가 준 것을 보더니 다시 이쪽을 보았다.

아까 트레이시는 세라의 손에 차 열쇠와 더불어 챔피언 버클도 쥐여주었다.

그 후 20년 동안 트레이시는 동생도 버클도 다시 보지 못했다.

3

시더 그로브의 보안관 로이 캘러웨이는 여전히 낚시 조끼 차림에 모자를 쓰고 있었지만, 낚싯배가 가볍게 흔들리던 느낌은 이미 까마득했다. 공항에서 차를 몰고 곧장 역으로 달려오는 동안 조수석에 앉은 그의 아내는 줄곧 말이 없었다. 4년 만에 처음 맞이한 남편 휴가에 맞춰 떠난 낚시 여행이 돌연 중단된 게 영 못마땅한 눈치였다. 역에서 남편을 내려줄 때 잘 다녀오라는 키스도 하지 않았다. 캘러웨이도 굳이 이러쿵저러쿵하지 않기로 했다. 저녁에 한소리 들으면 그는 '이번 일은 어쩔 수가 없었어'라고 대꾸할 테고, 아내는 보나 마나 '그 소리 34년 동안 들어왔네'라고 쏘아붙일 터였다.

캘러웨이가 회의실로 들어가며 문을 닫았다. 거친 나무 테이블 상석에 부보안관 핀레이 암스트롱이 황갈색 제복 차림으로 서 있었다. 형광등 불빛 아래 핀레이의 낯빛은 창백했지만, 캐스케이드 카운티 검사 밴스 클라크의 핏기 없는 얼굴에 비하면 건강해 보였다. 클라크는 헬쑥한 표정으로 회의실 끄트머리에 앉아 있었다. 체크무늬 재킷을 의자에 걸쳐놓고, 넥타이 매듭을 당겨 늘어뜨린 채

와이셔츠 첫 단추를 풀어놓은 모습이었다. 캘러웨이를 보고는 고개를 끄덕하는 것으로 인사를 대신했다.

"돌아오시게 해서 죄송합니다, 보안관님." 핀레이 뒤쪽 벽에는 시더 그로브의 역대 보안관 사진이 줄줄이 걸려 있었다. 캘러웨이의 사진은 지난 34년 동안 오른쪽 끝에 걸려 있었다. 예순다섯 살인 지금도 그는 사진 속 사내처럼 가슴이 딱 벌어져 보였다. 하지만 매일 아침 거울을 보며 캘러웨이는 조각 같던 이목구비 선이 부드럽게 주름지고, 머리카락이 눈에 띄게 가늘어지고 희끗희끗해진 것을 느꼈다.

"신경 쓰지 마, 핀레이." 캘러웨이는 모자를 탁자에 던지고 의자를 빼서 앉았다. "어떻게 된 일인지 말해봐."

나이는 삼십 대 중반에 훤칠하고 호리호리한 핀레이는 10년 이상 캘러웨이의 부관으로 일했으며, 회의실 벽에 사진이 걸릴 차기 보안관이었다.

"오늘 아침에 토드 애로가 전화로 신고한 내용입니다. 그 친구와 빌리 리치먼드가 오래된 캐스케이디아 개발 부지를 가로질러 오리 사냥 잠복소로 가는 길에, 사냥개 허큘리스가 어떤 냄새를 맡고 달려갔답니다. 한참 만에 개가 돌아왔는데, 입에 뭔가를 문 채였다는군요. 애로가 막대기인 줄 알고 잡았는데 희고 끈적이는 물질이 손에 묻었다고 합니다. 빌리 말로는 뼈였다는군요. 처음에는 허큘리스가 사슴 시체라도 파냈으려니 생각하고 대수롭지 않게 여겼죠. 하지만 허큘리스가 마구 짖어대고 야단법석을 피우며 또 달아났답니다. 이번에는 그 친구들도 쫓아가서 보니, 허큘리스가 땅을 파고 있더랍니다. 애로가 그만하라고 소리쳤지만 멈추질 않았다더군요. 결국 목줄을 잡고 끌어당기자 그것이 보였답니다."

캘러웨이가 물었다. "뭘 봤는데?"

핀레이는 스마트폰을 조작하며 탁자를 돌아 다가왔다. 캘러웨이는 조끼 주머니에서 반렌즈 돋보기안경을 꺼내 쓴 다음—이제 안경 없이는 낚싯바늘을 실에 꿸 수가 없었다—핀레이의 스마트폰을 받아 들고 팔을 뻗어 눈의 초점을 맞추었다. 핀레이가 캘러웨이의 어깨 너머로 몸을 숙이고 두 손가락으로 화면을 확대했다.

"저 하얀 선, 저게 뼈입니다. 발뼈죠."

마치 발굴 중인 화석처럼 흙 사이로 뼈가 드러나 있었다. 핀레이는 땅에 묻힌 발과 현장을 찍은 일련의 사진을 다양한 거리와 각도로 보여주었다.

"위치를 표시해두라고 했습니다. 그리고 그 친구들 차에서 만나기로 했습니다. 토드가 자기 지프차에 그 뼈를 싣고 온다는군요."

핀레이는 손가락으로 화면에 뜬 사진들을 넘기다가 손전등 옆에 놓인 뼈 사진에서 멈췄다.

"시애틀의 법의인류학자가 이 뼈를 검사할 예정입니다. 그 사람 말로는 넓적다리뼈 같다더군요."

캘러웨이는 회의실 끄트머리를 힐긋 보았지만, 밴스 클라크의 시선은 여전히 탁자에 붙박여 있었다. 캘러웨이는 핀레이에게 물었다. "검시소에는 연락했어?"

핀레이는 스마트폰을 도로 받아 들고 허리를 폈다. "거기 법의인류학자와 통화했습니다." 그는 수첩을 폈다. "이름은 켈리 로자이고, 이쪽으로 분석반을 보내준다더군요. 하지만 내일 아침에나 도착할 겁니다. 짐승들이 접근하지 못하도록 토니에게 현장을 지키라고 했습니다. 곧 교대할 사람을 보내줘야 합니다."

"사람 뼈라고 하던가?"

"확신할 수는 없지만, 길이로 보아 여성의 뼈로 추정하더군요. 그리고, 얘로 손에 묻었다던 희고 미끈거리는 물질 말입니다." 핀레이는 수첩을 다시 확인했다. "그걸 시지屍脂라고 부른다더군요. 시체에 남은 지방인데, 썩은 고기 냄새가 난답니다. 시신이 거기 상당히 오래 있었던 거죠."

캘러웨이는 안경을 접어 조끼 주머니에 도로 넣었다. "분석반이 오면 자네가 현장 안내 좀 해주겠나?"

핀레이가 대답했다. "물론이죠. 걱정 마십시오. 보안관님도 참관하실 건가요?"

"그래야지." 캘러웨이가 자리에서 일어나 문을 열고 커피를 마시러 가려 했다. 하지만 핀레이의 다음 질문이 그를 멈춰 세웠다.

"그 아가씨일 수도 있지 않을까요, 보안관님? 1990년대에 실종된⋯⋯."

캘러웨이는 핀레이 너머로 여전히 자리에 앉아 있는 클라크를 바라보았다. "곧 알게 되겠지."

4

　울창한 나뭇잎 사이로 새어든 아침 햇살이 국도 가장자리에 우뚝 솟은 암벽으로 그림자를 드리우고 있었다. 한 세기 전, 광산 트럭들이 지나다닐 이 도로를 내려고 수많은 곡괭이와 삽, 다이너마이트가 거대한 산을 깎아내렸다. 그로 인해 드러난 용천이 엉엉 울듯 암벽을 따라 흐르면서, 불그레한 녹과 은빛 광석 퇴적물도 덩달아 흘러내렸다. 트레이시는 라디오를 끈 채 멍한 상태로 차를 자율주행 상태로 두었다. 검시소에서 새로운 정보는 나오지 않았다. 켈리 로자는 종일 사무실에 없었고, 트레이시와 통화한 검시소 직원은 킹징턴에게서 들은 이야기만 확인해주었다. 시더 그로브의 부보안관이 사람 뼈로 보이는 물체 때문에 전화했으며, 그 뼈는 오리 사냥 잠복소로 가던 사냥꾼들의 개가 찾아낸 것이라는 내용이었다.

　트레이시는 낯익은 출구로 빠져나와 정지 표지판 앞에서 좌회전한 다음, 잠시 후 마켓가街로 들어섰다. 시더 그로브 시내의 유일한 신호등 앞에 차를 세우고 한때 자신의 고향이었던 곳을 머릿속에 그려보았다. 하지만 지금 이곳은 너무 낡고 황폐해서 낯설게만 느껴졌다.

* * *

트레이시는 잔돈을 청바지 앞주머니에 넣고 카운터에서 팝콘과 콜라를 집어 들었다. 극장 로비를 두리번거렸지만 세라는 보이지 않았다.

허친스 극장에 새 영화가 걸리는 토요일 아침이면 엄마가 트레이시에게 6달러를 주었는데, 트레이시는 그 돈을 동생과 3달러씩 나눠 가졌다. 영화 관람료는 1달러 50센트였고, 나머지 돈으로 팝콘과 음료수를 사거나 영화가 끝난 뒤 아이스크림을 사 먹었다.

"세라는 어디 있지?" 트레이시가 물었다. 열한 살인 트레이시는 동생인 세라를 돌보는 처지였지만, 최근에는 세라가 자기 몫의 용돈을 직접 갖고 다니게 해주었다. 전에 트레이시는 세라가 팝콘이나 음료수를 사지 않고 남은 돈 1달러 50센트를 챙기는 걸 눈치챘다. 지금 세라가 보이지 않는 건 놀랄 일도 아니었다.

댄 올리리는 두꺼운 까만 뿔테 안경을 밀어 올렸다. 오랜 습관이었다. 댄이 로비를 둘러보았다. "모르겠어. 방금까지 있었는데."

어두워진 극장 안으로 들어가려고 스윙도어 옆에서 팝콘을 들고 기다리던 서니 위더스푼이 한마디 했다. "상관없잖아? 걔는 늘 그래. 빨리 들어가자. 이러다 예고편 놓치겠어."

트레이시가 보기에 서니와 세라는 애증의 관계였다. 세라는 툭하면 서니를 약 올렸고, 그럴 때면 서니는 질색을 했다. 트레이시가 댄에게 말했다. "세라를 두고 들어갈 순 없어. 혹시 화장실 간 거 아닐까?"

"내가 가서 보고 올게." 댄이 두 걸음 걷다가 문득 뭔가를 깨닫고 멈칫했다. "맞다. 난 거기 못 들어가지."

극장 주인인 허친스 씨가 두 팔을 카운터에 얹고 트레이시에게 말했다. "너희가 먼저 들어갔다고 내가 세라에게 말하고 들여보내 주마. 예고편 놓치지 않으려면 어서 들어가렴. 오늘 예고편은 〈고스트버스터즈〉란다."

서니가 재촉했다. "얼른 가자, 트레이시."

트레이시는 마지막으로 로비를 둘러보았다. 아무래도 세라는 예고편을 보지 못할 듯싶었다. 어쩌면 이번 일로 교훈을 얻지 않을까. "알았어. 고맙습니다, 허친스 아저씨."

"콜라는 내가 들어줄게." 아무것도 들고 있지 않은 댄이 말했다. 댄의 부모님은 영화 관람료만 주고 군것질할 돈은 주지 않았다.

트레이시는 댄에게 음료수를 건네고 팝콘이 쏟아지지 않도록 팝콘 컵을 받쳐 들고 걸었다. 허친스 씨는 항상 트레이시와 세라의 컵에 팝콘을 넘치게 담아주었다. 트레이시는 허친스 씨의 친절이 아버지 때문이라 짐작했다. 그녀의 아버지는 허친스 부인의 당뇨병 치료를 많이 도와주었다.

"시간 다 됐어. 좋은 자리는 이미 다 찼을 거야."

서니가 등으로 스윙도어를 밀어 열자, 트레이시와 댄이 뒤따라 들어갔다. 곧이어 불이 꺼지고 문이 닫혔다. 트레이시는 잠시 멈춰서서 어둠에 눈이 익길 기다렸다. 이미 자리에 앉은 아이들은 허친스 씨가 빨리 영사실로 들어가 영화를 틀어주길 바라며 웃고 떠들었다. 몇몇 부모들이 조용히 하라고 꾸짖었지만 소용없었다. 팝콘 냄새부터 밤색 카펫과 낡은 팔걸이가 달린 벨벳 좌석까지, 트레이시는 토요일마다 가는 허친스 극장의 모든 것을 좋아했다.

서니가 통로를 반쯤 내려갔을 때, 길게 늘어선 좌석 뒤에 웅크린 거무스레한 형체가 트레이시의 눈에 띄었다. 미처 경고하기도 전에 세라가 벌떡 일어나 서니를 놀라게 했다.

"왁!" 서니가 소름 끼치는 비명을 지르자 극장 안이 고요해졌다. 곧이어 누군지 대번에 알 수 있는 웃음소리가 들렸다.

트레이시가 버럭 소리 질렀다. "세라!"

서니도 소리쳤다. "이게 무슨 짓이야!"

극장 안의 조명이 번쩍하고 켜지자 사방에서 야유가 터졌다. 허친스 씨가 걱정스러운 표정으로 통로를 따라 달려 내려왔다. 낡은 카펫 위에 팝콘이 널려 있고, 그 옆에는 서니가 놀라서 떨어뜨린 희고 빨간 줄무늬 컵이 쓰러져 있었다.

서니가 허친스 씨에게 말했다. "세라 짓이에요. 일부러 저를 놀라게 했다고요."

세라가 반박했다. "아니. 언니가 날 못 봤을 뿐이야."

"쟤가 숨어 있었어요, 아저씨. 일부러 그런 거예요. 늘 이런 식이에요."

"숨긴 누가 숨어."

허친스 씨가 세라를 물끄러미 보았지만, 화난 표정은 아니었다. 트레이시가 보기에는 애써 웃음을 참는 눈치였다. 허친스 씨가 서니에게 말했다. "밖에 나가서 팝콘 한 컵 더 달라고 하렴." 그리고 관람객을 향해 두 손을 들었다. "미안합니다, 여러분. 잠시 청소를 해야겠습니다. 곧 끝날 테니 조금만 기다려주세요."

트레이시가 대뜸 허친스 씨에게 말했다. "아니에요, 아저씨." 그리고 세라를 노려보았다. "네가 빗자루 가져와서 팝콘 치워."

"내가 왜?"

"너 때문에 이렇게 됐잖아."

"아냐. 서니 언니 때문이야."

"네가 치워."

"나한테 이래라저래라 하지 마."

"엄마가 나더러 널 책임지라고 했어. 그러니 어서 치워. 안 그러면 팝콘이나 아이스크림 사 먹으라고 주신 돈을 네가 몰래 꼬불쳐 왔다고 엄마 아빠한테 이를 거야."

세라는 코를 찡그리고 고개를 절레절레 저었다. "알았어." 그러고는 돌아서서 가려다 말고 허친스 씨에게 말했다. "죄송해요. 금방 치울게요."

세라는 통로를 달려 올라가 문을 열고 소리쳤다. "아줌마! 빗자루 좀 주세요!"

트레이시가 허친스 씨에게 사과했다. "죄송해요. 오늘 세라가 한 짓을 엄마 아빠한테 말씀드릴게요."

"그럴 필요 없다, 트레이시. 내가 보기에는 언니 노릇 잘하던데. 아마 세라도 앞으로는 조심할 거야. 하지만 저런 모습이 세라답지 않니? 세라 덕분에 우리 모두 늘 즐겁잖아."

"가끔 너무 즐거워서 탈이죠. 이제는 철이 좀 들어야 해요."

허친스 씨가 빙그레 웃었다. "트레이시는 정말 어른스러워졌구나. 세라는 지금 이대로 내버려두자꾸나."

* * *

자동차 경적 소리에 트레이시는 백미러로 뒤를 보았다. 낡은 트럭 운전석에 앉은 남자가 머리 위 신호등을 가리켰다. 신호가 초록색으로 바뀌어 있었다.

잠시 후 트레이시의 차는 허친스 극장을 지나쳤다. 건물은 그대로지만 극장 간판은 돌멩이에 맞아 구멍이 숭숭 뚫렸고, 한때 상영 중인 영화와 개봉 예정작을 광고하던 창문들은 널판으로 막혀 있었다. 매표소 뒤 후미진 공간에서는 신문지와 쓰레기가 바람에 날렸다. 시더 그로브 시내의 나머지 1, 2층짜리 벽돌 건물과 콘크리트 건물도 황폐하기는 마찬가지였다. 건물 유리창의 절반가량에는 '임대 문의' 팻말이 달려 있었다. 과거에 파이브 앤 다임 식당이었던 곳은 중식당으로 바뀌었다. '점심 특선 6달러'라고 적힌 종이가 창문에 붙어 있었다. 프레드 디가스파로의 이발소 자리에는 중고품 가게가 들어섰지만, 빨간색과 하얀색 나선으로 이루어진 이발소 표시등이 여전히 벽에 달려 있었다. 에스프레소 커피를 파는 카페 간판 밑으로는 코프먼 잡화점이라는 글자가 하얀 페인트로 덧칠해져 흐릿해 보였다.

곧장 2번가로 들어선 트레이시는 그 거리 중간쯤에 있는 건물 주차장으로 차를 몰았다. 시더 그로브 보안관 사무소. 유리문의 검은색 스텐실 글자들은 변함없이 그대로였지만, 지금 트레이시에게 오랜만에 고향을 찾은 애틋함 따위는 없었다.

5

 트레이시는 유리문 안쪽 책상에 앉아 있는 직원에게 경찰 배지를 보여주고, 시애틀에서 온 분석반 일행이라고 말했다. 직원은 주저 없이 일어나 회의실로 안내해주겠다고 했다.

 "어딘지 나도 알아요."

 잠시 후 트레이시가 유리창 없는 회의실 문을 열자 갑자기 안에서 대화가 중단되었다. 나무 테이블 상석에 서 있는 제복 차림의 부보안관은 코르크 보드에 핀으로 꽂아놓은 지형도 앞에서 마커를 손에 들고 있었다. 문 가까이 앉은 로이 캘러웨이는 난감한 표정으로 눈살을 찌푸렸다. 탁자 한쪽에는 시애틀에서 온 법의인류학자 켈리 로자와 더불어 워싱턴 주 순찰대 현장감식반에서 자원해 온 버트 스탠리와 애나 콜스가 앉아 있었다. 트레이시와 여러 차례 공조수사를 한 사람들이었다.

 트레이시는 들어오라는 말을 기다리지 않았다. 환영받지 못하리라는 걸 알고 있었다. 그녀는 회의실로 들어서며 캘러웨이에게 인사했다. "오랜만이네요, 대장님."

 캘러웨이의 직함은 보안관이지만, 시더 그로브에서는 다들 그렇게 불렀다.

트레이시가 그의 의자를 지나쳐 코듀로이 재킷을 벗자, 어깨에 걸친 총집과 허리띠에 걸어놓은 경찰 배지가 드러났다. 캘러웨이가 자리에서 일어나더니 퉁명스레 물었다. "지금 뭐 하는 거냐?"

트레이시는 의자 등받이에 재킷을 걸쳤다. "이러지 마세요. 피차 피곤하니까."

캘러웨이는 몸을 꼿꼿이 세우고 트레이시 쪽으로 다가왔다. 그는 늘 이렇게 위협적으로 굴었다. 어린 소녀에게 로이 캘러웨이는 두려운 존재일 수 있지만, 트레이시는 더 이상 어리지도 않고 쉽게 겁먹지도 않았다.

"좋아, 관두자. 하지만 이 점은 분명히 해야겠다. 여긴 네 관할이 아니고 너한테는 수사권이 없다. 만약 네가……."

"수사하러 온 건 아니에요. 하지만 제가 도울 일이 있다면 도울게요."

"그건 곤란해."

"범죄 현장을 훼손하는 일은 없을 거예요. 아시잖아요."

캘러웨이는 고개를 저었다. "이건 네가 나설 일이 아니야."

나머지 사람들은 영문을 몰라 어리둥절한 표정으로 멀뚱멀뚱 바라보았다.

"그렇다면 개인적으로 부탁드릴게요. 아저씨 친구의 딸로서 말이에요."

캘러웨이의 파란 눈이 가늘어졌다. 이마에는 주름이 잡혔다. 트레이시는 자신이 깊은 상처를 건드렸다는 걸 알고 있었다. 결코 치유되지 못한 상처. 트레이시의 아버지와 캘러웨이는 함께 사냥과 낚시를 다니던 친구 사이였으며, 그녀의 아버지는 캘러웨이의 연로한 부모님이 돌아가실 때까지 의사로서 극진히 보살폈다. 또한 두 남자 모두 세라를 찾지 못한 것에 대한 마음의 짐과 죄책감을 안고 살아왔다.

캘러웨이는 트레이시가 어릴 적에 인도에서 자전거를 탈 때 그랬던 것처럼 손가락으로 그녀를 가리켰다. "옆에서 지켜보기만 해. 가라고 하면 가야 해. 알아들었지?"

트레이시는 매년 캘러웨이가 평생 수사한 살인사건보다 많은 사건을 수사하고 있지만, 지금은 그런 말로 대꾸할 상황이 아니었다. "물론이죠."

캘러웨이는 트레이시를 한참 노려보다가 부관에게로 눈을 돌렸다. "계속해, 핀레이." 그러고는 다시 자리에 앉았다.

배지에 '암스트롱'이라고 적힌 부보안관은 잠시 생각의 꼬리를 찾다가 이내 지형도를 바라보며 입을 열었다. "이곳에서 시신이 발견됐습니다." 그는 두 사냥꾼이 시신 흔적을 우연히 발견했다는 곳에 엑스 표시를 했다.

트레이시가 한마디 했다. "그건 말이 안 돼요."

핀레이는 당황한 표정으로 고개를 돌리더니 캘러웨이를 힐긋 보았다.

"계속하라니까."

핀레이가 말을 이어갔다. "이곳에 진입로가 하나 있습니다. 개발 목적으로 낸 길이죠."

트레이시가 또 끼어들었다. "저곳은 오래된 캐스케이디아 리조트 개발 부지예요."

캘러웨이의 턱 근육이 씰룩거렸다. "계속해, 핀레이."

핀레이는 자신 없는 말투로 설명했다. "시신이 발견된 장소는 진입로에서 800미터쯤 떨어져 있습니다. 저희는 이곳에 접근 금지 울타리를 쳤습니다." 그는 다시 작은 엑스 표시를 했다. "구덩이 깊이가 60센티미터 정도로 얕습니다. 현재……."

켈리 로자가 메모하다 말고 고개를 들었다. "잠깐만. 방금 구덩이가 '얕다'고 했나요?"

"발이 깊이 묻혀 있지 않았습니다."

"구덩이가 파헤쳐진 흔적은요? 개가 파헤친 자리를 제외하고 말입니다."

"없어 보였습니다. 어쩌면 한쪽 다리만 묻혀 있을 수도 있고요."

캘러웨이가 물었다. "그건 왜 묻소?"

로자가 대답했다. "태평양 연안 북서부의 빙하토는 돌처럼 단단합니다. 땅을 파기가 매우 어렵죠. 나무뿌리가 광범위하게 발달한 이런 지대에서는 더욱 그렇습니다. 구덩이가 얕은 건 당연합니다. 이전에 다른 짐승이 파헤치지 않았다는 게 놀라운 일이죠."

트레이시가 설명했다. "사건 당시 저곳에서 골프장과 테니스 코트가 들어설 캐스케이디아라는 리조트가 개발되고 있었어요. 여기저기 숲을 베어내고, 매장 분양 예약을 받을 임시 사무소용 트레일러들이 들어섰죠. 몇 년 전 우리가 메이플 밸리에서 발견한 시신 기억나요?"

로자는 고개를 끄덕이고 핀레이에게 물었다. "개발 과정에서 나무를 뽑아내고 생긴 구덩이에 시신을 묻은 건 아닐까요?"

핀레이는 혼란스러운 표정으로 고개를 저었다. "모르겠습니다."

캘러웨이가 물었다. "그게 어떤 의미가 있다는 거요?"

트레이시가 대답했다. "첫째, 계획적인 행위의 징표일 수 있어요. 그 땅이 개발되는 것을 알고 나무가 뽑힌 자리를 이용하기로 했을 가능성 말이에요."

이번에는 로자가 물었다. "개발될 땅이라는 걸 알면서 살인자가 왜 거기 구덩이를 이용했을까요?"

"개발이 결국 중단되리라는 것도 알고 있었던 거죠. 당시 그 리조트 개발은 이 지역의 큰 화젯거리였습니다. 지역 경제를 활성화해 시더 그로브를 휴양지로 만들어줄 거라고요. 리조트 개발업자는 골프장과 테니스 코트를 짓겠다며 토지 이용 신청서를 제출했어요. 하지만 얼마 후 연방 에너지 위원회가 캐스케이드 강에 수력 발전용 댐 세 개를 건설하는 법안을 통과시켰습니다."

트레이시가 회의실 앞쪽으로 걸어가더니, 마커를 달라고 핀레이에게 손을 내밀었다. 부보안관은 잠시 망설이다 펜을 내주었다. 트레이시가 선 하나를 그었다. "캐스케이드 폴스 댐을 마지막으로 모든 댐이 완공되었죠. 그게 1993년 10월 중순이었습니다. 그때부터 강의 흐름이 막히면서 호수 둘레가 확장되었어요." 그녀는 호수의 새로운 둘레를 그렸다. "결국 이 지대가 물에 잠겼죠."

로자가 고개를 끄덕였다. "암매장 자리가 물속에 있어서 짐승들이 건드리지 못했군요."

트레이시는 캘러웨이를 향해 말했다. "우리도 건드리지 못했죠. 우리가 저 지역을 수색했잖아요."

그녀는 알고 있었다. 과거에 트레이시는 수색에 참여했을 뿐만 아니라, 아버지가 사망한 후 옛 지형도를 간직해왔다. 지난 수십 년간 그 지형도를 수없이 봤기에 이제는 손금 보듯 속속들이 꿰고 있었다. 그녀의 아버지는 철저하고 체계적인 수색을 위해 지도를 크고 작은 구역으로 나누었다. 그리고 각 구역을 두 번씩 수색했다.

캘러웨이는 계속 그녀를 무시했다. 트레이시가 다시 로자에게 말했다. "지난 여름에 캐스케이드 폴스 댐이 철거됐어요."

로자는 그 의미를 이해했다. "호수의 수위가 낮아져 원래 상태로 돌아갔겠군요."

핀레이도 알아들은 눈치였다. "그래서 사냥꾼과 여행자 들에게 그 지역을 다시 개방했습니다. 어제는 오리 사냥철의 첫날이었죠."

트레이시가 캘러웨이에게 말했다. "우린 그 지역이 물에 잠기기 전에 수색했어요. 그때까지 시신은 나오지 않았고요."

캘러웨이가 대꾸했다. "거긴 넓은 지역이야. 우리가 놓쳤을 가능성도 배제할 수 없다. 어쩌면 그 애의 시신이 아닐 수도 있고."

"그 무렵 이 지역에서 실종된 젊은 여성이 몇 명이나 되죠?"

캘러웨이는 대답하지 않았다. 트레이시가 말을 이었다. "우린 그 지역을 두 번 수색했지만 시신은 발견하지 못했어요. 누가 시신을 저곳에 묻었는지는 모르지만, 우리의 수색이 끝나고 저 땅이 물에 잠기기 직전에 한 겁니다."

6

트레이시가 침대에서 벌떡 일어나자 이불이 허리로 흘러내렸다. 잠이 덜 깨 멍해 있던 그녀는 방금 들린 요란한 소리가 시더 그로 브 고등학교 복도에 울려 퍼지는 종소리인 줄 알았다. 다음 화학 수업에 늦었구나 싶어 가슴이 철렁했다.

"전화 왔어." 벤이 신음하듯 중얼거렸다. 트레이시 옆에 누워 있던 그는 창문 블라인드 사이로 들어온 날카로운 아침 햇살 때문에 베개로 얼굴을 가렸다. 마침내 전화벨 소리가 그쳤다.

트레이시는 도로 침대에 누웠지만, 이제는 잠이 달아나 정신이 또렷해졌다. 어제 벤은 사격 대회장에서 그녀를 차에 태우고 근사한 식당으로 데려갔다. 트레이시는 벤이 의자에서 일어나 한쪽 무릎을 꿇고 앉던 모습을 머릿속에 그렸다. 반지! 트레이시는 입가에 희미한 미소를 짓고 왼손을 들어 다이아몬드 반지를 햇살에 비추었다. 영롱한 무지갯빛이 반짝였다. 어제 벤은 너무 긴장해서 더듬거리는 말투로 청혼했다.

이번에는 세라 생각이 났다. 어제 트레이시는 집에 돌아오면 세라에게 전화를 걸어 청혼받았다고 알려줄 생각이었지만, 벤과의 이런저런 일 때문에 전화할 겨를이 없었다. 물론 세라는 이미 알고 있었을 것이다. 벤은 그날 저녁 이벤트를 세라와 함께 준비했다고 했다. 세라가 표적 두 개를 놓친 건 그 때문이었다. 언니가 언짢은 기분으로 청혼받지 않게 하려고 일부러 져준 것이다.

세라에게 화낸 일이 미안해진 트레이시는 몸을 돌려 침대 옆 카펫에 놓인 디지털 자명종의 시간을 확인했다. 빨갛게 빛나는 숫자들이 보였다. 6:13 a.m. 세라가 이렇게 이른 시간에 부모님 집 복도에 있는 전화를 받을 리 없었다. 아무래도 좀 이따 전화해야 할 듯싶었다.

더 이상 잘 마음이 없어진 트레이시는 몸을 돌려 벤을 안고 그가 내뿜는 따뜻한 체온을 느꼈다. 벤이 반응하지 않자, 트레이시는 그를 더 꽉 껴안고 손으로 배 근육을 쓰다듬으며 내려가 그의 물건을 움켜쥐었다. 단단해지는 느낌이었다.

전화벨이 울렸다.

벤이 끙 하며 짜증 섞인 소리를 냈다.

트레이시는 이불을 걷고 침대 밖으로 몸을 굴렸다. 어젯밤에 벗어 던진 옷가지가 발에 차였다. 트레이시가 부엌 벽에 걸린 수화기를 낚아챘다. "여보세요?"

"트레이시니?"

"아빠?"

"방금 전화했는데."

"죄송해요. 자느라 못 들었나 봐요."

"세라랑 같이 있니?"

"세라요? 아뇨. 걔는 집에 있잖아요."

"집에 없어."

41

"네? 잠깐만요. 아직 하와이에 계신 거예요? 거기 지금 몇 시죠?"

"이른 시간이다. 로이 캘러웨이가 집에 전화했는데 아무도 받지 않는다더구나."

"로이 아저씨가 왜 전화했죠?"

"네 트럭을 발견했대. 어젯밤에 차가 고장 났니?"

트레이시는 대화를 따라가기가 어려웠다. 어제 레드와인을 너무 마신 데다가 잠이 부족해서 머리가 지끈거렸다.

"트럭이 발견됐다는 게 무슨 뜻이죠? 어디서 발견됐대요?"

"국도에서."

트레이시는 불현듯 두려움에 사로잡혔다. 어제 그녀는 세라에게 고속도로만 타라고 당부했다.

"차에 문제라도 있었니?"

"제 트럭이 맞아요?"

"틀림없다니까! 뒷 유리에 붙인 스티커를 로이가 알아봤다. 지금 거기 세라 없어?"

속이 울렁거리고 현기증이 일었다. "없어요. 어제 차를 몰고 집에 갔어요."

"걔가 차를 몰고 집에 갔다고? 너랑 같이 있지 않았니?"

"아뇨. 저는 벤이랑 있었어요."

아버지의 언성이 높아졌다. "올림피아에서 세라 혼자 차를 몰고 집에 가게 했단 말이냐?"

"그게 아니라……. 아빠, 저는……."

"맙소사."

"아마 집에 있을 거예요, 아빠."

"방금도 두 번이나 전화했다. 아무런 응답이 없어."

"걔는 전화 안 받잖아요. 틀림없이 자고 있을 거예요."

"로이가 우리 집에 들러 문을 두드렸다. 하지만……."

"지금 제가 가볼게요, 아빠. 지금 당장 가보겠다고요. 알았어요. 도착하면 전화드릴게요. 집에 도착하면 전화한다고요!"

트레이시는 전화를 끊고 아버지가 한 말을 속으로 되새겼다.

로이 캘러웨이가 집에 전화했는데 아무도 받지 않는다더구나.

네 트럭을 발견했대.

트레이시는 숨을 깊이 들이마시고 커져가는 불안감과 싸웠다. 당황하지 말라고, 아무 일 없을 거라고 스스로를 타일렀다.

방금도 두 번이나 전화했다.

아마도 세라는 자느라 전화벨 소리를 못 들었거나 그냥 무시했을 것이다. 평소에도 전화를 받는 법이 없으니까.

로이가 우리 집에 들러 문을 두드렸다. 하지만…….

아무런 응답이 없어.

"벤!"

7

트레이시는 자갈길에 늘어선 자동차 맨 끝에 차를 세웠다. 결국 완공되지 못한 캐스케이디아 리조트 입구로 이어지는 길이었다. 그리고 차에서 내려 머리를 포니테일로 묶은 다음, 후방 범퍼에 걸터앉아 등산화로 갈아 신었다. 하늘은 맑고 10월답게 날씨도 쾌청했지만, 당장이라도 비가 내릴 수 있음을 알기에 고어텍스 방수 재킷을 걸쳤다. 우듬지 밑으로 해가 지면 기온도 뚝 떨어질 터였다.

모두 모이자 핀레이 암스트롱이 앞장서서 흙길을 걷기 시작했다. 캘러웨이가 그를 뒤따르고, 로자와 현장감식반이 보안관을 따라갔다. 로자가 들고 있는 발굴 가방은 작은 여행 가방만 했으며, 곁에 달린 여러 주머니에는 스크레이퍼와 브러시, 작은 공구들이 담겨 있었다. 현장감식반인 스탠리와 콜스는 받침대 두 개와 스크린, 하얀 들통 여러 개를 들었다. 폰데로사 소나무의 뾰족한 잎사귀가 이미 연한 금색으로 변하기 시작했고, 이불처럼 땅을 뒤덮은 낙엽에서 익숙한 향기가 풍겼다. 단풍나무와 오리나무의 이파리들도 가을이 무르익고 있음을 알려주었다. 이윽고 그들은 '출입 금지' 팻말을 지나쳤다. 트레이시와 세라는 친구들과 함께 자전거를 타고 산길을 따라 캐스케이드 호수로 가면서 그 팻말에 돌을 던지곤 했다.

삼십 분 뒤, 일행은 길을 벗어나 부분적으로 개간된 땅으로 들어섰다. 트레이시가 마지막으로 여기 왔을 때는 캐스케이디아 임시 분양 사무소로 쓰인 기다란 트레일러들이 있었다.

캘러웨이가 말했다. "넌 여기서 기다려라."

트레이시가 멈춰 서 있는 동안 나머지 사람들은 땅에 박아놓은 나무 말뚝들 옆에 서 있는 또 다른 부관 쪽으로 걸어갔다. 범죄 현장임을 알리는 노란색과 검은색 줄무늬 테이프가 말뚝들 사이에 늘어져 있었다. 전체적으로는 가로 3미터, 세로 2.5미터 정도인 비뚤름한 직사각형 모양이었다. 오른쪽 하단 부분을 보니 파헤쳐진 흙 밖으로 막대처럼 생긴 것이 솟아 있었다. 트레이시는 가슴이 조여드는 기분이었다.

캘러웨이가 나직하고 진중한 목소리로 핀레이에게 말했다.

"이곳에 2차 접근 금지선을 만들어야겠어. 나무줄기를 이용해."

핀레이가 테이프를 집어 들고 2차 접근 금지선을 만들기 시작했지만, 트레이시가 보기에는 과잉 조치였다. 여기 올 사람은 아무도 없다. 시더 그로브에서 아직까지 이곳을 신경 쓰는 이도 없고, 노스캐스케이드의 이 후미진 지역으로 찾아올 기자도 없었다.

트레이시가 서 있는 곳으로 다가온 핀레이는 미안한 표정을 지었다. "뒤로 물러나주셔야겠습니다, 형사님."

트레이시가 물러서자 핀레이가 테이프로 나무들을 마저 이었다.

로자는 신속히 작업에 착수했다. 말뚝을 다시 박아 현장 범위를 넓힌 뒤, 끈을 이용해 그 자리를 더 작은 구역들로 나누었다. 그다음 발이 튀어나온 구역 옆에 꿇어앉아 브러시로 흙을 체계적으로 쓸어내기 시작했다. 모종삽으로 퍼낸 흙은 7.5리터들이 들통에 담았다. 각각의 들통에는 세부 구역들에 해당하는 이름표가 대문자로 A부터 D까지 붙어 있었다. 스탠리는 들통에 담긴 흙을 주기적으로 퍼서 두 받침대 사이에 얹은 스크린에 붓고 면밀히 살펴보았다. 애나 콜스는 사진을 찍었다. 이 과정에서 발견되는 뼈나 뼛조각에는 소문자를 부여하고, 나머지 것들—옷이나 금속, 단추 따위—은 번호를 매길 터였다. 로자는 쉬지도 않고 계획적으로 일했다. 가을 햇살이 우듬지 밑으로 떨어지기 전에 작업을 마치려는 심산이었다.

1시 30분이 조금 지났을 때, 로자는 처음으로 휴식을 취하려는 듯 발굴 작업을 멈추고 편히 앉았다. 로자가 스탠리에게 뭔가 이야기하자, 스탠리는 발굴 가방에서 더 작은 브러시들을 꺼내 로자에게 건넸다. 그사이 로자는 다시 흙을 쓸어내기 시작했다. 이제는 발굴 지점이 한쪽 구역으로 집중되었다. 30분쯤 지났을 때, 로자가 일어섰다. 땅에서 파낸 뭔가를 장갑 낀 손에 들고 있었다. 그 물건을 로이 캘러웨이에게 보여주고 상의하더니, 잠시 후 스탠리에게 건넸다. 스탠리는 그 물건을 채증 비닐 백에 넣고 검은색 마커로 번호를 매겼다. 그러고는 비닐 백을 로자가 아니라 캘러웨이에게 넘겼는데, 캘러웨이는 로자가 파낸 물건을 유심히 보며 생각에 잠긴 눈치였다.

이윽고 그가 돌아서서 트레이시에게 눈길을 던졌다.

트레이시는 아드레날린이 치솟는 기분이었다. 관자놀이에 맺힌 땀이 볼을 타고 셔츠 안으로 흘러내렸다.

캘러웨이가 다가오자 그녀의 심장이 방망이질했다. 그가 채증 비닐 백을 건넸지만, 트레이시는 차마 볼 엄두가 나지 않았다. 캘러웨이의 얼굴만 계속 뚫어져라 보았다. 보안관은 더 이상 눈길을 마주치기 어려운지 고개를 돌렸다.

트레이시는 켈리 로자가 파낸 것을 내려다보았다. 순간 숨이 멎을 뻔했다.

8

트레이시는 속이 뒤집히는 기분이었다.

"괜찮아?" 운전석에 앉은 벤이 손을 뻗어 트레이시의 어깨를 어루만졌지만 그녀는 아무 반응이 없었다. 차창 밖으로 눈길을 고정한 채 길가에 널린 암석 부스러기들과 산비탈만 응시했다. 방금 부모님 집에 가보았지만, 현관 앞이나 집 안에서 세라의 부츠를 보지 못했다. 계단을 달려 올라가며 세라의 이름을 외쳤을 때도 아무 대답이 없었다. 세라는 침대에서 자고 있지도 않았고, 샤워 중도 아니었다. 부엌에서 아침을 먹고 있거나 거실에서 텔레비전을 보고 있지도 않았다.

차가 산굽이를 돌자 벤이 말했다. "저기 있군."

노스 캐스케이드 황무지 쪽으로 기울어진 갓길, 트레이시의 파란색 트럭은 버려진 듯 보였다.

벤이 차를 돌려 캘러웨이의 SUV 뒤에 정차하고 시동을 껐다.

"트레이시, 괜찮아?"

그녀는 온몸이 마비된 것만 같았다.

"어제 내가 개한테 국도를 타지 말라고 했어. 고속도로만 타고 가다 조금 돌아오라고. 자기도 내 말 들었잖아."

벤은 조수석 쪽으로 몸을 기울여 트레이시의 손을 꼭 쥐었다.

"곧 찾게 될 거야."

"걔는 왜 늘 제멋대로지?"

"아무 일 없을 거야, 트레이시."

하지만 부모님 집에서 부리나케 이 방 저 방 살피는 동안 물밀 듯 밀려든 두려움은 점점 더 그녀를 옥죄었다. 트레이시는 차 문을 열고 흙이 날리는 갓길에 내려섰다.

아침 기온은 꾸준히 상승했다. 아스팔트는 이미 바짝 말라 어제 저녁에 쏟아진 폭우의 흔적이 전혀 없었다. 트럭으로 다가가는 동안 트레이시 주위에서 벌레들이 윙윙 날아다녔다. 기운이 하나도 없고 머리가 어질어질했다. 트레이시가 비틀거리자 벤이 부축해 주었다. 그녀가 기억하는 것보다 갓길이 더 좁고 비탈은 더 가팔라 보였다.

트럭 범퍼 앞에 서서 기다리는 로이 캘러웨이에게 트레이시가 물었다. "실족해서 밑으로 떨어진 건 아닐까요?"

캘러웨이는 손을 내밀어 스페어 키를 받았다. "한 번에 하나씩 하자, 트레이시."

"차에 무슨 문제라도 있나요?"

트레이시는 타이어 하나가 터졌거나, 차체가 우그러졌거나, 엔진에 문제가 있어 보닛을 들어 올린 상태 따위를 기대했다. 물론 차가 고장 났을 가능성은 별로 없었다. 평소 트레이시의 아버지는 차에 조금만 문제가 있어도 할리 홀트의 정비소에서 수리를 받았다.

"알아봐야지." 캘러웨이는 파란색 라텍스 장갑을 끼고 운전석 문을 열었다. 다 먹고 버린 치토스 봉지와 다이어트 콜라 빈 병이 조수석 바닥에 널려 있었다. 어제 아침에 사격 대회장으로 가는 동안 세라가 먹은 것들이었다. 그런 동생을 보고 트레이시는 과자 부스러기로 끼니를 때우냐고 잔소리를 했다. 세라가 돌돌 말아 뒷좌석에 놓아둔 하늘색 플리스 재킷은 그대로 있었다. 트레이시는 캘러웨이를 보고 고개를 저었다. 모든 게 기억 속 풍경 그대로였다. 캘러웨이는 조수석 쪽으로 몸을 기울여 차 열쇠를 꽂고 시동을 걸었다. 엔진이 부르르 떨리다가 멈췄다. 캘러웨이는 고개를 숙여 계기판을 살펴보았다.

"비었어."

트레이시가 물었다. "뭐라고요?"

캘러웨이는 트레이시가 안을 볼 수 있게 뒤로 물러났다. "기름이 바닥났다."

"그럴 리 없어요. 아침까지 주유할 필요가 없도록 금요일 저녁에 가득 채워놨다고요."

벤이 한마디 했다. "엔진이 죽어서 그냥 표시가 안 되는 게 아닐까요?"

캘러웨이는 회의적인 말투로 대꾸했다. "글쎄, 모르겠는걸."

그는 차 열쇠를 빼고 트럭 뒤로 걸어갔다. 트레이시와 벤도 따라갔다. 선팅한 유리 때문에 짐칸 내부가 잘 보이지 않았다. 뒷문 앞에서 캘러웨이가 말했다. "뒤돌아 있겠니?"

트레이시는 고개를 저었다. "싫어요."

벤이 한 팔로 그녀의 어깨를 안았다. 캘러웨이는 짐칸 덮개를 열고 몸을 숙여 안을 들여다본 다음 덮개를 완전히 들어올렸다. 뒷문도 밑으로 내렸다. 이번에도 트레이시가 기억하는 모습 그대로인 듯했다. 총과 탄알이 담긴 카트들은 짐칸 벽에 묶여 있고, 트레이시의 카우보이 망토와 부츠, 빨간 스카프는 바닥에 놓여 있었다.

캘러웨이가 갈색 카우보이모자를 가리켰다. "저건 세라 모자 아니니?"

맞는 말이었다. 트레이시는 문득 자신의 검은 카우보이모자를 세라의 머리에 씌워준 일이 생각났다. "걔는 제 모자를 쓰고 있었어요."

캘러웨이가 뒷문을 닫으려 했다.

"타봐도 될까요?" 트레이시가 묻자 캘러웨이가 뒤로 물러섰다. 트레이시는 뭘 찾아야 할지 막연했지만 일단 짐칸으로 올라갔다. 전날 저녁 벤과 함께 세라를 두고 떠날 때처럼 뭔가 잊은 것 같은 불안감이 밀려들었다. 그녀는 카트를 풀고 안을 들여다보았다. 소총과 엽총이 어제 모습 그대로, 거치대에 걸린 당구 큐처럼 걸려 있었다. 세라의 권총들은 내부 서랍에 들어 있고, 탄알은 자물쇠가 달린 상자에 담겨 있었다. 와일드 빌* 복장을 한 남자가 트레이시에게 버클을 수여하는 기념 사진도 눈에 띄었다. 사진 속 그녀 양쪽에는 세라와 3등 수상자가 서 있었다. 트레이시는 뒷주머니에 사진을 넣고, 카우보이 망토를 들어 주머니를 뒤적였다.

그녀가 짐칸에서 내리며 말했다. "그게 없어요."

캘러웨이가 물었다. "뭐가?"

"사격 대회 우승 버클. 어제 저녁에 세라에게 쥐여줬거든요."

"무슨 말이 하고 싶은 거냐?"

벤이 트레이시에게 물었다. "버클은 가져가면서 총은 왜 두고 갔을까?"

---

* 미국 서부 시대의 유명한 총잡이.

"모르겠어. 단지……."

이번에는 캘러웨이가 물었다. "단지 뭐?"

"오늘 아침에 버클을 저한테 돌려줄 생각이 아니었다면, 세라가 굳이 그걸 챙길 이유가 없잖아요."

"세라가 필요한 물건만 챙겨서 차를 두고 걸어갔다고?"

트레이시는 황량한 도로를 바라보았다. 하얀 뱀 같은 중앙선이 산비탈의 등고선과 함께 구부러지면서 산굽이 너머로 사라졌다.

"대체 세라는 어디 있지?"

9

은으로 된 버클 표면은 광택을 잃었지만, 단발식 권총 두 자루를 쏘는 여자 카우보이 형상과 가장자리에 새겨진 글자들은 여전히 또렷했다.

1993년 워싱턴 주 챔피언

그 버클이다.

세라가 발견된 것이다.

트레이시는 가슴속에 차오르는 뜻밖의 감정에 놀랐다. 회한이나 자책감이 아니었다. 슬픔도 아니었다. 분노였다. 분노가 독처럼 온몸으로 퍼졌다. 그녀는 알고 있었다. 세라의 실종이 사람들의 추측과 다르다는 것을 줄곧 알고 있었다. 뭔가 더 있다는 것을 알고 있었다. 이제 마침내 그걸 입증할 수 있으리라는 느낌이 들었다.

"핀레이, 자네가 트레이시를 딴 데로 데려가." 캘러웨이의 목소리가 긴 터널의 끝에서 들려오는 것처럼 희미하게 들렸다.

누군가가 트레이시의 팔을 잡았다. 그녀는 뿌리쳤다. "싫어요."

캘러웨이가 한마디 했다. "넌 이 일에 관여해선 안 된다."

트레이시가 대꾸했다. "동생을 두고 떠나는 일은 두 번 다시 하지 않겠어요. 계속 있겠어요. 끝까지."

캘러웨이가 핀레이에게 고개를 끄덕이자, 핀레이는 로자가 발굴 작업을 재개한 곳으로 물러났다. 캘러웨이가 버클을 달라고 손을 내밀었다. "그거 돌려다오."

하지만 트레이시는 계속 엄지손가락으로 버클 표면을 만지며 글자의 윤곽을 느꼈다. 캘러웨이가 재촉했다. "어서."

트레이시는 버클을 내밀었지만, 캘러웨이가 버클을 잡았는데도 손을 놓지 않고 일부러 눈을 맞추었다. "제가 말했죠, 로이 아저씨. 우린 이 지역을 수색했어요. 두 번이나."

* * *

트레이시는 오후 내내 저만치 떨어져 있었지만, 세라가 태아처럼 몸을 오그리고 다리가 머리보다 높은 자세로 묻혀 있는 모습은 똑똑히 보았다. 나무뿌리가 땅에서 뽑히고 남은 구멍에 시신을 묻은 자가 구덩이의 크기를 착각한 듯싶었다. 흔히 있는 일이다. 긴장한 상태에서는 공간 지각이 둔해지게 마련이니까.

켈리 로자가 보디백 지퍼를 올리고 지퍼 고리에 자물쇠를 채우는 걸 보고 나서야, 트레이시는 숲을 빠져나와 차로 돌아왔다.

구불구불한 산길을 따라 내려오는 동안 그녀는 얼빠진 사람처럼 멍했다. 해가 우듬지 너머로 기울면서 나무 그림자들이 도로로 스멀스멀 늘어졌다. 물론 트레이시는 이럴 줄 알고 있었다. 유괴 사건의 경우 첫 48시간 안에 실종자를 찾아내려고 형사들이 고강도 훈련을 받는 데에는 이유가 있다. 통계상 그 시간이 지나면 실종자가 생존해 있을 확률은 곤두박질친다. 하물며 20년이 지난 뒤 세라가 생존해 있을 가능성은 극히 낮았다. 그렇지만 트레이시의 마음속에는 실종자 가족이라면 누구나 느끼는 감정이 남아 있었다. 아무리 가능성이 희박해도 기적을 바라는 것은 모든 인간의 본성이다. 실제로 과거에 그런 일이 있었다. 캘리포니아 주에서 18년 전에 실종된 한 젊은 여자가 경찰서로 걸어 들어와 자기 신분을 밝힌 것이다. 오래전에 사랑하는 이를 잃은 모든 가족은 그날 새로운 희망의 불씨를 보았다. 트레이시도 마찬가지였다. 언젠가 세라도 그렇게 나타나리라. 언젠가 동생을 만나게 되리라. 너무 잔인한 희망이었지만, 지난 20년 동안 트레이시는 그 희망에 매달릴 수밖에 없었다. 호시탐탐 그녀를 삼킬 기회를 노리며 어슬렁거리는 어둠을 물리치는 유일한 수단이었다.

희망.

지금껏 그 끈을 놓지 않았건만, 로이 캘러웨이에게서 버클을 건네받는 순간 그 잔인한 마지막 불씨는 꺼져버렸다.

트레이시는 국도를 따라 차를 몰면서 20년 전 자신의 파란색 트럭이 발견된 지점을 지나쳤다. 불과 며칠 전의 일처럼 느껴졌다. 그녀는 수 킬로미터를 달려 익숙한 출구로 빠져나와, 이제는 어딘지 모를 정도로 낯설게 느껴지는 마을을 가로질렀다. 하지만 트레이시는 고속도로 입구를 향해 좌회전하지 않고 오른쪽으로 차를 돌려 1층짜리 집들을 지나쳤다. 그녀의 기억 속에서는 가족과 친구들이 바글거리던 활기 넘치는 마을이지만, 지금은 황량하고 쓸쓸해 보일 따름이었다. 마을에서 멀리 벗어나자 집과 마당의 규모가 점점 커졌다. 자율주행으로 차를 몰던 그녀가 속도를 늦추고 운전대를 돌리자 양쪽에 석조 문기둥을 세운 입구가 보였다. 트레이시는 비탈진 진입로 앞에 차를 세웠다.

한때 어머니가 정성스레 돌보아 화사한 꽃으로 가득했던 화단에는 겨울을 앞두고 앙상한 줄기만 남은 장미 덤불이 무성했다. 짧게 깎아놓은 잔디밭은 보기 좋게 장식된 영국 회양목 울타리에 둘러싸여 있었다. 잔디밭 끄트머리의 나무 그루터기는 우산을 펼쳐놓은 것처럼 생긴 수양버들의 흔적이었다. 크리스천 마티올리가 시더 그로브 광산 회사를 설립하면서 마을에 활기가 넘칠 무렵, 그는 영국에서 건축가를 데려와 앤 여왕 시대 양식으로 2층짜리 주택을 짓게 했다. 이후 마티올리는 집이 시더 그로브에서 가장 높고 큰 건물이 되도록 3층을 얹으라고 건축가에게 요청했다. 그로부터 한 세기 뒤, 시더 그로브 광산들이 문을 닫으면서 주민 대부분이 이주하고 오랜 세월이 흘렀을 때, 이 집 건물과 마당은 황폐한 몰골로 전락했다. 하지만 트레이시의 어머니는 생선 비늘 모양 벽널과, 경사가 완만한 박공지붕 위로 솟은 작은 탑들을 보자마자 집과 첫눈에 사랑에 빠졌다. 지역에서 병원 개원을 준비하던 아버지는 집을 매입하고 브라질 목제 마루에서부터 상자 모양 대들보 천장까지 모든 것을 아내와 함께 되살려놓았다. 벽에 덧댄 널판을 뜯어내 원래 있던 마호가니를 드러내고 대리석 현관과 크리스털 샹들리에를 복원하여 이 집을 다시금 시더 그로브에서 가장 화려한 건물로 만들었다. 하지만 이는 단순히 건물을 복원한 것 이상이었다. 두 딸이 우리 집이라고 부를 곳을 만든 것이었다.

* * *

트레이시는 화장실 불을 끄고 빨간 플리스 잠옷을 입은 채 방으로 들어갔다. 머리에는 수건을 터번처럼 감았다. 카세트 플레이어에서 흘러나오는 케니 로저스와 시나 이스턴의 '위브 갓 투나잇$^{We'}$ $^{ve\ got\ tonight}$'을 따라 부르며 트레이시는 긴 의자에 기대어 창밖 밤 하늘을 쳐다보았다. 장엄한 보름달이 푸르스름한 빛으로 수양버들을 비추고 있었다. 나무가 깊은 잠에 빠져들기라도 한 듯 수양버들의 기다란 가지들은 조금도 흔들리지 않고 늘어져 있었다. 가을이 소리 없이 겨울로 접어드는 지금, 일기예보에서는 밤 기온이 영하로 떨어질 거라고 예측했다. 하지만 실망스럽게도 밤하늘에 별이 총총했다. 시더 그로브 초등학교는 첫눈이 내리면 휴교를 하는데, 만약 눈이 오지 않으면 내일 오전에 트레이시는 분수 시험을 봐야 했다. 아직 시험공부를 제대로 못 했는데.

트레이시는 카세트 플레이어의 정지 버튼을 눌렀지만 노래는 계속 흥얼거렸다. 그리고 책상 등을 껐다. 창문으로 쏟아지는 달빛이 오리털 이불과 작은 양탄자를 환히 비추었다. 침대 머리맡에 달린 등을 켜자 달빛이 다시 사라졌다. 트레이시는 《두 도시 이야기》를 집어 들었다. 이번 학기에 공부하는 소설인데 진도가 더뎠다. 지금은 별로 읽고 싶지 않았지만 성적이 떨어지면 아버지가 11월 말에 열리는 사격 대회 지역 예선에 데려가주지 않을 터였다.

트레이시는 계속 노래를 흥얼거리며 이불을 걷었다.

"왁!"

"엄마야!" 놀란 트레이시가 비명을 지르며 뒷걸음치다 하마터면 넘어질 뻔했다.

이불 밑에서 용수철처럼 튀어나온 세라가 침대에 도로 누워 미친 듯이 깔깔댔다. 웃느라 말도 못 할 지경이었다.

트레이시가 소리 질렀다. "이게 무슨 짓이야! 대체 왜 그러니?"

세라가 일어나 앉아 귀 따갑게 깔깔거렸다. "언니 얼굴 진짜 웃겨!" 그러고는 트레이시의 놀란 표정을 흉내 내더니, 다시 이불 위로 쓰러져 배를 잡고 웃어댔다.

"언제부터 이불 밑에 숨어 있었던 거야?"

세라는 침대 위에 꿇어앉아 마이크를 쥔 것처럼 주먹을 쥐고 언니가 노래하는 모습을 흉내 냈다.

"그만 좀 해."

트레이시는 터번처럼 묶은 수건을 풀고 머리카락을 앞으로 늘어뜨린 다음 수건으로 맹렬히 비볐다.

세라가 물었다. "언니, 잭 프레이츠 좋아해?"

"네 알 바 아니잖아. 쥐방울만 한 게 별소리를 다 해."

"흥! 난 벌써 여덟 살이라고. 정말 잭이랑 키스했어?"

트레이시는 머리를 말리다 말고 고개를 들었다.

"누가 그런 소릴 해? 서니가 그랬어? 잠깐." 그녀는 책꽂이를 힐긋 보고 동생에게 소리쳤다. "내 일기 훔쳐봤구나!"

세라는 베개를 끌어안더니 쪽쪽 소리를 내기 시작했다. "오, 잭. 널 영원히 사랑할 거야. 널 놓지 않겠어!"

침대 위로 뛰어 올라간 트레이시는 세라 위에 걸터앉아 동생의 팔다리를 눌렀다. "이건 사생활 침해야, 세라! 일기장 어딨어? 나지금 장난 아냐. 진짜 심각해. 일기장 어디 숨겼어?"

세라가 또 웃기 시작하자 트레이시가 윽박질렀다. "장난 아냐, 세라! 일기장 돌려줘!"

그때 방문이 열렸다.

"무슨 일이니?" 분홍색 가운 차림에 슬리퍼를 신은 어머니, 애비 크로스화이트가 빗을 쥔 채 방 안으로 들어왔다. 평소에는 동그랗게 말아 올린 금발이 지금은 등 한가운데까지 늘어져 있었다.

"트레이시, 동생한테서 내려오렴."

트레이시는 세라를 놓아주며 투덜댔다. "얘가 이불 밑에 숨어 있다가 나를 놀라게 했어요. 그리고 내……. 하여튼 놀라서 까무러칠 뻔했다고요!"

어머니가 침대로 다가왔다. "세라, 사람들 겁주지 말라고 엄마가 그랬지?"

세라가 일어나 앉았다. "하지만 너무 재밌는걸. 엄마도 언니 얼굴을 봤어야 해."

세라는 몹시 흥분한 침팬지 같은 표정을 지었다. 어머니는 입을 가리고 애써 웃음을 참았다.

트레이시가 발끈했다. "엄마! 웃을 일이 아니에요!"

"알았다. 세라, 앞으로는 언니랑 언니 친구들 그만 놀리렴. 양치기 소년 이야기는 너도 알지?"

트레이시가 세라에게 말했다. "언젠가 네가 숨어도 아무도 널 찾지 않게 될지도 몰라."

"으악, 무서워!"

"나도 널 찾지 않을 거야."

"너무 무서워!"

어머니가 끼어들었다. "이제 그만. 세라, 네 방으로 가."

세라는 트레이시의 침대에서 내려와 옆방으로 통하는 문으로 걸어갔다. 어머니가 한마디 덧붙였다. "언니 일기장은 돌려줘야지." 트레이시와 세라 모두 얼어붙었다. 어머니는 독심술이라도 하는 사람 같았다.

"언니가 남자친구랑 키스했단 걸 멋대로 읽는 건 무례한 짓이야."

트레이시는 깜짝 놀라 소리쳤다. "엄마!"

"남한테 읽히는 게 창피하면 애초에 그런 짓을 하지 말아야지. 남자랑 키스하기에 넌 아직 너무 어려."

어머니는 두 방 사이에 있는 화장실 안쪽에 서서 쪽쪽 소리를 내는 세라를 돌아보았다. "그만해, 세라. 어서 일기장 돌려줘."

세라가 장난스럽게 걸으며 침대로 돌아오자, 트레이시는 동생을 매섭게 노려보았다. 세라는 이불 밑에서 꽃무늬 일기장을 꺼냈다. 트레이시는 동생 손에서 일기장을 낚아채고 주먹을 휘둘렀다. 세라는 잽싸게 고개 숙여 피하고 자기 방으로 달아났다.

"엄마도 내 일기장을 볼 권리는 없어요. 이건 진짜 사생활 침해라고요."

"돌아서렴. 머리가 다 헝클어졌잖니."

어머니가 머리를 빗어주자, 빗살이 두피를 스치는 느낌에 흥분이 가라앉았다. "엄마는 네 일기장 안 봤어. 엄마의 직감으로 맞힌 거지. 하지만 아니라고 오리발 내밀지 않은 건 기특하구나. 다음에 잭이 우리 집에 오면 아빠랑 이야기 좀 하고 가라고 하렴."

"걔는 안 올 거예요. 저렇게 못된 애가 집에 있을 때는요."

"동생을 너무 미워하지 마." 어머니가 마지막으로 머리를 빗어주었다. "됐다. 이제 자야지."

트레이시는 순순히 이불 속으로 들어갔다. 세라의 체온이 남아 여전히 따뜻했다. 베개를 바로잡고 눕자 어머니가 몸을 숙여 트레이시의 이마에 뽀뽀를 해주었다. "잘 자라."

어머니는 방바닥에 떨어져 있는 젖은 수건을 집어 들고 문을 반쯤 닫다가 방 안으로 몸을 기울였다. "참, 트레이시."

"네?"

"아까 노래 잘 들었다. 설마 잭을 생각하며 부른 건 아니겠지?"

트레이시는 한숨을 쉬었다. 그리고 방문이 닫히자 침대에서 내려와 화장실 문을 닫은 다음, 일기장을 숨기기에 더 나은 곳을 물색했다. 마침내 세라의 손이 닿지 않을 옷장 꼭대기 선반 위 스웨터 더미 밑에 일기장을 밀어 넣었다. 다시 침대로 돌아온 트레이시는 이불을 덮고 디킨스의 소설을 펼쳤다.

삼십 분가량 읽다가 마지막 장으로 넘어가려고 할 때, 화장실 문이 끼익 하고 열리는 소리가 들렸다.

"가서 자." 문손잡이를 잡고 방 안으로 들어오는 세라가 트레이시의 시야에 들어왔다.

"언니?"

"가서 자라니까."

"무서워."

"그거 안됐네."

세라가 침대 가장자리로 다가왔다. 트레이시의 면 잠옷을 입고 있어서 옷자락이 방바닥에 질질 끌렸다. "같이 자도 돼?"

"안 돼."

"하지만 내 방에 있으면 무섭단 말이야."

트레이시는 계속 책을 읽는 척했다. "네 방은 무서우면서 이불 밑에 숨는 건 안 무섭니?"

"몰라. 그냥 무서워."

트레이시가 고개를 젓자 세라가 애원했다. "제발."

결국 트레이시는 한숨을 쉬었다. "알았어."

세라가 침대 위로 폴짝 뛰어오르더니 트레이시의 몸을 넘어 이불 속으로 기어들었다. 이내 자리를 잡고는 장난스럽게 물었다.

"그거 어땠어?"

트레이시는 책에서 눈을 떼고 밑을 보았다. 세라는 누워서 천장을 보고 있었다.

"뭐가 어때?"

"잭 프레이츠랑 키스한 거."

"잠이나 자."

"난 평생 남자한테 키스하지 않을 거야."

"남자랑 키스하지 않으면 어떻게 결혼할 건데?"

"결혼도 안 해. 언니랑 같이 살 거야."

"내가 결혼하면?"

세라는 얼굴을 찡그리고 곰곰이 생각했다. "같이 살면 안 돼?"

"언니는 남편이랑 살아야지."

세라가 손톱을 물어뜯었다. "그래도 매일 만날 수는 있는 거지?"

트레이시가 한 팔을 들자 세라가 바짝 다가들었다.

"물론이지. 넌 내가 제일 아끼는 동생이니까. 지독한 개구쟁이이긴 하지만."

"언니 동생은 나뿐이잖아."

"이제 자."

"잠이 안 와."

트레이시는 소설책을 침대 옆 탁자에 내려놓고 이불 속으로 들어갔다. 그리고 머리 위에 있는 전등 스위치로 손을 뻗었다.

"좋아, 눈을 감아."

세라는 시킨 대로 했다.

"이제 숨을 깊이 들이쉬고 내쉬어."

세라가 숨을 내쉬자 트레이시가 말했다. "준비됐어?"

"응."

"나는……."

세라가 언니의 말을 따라했다.

"나는……."

"나는 어둠이……."

"나는 어둠이……."

"나는 어둠이 두렵지 않아."

둘이 동시에 말하자, 트레이시가 불을 껐다.

10

　한창 젊을 때 로이 캘러웨이는 주변 사람들에게 자신이 '2달러짜리 스테이크보다 질기다'라고 으스대곤 했다. 지난 30여 년간 몇 날 며칠을 고작 두세 시간만 자고도 멀쩡했다. 육십 대에 들어서자 그런 강행군을 견디기가 점점 더 어려워졌으며, 그리고 싶은 마음도 들지 않았다. 작년에는 독감으로 두 번이나 쓰러졌는데, 첫 번째에는 일주일, 두 번째에는 사흘을 꼬박 앓아누웠다. 하는 수 없이 핀레이가 임시 보안관 노릇을 했다. 캘러웨이의 아내는 그가 없어도 마을이 불타 잿더미가 되거나 범죄 소굴로 전락하지 않았으니 걱정 말라고 핀잔을 주었다.

　캘러웨이는 문 뒤에 있는 옷걸이에 코트를 걸고 지난 10월에 야키마 강에서 잡은 무지개송어를 잠시 감상했다. 아름다운 물고기였다. 길이 58센티미터에 무게가 2킬로그램 가까이 나가고, 아랫배가 알록달록했다. 캘러웨이가 외출한 사이 노라가 박제해서 사무실 벽에 걸어놓은 것이다. 요즘 날마다 그 물고기를 볼 때면 아직도 잡을 게 많이 남아 있다는 생각을 하게 되었다. 캘러웨이는 여전히 이 마을에 그가 필요하며, 핀레이는 아직 준비가 안 됐다고 아내에게 말했다. 자신에게 여전히 이 마을이, 이 직업이 필요하다는 말은 하지 않았다. 당장 은퇴하면 할 일이라고는 낚시와 골프뿐이고, 캘러웨이는 평생 여행을 썩 좋아하지 않았다. 밑창이 푹신한 흰색 운동화를 신고 크루즈 갑판에 서서, 무덤을 눈앞에 두고 있다는 점만 빼면 남들과 다를 바 없는 사람인 척하는 '늙은이들' 중 하나가 된다고 생각하니 견딜 수가 없었다.

"보안관님?" 전화 스피커에서 목소리가 흘러나왔다.

"말해. 나 여기 있어."

"아까 들어오시는 거 봤습니다. 밴스 클라크 씨가 오셨습니다."

캘러웨이는 고개를 들어 시계를 보았다. 오후 6시 37분. 그 혼자만 늦게까지 일한 것은 아니었다. 시더 그로브 지방 검사가 찾아올 건 예상한 바였지만, 내일 아침에나 올 줄 알았다.

"보안관님?"

"돌려보내."

캘러웨이는 책상에 앉았다. 뒷벽에는 그가 보안관으로 취임하던 해에 직원들이 준 팻말이 걸려 있었다.

제1 규칙: 보안관은 언제나 옳다.
제2 규칙: 제1 규칙을 보라.

과연 그럴까. 의심이 밀려들었다.

보안관 집무실 문으로 이어진 뿌연 유리창을 따라 클라크의 그림자가 지나갔다. 그가 문에 노크를 하고는 절룩거리며 안으로 들어왔다. 오랜 세월 해온 조깅 때문에 무릎이 나간 것이다.

캘러웨이는 의자에 앉은 채로 책상 모서리에 부츠를 올렸다.

"무릎이 신통치 않나 보군?"

"날이 추워지면 욱신거린다네."

클라크가 문을 닫았다. 조금 비굴한 표정이었지만, 딱히 오늘만 그런 건 아니었다. 옆머리와 뒷머리만 조금 남아 훤히 드러난 이마에는 영영 사라지지 않을 주름이 자글자글했다.

"자네도 조깅 관둘 때가 됐어." 캘러웨이가 말했다. 물론 그가 보안관직을 내려놓지 못하는 것과 같은 이유로 클라크가 조깅을 포기하지 않으리란 사실은 알고 있었다. 달리 뭘 하겠는가?

"그럴지도 모르지." 클라크가 의자에 앉았다. 머리 위에서 형광등이 윙윙거렸다. 그중 하나는 신경 거슬리게 딱딱거리고 당장이라도 꺼질 듯 이따금 껌뻑였다. "소식 들었네."

"그래. 세라였어."

"이제 어쩔 생각인가?"

"아무것도 할 필요 없어."

클라크가 이맛살을 찌푸렸다. "증거를 반박할 물건이 구덩이에서 나오기라도 하면?"

캘러웨이는 책상에서 부츠를 내렸다. "벌써 20년 전 일이야, 밴스. 트레이시는 내가 설득하겠어. 이제 세라를 찾았으니, 죽은 자는 죽음이 묻게 두라고."

"설득 못 하면?"

"할 거야."

"전에도 못 하지 않았나."

캘러웨이는 손자가 크리스마스 선물로 준 펠릭스 에르난데스*

---

* 베네수엘라 출신의 미국 야구 선수.

버블헤드 인형의 머리를 툭 치고, 인형 머리가 달랑달랑 흔들리는 모습을 지켜보았다. "이번에는 더 잘 설득하면 돼."

클라크는 잠시 골똘히 생각하는 눈치였다. "부검은 자네가 직접 보러 갈 건가?"

"핀레이를 보냈네. 그 친구가 유해를 발견했으니까."

클라크가 한숨을 내쉬고 나직이 툴툴대자 캘러웨이가 말했다.

"과거에 우리 모두 합의했어, 밴스. 지난 일은 지난 일이야. 여기 앉아서 절대 일어나지 않을 일을 걱정해봐야 아무것도 바뀌지 않아."

"상황은 이미 바뀌었네, 로이."

11

엘리베이터에서 내린 트레이시는 고개를 숙인 채 자기 책상으로 걸어갔다. 원래는 일찍 출근할 생각이었는데 시더 그로브에서 시애틀까지 두 시간이면 될 길을 차가 밀려 세 시간 반이나 걸려 돌아왔고, 어제저녁에 위스키를 마신 데다 알람 맞춰놓는 것도 깜빡했다. 어쩌면 알람 소리를 듣고도 내처 잤는지 모른다.

그녀는 고어텍스 재킷을 의자 등받이에 걸고 핸드백을 책상 옆 캐비닛에 넣은 다음, 컴퓨터 화면이 켜지길 기다렸다. 누가 머릿속을 방망이로 두드리는 것처럼 골이 울렸고, 제산제를 한 움큼 먹었는데도 여전히 배 속이 화끈거렸다. 킨징턴의 의자가 삐걱거리며 도는 소리가 들렸다. 트레이시가 고개도 돌리지 않고 아무 반응이 없자 그는 다시 자기 컴퓨터 쪽으로 의자를 돌렸다. 파치오와 델모는 아직 출근하지 않았다.

트레이시는 이메일을 죽 훑었다. 이날 아침에 릭 세라본이 보낸 이메일이 여러 통 있었다. 킹 카운티 검사인 그는 트레이시가 요청한 니콜 핸슨 아파트 수색영장을 발부하려면 증인 진술서 사본과 트레이시의 선서 진술서 사본이 필요하다고 했다. 그는 첫 번째 이메일을 보내고 삼십 분 뒤에 두 번째 메일을 보냈다.

증인 진술서와 선서 진술서는 어떻게 됐습니까? 서류 없이 판사에게 갈 수는 없습니다.

트레이시가 세라본과 통화하려고 수화기를 들었을 때, 그의 두 번째 이메일 위에 있는 메일이 눈에 띄었다. 킨징턴이 트레이시를 참조 걸어 보낸 답장이었다. 트레이시는 그 메일을 열었다. 킨징턴이 증인 진술서와 선서 진술서를 첨부해 세라본에게 보낸 것이었다. 트레이시는 킨징턴 쪽으로 의자를 빙글 돌렸다. 그가 대신 답장을 보낸 것에 화가 났고, 선임 형사인 자신을 놔두고 그가 선서 진술서를 만들었다는 사실에 더욱 화가 치밀었다. 킨징턴이 등 뒤로 고개를 돌려 그녀의 성난 눈을 보고는 그녀 쪽으로 돌아앉았다.

"그 친구가 나한테 전화했어, 트레이시. 너는 네 일만으로도 버거워 보여서 내가 처리했어."

트레이시는 다시 키보드 쪽으로 돌아앉아 '전체 회신'을 누르고 신경질적으로 답장을 쓰기 시작했다. 그리고 잠시 후 의자에 등을 기댄 채 방금 쓴 글을 읽은 다음 지워버렸다. 그녀는 숨을 깊이 들이쉬고 키보드에서 물러났다.

"킨징턴." 그가 트레이시를 바라보았다. "고마워. 수색영장에 대해 세라본이 뭐래?"

킨징턴이 다가와 바지 주머니에 두 손을 꽂았다. "오늘 아침 늦게 발부될 거라더군. 넌 괜찮아?"

"모르겠어. 어떤 기분인지 나도 모르겠어. 머리가 지끈거려."

"반장님이 다녀갔어. 널 좀 보자던데."

트레이시가 웃으며 눈을 비비고 두 손가락으로 콧대를 잡았다. "가지가지 하는군."

"같이 나가서 아침이라도 먹을까? 차를 몰고 켄트에 가서 그 폭행 사건 증인을 만나도 되고."

트레이시는 의자를 뒤로 밀며 일어났다. "고마워, 킹징턴. 하지만 이 일을 빨리 마무리 지을수록……." 그녀는 체념한 듯 어깨를 으쓱했다. "어휴, 모르겠어."

그러고는 책상들을 빙 돌아 복도로 나갔다.

앤드루 롭은 2년 동안 A팀 팀장을 역임한 후 얼마 전 강력반장으로 승진했다. 그 덕분에 자그마한 집무실을 얻었는데, 그 방은 창문도 없고 명찰도 방문 옆에 달린 슬롯에 끼우는 식이었다. 롭은 자기 책상에 비스듬히 앉아 컴퓨터 화면에 시선을 고정한 채 키보드를 두드리고 있었다. 트레이시가 문틀을 똑똑 두드렸다.

"네?"

"바쁘실 때 왔나요?"

타이핑 소리가 그쳤다. 롭이 문 쪽으로 몸을 향하고 들어오라고 손짓했다. "문 닫고 들어와."

트레이시는 방으로 들어가며 문을 닫았다. 롭 뒤에 달린 사진들이 그의 일대기를 들려주는 듯했다. 그는 매력적인 빨강 머리 여인과 결혼했다. 그들 사이에는 이란성 쌍둥이 딸이 있고, 아빠 얼굴을 빼닮은 아들은 엄마처럼 머리가 빨갛고 얼굴은 주근깨투성이였다. 사진을 보니 아들은 학교에서 미식축구를 한 것 같았다.

"앉게나." 책상 등 불빛이 그의 안경에 반사되었다.

"괜찮습니다."

"앉으라니까."

트레이시는 의자에 앉았다.

롭은 안경을 벗어 책상 고무판에 내려놓았다. 안경이 걸쳐 있던 콧대에 빨간 자국이 선명했다.

"좀 어떤가?"

"좋습니다."

롭이 트레이시를 빤히 쳐다보았다. "다들 자넬 걱정하고 있어. 우리 모두 자네가 정말 괜찮은지 궁금해."

"걱정들 해주셔서 고맙습니다."

"유해는 검시소에 보냈나?"

트레이시가 고개를 끄덕였다. "네. 어젯밤에 수습해 왔습니다."

"보고서는 언제 나오지?"

"하루쯤 걸리겠죠."

"자네 일은 나도 안타깝게 생각하네."

트레이시는 어깨를 으쓱했다. "적어도 이제 동생은 찾았습니다. 그건 큰 성과죠."

"물론 그렇지."

롭은 연필을 집어 고무판 위에 있는 지우개를 두드렸다. "마지막으로 잔 게 언제인가?"

"어젯밤에요. 세상 모르고 잤습니다."

롭이 몸을 내밀었다. "자넨 자신이 멀쩡하다고 모두에게 말하고 싶겠지. 그건 자네 맘이야. 하지만 난 자네 상관으로서 의무가 있어. 자네가 정말 괜찮은지 알아야 해. 무리할 필요는 없어."

"무리할 생각은 없습니다, 반장님. 제 일을 하려는 것뿐이죠."

"좀 쉬지 그러나? 핸슨 건은 스패로우한테 맡기면 돼."

스패로우는 킹징턴이 마약 중독자들 사이에서 위장 수사 할 때 얻은 별명이었다. 당시 그는 장발에 염소수염을 길러 영화 〈캐리비안의 해적〉에서 조니 뎁이 연기한 잭 스패로우 선장처럼 보였다.

"제가 할 수 있습니다."

"할 수 있단 건 알아. 하지 말라는 거지. 집에 가서 좀 자. 지금 자네한테 필요한 일을 하란 말이야. 경찰 배지 떼라곤 안 할 테니까."

"명령인가요?"

"아니. 하지만 강력한 권고라네."

트레이시가 의자에서 일어나 문 앞까지 걸어갔다.

"트레이시……."

그녀가 반장을 돌아보았다. "집에 가서 할 일이라고는 벽 보는 것뿐입니다, 반장님. 생각하고 싶지 않은 것들을 생각할 시간밖에 없죠." 트레이시는 잠시 감정을 추슬렀다. "제 방에는 사진 한 장 없습니다."

롭이 연필을 내려놓았다. "상담이라도 좀 받아보지그래?"

"벌써 20년이 지났습니다, 반장님. 지난 20년 동안 저는 하루하루 버티며 살아왔어요. 여태 그랬듯이 앞으로도 날마다 버텨낼 겁니다. 끔찍한 하루하루를."

12

세라가 실종되고 이틀이 지났다. 이날 아침 트레이시의 아버지는 샤워를 하고 나왔는데도 완전히 녹초가 된 표정으로 서재에 들어갔다. 트레이시의 부모님은 밤 비행기 편으로 하와이에서 날아왔다. 어머니는 집으로 오지 않았다. 비행기에서 내리자마자 곧장 수색 지원자를 모으러 마켓가에 있는 재향 군인회 건물로 갔다. 이미 지원자들이 모여들고 있었다. 로이 캘러웨이를 만나려고 집에 돌아온 아버지는 트레이시에게 보안관이 추가로 질문할 게 있을지 모르니 집에 있으라고 했다. 하지만 트레이시는 벌써 수많은 질문에 대답한 터라, 보안관이 더 물어볼 게 있을까 싶었다.

사격 대회장에서 세라한테 관심을 보이거나 주위에서 어슬렁거리며 특이한 행동을 하는 자를 보았니?

어떤 이유로든 너나 세라에게 접근한 자가 있었어?

세라가 누군가에게 위협받는 것 같다고 말한 적 있니?

캘러웨이는 세라가 사귄 남자들 명단을 달라고 했다. 트레이시는 명단을 작성했지만, 그중 세라를 해칠 만한 사람이 있다고는 생각되지 않았다. 대부분 초등학교 시절부터 세라와 친구 사이였기

73

때문이다.

일찍 희끗해진 아버지의 머리카락이 셔츠 깃으로 곱슬하게 늘어졌다. 평소에는 젊은이 같은 분위기와 호기심 가득한 파란 눈 때문에 그 머리가 아주 어색했다. 하지만 이날 아침 아버지는 쉰여덟 살처럼 보였다. 둥그런 금테 안경 너머 붉게 충혈된 눈은 퉁퉁 부어 있었다. 원래 외모에 각별히 신경을 쓰는 분이건만 며칠째 면도를 못 해 수염이 텁수룩했다. '닥터 크로스화이트'라는 별명으로 사격 대회에 나설 때 사람들 앞에서 뽐내던 뾰족하고 풍성한 콧수염만큼이나 얼굴에 털이 무성했다.

"그 트럭에 대해 이야기해보게." 아버지가 캘러웨이에게 말했다. 트레이시는 그 질문을 한 사람이 캘러웨이가 아니라 아버지란 사실을 놓치지 않았다. 집에서 파티가 열릴 때면 아버지는 결코 수다스럽거나 과시적이지 않았지만, 사람들은 늘 아버지 주위로 모였다. 어머니는 그걸 '사람을 끄는 재주'라고 했다. 제임스 크로스화이트가 입을 열면 모두가 귀를 기울였고, 그가 질문을 하면 사람들은 대답했다. 그러면서도 아버지는 조용하고 품위 있는 태도를 잃지 않아서 상대방에게 자신이 존중받는다는 느낌을 주었다.

캘러웨이가 대답했다. "경찰서로 견인했네. 지금 시애틀에서 지문감식반이 오고 있어." 그는 트레이시를 보았다. "아무래도 기름이 떨어진 것 같아."

붉은색 스툴 옆에 서 있던 트레이시가 반박했다. "아니에요. 말씀 드렸잖아요. 탱크를 가득 채워서 시더 그로브를 떠났다고. 못해도 4분의 3은 남아 있었을 거예요."

"조사해보면 알 수 있겠지." 캘러웨이가 제임스 크로스화이트를 보았다. "우리 주뿐만 아니라 오리건 주와 캘리포니아 주의 모든 경찰서에 공문을 보냈다네. 캐나다 국경 순찰대에도 알렸고. 세라의 졸업 사진을 팩스로 보냈어."

제임스 크로스화이트는 수염이 빼곡히 자란 턱을 한 손으로 문질렀다. "타지인의 소행일 거라고 보는 건가?"

트레이시가 또 나섰다. "타지 사람이 뭐 하러 국도를 타요? 그런 사람은 고속도로를 벗어나지 않았을 거예요."

아버지가 실눈을 뜨고 노려보는 것을 트레이시는 뒤늦게 알아차렸다. 아버지가 다가와 트레이시의 왼손을 잡았다. "이게 뭐냐? 다이아몬드 반지?"

"네."

아버지는 고개를 돌리고 턱 근육을 씰룩였다.

캘러웨이가 끼어들었다. "세라 친구들에게는 연락해봤니?"

트레이시는 왼손을 허벅지 뒤로 숨겼다. 지난 몇 시간 동안 그녀는 머릿속에 떠오르는 친구들 모두에게 전화를 걸었다. "아무도 세라를 못 봤대요."

아버지는 혼잣말하듯 중얼거렸다. "걔가 왜 총을 가져가지 않았지? 어째서 권총 한 자루 안 가져갔을까?"

"겁낼 이유가 없었겠지, 제임스. 아마 기름이 떨어져서 마을까지 걸어가려 했을 거야."

"숲속은 수색했나?"

"미끄러지거나 추락한 흔적은 전혀 없었네."

트레이시가 보기에 그럴 가능성은 없었다. 아무리 어둡고 비가 왔다 해도, 운동 능력이 뛰어난 세라가 갓길 비탈로 떨어졌을 리 만무했다.

캘러웨이가 말했다. "차분히 상황을 지켜보세나."

"앉아서 기다릴 수는 없네, 로이. 자네도 알다시피 난 그런 스타일이 아냐." 아버지는 트레이시를 보았다. "전단지 완성해서 엄마한테 갖다드리렴. 졸업 사진 말고 현재 세라 모습이 찍힌 사진도 찾아봐라. 복사는 약국에 가서 브래들리에게 맡기고. 일단 천 장 복사하라고 해. 비용은 장부에 달아놓고. 이 동네부터 캐나다 국경까지 사방에 뿌려야겠어."

이번에는 캘러웨이에게 말했다. "지형도가 필요할 걸세."

"이미 번에게 연락했어. 이곳 산지를 그 친구만큼 잘 아는 이는 없으니까."

"수색견은?"

"물색해보겠네."

"타지에서 귀향한 자의 소행이 아닐까? 이 근방에 사는 사람 말이야."

"이곳 사람일 리 없어, 제임스. 누가 세라한테 그런 짓을 하겠나."

뭔가 더 말하려던 아버지가 갑자기 생각의 끈을 놓친 사람처럼 멈칫했다. 난생처음 트레이시는 아버지의 얼굴에 두려움이 스치는 것을 보았다. 형언할 수 없는 잿빛 어둠 같은 공포. 이윽고 아버지가 입을 열었다.

"그 녀석……. 최근에 가석방으로 풀려난 녀석 말이야."

"에드먼드 하우스?" 순간 캘러웨이는 마비된 것 같았다. 하지만 곧 정신을 차렸다. "당장 알아보겠네."

그러고는 재빨리 서재 문을 열고 부리나케 대리석 바닥을 가로질러 현관으로 달려갔다.

아버지가 탄식하듯 중얼거렸다. "맙소사."

13

제퍼슨가에 새로 자리 잡은 킹 카운티 검시소 건물 지하에는 단출하게 꾸며진 카페가 있었다. 트레이시가 보기에는 환자가 고생한다고 문병객까지 고생할 필요는 없다며 병원에 만들어놓은 카페 같았다. 나름 현대적인 분위기를 내려 했는지 바닥에는 리놀륨을 깔고 테이블에는 스테인리스를 썼지만, 플라스틱으로 만든 의자는 영 불편했다. 물론 켈리 로자가 이 카페에서 보자고 한 건 분위기 때문은 아니었다. 위치 때문이었다. 자신의 사무실과 가깝지만 자신의 사무실은 아닌 곳.

트레이시는 카페 안을 둘러보았지만 로자는 보이지 않았다. 홍차를 주문한 트레이시는 비탈진 인도가 내다보이는 창가 테이블에 앉아 스마트폰으로 이메일과 문자 메시지 답장을 보냈다. 얼마 지나지 않아 인도를 따라 내려오는 로자가 보였다. 부슬비에 젖지 않으려고 초록색 레인코트를 걸치고 후드를 뒤집어썼지만, 알아볼수 있었다. 카페에 들어선 로자는 후드를 젖히고 트레이시 쪽을 보았다. 지금 그녀는 오래전에 죽은 사람들의 시신을 찾아내 부검하려고 산과 들, 늪을 누비는 사람처럼 보이지 않았다. 미니밴을 몰고 아들을 축구장에 데려다주는 엄마 같았다. 물론 로자가 차를 모는 건 사람 유해를 찾으러 다닐 때뿐이었지만.

로자는 트레이시와 포옹하고 코트를 벗었다.

트레이시가 물었다. "뭐 좀 마실래요?"

"아뇨, 괜찮아요." 로자는 맞은편 의자에 앉았다.

"애들은 잘 지내죠?"

"올해 열네 살인 첫째는 저보다 키가 커요. 물론 엄청 큰 것도 아니지만, 엄마를 내려다보는 게 무척 뿌듯한가 봐요." 로자는 150센티미터를 조금 넘는 키인데, 그나마도 부풀린 금발 덕분이었다. "열한 살인 둘째는 학교에서 하는 연극 〈오즈의 마법사〉에 나올 거예요."

"도로시 역인가요?"

"토토예요. 걔는 자기가 주인공인 줄 알아요."

트레이시가 빙그레 웃었다. 로자가 의자를 당겨 앉으며 트레이시의 손을 꼭 잡았다. "당신 일은 정말 안됐어요, 트레이시."

"감사합니다. 시간 내줘서 고마워요."

"천만에요."

"시신의 신원 확인은 했죠?" 형식적인 질문이었다. 트레이시는 로자가 세라의 턱뼈와 치아를 엑스레이로 찍어 실종자 데이터베이스와 범죄정보센터를 통해 확인했으리라는 것을 경험상 알고 있었다.

"둘 다 일치하더군요."

"나한테 더 알려줄 게 있나요?"

로자는 한숨을 내쉬었다. "그 우람한 보안관은 내가 당신한테 아무 말도 안 하길 바랄 겁니다."

"그렇게 말하던가요?"

"속이 뻔히 보이던걸요."

"속내를 감출 줄 모르는 사람이죠."

"그분이 내 상관이 아니라 다행이에요." 로자는 빙그레 웃었지만 금세 표정을 굳혔다. "하지만 정말 더 듣고 싶어요? 모르는 사람 시신이라 해도 듣기 힘들 텐데."

"자신은 없지만, 당신이 뭘 알아냈는지 알아야겠어요."

"얼마나 말해주길 바라나요?"

"내가 견딜 수 있을 만큼만. 못 견디겠으면 말할게요."

로자는 두 손을 비비다 뾰족하게 모아서 턱을 괬다. 마치 기도할 준비를 하는 아이 같았다.

"짐작대로 살인범은 나무가 뽑히고 남은 구덩이를 이용했어요. 삽질한 자국을 보면 구덩이를 넓히려 한 건 분명하지만, 크기를 잘못 쟀거나 농땡이를 부렸거나 시간이 부족했을 거예요. 세라의 시신은 다리가 머리보다 높고 무릎이 구부러진 자세였어요. 그래서 개가 발과 다리를 먼저 발견한 겁니다."

"그 정도는 나도 들었어요."

"구덩이 안의 시신이 무릎이 구부러지고 등이 굽은 자세로 있다는 건, 묻히기 전에 사후경직이 일어났다는 뜻입니다."

트레이시는 심장박동이 빨라지는 기분이었다.

"묻히기 전이라고요? 확실해요?"

"틀림없습니다."

"얼마나 전인데요?"

"그건 단정할 수 없어요. 경험적으로 추측할 따름이죠."

"하지만 묻히기 전인 건 확실하군요."

"그게 저의 강력한 소견입니다."

"사인은 밝혀졌나요?"

"척추 바로 위 뒤통수 두개골에 금이 갔더군요. 물론 그게 사인인지 여부도 단정할 수 없습니다. 오래전에 사망했으니까요. 다른 골절은 전혀 없었어요, 트레이시. 폭행당한 흔적은 보이지 않았습니다."

트레이시를 배려한 말이었다. 골절 흔적이 없다는 것이 피해자가 폭행이나 고문을 당하지 않았다는 결정적 증거는 아니다. 시신이 극도로 부패한 경우에는 더욱 그랬다.

"버클 말고 다른 소지품은 뭐가 나왔죠?"

면이나 양모 같은 유기물질은 오래전에 삭았겠지만 금속이나 합성섬유 같은 비유기물질은 남아 있을 거란 사실을 트레이시는 경험상 알고 있었다.

로자가 재킷 주머니에서 수첩을 꺼내 훌훌 넘겼다.

"'LS&CO S.F.'라고 새겨진 금속 바지 단추를 찾았습니다."

트레이시는 빙그레 웃었다. "리바이 스트라우스 앤드 컴퍼니의 약자예요. 세라는 반항기가 있었어요."

"무슨 말씀이죠?"

"리바이 스트라우스는 총기 규제 로비스트들을 지원하거든요. 우리는 랭글러나 리를 입었지만, 세라는 리바이스를 입으면 엉덩이가 빵빵해 보인다며 좋아했어요. 잘 알기 전에는 이해하기 어려운 애였죠."

"어디 보자. 금속 똑딱단추가 일곱 개 나왔어요." 로자가 수첩에서 고개를 들었다. "긴소매 셔츠에 달려 있던 것 같아요. 크기가 작은 두 개는 소맷부리에 달렸던 듯하고요."

트레이시는 의자 옆에 둔 서류 가방에 손을 넣어 액자 하나를 꺼냈다. 트레이시와 세라, 3등 수상자가 찍힌 사진이 담겨 있었다.

"이런 거요?"

로자는 사진을 뚫어져라 보았다. "네. 단추들은 더 이상 까맣지 않지만요."

세라는 스컬리라는 브랜드에서 나온 긴소매 셔츠를 즐겨 입었다. 사격 대회 당일에는 하얀색과 검은색이 어우러진 자수 셔츠 차림이었다. 트레이시는 액자를 테이블에 내려놓았다.

로자가 수첩을 다시 보았다. "비닐 조각도 몇 점 발견됐습니다."

트레이시는 배가 조여들었지만 집중력을 잃지 않으려고 기를 썼다. 살인자는 세라의 몸을 구부려 억지로 구덩이에 끼워 넣었다. 게다가 평범한 쓰레기 봉지에 세라를 담은 게 틀림없었다.

로자가 망설였다. "괜찮으세요?"

트레이시는 숨을 깊이 들이마시고, 차마 꺼내기 어려운 말을 가까스로 내뱉었다. "쓰레기 봉지인가요?"

쓰레기 봉지는 중요한 의미일 수 있다. 캘러웨이의 주장에 따르면 에드먼드 하우스는 세라를 보자마자 죽여 시신을 땅에 묻었다. 하우스가 길을 걷고 있던 세라를 우연히 만나 다짜고짜 공격했다는 논리였다. 만약 그렇다면, 때마침 그의 트럭에 쓰레기 봉지가 있었다는 건 우연으로 보기 어렵지 않겠는가.

"그래 보여요."

"또 다른 건요?"

"합성섬유 약간."

"굵기는요?"

"섬유 굵기요? 50미크론이었어요."

"카펫에서 나온 걸까요?"

"그럴 수도 있죠."

"세라의 시신을 카펫으로 말았을 가능성이 있다고 보나요?"

"아뇨. 만약 그랬다면 카펫 일부가 남았거나, 적어도 우리가 찾아낸 것보다는 훨씬 더 많은 섬유가 발견됐을 거예요. 다른 데서 묻은 실밥 따위일 가능성이 커요. 이를테면 차 안에서."

에드먼드 하우스는 자신의 숙부인 파커 하우스의 집에 기거하면서, 숙부가 집으로 가져와 고쳐서 되판 수많은 차 중 하나인 빨간색 쉐보레 트럭을 몰았다. 그의 트럭은 운전석 시트를 뜯어내 철제 프레임이 드러나 있었다. 더구나 구덩이에서 카펫 실밥이 나왔다는 것은 에드먼드 하우스가 세라를 강간하고 교살하자마자 땅에 묻었다고 실토했다는 캘러웨이의 주장과도 배치되었다.

"다른 건 없었나요?"

"액세서리 몇 점이 나왔어요."

트레이시가 앞으로 몸을 숙였다. "정확히 어떤 거죠?"

"귀걸이. 목걸이도 있었고요."

트레이시의 심장박동이 빨라졌다. "귀걸이 모양이 어땠죠?"

"타원형 비취였습니다."

"물방울 모양 말인가요?"

"네."

"그럼 목걸이는 순은이었나요?"

"네."

트레이시는 사진을 다시 로자 쪽으로 밀었다. "이런 거요?"

"정확히 일치해요."

"지금 어디 있죠?"

"부보안관이 모두 보관하고 있습니다."

"하지만 당신이 전부 촬영해 분류해놨죠?"

"물론이죠. 기본 절차니까요." 로자가 호기심 어린 표정으로 바라보았다. "그건 왜요?"

트레이시는 의자를 밀고 일어나 사진을 서류 가방에 넣었다. "이만 가볼게요, 켈리. 오늘 고마웠어요."

그녀가 걸어가자 뒤에서 로자가 불렀다. "트레이시." 트레이시가 돌아섰다. "세라의 시신은 어쩔 거예요?"

트레이시는 잠시 눈을 감고 손바닥으로 이마를 눌렀다. 지끈거리는 두통이 또 시작되는 느낌이었다. 그녀는 도로 의자에 앉았다.

잠시 후 로자가 입을 열었다. "왜 그래요?"

트레이시는 뭐라고 대답하면 좋을지, 어디까지 털어놓을지 고민했다. "너무 많이 알아서 좋을 거 없어요, 켈리. 어쩌면 당신이 증인이 될지도 모르니, 당신의 견해가 내 말에 영향받지 않는 편이 나아요."

"증인요?"

트레이시가 고개를 끄덕였다.

로자는 미심쩍은 듯 실눈을 뜨고 보았지만, 하려던 말을 하기로 마음먹은 눈치였다. "알았어요. 그런데 제가 한 가지 제안을 하고 싶은데……."

"얼마든지요."

"세라의 시신은 제가 곧장 장의사로 보낼게요. 그 편이 나을 듯해요. 당신이 옮기는 건 아무래도 좀 그렇잖아요."

20년 전 시더 그로브에서는 세라의 장례를 치르자는 말이 나왔다. 사건을 종결짓고 싶었던 것이다. 하지만 세라의 아버지, 제임스 크로스화이트는 장례 운운하는 소리에 귀를 막았다. 자신의 딸이 죽었다는 말을 듣고 싶지 않았을 것이다. 트레이시는 더 이상 아무런 희망도 품지 않았지만, 이제 지난 20년간 기다려온 것을 얻었다. 뚜렷한 증거.

그녀가 대꾸했다. "그게 좋겠네요."

14

세라 실종 사흘째. 트레이시가 아침 일찍 현관문을 열자 문 앞에 로이 캘러웨이가 모자챙을 만지작거리며 서 있었다. 표정을 보니 좋은 소식이 아닌 눈치였다.

"잘 잤니, 트레이시. 네 아버지랑 할 이야기가 있다."

어제 트레이시는 날이 어두워지면서 시더 그로브 북부 산지 수색이 더 이상 불가능해지자 부모님을 집으로 끌고 오다시피 했다. 아버지가 서재를 수색 본부로 사용하는 동안에는 곁에서 일을 거들었다. 아버지는 수많은 경찰서에 전화하고, 의회 의원들을 비롯해 자신이 아는 힘 있는 사람 모두에게 연락했다. 트레이시는 라디오 방송국과 신문사에 전화했다. 밤 11시가 조금 지났을 즈음, 아버지가 지형도를 살펴보는 동안 트레이시는 십오 분만 눈을 붙이기로 하고 붉은 가죽 의자 위에 옹송그린 채 잠들었다. 눈을 떴을 때는 담요를 덮고 있었다. 크리스털 유리창으로 아침 햇살이 쏟아져 들어왔다. 아버지는 여전히 책상에 앉아 있었는데, 어젯밤 트레이시가 만들어준 샌드위치에는 손도 대지 않았다. 아버지는 자와 컴퍼스를 이용해 지형도를 사분면으로 나누고 있었다. 트레이시는 커피를 끓이려고 일어났지만, 부엌에 가보니 이미 커피포트에 커피가 담겨 있었다. 어머니가 딸을 깨우지 않고 아침 일찍 나간 모양이었다. 트레이시가 아버지에게 드릴 커피를 따르려 할 때, 현관문을 두드리는 소리가 들렸던 것이다.

트레이시가 대답했다. "서재에 계세요."

이미 뒤에서 서재 문이 열리고 있었다. 아버지가 밖으로 나와 안경다리를 귀에 걸었다. "자네 왔군. 커피 좀 끓여다오, 트레이시."

"엄마가 벌써 끓여놨어요."

트레이시는 두 남자를 따라 서재로 들어갔다.

아버지가 캘러웨이에게 물었다. "그 친구는 만나봤나?"

"그날 집에 있었다던데."

에드먼드 하우스 이야기라는 걸 트레이시는 알고 있었다.

"알리바이를 입증해줄 사람은 있고?"

캘러웨이는 고개를 저었다. "파커는 제재소에서 야간 근무를 하고 늦게 귀가했어. 집에 왔을 때 에드먼드가 방에서 자고 있는 걸 봤다더군."

캘러웨이가 잠시 머뭇거리자 아버지가 물었다. "그런데?"

캘러웨이는 아버지에게 폴라로이드 사진 몇 장을 건넸다. "에드먼드의 뺨과 손등에서 긁힌 자국이 발견되었어."

아버지는 사진 한 장을 들어 빛에 비추었다. "어쩌다 그랬다고 하던가?"

"숙부가 가구를 만드는 창고에서 작업을 하는데 나무토막이 폭발했다더군. 그 파편에 긁혔다는 거야."

아버지가 사진을 내려놓았다. "그런 일은 금시초문인걸."

"나 역시."

"이건 손톱으로 할퀸 상처 같은데."

"내 생각도 그래."

"수색영장 발부받을 수 있겠나?"

캘러웨이는 좌절감이 서린 목소리로 대답했다. "밴스가 이미 시도했네. 설리번 판사 집에 전화했어. 판사가 거부했다더군. 파커의 사적 공간을 침범하기에는 증거가 불충분하다는 거야."

아버지는 담이 들린 목덜미를 주물렀다. "내가 전화해볼까?"

"나라면 안 하겠네. 설리번은 원칙주의자야."

"그 인간은 우리 집에 자주 왔어, 로이. 크리스마스 파티 때마다 온다고."

"알아."

"만약 세라가 그 집에 있다면? 집 안 어딘가에 감금되어 있다면 어쩔 텐가?"

"그건 아냐."

"자네가 어떻게 알아?"

"거긴 파커의 집이야. 내가 한번 둘러봐도 되냐고 묻자 그 친구가 허락했다네. 방과 건물을 샅샅이 살펴보았지만 세라는 없었어. 세라가 거기 있었던 흔적도 전혀 없었고."

"다른 증거가 있을지 몰라. 차 안이나 집 안의 혈흔 말일세."

"그럴 수도 있지. 하지만 감식반을 부를 순⋯⋯."

"그 자식은 우라질 흉악범이야, 로이. 유죄 판결을 받은 강간범이라고. 그런 놈의 얼굴과 팔에 긁힌 자국이 있고, 그날 뭘 하고 다녔는지 아무도 몰라. 대체 뭐가 더 필요해?"

"나도 밴스에게 같은 말을 했고, 밴스도 설리번한테 그렇게 따졌다네. 하지만 에드먼드는 그 범죄로 형을 다 살고 나왔어."

"내가 킹 카운티에 전화해봤네, 로이. 경찰의 헛발질 덕분에 에드먼드가 가석방으로 풀려났다더군. 죄 없는 여자를 하루가 넘도록 폭행하고 강간한 놈이라던데 말이야."

"그래서 복역한 거야, 제임스."

"그럼 한번 말해보게나, 로이. 내 딸은 어디 있나? 우리 세라 어디 있어?"

캘러웨이는 괴로운 표정이었다. "모르겠네. 나도 궁금해죽겠어."

"그럼 이게 엄청난 우연의 일치일 뿐이라는 건가? 가석방으로 풀려난 놈이 이 동네에서 살려고 돌아왔는데, 하필 이때 세라가 실종된 게 우연이야?"

"그걸로는 충분치 않아."

"놈에게는 알리바이도 없어."

"그걸로는 충분하지 않아, 제임스."

"그럼 누구 짓이야? 떠돌이? 우연히 지나가던 놈? 그럴 확률이 얼마나 돼?"

"우리 주의 모든 경찰서에 수배 전단이 뿌려졌어."

아버지는 지형도를 돌돌 말아 트레이시에게 내밀었다. "재향 군인회 건물에 가서 엄마한테 줘라. 그걸 번한테 주고 팀을 짜라고 해. 다시 수색하러 가야 하니까. 이번에는 체계적인 방식으로 찾아야겠다. 그래야 실수할 여지가 없지."

아버지가 캘러웨이에게 물었다. "개들은 어떻게 됐나?"

"가장 가까운 수색견 팀이 캘리포니아 주에 있어. 여기로 수송해오기가 만만치 않아."

"시베리아에 있다 해도 상관없어. 돈은 얼마든지 낼 테니 데려오기나 해."

"비용이 문제가 아니야, 제임스."

아버지가 트레이시를 돌아보았다. 딸이 아직 출발하지 않은 것을 보고 놀란 듯했다. "내 말 못 들었니? 어서 가라니까."

"아빠는 안 가세요?"

"젠장, 시키는 대로 하기나 해!"

트레이시가 움찔하며 뒤로 물러났다. 지금껏 아버지는 트레이시나 세라에게 언성을 높인 적이 없었다. "알았어요, 아빠."

트레이시가 아버지를 지나쳐 걸어가자, 뒤에서 아버지가 살며시 딸의 어깨를 잡았다. 잠시 마음을 가다듬는 듯했다. "가서 엄마한테 내가 곧 간다고 전하렴. 보안관 아저씨랑 몇 가지 더 의논할 일이 있단다."

15

세라의 시신이 발견되고 일주일 뒤, 트레이시는 다시 시더 그로
브로 차를 몰았다. 시애틀에서 오는 동안은 줄곧 화창했는데, 시더
그로브에 가까워지자 점점 먹구름이 끼더니 이제는 마을 전체를
뒤덮었다. 그녀가 고향으로 돌아온 침통한 이유를 알려주는 것만
같았다. 트레이시는 동생의 장례를 치르러 왔다.

예상보다 길이 덜 막혀 장례식 예정 시각보다 삼십 분 일찍 도
착했다. 버려진 듯 황량한 상점들을 둘러보던 트레이시는 한때 코
프먼 잡화점이었던 가게 앞에 달린 커피 잔 모양 네온사인을 발견
했다. 곧 비가 오려는지 공기에서 흙내가 짙게 풍겼다. 트레이시
는 주차 요금 투입기에 25센트 동전을 넣었다. 물론 주변 100킬로
미터 안에 주차 요금 관리원 따위는 없을 듯했다. 잠시 후 트레이
시는 데일리 퍼크라는 카페에 들어갔다. 그 길고 좁은 공간은 과
거 잡화점에서 소다와 아이스크림을 팔던 자리였다. 누군가가 간
이 벽을 세워 기존 공간을 카페와 중식당으로 나누어놓은 것이다.
잡다한 가구가 뒤섞인 인테리어는 대학교 기숙사를 연상시켰다.
실밥이 터진 소파에는 신문들이 널려 있었다. 카페 벽은 여기저기

길게 금이 가 있었는데, 그 위로 창문을 그려 넣어 조악하게 눈가림을 해놓았다. 그림 속 행인들은 빌딩이 즐비한 인도를 걸어가고 있었다. 시골 카페에 어울리지 않는 기묘한 벽화였다. 카운터를 지키는 젊은 여자는 코걸이를 하고 아랫입술에 스터드 피어싱을 했으며, 퇴직을 일주일 앞둔 공무원처럼 근무 의욕이 전혀 없어 보였다.

점원이 인사할 기미도 보이지 않자, 트레이시가 대뜸 말했다.

"커피요. 블랙으로."

그녀는 커피 잔을 들고 진짜 창문 옆 테이블로 가서 앉아, 창밖으로 펼쳐진 황량한 마켓가를 물끄러미 바라보았다. 그 옛날 세라와 친구들을 데리고 사람들이 북적이는 인도에서 자전거를 타다혼나던 일이 떠올랐다. 당시에는 자전거를 자물쇠를 채울 필요도 없이 벽에만 기대어놓고, 그 주 토요일에 떠날 모험에 필요한 물건들을 사러 가게들을 순례하곤 했다.

* * *

"제기랄." 댄 올리리가 자전거 안장에 걸터앉은 채 처량한 표정으로 투덜댔다.

"무슨 일이야?" 트레이시가 두꺼운 밧줄과 빵 한 덩이, 땅콩버터와 잼을 백팩에 넣고 코프먼 잡화점에서 막 나왔다. 남은 25센트로는 까만 감초 사탕 열 개와 빨간 감초 사탕 다섯 개를 샀다. 이날 아침 트레이시는 세라랑 같이 자전거를 타고 캐스케이드 호수에 갔다 와도 되냐고 아빠에게 물었다. 여름 물놀이용 밧줄 그네를 매달기에 더없이 좋은 나무를 세라가 발견했기 때문이었다. 아빠는

흔쾌히 허락하면서 기다렸다는 듯이 돈까지 주었다. 트레이시는 깜짝 놀랐다. 평소 같으면 소풍 경비는 트레이시와 세라의 용돈으로 해결해야 했다. 이제 고등학교 2학년인 트레이시는 허친스 극장에서 매표소 아르바이트를 하며 돈을 벌기도 했다. 아빠는 돈만 준 게 아니라, 코프먼 씨가 요즘 생활이 어려우니 한 푼도 남기지 말고 다 쓰고 오라는 당부도 했다. 트레이시는 아빠의 뜻을 이해했다. 시더 그로브 초등학교 6학년인 코프먼 씨의 아들 피터는 세라와 같은 반인데, 몸이 아파서 거의 1년 내내 병원을 들락거렸다.

"타이어가 터졌어." 댄이 바람 빠진 자전거 앞바퀴처럼 풀 죽은 목소리로 대답했다.

"그냥 바람이 조금 빠진 거 아닐까?"

"아냐. 아침에 보니 바람이 빠졌길래 펌프로 꽉 채우고 나왔어. 구멍이 난 게 분명해. 꼴좋게 됐네. 난 틀렸어."

댄은 어깨에 맨 백팩을 내리고 인도에 주저앉았다.

서니와 함께 가게에서 나온 세라가 물었다. "왜 그래?"

"댄의 자전거 타이어가 터졌나 봐."

"난 오늘 못 가."

트레이시가 대꾸했다. "너네 집에 전화해달라고 코프먼 아저씨한테 부탁하자. 그러면 네 엄마가 와서 새 타이어를 사주실 거야."

댄은 고개를 저었다. "안 돼. 아빠가 내 문제는 내가 책임지랬어. 돈은 거저 생기는 게 아니라면서."

서니가 퉁명스레 끼어들었다. "그래서 못 간다는 거야? 이미 계획도 다 짰잖아."

댄은 양팔을 무릎에 얹고 고개를 푹 숙였다. 안경이 팔에 걸려 비뚤어졌지만 고쳐 쓰지 않았다. "나 빼고 너희끼리 가."

"알았어."

서니가 자기 자전거에 올랐다.

트레이시가 서니를 노려보며 쏘아붙였다. "댄 없이는 아무 데도 안 가, 서니."

"안 가? 얘 자전거가 고장 난 건 우리 잘못이 아니잖아."

세라가 대뜸 한마디 했다. "언니 진짜 못됐어."

"꼬맹이는 빠져. 얘는 누가 데려왔어?"

세라가 맞받아쳤다. "언니는 누가 데려왔는데? 그 나무는 내가 발견했어. 언니가 아니라."

트레이시가 끼어들었다. "둘 다 그만해. 댄이 못 가면 우리도 안 가." 그리고 댄의 팔을 잡았다. "어서 일어나, 댄. 네 자전거를 밀고 우리 집에 가자. 마당에 있는 수양버들 가지에 밧줄을 매달아 그네를 만들면 돼."

서니가 발끈했다. "지금 장난해? 우리가 여섯 살 꼬마야? 밧줄 그네 붙잡고 호수에 뛰어들기로 했잖아. 너네 집에 가서 뭐 하게? 잔디밭에 뛰어들자고?"

"잔말 말고 따라와." 트레이시는 주위를 둘러보았지만 동생이 보이지 않았다. 한숨이 나왔다. "세라 어디 있어?"

서니가 이죽거렸다. "신나는 하루로군. 꼬마는 없어지고, 아주 갈수록 가관인데?"

세라의 자전거는 여전히 가게 벽에 기대어져 있었지만 세라는 어디에도 보이지 않았다. 트레이시가 말했다.

"여기서 기다려." 다시 가게로 들어가보니, 세라가 카운터에서 코프먼 아저씨와 이야기하고 있었다. "세라, 지금 뭐 하는 거야?"

세라가 주머니에 손을 넣어 지폐 뭉치와 동전들을 꺼내 카운터에 내려놓았다. "댄 오빠한테 새 타이어 사주려고."

그러고는 눈앞으로 내려온 머리카락이 성가신지 고개를 흔들었다. 엄마는 늘 세라에게 머리핀을 꽂거나 고무줄로 머리를 묶으라고 했지만 세라는 도무지 말을 듣지 않았다.

"영화 보고 남은 돈 모아둔 거 아냐?"

세라는 어깨를 으쓱했다. "지금은 나보다 댄 오빠가 돈이 필요하니까."

코프먼 아저씨가 세라에게 새 타이어가 담긴 상자를 내밀었다.

"여기 있다, 세라. 이 사이즈면 맞을 거야."

"돈이 모자라진 않나요, 아저씨?"

코프먼 아저씨는 카운터 위 돈을 세어보지도 않고 집어 들었다.

"충분해 보이는걸. 정말 네가 수리할 수 있겠니? 꽤 까다로울 텐데." 아저씨는 트레이시를 힐긋 보고 윙크했다.

"아빠가 하는 거 본 적 있어요. 앞바퀴니까 체인을 분리할 필요는 없을 거예요."

"언니한테 도와달라고 하렴."

"아뇨, 혼자 할 수 있어요."

아저씨가 카운터 밑에서 렌치와 일자 드라이버를 꺼내 세라에게 주었다. "이게 있어야 할 게다. 도움이 필요하면 언제든 말하렴."

"그럴게요. 고맙습니다, 아저씨."

세라는 상자와 공구를 받아 들고 가게 밖으로 달려 나왔다. "내가 새 타이어 사 왔어! 이제 모두 함께 갈 수 있어!"

트레이시는 창밖을 물끄러미 보았다. 어리둥절하던 댄이 깜짝 놀라더니, 마침내 활짝 웃으며 벌떡 일어섰다.

코프먼 아저씨가 말했다. "도움이 필요하면 나한테 말해라. 알았지, 트레이시?"

트레이시가 고개를 끄덕였다. "그럴게요."

아저씨가 자전거펌프를 트레이시에게 건넸다. "끝나면 공구랑 같이 돌려주렴." 그러고는 창밖을 바라보았다. 댄과 나란히 무릎을 꿇은 세라가 렌치로 앞바퀴 너트를 돌리고 있었다.

"네 동생, 참 화끈한 성격이구나."

"네, 특별한 아이죠. 고맙습니다, 아저씨."

가게에서 나가려던 트레이시를 뒤에서 코프먼 아저씨가 불렀다. 아저씨는 초콜릿 하나를 내밀었다. 트레이시의 가족이 캠핑 갈 때 엄마가 스모어를 만들려고 사 가는 특대형 초콜릿이었다.

"어휴, 안 돼요. 저 돈 없어요."

"선물이야."

"받을 수 없어요."

트레이시는 코프먼 아저씨가 요즘 어렵다는 아빠의 말이 생각났다. 더구나 타이어값도 세라가 카운터에 올려놓은 돈보다 비싸지 않을까 의심하고 있었다.

코프먼 아저씨는 당장이라도 울 것 같은 표정이었다.

"세라가 우리 피터 보려고 병원까지 자전거 타고 오는 거 아니?"

"정말요?"

그 병원은 옆 마을 건너 멀리 실버 스퍼스에 있었다. 부모님이 알면 세라를 크게 꾸짖었을 것이다.

아저씨의 눈에 눈물이 그렁그렁했다. "세라가 피터에게 컬러링북을 가져다준단다. 팝콘 사 먹을 돈을 모았다면서 말이야."

16

트레이시는 몸을 흔들어 비에 젖은 재킷을 털고 소런슨 장의사 정문으로 들어갔다. 과거에 아이들이 소런슨 할아범이라고 불렀던 아서 소런슨은 한때 시더 그로브에서 죽은 모든 이의 시신을 염습했는데, 그중에는 트레이시의 아버지와 어머니도 있었다. 하지만 이번 주 초에 트레이시가 장의사로 연락했을 때 전화를 받은 사람은 그의 아들 대런이었다. 시더 그로브 고등학교 출신으로, 트레이시보다 몇 살 위인 대런이 가업을 물려받은 듯했다.

로비로 들어선 트레이시는 안내 데스크에 앉아 있는 여자에게 이름을 말했다. 그리고 앉아서 기다리라는 권유도 커피도 사양했다. 건물 내부 조명이 그녀가 기억하는 것보다 환한 듯했다. 벽과 카펫도 밝은 색이었다. 하지만 냄새는 변하지 않았다. 향내 같았다. 죽음을 떠올리게 하는 냄새.

"트레이시?" 대런 소런슨이 검은 넥타이에 검은 정장 차림으로 손을 내밀며 다가왔다. 그리고 트레이시와 악수했다. "만나서 반가워. 물론 즐거워할 상황은 아니지만."

"애써줘서 고마워. 정말 수고 많았어."

대런은 세라의 유해를 화장해줬을 뿐만 아니라 묘지에 연락하고
목사도 불러주었다. 트레이시는 장례 예배를 원치 않았지만, 야밤
에 직접 땅을 파고 장례식도 없이 동생을 묻을 수는 없었다.

"수고는 무슨."

대런은 한때 자기 아버지의 사무실이었던 곳으로 트레이시를 데
려갔다. 트레이시는 이 사무실에 전에도 온 적이 있다. 어머니와
함께 아버지의 장례를 준비했고, 어머니가 암으로 돌아가셨을 때
는 혼자서 왔다. 대런이 책상 뒤 의자에 앉았다. 트레이시가 기억
하는 것보다 젊어 보이는 그의 아버지 사진이 가족사진과 나란히
벽에 걸려 있었다. 대런은 고등학교 시절 여자친구였던 애비 베커
와 결혼했다. 둘 사이에는 자녀가 셋인 듯했다. 대런은 부친을 닮
았다. 몸집이 우람하고, 이마가 드러나게 머리를 전부 뒤로 빗어
넘겨 주먹코가 도드라졌으며, 댄 올리리가 어릴 때 썼던 것처럼 두
꺼운 검은 테 안경을 썼다.

트레이시가 말했다. "사무실을 새로 단장했네."

"아직 멀었어. 음침해야만 경건한 건 아니라고 아버지를 설득하
기가 쉽지 않네."

"아버지는 어떠셔?"

"요즘도 이따금 현역으로 복귀하겠다고 으름장이셔. 그럴 때면
아버지 손에 골프채를 쥐여드리지." 대런이 잠시 말을 골랐다. "아
내가 위로 전해달래."

"묫자리 구하는 데 어려움은 없었고?"

시더 그로브 공동묘지는 마을이 생기기 전부터 존재했지만, 초
기 무덤들은 날짜를 새겨 넣지 않았던 터라 첫 매장이 언제였는지
는 아무도 몰랐다. 공동묘지 관리는 자원봉사자들이 했다. 잡초를

뽑고 잔디를 깎았으며, 누가 죽으면 무덤도 팠다. 훗날 누군가 자신들의 노고에 보답해줄 거라는 암묵적인 믿음을 지닌 채 공짜로 일했다. 묘지 공간이 제한되어 있었기 때문에 시의회는 매장을 일일이 심사했다. 시더 그로브 거주는 필수 요건이었다. 세라는 사망 당시 시더 그로브 주민이어서 문제될 것이 없었다. 트레이시는 부모님이 2인묘에 안장되어 있긴 했지만, 동생을 두 분 곁에 묻어달라고 요청했다.

대런이 대답했다. "모두 잘 처리됐어."

"비용을 정산할게."

"그것도 다 끝냈고."

"그럼 당장 수표를 써 줄게."

"안 그래도 돼, 트레이시."

"그럴 수는 없어. 그건 너무 염치없는 짓이야."

"염치는 무슨." 대런이 빙그레 웃었지만, 슬픔이 담긴 미소였다. "난 네 돈 받을 수 없어. 너희 가족은 너무 큰 아픔을 겪었어."

"무슨 말을 해야 좋을지 모르겠어. 고마워. 진심으로."

"나도 진심으로 안타까워. 그날 우리 모두 세라를 잃었어. 그 후 이곳은 완전히 달라졌지. 세라는 마을 전체의 아이 같은 존재였어. 당시에는 우리 모두 그랬을 거야."

트레이시는 다른 사람들에게서도 비슷한 말을 들었다. 시더 그로브는 광산이 폐쇄되고 주민 대다수가 이주했을 때 죽은 게 아니라, 세라가 사라진 날 죽었다고. 그 사건 이후 사람들은 대문을 열어놓지 않았고, 아이들은 멋대로 거리를 활보하거나 자전거를 타지 못하게 되었다. 아이들이 걸어서 등교하거나 어른 없이 버스를 기다리는 것도 허용되지 않았다. 세라가 실종된 뒤로 사람들은 더 이상 친절하지 않았으며, 외지인을 반기지도 않았다.

대런이 물었다. "그자는 아직 감옥에 있지?"

"응. 복역 중이야."

"거기서 썩어 문드러져야 할 텐데."

트레이시는 손목시계를 보았다. 대런이 일어섰다. "준비됐어?"

그녀는 망설이다가 고개를 끄덕였다. 그리고 대런을 따라서 옆방에 마련된 예배당으로 들어갔다. 줄줄이 늘어선 의자들은 모두 비어 있었다. 아버지 장례식 때는 조문객이 너무 많아서 발 디딜 틈도 없었다. 앞쪽에 십자가가 걸려 있었다. 그 밑의 대리석 받침대에는 보석함만 한 크기에 황금 명판이 달린 상자가 놓여 있었다. 트레이시는 그쪽으로 다가가 명판에 새겨진 글귀를 읽었다.

세라 린 크로스화이트

더 키드

대런이 말했다. "네가 언짢지 않으면 좋겠어. 우리 모두 세라를 그렇게 기억하거든. 언니를 졸졸 따라다니며 온 동네를 쏘다니던 꼬맹이, 더 키드로."

트레이시는 눈물을 닦았다. 대런이 말을 이었다.

"이제 세라를 편히 보내주자."

* * *

공동묘지로 이어지는 일방통행 도로에 다닥다닥 주차된 차들은 트레이시의 예상보다 더 많았다. 누가 소문을 냈는지, 또 왜 그랬는지 알 것 같았다. 부보안관 핀레이 암스트롱이 도로에 서서 교통 정리를 하고 있었다. 제복 위에 입은 투명한 우비에 빗방울이 튕기고, 모자챙을 따라 빗물이 뚝뚝 떨어졌다. 트레이시는 차를 세우고 차창을 내렸다.

핀레이가 말했다. "주차는 걱정 마세요. 도로에 두고 가셔도 됩니다."

자기 차로 트레이시를 따라온 대런 소런슨이 차에서 내리는 그녀를 보고는 재빨리 다가와 커다란 골프 우산으로 비를 막아주었다. 두 사람은 시더 그로브가 내려다보이는 낮은 언덕을 걸어 올라갔다. 아버지와 어머니의 묘소 위에 흰색 천막이 쳐져 있고, 천막 아래 3, 40명 정도가 하얀 접이식 의자에 앉아 있었다. 천막 둘레에는 스무 명가량이 우산을 쓰고 서 있었다. 트레이시가 천막 안으로 들어오자 사람들이 일어섰다. 그녀는 잠시 낯익은 얼굴들을 찬찬히 둘러보았다. 다들 나이 들었지만 알아볼 수 있었다. 부모님의 친구들과 이제는 어른이 된, 어릴 적 트레이시와 세라와 함께 학교 다닌 아이들. 트레이시가 고향에 잠시 돌아와 시더 그로브 고등학교에서 화학을 가르치던 시절의 동료 교사들도 보였다. 서니 위더스푼과, 세라의 단짝 메리베스 퍼거슨도 있었다. 밴스 클라크와 로이 캘러웨이는 천막 밖에 있었다. 킨징턴과 앤드루 롭, 빅터 파치오도 마찬가지였다. 모두 시애틀에서 차를 몰고 왔는데, 그들의 존재가 트레이시에게 약간의 현실감을 주었다. 시더 그로브에 돌아왔다는 사실 자체는 여전히 비현실적이었다. 마치 20년 시간 여행의 길목에 걸려버린 듯 낯익으면서 낯설었다. 눈에 보이는 것과 기억하는 것을 일치시킬 수 없었다. 지금은 1993년이 아니다. 너무 오랜 세월이 흘렀다.

맨 앞줄의 조문객들이 자리를 비워주었다. 하지만 옆자리가 비어 트레이시는 더욱 외톨이가 된 기분이었다. 잠시 후, 누가 천막으로 들어와 옆자리로 다가왔다. "이 자리 비었어?"

트레이시는 세월의 더께 아래, 이제는 검은 뿔테 안경을 버리고 콘택트렌즈를 낀, 늘 장난스럽게 반짝이던 파란 눈동자를 알아보았다. 짧은 상고머리 대신 이제는 조금 곱슬거리는 머리가 정장 재킷 위로 늘어졌다. 댄 올리리가 허리를 숙여 트레이시의 볼에 살짝 입을 맞추었다. "정말 슬픈 일이야, 트레이시."

"댄이구나. 하마터면 못 알아볼 뻔했어."

댄이 싱긋 웃고는 여전히 나직한 목소리로 말했다. "머리가 조금 희끗해졌지. 그만큼 현명해지진 못했지만."

"키도 조금 컸는걸." 트레이시는 고개를 뒤로 젖히고 댄을 올려다보았다.

"내가 늦게 크는 체질이거든. 고등학교 3학년 여름에 30센티미터나 자랐어."

올리리 가족은 댄이 고등학교 2학년을 마친 뒤 시더 그로브를 떠났다. 댄의 아버지가 캘리포니아 주에 있는 통조림 공장에 취직했기 때문이다. 늘 함께 몰려다니던 트레이시와 친구들에게는 가슴 아픈 날이었다. 댄과 트레이시는 한동안 연락하고 지냈지만, 이메일이나 문자 메시지가 없던 시절이라 오래지 않아 사이가 멀어졌다. 트레이시는 댄이 고등학교를 마치고 동부에 있는 대학에 들어가, 졸업 후에도 그곳에 남았다는 소식을 들은 기억이 났다. 하지만 댄의 부모님은 은퇴 후 시더 그로브로 돌아왔다는 소문도 들었다.

대런 소런슨이 다가와 피터 라이언 목사를 소개했다. 키가 크고 빨강 머리에 피부가 고운 라이언 목사는 발목까지 내려오는 장백의長白衣 차림에 녹색 허리띠를 두르고 있었다. 어깨에는 스톨이 늘어져 있었다. 트레이시와 세라는 장로교 집안에서 자랐다. 세라가 사라진 뒤, 트레이시의 믿음은 불가지론과 무신론을 오갔다. 어머니의 장례 이후로는 교회에 발을 들인 적이 없었다.

라이언 목사가 트레이시에게 위로를 건넨 다음 묘소 앞으로 가서 성호를 긋고 장례식을 시작했다. 세차게 천막을 두드리는 빗소리 때문에 목소리를 높여야 했다.

"우리는 오늘 세라 린 크로스화이트 자매님의 유해를 땅에 묻고자 이 자리에 모였습니다. 이 크나큰 상실 앞에서 우리의 가슴은 무겁기만 합니다. 고난과 고통의 시기에 우리는 주님의 말씀인 성경에서 위로와 구원을 찾습니다."

목사는 성경을 펼쳐 낭독하기 시작했다. "예수께서 이르시되 나는 부활이요 생명이니 나를 믿는 자는 죽어도 살겠고 무릇 살아서 나를 믿는 자는 영원히 죽지 아니하리니……."

예배를 마친 목사가 트레이시를 소개했다.

"이제 세라의 언니인 트레이시의 추도사가 있겠습니다."

트레이시는 묘소 가장자리로 다가가 숨을 깊이 들이마셨다. 대런 소런슨이 황금 명판이 달린 상자를 그녀에게 건네고, 땅바닥에 펼쳐놓은 천에 꿇어앉는 그녀의 손을 잡아주었다. 천을 깔았는데도 나일론 바지에 물이 스며드는 느낌이었다. 트레이시는 세라의 유해를 묘소 안에 내려놓은 다음 축축한 흙을 한 움큼 폈다. 눈을 감고 어릴 때 자주 그랬던 것처럼 세라가 침대 옆자리에 눕는 모습을 상상했다. 아버지를 따라 사격 대회에 나가서 호텔에 묵을 때마다 둘이 한 방에서 자던 일을 떠올렸다.

언니, 나 무서워.

무서워하지 마. 눈을 감아. 이제 숨을 깊이 들이쉬고 내쉬어.

트레이시의 가슴이 들썩였다. 눈에는 그렁그렁 눈물이 맺혔다.

"나는……."

그녀는 목소리를 떨지 않으려 애쓰며 나직이 중얼거렸다. 그리고 상자 위로 흙을 떨어뜨렸다.

나는…….

"나는 어둠이……."

나는 어둠이…….

"나는 어둠이 두렵지 않아."

갑자기 불어온 바람에 천막이 퍼덕거리고 트레이시의 얼굴로 늘어진 머리카락이 흩날렸다. 그녀는 옛 생각에 미소를 지으며 머리카락을 귀 뒤로 넘겼다.

"잘 자."

트레이시가 속삭이고는 볼을 따라 흘러내리는 눈물을 닦았다.

* * *

조문객들이 앞으로 나와 묘소에 흙을 한 움큼씩 뿌리고 꽃을 던지면서 위로의 말을 건넸다. 과거에 이발소 주인이었던 프레드 디가스파로가 지팡이를 짚고 젊은 여자와 함께 다가왔다. 곧은 면도칼로 남자들의 수염을 깎던 손은 지금 트레이시의 손을 잡으며 부들부들 떨렸다. 그는 이탈리아 억양으로 말했다.

"여기 와야만 했단다. 네 아버지를 위해. 네 가족을 위해서."

서니는 트레이시를 살짝 포옹하며 훌쩍였다. 둘은 초등학교부터 고등학교 때까지 내내 붙어 다닌 사이였지만, 트레이시가 연락을 끊은 후로 멀어졌다. 지금은 만남이 서먹하고 눈물도 억지스러운 데가 있었다. 서니와 세라는 친하게 지낸 적이 없었다. 과거에 서니는 트레이시와 세라의 살가운 우애를 질투했다.

서니가 눈물을 닦고 자기 남편 게리를 소개했다. "정말 안타까운 일이야. 여기서 며칠 있다 갈 거니?"

트레이시가 대답했다. "그럴 시간은 없어."

"가기 전에 커피 한잔은 괜찮지? 잠깐이면 돼. 그간 어떻게 지냈는지 궁금해."

"그 정도라면."

서니가 쪽지 한 장을 내밀었다. "내 휴대전화 번호야. 혹시라도 필요한 게 있으면 뭐든……." 그녀는 트레이시의 손을 잡았다. "보고 싶었어, 트레이시."

트레이시는 조문객들을 대부분 알아보았지만 다는 아니었다. 댄을 만났을 때처럼, 몇몇 사람 얼굴은 세월의 더께를 걷어내야 했다. 조문 행렬이 끝나갈 즈음, 스리피스 정장 차림의 남자가 임신한 여자와 함께 다가왔다. 트레이시는 그의 얼굴은 알아보았지만 이름과 연결 지을 수가 없었다.

"트레이시 누나, 나야. 피터 코프먼."

그제야 트레이시는 백혈병 때문에 시더 그로브 초등학교를 1년 쉬었던 남자아이가 생각났다. "피터구나. 어떻게 지내니?"

"잘 지내." 피터는 자기 아내를 소개했다. "지금은 야키마에 살아. 토니 스완슨한테 세라의 장례식 이야기를 들었어. 그래서 오늘 아침 일찍 차를 몰고 왔지."

"먼 길 와줘서 고마워."

야키마는 차로 네 시간 거리에 있었다.

"고맙기는. 당연히 와야지. 내가 병원 신세를 지던 시절에 세라가 매주 찾아와 컬러링 북이며 재미있는 책을 가져다줬는걸."

"기억나. 몸은 좀 어때?"

"암 걸리지 않고 30년간 잘 살았지. 난 세라가 해준 일을 잊은 적이 없어. 세라가 오는 날을 매주 손꼽아 기다렸는걸. 세라를 보면 기운이 났거든. 세라는 그런 애였어. 특별한 사람이었지." 피터의 눈에 눈물이 고였다. "마침내 세라가 발견돼서 다행이야. 우리 모두 세라에게 작별 인사를 할 수 있게 됐으니까."

둘은 잠시 이야기를 나누었다. 피터 코프먼이 떠날 무렵에는 트레이시의 눈에 또 눈물이 그렁그렁했다. 그녀가 조문객들과 인사하는 동안 뒤에 적당히 떨어져 서 있던 댄이 앞으로 나와 손수건을 내밀었다.

트레이시는 감정을 추스르고 눈물을 닦았다. 어느 정도 마음이 진정되자 그녀가 댄에게 물었다. "이해가 안 돼. 네가 동부에 산다고 들었는데, 소식은 어떻게 알았어?"

"동부에 살았지. 보스턴 외곽에. 하지만 이사했어. 지금은 여기 살아. 귀향한 셈이지."

"시더 그로브에 산단 말이야?"

"사연이 좀 있어. 궁금해? 과거에서 조금 벗어나고픈 표정인걸." 댄이 명함 한 장을 내밀고는 어깨를 으쓱했다. "이야기할 마음 생기면 연락해. 어쨌든 정말 안타까운 일이야, 트레이시. 난 세라를 참 좋아했어. 진심으로 아꼈는데."

"손수건 고마웠어."

트레이시가 손수건을 내밀자 댄이 씩 웃었다. "또 필요할지 모르니 갖고 있어."

손수건에 수놓인 댄의 이름 머리글자 'DMO'를 본 트레이시는 댄의 옷차림을 눈여겨보았다. 지금껏 수많은 변호사를 상대해온 그녀는 댄의 정장과 넥타이가 고급이라는 것을 알아차렸다. 늘 옷을 물려 입던 과거의 댄과는 꽤나 다른 모습이었다. 트레이시는 명함을 내려다보았다. "너 변호사구나."

댄이 윙크했다. "최근에 독립했어."

명함에 적힌 주소는 시더 그로브 마켓가에 있는 퍼스트 내셔널 은행 건물이었다.

"어떤 사연인지 듣고 싶어, 댄."

"언제든 전화만 해." 댄은 다정한 미소를 짓고는 골프 우산을 펴고 비가 내리는 천막 밖으로 나갔다.

킨징턴이 롭과 파치오를 데리고 다가왔다. "돌아가는 길에 혼자 심심하지 않겠어?"

파치오도 한마디 했다. "도중에 아주 근사한 식당을 봐뒀는데."

트레이시가 대꾸했다. "다들 고마워. 하지만 난 여기 하루 더 있을 작정이야."

킨징턴이 말했다. "곧장 시애틀로 돌아가려는 줄 알았는데?"

댄은 SUV 차량으로 다가가 문을 열고 우산을 접었다. 트레이시는 댄이 차에 타는 모습을 물끄러미 지켜보았다.

"방금 계획이 바뀌었어."

17

퍼스트 내셔널 은행은 크리스천 마티올리와 말 그대로 운명 공동체였다. 마티올리를 비롯해 시더 그로브 광산 회사 설립자들의 막대한 재산을 보호하고자 세워진 이 은행은, 광산이 폐쇄되고 마티올리와 그의 동료들이 마을을 떠나면서 거의 죽었다. 시더 그로브 주민들은 은행을 살리기 위해 힘을 모았다. 이 은행으로 예금을 옮기고 계좌를 신설했으며, 주택 융자와 사업 자금 대출을 받기도 했다. 트레이시는 은행이 언제 완전히 영업을 접고 이 건물을 비웠는지 알지 못했다. 휑뎅그렁한 로비에 걸려 있는 입주자 명패들을 보니, 이 호화로운 2층짜리 벽돌 건물은 줄곧 사무실 공간으로 이용된 듯했다. 그마저도 대부분은 비어 있었다.

건물 내부 계단을 오르며 트레이시는 정교한 모자이크 바닥을 내려다보았다. 오른발로 올리브나무 가지를 쥐고 왼발로는 화살 열세 개를 쥐고 있는 흰머리수리를 그린 모자이크였다. 먼지가 쌓인 바닥에는 마분지 상자와 잡동사니도 드문드문 널려 있었다. 트레이시는 환전 창구와 은행원 책상, 여기저기 놓여 있던 양치식물 화분을 떠올렸다. 과거에 아버지는 트레이시와 세라를 이 은행에 데려와 첫 예금 계좌와 수표 계좌를 개설해주었다. 당시 은행장이었던 존 워터스가 직접 서명을 하고 두 아이의 통장에 스탬프를 찍어주었다.

댄의 사무실은 2층에 있었다. 트레이시가 자그마한 대기실로 들어서자 텅 빈 안내 데스크가 보였다. 그 위에 벨을 누르라는 팻말이 있었다. 손바닥으로 벨을 내려치자 귀 따갑게 땡 하는 소리가 났다. 곧이어 댄이 모퉁이를 돌아 나왔다. 카키색 정장 차림에 가죽 단화를 신고, 파란 줄무늬 버튼다운 셔츠를 입고 있었다. 트레이시는 눈앞에 있는 남자가 시더 그로브에서 함께 놀던 아이란 사실을 여전히 인정하기 어려웠다.

댄이 빙그레 웃었다. "주차할 곳 찾기 어렵지 않았어?"

"차 세울 데는 아주 많던데?"

"시의회가 주차 요금 자동 정산기를 도입하려다 포기했어. 계산해보니 10년은 지나야 수익이 난다더라고. 자, 들어가자." 댄을 따라 들어간 팔각형 사무실은 짙은 색깔의 화려한 쇠시리와 징두리로 장식되어 있었다. "원래 은행장 집무실이던 곳이야. 나는 임대료 명목으로 한 달에 15달러쯤 내."

책장에는 법률 서적이 빼곡했지만, 대부분 전시용이란 걸 트레이시는 알고 있었다. 요즘은 모든 법률 지식을 인터넷에서 구하기 때문이다. 댄의 화려한 책상이 마주한 아치형 퇴창에는 여전히 이 건물을 퍼스트 내셔널 은행으로 광고하는 밤색과 금색 글자들이 붙어 있었다. 트레이시는 창문을 통해 마켓가를 내려다보며 물었다.

"우리가 자전거를 타고 저 거리를 얼마나 자주 달렸을까?"

"셀 수 없이 많겠지. 여름이면 날마다 탔으니까."

"네 자전거 타이어가 터졌던 날이 생각나."

"밧줄 그네를 매러 산에 가던 길이었지. 세라가 새 타이어를 사줘서 자전거를 고칠 수 있었고."

"맞아. 세라가 자기 돈을 썼어." 트레이시가 몸을 돌렸다. "네가 여기 돌아와서 살다니 놀라워."

"나 역시."

"사연이 길다고 했잖아."

"길지. 재미는 없지만. 커피 줄까?"

"괜찮아. 요즘 줄이는 중이거든."

"커피는 경찰의 필수품인 줄 알았는데."

"그건 도넛이고. 변호사들은 뭘 먹지?"

"둘 다."

두 사람은 창가에 놓인 둥그런 테이블에 앉았다. 아래쪽 창틈에는 환기를 시키려고 끼워둔 법률서 한 권이 있었다.

"만나서 반가워, 트레이시. 그나저나 너 아주 멋져 보이는걸."

"너 렌즈 바꿔야겠구나. 내 꼴을 보고도 그런 소릴 하다니. 그래도 그렇게 봐주니 고마워."

댄의 말 때문에 트레이시는 자신의 옷차림이 더욱 신경 쓰였다. 애초에 하룻밤 더 머물 생각이 없던 터라 옷을 많이 가져오지 않았다. 시애틀을 떠나기 전에 그녀는 세라의 장례식이 끝나면 갈아입을 청바지와 부츠, 블라우스, 코듀로이 재킷만 차 안에 던져 넣었다. 이날 아침에는 하는 수 없이 어제 입은 옷을 그대로 입었다. 모텔 방을 나서기 전 거울 앞에 서서 머리를 포니테일로 묶을까 고민했지만, 눈가의 잔주름만 도드라져 보여서 그냥 관뒀다.

트레이시가 물었다. "그래서, 여긴 왜 돌아온 거야?"

"아, 몇 가지 복합적 요인이 있었지. 보스턴에 있는 대형 로펌에서 일하다 번아웃이 온 거야. 알지? 하루하루가 따분하고 무의미해지는 거. 돈도 충분히 벌었으니 다른 인생을 살아야겠다 싶더라고. 아내도 같은 생각이었던 것 같아. 다른 남자를 찾기 시작했거든."

트레이시가 얼굴을 찡그렸다. "저런."

댄은 어깨를 으쓱했다. "그러게 말야. 내가 법조계를 떠나겠다고 하자 아내는 갈라서자고 하더군. 알고 보니 아내는 내 회사 동료와 1년 넘게 바람을 피우고 있었어. 골프 치며 사는 라이프스타일을 잃고 싶지 않았겠지."

댄은 아픔을 극복했거나 잘 숨기거나 둘 중 하나였다. 완전히 치유될 수 없는 아픔도 있다는 걸 트레이시는 알고 있었다. 그런 아픔은 일상의 표피 아래 억눌러놓을 따름이다.

"결혼 생활은 얼마나 했는데?"

"12년."

"애들은 있고?"

"아니."

트레이시가 의자에 등을 기댔다. "그런데 왜 시더 그로브야? 다른 데도 많은데……."

댄은 체념한 듯 씩 웃었다. "샌프란시스코로 갈까도 생각했고, 시애틀 쪽도 알아봤지. 그런데 아버지가 돌아가시고 어머니가 몸 겨누우시는 바람에 누군가는 어머니를 보살펴야 했어. 결국 잠시만 있을 생각으로 고향에 돌아온 거야. 한 달쯤 지나자 지루해서 죽겠더라고. 그래서 변호사 간판을 걸었지. 주로 유언장 작성이나 재산 관리를 해주고, 음주 운전 변호도 가끔 해. 따분하긴 하지만, 수임료 1천 500달러를 벌어줄 일이라면 닥치는 대로 할 수밖에."

"그럼 어머니는?"

"돌아가신 지 6개월 조금 넘었어."

"아……."

"지금도 어머니가 그리워. 하지만 우린 평생 경험하지 못한 방식으로 서로를 이해할 수 있는 시간을 보냈어. 나로서는 정말 감사할 일이야."

"난 네가 부러워."

댄이 눈을 찡그렸다. "어째서 그런 말을 하지?"

"세라가 사라진 뒤 엄마랑 나는 서먹한 사이가 됐어. 그리고 아버지가 돌아가신 후로는……."

트레이시가 말꼬리를 흐렸지만 댄은 더 묻지 않았다. 트레이시는 댄이 얼마나 많이 알고 있는지 궁금했다.

"힘겨운 시기였겠구나."

"응, 그랬지. 끔찍했어."

"어제 네 마음이 조금은 정리됐다면 좋겠다."

"조금은."

댄이 일어섰다. "정말 커피 안 마셔도 되겠어?"

무거운 대화만 나오면 재빨리 화제를 바꾸던 꼬마 댄의 모습이 보여서 트레이시는 애써 웃음을 참았다.

"응, 진짜 괜찮아. 그래서 로펌에서는 어떤 분야의 일을 했어?"

댄이 다시 자리에 앉아 무릎에 두 손을 포개어 놓았다.

"시작은 독점금지법 관련 업무였지만, 그 일 하다가는 진짜로 지루해 죽을 수도 있겠더라고. 그러다 동료의 소개로 화이트칼라범죄* 형사 변호를 맡게 됐는데, 나한테 딱 맞는 일이란 생각이 들었

---

* 주로 직무 과정에서 벌이는 사기, 배임, 횡령 등의 지능형 범죄.

어. 이런 말 하긴 그렇지만, 법정에서 나 진짜 끝내줬어."

댄은 여전히 아이 같은 미소를 지었다.

"배심원들이 널 엄청 좋아했겠지."

"좋아한 정도가 아냐. 아주 숭배했을걸."

댄이 웃었다. 역시나 아이 같은 웃음소리였다.

"첫 의뢰인은 어느 대기업 CEO였어. 평결이 나왔을 때, 우리 회사의 모든 변호사가 자기 의뢰인이 부정을 저지르다가 현장에서 걸렸다는 둥 친척이 회사 크리스마스 파티에서 주사를 부렸다는 둥 하며 나한테 몰려왔지. 그 후로 점점 더 큰 형사 사건을 맡게 됐고, 나도 모르게 어느새 잘나가는 변호사가 돼 있더라고."

그는 트레이시를 관찰하듯 고개를 옆으로 기울였다. "좋아, 이제 네 차례. 강력계 형사라고? 교사가 꿈이라더니 어떻게 된 거야?"

트레이시는 손사래를 쳤다. "별로 좋은 이야기 아냐."

"에이, 말해봐. 어서. '남자들 직업'에 도전이라도 한 거야? 시더 그로브 고등학교 선생님이 돼서 여기서 애들 키우는 게 너의 꿈이었잖아?"

"놀리지 마."

댄이 피식 웃었다. "놀리다니, 지금 이 동네에 살고 있는 사람은 나야. 그리고 언젠가 선생님이 돼서 세라랑 옆집에 붙어 살겠다고 늘 말하던 사람은 너고."

"애들을 가르치긴 했어. 1년 동안."

"시더 그로브 고등학교에서?"

트레이시는 두 손을 짐승 앞발처럼 들고 장난스럽게 말했다. "싸워라, 오소리들!"

"뭘 가르쳤을까……. 화학?"

트레이시가 고개를 끄덕였다. "맞아."

"맙소사. 하긴 너 진짜 괴짜였지."

트레이시는 짐짓 삐친 척했다. "내가 괴짜였다고? 그러는 넌?"

"난 멍청이였고. 괴짜들은 똑똑해. 엄연히 다르지. 그나저나 결혼했어? 애들은 있고?"

"이혼했어. 애도 없고."

"나보다는 좋게 끝났겠지?"

"그렇지도 않아. 적어도 짧긴 했지. 전남편은 내가 자기를 속인다고 여겼어."

"속여?"

"세라 때문에."

댄은 어리둥절한 표정으로 바라보았다.

트레이시는 이제 여기 온 목적을 이야기할 때구나 싶었다.

"난 교단을 떠나 경찰대학에 들어갔어, 댄. 10년이 넘도록 세라 살인사건을 조사했지."

"아."

트레이시는 서류 가방에 손을 넣어 미리 준비해온 파일을 꺼내 테이블에 올려놓았다.

"나한테 증인 진술서와 재판 기록 사본, 경찰 보고서, 증거 보고서 등등 온갖 관련 자료로 가득한 박스가 몇 개씩 있어. 암매장 현장감식 보고서만 빼고. 이제 그것이 내 손에 있어."

"이해가 안 돼. 범인으로 지목돼 유죄 판결 받은 자가 엄연히 있잖아?"

"에드먼드 하우스. 마을 외곽 산지에서 자기 숙부랑 같이 살던 자인데, 가석방으로 풀려난 강간범이었어. 가장 유력한 용의자였지. 에드먼드는 미성년자와 성관계를 맺은 죄로 왈라왈라 교도소에서 6년을 보냈어. 처음에는 1급 강간과 납치 및 폭행 혐의로 기소되었지만, 그자가 여학생을 감금한 집의 헛간에서 발견된 특정 증거의 허용성을 놓고 법적 의문이 제기됐어."

"영장이 없었군?"

"재판부는 헛간이 집의 일부이므로 경찰이 수색영장을 발부받았어야 했다고 판단했어. 결국 그 증거물은 가치를 상실했고, 판사가 증거로 허용하지 않았지. 검사는 유죄답변거래*를 하는 수밖에 없다고 했어. 세라가 실종된 뒤 캘러웨이 보안관은 처음부터 에드먼드를 범인으로 주목했지만, 세라가 사라진 날 밤에 집에서 자고 있었다는 에드먼드의 알리바이를 깰 확실한 물증을 찾지 못했어. 당시 그의 숙부는 제재소에서 야근 중이었고."

댄이 물었다. "그럼 뭐가 달라진 거야?"

* * *

세라 실종 7주째로 접어들 무렵, 트레이시가 현관문을 열자 로이 캘러웨이가 근심 어린 표정으로 서 있었다.

"네 아버지한테 할 이야기가 있다."

캘러웨이는 트레이시를 지나쳐 제임스 크로스화이트의 서재 문을 두드렸다. 대답이 없자 미닫이문을 밀어 열었다. 트레이시의 아버지가 벌겋게 충혈된 흐릿한 눈으로 책상에서 고개를 들었다. 안으로 들어온 트레이시는 뚜껑이 열려 있는 위스키 병과 술잔을 책

---

* 유죄 인정을 전제로 형량을 줄이는 협상.

상에서 치웠다.

"아빠, 로이 아저씨 오셨어요."

잠시 안경을 찾아 쓴 아버지는 크리스털 유리창으로 쏟아지는 강렬한 햇살에 눈을 껌벅였다. 며칠째 면도도 하지 않은 몰골이었다. 부스스한 머리는 버튼다운 셔츠 옷깃을 덮을 정도로 자랐고, 구겨진 옷깃은 누렇게 때가 탔다. "지금 몇 시지?"

캘러웨이가 대뜸 말했다. "좋은 소식이 있네. 증인이 나타났어."

제임스 크로스화이트가 일어서다 비틀대더니, 한 손으로 책상을 짚으며 균형을 잡았다. "누군데?"

"세라가 사라진 날 차를 몰고 시애틀로 돌아가던 세일즈맨이야."

"세라를 봤대?"

"국도에 세워진 빨간 트럭을 기억한다는군. 쉐보레 스텝사이드 트럭. 갓길에 세워져 있던 파란 트럭도 기억난대."

트레이시가 끼어들었다. "왜 더 일찍 나서지 않았대요?"

제보 전화 회선은 오래전에 끊은 상태였다.

"몰랐으니까. 한 달에 25일을 장거리 출장 다니는 친구거든. 그러다 보면 다녀온 곳들이 헷갈리지. 최근에 실종 사건 뉴스를 보고 퍼뜩 기억이 났다는 거야. 바로 경찰서에 전화해 진술했다더구먼."

트레이시는 고개를 저었다. 지난 7주간 뉴스를 빠짐없이 챙겨 봤지만, 최근에는 관련 뉴스가 한 번도 나오지 않았다.

"무슨 뉴스를 봤다는 거죠?"

캘러웨이는 트레이시를 힐긋 보고 대답했다. "그냥 지나가는 뉴스였겠지."

"어느 방송에서요?"

아버지가 손을 들어 딸을 제지했다. "됐다, 트레이시. 그 정도면 충분하잖니? 에드먼드의 알리바이를 문제 삼을 수 있어."

캘러웨이가 말했다. "밴스가 그 집과 트럭에 대한 수색영장을 재신청할 거야. 워싱턴 주 순찰대 현장감식반이 시애틀에서 대기 중이라네."

"영장 발부 여부는 언제 알 수 있지?"

"한 시간 안에."

트레이시가 따지듯이 물었다. "어떻게 지금껏 몰랐을 수가 있죠? 지역 뉴스에 날마다 방송되었잖아요. 전단도 사방에 뿌렸고요. 1만 달러 현상금을 내건 포스터를 그 남자가 못 봤겠어요?"

캘러웨이가 대꾸했다. "멀리 출장 가서 여기 없었겠지."

"7주 동안이나요?"

트레이시가 아버지를 봤다. "이건 말이 안 돼요. 그냥 현상금을 노리는 자가 분명해요."

그녀의 아버지와 몇몇 주민들은 세라 납치범의 체포와 재판에 결정적인 단서를 제공하는 사람에게 주려고 1만 달러를 모금했다.

"네 집에 가서 기다려라, 트레이시. 더 알아보고 연락해줄 테니."

트레이시는 시더 그로브 고등학교 교사가 되면서 학교 근처의 작은 집을 빌려 살고 있었다.

"아뇨, 아빠. 가기 싫어요. 여기 있을래요."

아버지는 트레이시를 문 쪽으로 데려갔다. 마음을 바꿀 생각이 없다는 듯 손아귀에 잔뜩 힘이 들어가 있었다.

"뭐든 알아내면 바로 전화하마." 말을 마치자마자 아버지는 문을 밀어 닫았다. 곧이어 서재 안에서 문이 잠기는 소리가 들렸다.

18

트레이시는 댄에게 라이언 헤이건의 증인 진술서를 내밀었다.

"이게 에드먼드 하우스의 알리바이를 깼지."

댄은 안경을 쓰고 진술서를 읽기 시작했다. "회의적인 말투로 들리는군."

"에드먼드의 변호사가 반대신문을 제대로 못 했거든. 무슨 방송을 언제 어떻게 봤는지 묻지도 않고, 그날 받은 영수증을 제출하라고 하지도 않았어. 대개 세일즈맨 출장비는 회사에서 주잖아. 만약 헤이건이 자신의 증언대로 휴게소에 들러 식사하고 주유했다면 영수증을 받았을 거야. 내가 찾아봤지만 한 장도 없었어."

댄이 진술서에서 고개를 들고 안경 너머로 트레이시를 보았다.

"그렇지만 이 친구의 기억만으로 수사가 진행됐군."

"덕분에 카운티 검사가 설리번 판사에게서 에드먼드의 숙부인 파커 하우스의 집과 트럭에 대한 수색영장을 발부받았지."

"그래서 뭐 좀 찾아냈어?"

"머리카락과 혈흔. 그 증거를 들이대자 에드먼드가 말을 바꿨다는 게 캘러웨이의 증언이야. 길가를 걷고 있던 세라를 차에 태워

산속으로 들어가 강간하고 교살한 다음 곧바로 묻었다고 말이야."

"그럼 어째서 시신을 못 찾았지?"

"캘러웨이 말로는 에드먼드가 자신의 요구를 들어주지 않으면 암매장 위치를 말하지 않겠다고 했대. 시신 없이는 절대로 자기를 기소하지 못할 거라면서."

댄이 진술서를 내렸다. "잠깐만. 골 때리는군. 범죄 사실을 자백한 용의자가 무슨 요구를 할 수 있지?"

"좋은 질문이야. 에드먼드는 법정에서 혐의를 인정하지 않겠다고 했어."

댄은 이해를 못하겠다는 듯 고개를 절레절레 저었다. "캘러웨이가 놈의 말을 기록하지 않았어? 서명 진술서를 안 받은 거야?"

"응. 이죽거리듯 자백을 내뱉고는 같은 내용을 다시 말하지 않겠다고 했대."

"결국 법정에서는 범행을 자백한 사실을 부정했다?"

"맞아."

"그럼 법의학적 증거도 없이 정황증거만으로 기소된 상태에서 법정에 섰다는 거야?"

"내 말이 그거야."

"머리카락과 혈흔에 대해서는 뭐라고 해명했는데?"

"자기한테 누명을 씌우려고 누군가가 심어둔 거랬어."

댄은 콧방귀를 뀌었다. "뻔한 소리로군. 범죄자의 최후 방어 수단이지."

트레이시는 어깨를 으쓱했다. 댄이 물었다. "넌 그 말을 믿어?"

"에드먼드는 무기징역을 선고받았고, 시더 그로브는 치유의 기회를 얻은 셈이었지. 하지만 결국 치유되지 못했어. 나도, 내 가족도. 아무도."

"의심을 떨치지 못했구나."

"지난 20년 동안."

트레이시는 또 다른 파일을 테이블에 놓고 댄 쪽으로 밀었다. "한번 봐줄래?"

댄은 한 손가락으로 윗입술을 문질렀다. "내가 여기서 뭘 보길 기대하지?"

"그냥 너의 객관적인 견해."

댄은 곧바로 대답하지 않았다. 파일을 받지도 않았다. 이윽고 그가 입을 열었다. "좋아. 한번 볼게."

트레이시는 핸드백에서 수표책과 펜을 꺼냈다. "수임료가 1천 500달러라고 했지?"

댄이 테이블 위로 손을 뻗어 트레이시의 손을 살며시 건드렸다. 그녀는 흠칫 놀랐다. 손가락이 길고 강인해 보였음에도, 댄의 손이 거칠다는 것은 뜻밖이었다.

"친구한테는 돈 안 받아, 트레이시."

"공짜로 일해달라고 할 수는 없어, 댄."

"난 네 돈 받을 수 없어. 그러니 내 견해가 궁금하다면 그 수표책은 넣어둬. 왜, 돈 주면 일 안 하겠다는 변호사 처음 봐?"

트레이시가 웃었다. "그럼 다른 걸로 보상해도 될까?"

"저녁 사. 좋은 식당을 내가 알아."

"시더 그로브에?"

"시더 그로브에도 아직 놀라운 것들이 조금 있지. 날 믿어."

"그건 변호사들이 버릇처럼 하는 말이잖아?"

* * *

퍼스트 내셔널 은행 건물에서 나온 트레이시는 인도 위로 비죽 튀어나온 퇴창을 올려다보았다. 지금껏 그녀는 자신이 조사한 내용을 누구에게도 보여준 적이 없다. 암매장 현장감식 보고서도 없는 마당에 그럴 필요가 없었다. 이제껏 그녀의 수중에는 막연한 가설밖에 없었다. 켈리 로자의 발견이 상황을 바꿔놓았다.

"트레이시?" 길가에 세워진 밴 옆에 서니 위더스푼이 서 있었다. 한 손에는 차 열쇠를, 다른 손에는 철물점 비닐봉지를 들고 있었다.

"서니구나."

서니가 인도로 올라왔다. 헐렁한 바지와 블라우스, 스웨터 차림이었다. 미용실에 다녀온 듯한 머리에 화장도 짙었다.

"난 네가 이미 떠난 줄 알았어."

"처리할 일이 좀 있었거든. 실은 막 떠나려던 참이었어."

"커피 마실 시간 있니?"

트레이시는 과거로 긴 여행을 떠날 마음이 없었다.

"옷차림을 보니 외출하던 길 같은데."

"아니. 철물점에 남편 대신 볼일 보러 왔을 뿐이야."

잠시 어색한 침묵이 흘렀다.

상대가 쉽게 물러설 기미가 없자, 트레이시는 체념했다. "어디가서 마실까?"

두 여자는 길 건너 데일리 퍼크로 가서 커피를 주문한 다음, 비틀거리는 옥외 테이블에 앉았다. 트레이시는 커피 잔을 테이블에 올려놓았다. 카페인을 줄이라는 의사의 권고는 무시하기로 했다.

맞은편에 앉은 서니가 빙그레 웃었다. "여기서 너를 보니 너무 이상해. 그러니까 내 말은, 네가 이런 일로 돌아와서 안타깝다는 뜻이야. 하지만 널 만나니 너무 반가워. 훌륭한 장례식이었어."

"와줘서 고마워."

트레이시가 커피를 마시기 시작하자 서니가 대뜸 말했다. "모든 게 변했어, 그렇지?"

트레이시는 커피를 꿀꺽 삼키고 잔을 내려놓았다. "뭐라고?"

"세라가 죽은 뒤 모든 게 변했어."

"그런 것 같아."

서니는 조금 서글픈 미소를 지었다. "하지만 난 여전히 이곳에 살아. 여길 떠날 일은 없을 거야." 서니가 살짝 망설였다. "그간 왜 동창회에 한 번도 안 나왔어?"

"별로 내키질 않아서."

"네가 어떻게 사는지 다들 궁금해하고, 지금도 그때 일을 이야기해."

"난 더 이상 그 이야기 하기 싫었어, 서니."

"미안. 언짢게 하려던 건 아냐. 그 이야기 안 해도 돼. 딴 이야기 하자."

하지만 트레이시는 서니가 세라의 죽음과 그 여파를 이야기하려고 커피를 마시자고 했다는 걸 알고 있었다. 옛 친구와의 추억을 되짚으려는 게 아니었다. 의도와 목적이 무엇이었건 간에 20년 전 시더 그로브를 떠난 가족의 장례식에 그토록 많은 사람이 온 것도 같은 이유에서였다. 단순히 로이 캘러웨이가 말을 전했기 때문만은 아니었다. 사라진 세라의 수색과 범인 재판은 그들 모두의 눈과 귀를 사로잡았지만, 결국 세라를 되찾아주지는 못했다. 트레이시나 그녀의 부모가 그러했듯이, 서니를 비롯해 시더 그로브의 어느 누구도 그 사건의 고통에서 해방되지 못했다. 십 대 시절 가장 깊은 생각과 비밀을 주고받던 친구와 마주 앉아 있는 지금, 트레이시는 차마 서니에게 과거의 악몽이 다시 시작될지도 모른다고 말할 수 없었다.

19

트레이시가 시동을 끄자 트럭 엔진이 덜덜거리다 금세 조용해졌다. 그녀는 어두컴컴한 거리를 둘러보고 나서야 차 문을 열고 주위를 밝히는 보름달 빛 속으로 나섰다. 재판 후 1년이 지났지만 지금도 트레이시는 나무나 덤불 뒤에 숨어 어른거리는 그림자가 있는지 살폈다. 어릴 적에 트레이시와 세라는 그런 보이지 않는 공포를 못된 아이를 잡아간다는 부기맨이라고 불렀다. 당시에 그런 존재는 두 자매의 순진한 상상력이 불러낸 실체 없는 괴물이었다. 하지만 이제 그 공포는 소름 끼치게 현실적인 위협이 되었다.

현관 계단을 올라간 트레이시는 자물쇠 구멍에 열쇠를 꽂고 돌렸다. 찰칵 하는 소리가 나자 잠시 가만히 서서 집 안의 소리에 귀를 기울였다. 아무 소리도 들리지 않았다. 그녀는 어깨를 문에 대고 밀었다. 겨울이라 나무가 팽창해 문이 뻑뻑하게 열렸다. 마침내 문짝이 문턱을 벗어나자, 트레이시는 문을 밀어 열고 조용히 안으로 들어갔다.

별안간 불이 켜졌다. 그녀는 놀라서 열쇠를 떨어뜨렸다.

"맙소사. 놀랐잖아."

벤이 청바지에 남방셔츠 차림으로 안락의자에 앉아 있었다.

"놀라? 전화 한 통, 메모 한 장 없이 이 시간에 들어온 사람은 당신이야. 그런데 나 때문에 놀랐다고?"

"당신이 거기 앉아 있는 줄 몰랐어. 왜 불은 다 꺼놓고 앉아 있어? 외출복은 왜 입고 있는 거야?"

"집에 없었으니 모를 수밖에. 어디 갔다 왔어, 트레이시?"

"일했어."

"밤 1시에?"

"내 말 알잖아. 세라 사건을 조사했어."

"암, 그러셨겠지."

"나 피곤해." 트레이시는 또 언쟁을 벌이고 싶지 않았다.

"아직 내 질문에 대답하지 않았어."

방으로 걸어가던 트레이시가 뒤를 돌아보았다. "했잖아. 일하다 왔다고."

"아니. 난 뭐 했냐고 묻지 않았어. 어디 있었냐고 물었지."

"늦었어, 벤. 아침에 이야기해."

"아침에는 나 여기 없을 거야."

트레이시가 다시 거실로 돌아오자 벤이 일어섰다. 그녀는 벤이 부츠도 신고 있다는 것을 알아차렸다.

"나 떠날 거야. 이렇게 살 수는 없어."

트레이시가 벤에게 다가갔다. "영원히 이렇지는 않을 거야, 벤. 나한테 시간을 조금만 더 줘."

"얼마나 더?"

"모르겠어."

"결국 그게 문제로군."

"벤……."

"난 당신이 어디 갔었는지 알아."

"내가 어떻게 하길 바라는 거야?"

"이제 그만 잊어, 트레이시. 다들 그렇게 살아."

"내 동생은 살해당했어."

"내가 여기 있었다는 거, 기억나? 난 줄곧 여기 있었어. 하루도 빠짐없이. 재판이 진행되는 동안 날마다 당신 곁에서 재판을 겪어냈어. 당신이 인식하지 못했을 뿐."

트레이시는 벤에게 몇 걸음 더 다가갔다. "그래서 이러는 거야? 관심을 달라고?"

"난 당신 남편이야, 트레이시."

"그러니까 나한테 힘이 되어줘야지."

벤은 문으로 걸어갔다. "원래는 아침에 떠날 생각이었어. 짐은 내 트럭에 실어놨고. 하지만 지금 떠나는 게 낫겠어. 당신이나 내가 서로에게 후회될 말을 하기 전에."

"벤, 시간이 늦었어. 아침에 다시 얘기해. 대화로 해결할 수 있어."

벤이 문손잡이를 잡았다. "그자가 뭐래?"

"뭐?"

"에드먼드 하우스가 무슨 소릴 했냐고."

교도소에 간 트레이시를 벤이 미행한 것이다.

"내가 그 사건에 대해 에드먼드에게 물었어. 당신이 세라를 죽였다는 자백에 대해 캘러웨이 보안관이 뭐라고 했냐고. 세라가 하고 있던 액세서리에 대해서도."

"세라를 죽였냐고 물어봤어?"

"그는 세라를 죽이지 않았어, 벤. 당시 증거는……."

"배심원단이 유죄 평결을 내렸어, 트레이시. 그 증거를 바탕으로 배심원들이 유죄를 선언했잖아. 왜 그걸 부정하는 거야?"

"엉터리 증거니까. 난 알아."

"그게 아침이 되면 달라져? 우리가 대화하면 당신이 그만둘 가능성이라도 있어?"

트레이시는 벤의 소맷부리를 잡았다. "난 선택하기 싫어, 벤. 제발 내가 당신과 세라 둘 중 한 사람을 선택하게 하지 마."

"난 그런 적 없어. 당신 스스로 한 거지." 벤이 문을 열고 밖으로 나갔다.

불현듯 두려워진 트레이시는 현관 밖으로 따라 나갔다.

"사랑해, 벤. 나한테는 당신 말고 아무도 없어."

벤이 걸음을 멈췄다. 잠시 후 그가 돌아서서 트레이시를 마주했다. "아니, 있어. 그리고 그 모두를 내려놓지 않으면 당신 안에 내 자리는 없어. 어느 누구의 자리도 없지."

트레이시는 벤에게 달려가 그를 와락 껴안았다. "벤, 제발. 우리 함께 문제를 해결해."

벤은 두 손으로 트레이시의 어깨를 잡았다. "그럼 나랑 같이 가."

"뭐라고?"

"당신 짐은 한 시간이면 쌀 수 있어. 나랑 같이 가."

"어디로?"

"여기서 멀리."

"하지만 엄마랑 아빠는……."

"그분들은 나랑 엮이길 원치 않으셔, 트레이시. 나 때문에 당신이 그날 저녁 세라를 혼자 두고 갔으니까. 나 때문에 세라가 죽었으니까. 두 분은 나한테 말도 걸지 않아. 이제는 당신과도 거의 대화가 없지. 우린 이곳에 미련을 가질 이유가 없어."

트레이시가 뒤로 물러났다. "난 못 가, 벤."

"못 가는 거야, 안 가는 거야?" 벤의 눈에 눈물이 고였다. "마음 한구석에서는 늘 당신을 사랑할 거야, 트레이시. 내가 이겨내야 하는 아픔이겠지. 여기서는 그럴 수가 없어. 당신도 당신만의 고통을 안고 살아갈 거야. 내 생각에 당신도 여기서는 그걸 이겨내기 어렵겠지만, 스스로 길을 찾아가는 수밖에 없어."

벤이 트럭에 올라 차 문을 닫았다. 한순간 트레이시는 벤이 마음을 바꿔 문을 열고 차에서 내려 돌아올지 모른다고 생각했다. 하지만 벤은 차에 시동을 걸고 마지막으로 그녀를 바라본 다음 후진해 마당을 빠져나갔다. 트레이시를 홀로 남겨둔 채.

20

차 한 대가 속도를 늦추며 다가오는 것을 느낀 트레이시는 본
능적으로 핸드백 속 권총을 잡았다. 차가 그녀 옆으로 다가오더니
멈춰 섰다. 로이 캘러웨이가 차창 밖으로 팔꿈치를 내밀고 앉아
있었다. "트레이시."

그녀는 권총에서 손을 뗐다. "지금 저를 미행하시는 건가요, 보
안관님?"

"떠날 거라고 들었는데."

트레이시는 모텔 주차장을 둘러보았다. "떠나긴 진작 떠났죠. 여
긴 실버 스퍼스예요. 여기서 뭐 하시는 거죠?"

주차장으로 차를 몰고 들어간 캘러웨이는 시동을 끄지 않고 문
을 열어둔 채로 차에서 내렸다. 운전석 계기반에 달린 라디오에서
조잘대는 소리가 흘러나왔다.

"네가 마을 사람들을 만나고 다닌다는 소문이 들리더구나."

"아주 오랜만에 왔으니 인사는 해야 예의죠. 그게 아저씨랑 무슨
상관인데요?"

"무슨 이야기를 했는지 궁금해서 그런다."

트레이시는 내심 캘러웨이에게 대들고 싶었다. 자신은 이제 그의 위압적인 말에 주눅 드는 어린애가 아니라고 말해주고 싶었다. 하지만 그랬다가는 캘러웨이를 더 오래 상대해야 할 텐데, 지금 트레이시는 정신적으로나 육체적으로나 고갈된 상태였다. 빨리 방에 올라가 잠자리에 들고 싶을 따름이었다.

"아저씨가 상관할 바 아닌 것 같은데요. 시더 그로브에서 사람을 만나는 게 범죄가 아니라면 말이에요." 트레이시는 계단을 올라갔다. "피곤해서 더운물에 샤워나 해야겠어요."

"댄 올리리와 무슨 이야기를 했냐?"

"어릴 적 이야기죠. 흔해빠진 추억 나누기요."

"그뿐이었니?"

"궁금하면 가서 물어보시든가요."

"제기랄, 트레이시. 왜 그렇게 고집불통이냐."

캘러웨이의 엄한 말투에 트레이시가 멈칫하고 그를 돌아보았다. 벌겋게 상기된 캘러웨이의 얼굴은 트레이시가 기억하는 남자의 얼굴 같지 않았는데, 그녀 기억 속 남자는 이런 식의 반항에 익숙하지 않았을 것이다. 평정심을 되찾은 듯한 표정으로 캘러웨이가 말을 이었다.

"고통받은 사람이 너뿐이라고 생각하는 거냐? 어제 장례식에 조문 온 사람들을 생각해봐라."

그녀가 계단에서 내려왔다. "무슨 말씀이 하고 싶으신 거예요?"

"다들 마침표를 찍고 싶어한다. 이 문제는 그만 끝내야 해."

"사람들을 위해서요, 아니면 아저씨를 위해서요?"

캘러웨이는 손가락으로 트레이시를 가리켰다. "난 내 일을 했다. 그건 모두가 인정해야 돼. 난 증거에 따라 수사했다, 트레이시."

"암매장 위치를 찾진 못했죠."

"그땐 찾을 수 없었다."

"이제 찾았어요."

"그래. 세라를 찾았지. 그러니 죽음이 죽은 자를 묻게 놔둬라."

"전에도 그 말을 하신 적이 있죠. 기억하세요? 하지만 제가 깨달은 게 있어요, 로이 아저씨. 죽음은 죽은 자를 묻지 못해요. 산 자만이 그럴 수 있어요."

"이제 네가 세라를 땅에 묻고 쉬게 해주었지. 마침내 세라도 안식에 든 거야. 네 부모님 곁에서 말이다. 그러니 잊으렴, 트레이시. 그만 보내주려무나."

"명령인가요, 보안관님?"

"이거 하나는 분명히 해두자. 네가 시애틀에서 잘나가는 강력계 형사일지는 몰라도, 이곳은 네 관할구역이 아니야. 여기서 너는 일개 시민일 뿐이지. 법을 집행하는 건 나다. 그 점을 명심하길 바란다. 허깨비 쫓으며 돌아다니는 짓은 그만둬."

트레이시는 애써 분을 삭였다. 캘러웨이가 그녀에게 아무 짓도할 수 없다는 걸 알고 있었기 때문이다. 허세일 뿐이다. 정보를 캐내려는 것이었다. 일부러 트레이시를 화나게 해서 그간 뭘 하고 다녔는지, 왜 그랬는지 스스로 실토하게 하려는 속셈이었다.

"허깨비 쫓을 생각 없어요."

캘러웨이는 트레이시를 유심히 바라보았다. "그럼 네가 시애틀로 돌아갈 거라고 믿어도 되겠지?"

"네, 시애틀로 돌아갈 거예요."

"좋다." 캘러웨이가 고개를 까딱하고는 다시 차에 올라 문을 닫고 인사를 건넸다. "운전 조심하려무나."

그의 차가 미등을 깜빡이고 우회전하더니 이내 모퉁이 너머로 사라졌다. 그 모습을 지켜보던 트레이시가 중얼거렸다.

"허깨비가 아니에요, 아저씨. 허깨비가 아니라 살인자를 쫓는 거예요."

* * *

외부 계단을 오르다 문득 한 가지 생각이 떠오른 트레이시는 핸드백을 뒤져 휴대전화와 댄의 명함을 꺼냈다. 그리고 부리나케 방으로 들어가 댄에게 전화를 걸었다. 신호음이 세 번 울렸을 때 댄이 전화를 받았다.

"댄? 나 트레이시야."

"설마 너 밤낮으로 전화질하는 의뢰인이 되려는 건 아니지? 물론 그래도 괜찮긴 하지만. 안 그래도 마침 너한테 전화하려던 참이었어."

"내가 준 파일 아직 갖고 있지?"

"지금 여기 식탁에. 아무렴 오후에 받은 걸 벌써 버렸겠어. 왜, 무슨 문제라도?"

트레이시는 안도의 한숨을 쉬었다. "로이 캘러웨이가 나를 미행했어. 내가 널 만나러 간 걸 알더라고. 무슨 대화를 나눴는지도 궁금해하고."

"널 미행해? 무슨 소리야?"

"실버 스퍼스에 있는 모텔에 방을 잡았는데, 방금 요 앞에서 그 인간을 만났어. 너를 왜 만났느냐고 묻더라고. 혹시 보안관이 널 찾아갔어?"

"아니. 난 오늘 일찍 퇴근했어. 집으로 찾아오지도 않았고. 왜 실버 스퍼스에 방을 잡은 거야?"

"시더 그로브에서 자기는 싫었거든. 장례식 마치고 거기 있기가 불편해서."

"아니, 내 말은 왜 시애틀로 돌아가지 않았냐는 거야." 트레이시가 바로 대답하지 않자 댄이 다시 말했다. "내가 전화할 걸 알고 있었구나? 파일 때문에 전화할 거라고."

"그러지 않을까 생각했지."

"실버 스퍼스 어디에 묵고 있는데?"

트레이시는 현대식 카드 키가 아니라 진짜 열쇠가 달려 있는 열쇠고리를 내려다보았다. "에버그린 모텔."

"거기서 나와. 우리 집에 와서 지내. 방 하나 더 있어."

"괜찮아, 댄."

"네가 준 자료들을 훑어봤어. 세세히 보진 않았지만, 물어볼 게 아주 많아."

트레이시는 또 아드레날린이 치솟는 기분이었다. "더 필요한 건 없고?"

"네가 가진 다른 자료들도 모두 검토했으면 해."

"가져다줄 수 있어."

"그건 다음에 해. 오늘 밤에는 지금 묵는 곳을 나와서 우리 집으로 와. 네가 모텔에서 잘 이유가 없어."

트레이시는 댄의 초대를 어떻게 받아들여야 할지 몰라 혼란스러웠다. 캘러웨이 때문에 그녀를 걱정하는 걸까, 아니면 파일에서 발견한 것 때문일까? 단순히 어릴 적 친구에 대한 호의일까, 아니면 세라의 장례식에서 댄이 트레이시의 볼에 입을 맞췄을 때 그녀가 느꼈던 끌림 같은 다른 요인이 있는 걸까? 트레이시는 커튼을 젖히고 창밖으로 모래와 자갈이 뒤덮인 주차장과 그 너머에 펼쳐진 숲을 바라보았다. 나무들 주위로 그림자가 스멀스멀 길어지기 시작했다.

댄이 말했다. "게다가 너 나한테 저녁 빚졌잖아."

"어디로 가면 돼?"

"우리 부모님 집으로 가는 길 기억나?"

"손금 보듯 훤하지."

"거기로 와. 우리 집은 시더 그로브 최고의 경보 시스템을 갖추고 있어."

21

트레이시가 차를 몰고 댄 올리리가 어릴 때 살았던 집의 진입로를 올라가는 동안, 그가 말했던 경보 시스템 소리가 들렸다. 넓은 부지에 세워진 케이프 코드 양식 주택은 트레이시가 기억하는 노란 단층 판잣집과 사뭇 달랐다. 말끔히 깎은 잔디밭 위의 집은 2층 높이였고, 지붕창들과 커다란 정문 현관, 하얀 옥외 의자들이 눈에 띄었다. 물막이 판자를 대신한 하늘색 지붕널과 회색 장식은 동부 해안 분위기를 물씬 풍겼다.

댄이 현관문을 열고 보름달 빛이 환한 마당으로 나왔다. 그의 양쪽에 아주 커다란 개 두 마리가 있었다. 근육강화제라도 맞은 듯 우락부락한 불독들이었는데, 시커먼 주둥이는 자라다 만 것처럼 뭉툭했고 털이 짧아서 널찍한 근육질 가슴이 드러났다. 개 두 마리가 양쪽에 앉아 있으니 댄이 흡사 이집트 파라오 같았다.

트레이시가 여행용 배낭을 어깨에 메고 차에서 내렸다.

"그 녀석들 안 물어?"

"그럴 거야. 널 제대로 소개하기만 하면."

댄은 한쪽 무릎에 구멍이 난 낡은 청바지에 맨발로, 하얀 티셔츠

위에 검은 브이넥 스웨터를 덧입은 편안한 모습이었다.

"으르렁대는 거 아냐? 어쩨 불안한데."

"손등을 내밀고 냄새만 맡게 해주면 돼."

"진짜 괜찮은 거야?"

"바보처럼 굴지 말고 어서."

트레이시가 손을 내밀자, 둘 중 작은 개가 목을 빼고는 차가운 코를 그녀의 손등에 대고 문질렀다. 그러는 동안 댄이 말했다. "이 녀석은 셜록이야."

"진짜? 재밌는걸."

과거에 댄은 '젠장, 셜록*'이란 말을 즐겨 했다.

댄이 다른 개에게로 고개를 돌렸다. "그리고 얘는……."

"내가 맞혀볼게. '엑스-랙스'."

댄이 어릴 때 즐겨했던 또 다른 말은 '잘 논다, 엑스-랙스**'였다.

"그건 너무 구닥다리 이름이잖아. 이 우람한 녀석은 렉스야. 티라노사우르스 렉스에서 따왔지. 셜록과 달리 좀 내성적이야."

렉스는 트레이시의 손 냄새를 맡으려 하지 않았다. "둘 다 견종이 뭐야?"

"로디지안과 마스티프 믹스야. 둘이 합친 체중이 130킬로그램 가까이 나가고, 녀석들 사료비가 내 식비의 두 배야. 얘들 데리고 먼저 들어가. 나는 네 차를 차고에 넣고 올게. 누가 보면 괜한 말들이 오갈 수 있으니까."

보아하니 마당 뒤쪽에 독립식 차고가 있었다.

트레이시가 거실로 들어섰다. L자 모양 소파가 벽난로를 마주하

---

* 상대가 뻔한 소리를 할 때 빈정거리는 표현.
** 한심한 짓을 한 상대를 조롱하는 표현.

고 있고, 벽난로 위에는 대형 평면 텔레비전이 걸려 있었다. 거실에서 이어진 부엌에는 식탁과 의자, 화강암 조리대, 높은 스툴에 백열등 조명이 밝혀져 있었다. 부엌 벽에 기대어놓은 타일 샘플들이 불빛을 받아 번들거렸다. 트레이시 뒤에서 댄이 문을 닫고 차열쇠를 돌려주었다.

트레이시가 말했다. "리모델링 중이로구나."

"그 정도가 아냐. 40년 된 집이라 아예 뜯어 고쳐야 했어."

댄이 부엌으로 걸어 들어갔지만, 개들은 트레이시에게서 눈을 떼지 않았다. 그녀는 스툴에 가방을 내려놓았다. "정말로 정착할 생각이야?"

"이렇게 공을 들였는데 한동안은 살아야 하지 않겠어?"

"네가 고쳤단 말이야?"

댄이 냉장고를 열었다. "그렇게 놀랄 것까지는 없는데."

"네가 그렇게 손재주가 좋은 줄은 몰랐는걸."

댄이 냉장고 문 뒤에서 말했다. "너무 심심해서 뭐든 해야겠다는 생각이 들었고, 인터넷에 접속할 수 있다면 인간의 학습 능력은 놀랍도록 고양되는 법이거든. 뭐 좀 먹을래?"

"괜히 수고하지 마, 댄."

"수고는 무슨. 내가 근사한 식당 안다고 했잖아."

댄이 커다란 햄버거 패티 네 장이 담긴 접시를 들고 왔다. "유명한 댄 올리리표 베이컨 치즈버거를 만들어줄 생각이거든."

트레이시가 웃었다. "벌써부터 동맥경화가 오는 기분인걸."

"설마 채식주의자는 아니지? 제발 아니라고 말해줘."

"형사한테 채식주의? 햄버거 안의 토마토 먹을 때 아니면 채소 구경도 못 하는걸."

"엄밀히 따지면 토마토는 과일이야."

"어쨌거나. 뭐야, 너 원예도 해?"

"원한다면 저녁 먹고 나서 텃밭 구경시켜줄게."

"너 진짜 심심했구나." 트레이시는 조리대로 다가가 댄 옆에 섰다. "내가 도울 일 없어?"

옆에 서서 보니 댄의 키가 10센티미터 이상 컸다. 스웨터 덕분에 그의 넓은 어깨와 군살 없는 가슴이 도드라졌다. 트레이시는 팔꿈치로 댄의 탄탄한 상체를 쿡 찌르며 장난을 쳤다. "젖살이 통통하던 남자애가 생각나네. 그 살이 다 어디로 갔을까. 다이어트만으로는 어려웠을 텐데."

"물론이지. 모든 아이들이 크로스화이트 집안처럼 유전자의 축복을 받아서 긴 다리에 근육질이진 않거든."

"내가 일주일에 나흘은 운동한다는 걸 알려줘야겠군."

"말 안 해도 보면 알겠는걸."

"맙소사, 내가 칭찬 바라고 낚시질하는 사람처럼 굴었네?"

"난 미끼를 물었고. 자, 네가 묵을 방을 보여줄게. 올라가서 더운물에 샤워하고 좀 쉬어. 그사이 난 저녁 준비할 테니까."

"듣던 중 반가운 소리네."

"레드와인 한 잔 따라놓을까? 혹시 술도 끊었다고 할 거야?"

"네가 좋아하는 거라면 마실게."

댄을 따라 계단 꼭대기에 있는 방으로 올라간 트레이시는 내부를 보고 다시 한번 놀랐다. 단철로 만든 침대와 초기 미국 양식의 고가구들, 한쪽 구석에 놓인 두툼한 빗자루, 그리고 다른 한쪽에는 침대를 덮히는 팬이 놓여 있었다. 침대머리 위쪽에는 어둑한 오두막에서 모닥불을 피우는 여자 그림이 걸려 있었다. 트레이시는 침대에 가방을 내려놓았다.

"좋아. 리모델링은 네가 했다고 믿겠어. 하지만 실내장식은 아닌 것 같은데." 그녀는 여자친구 취향일 거라고 짐작했다.

댄이 어깨를 으쓱했다. "잡지 보고 했어. 말했잖아. 심심했다고." 그러고는 트레이시가 쉴 수 있도록 문을 닫고 나갔다.

트레이시는 침대 가장자리에 걸터앉아 댄과의 말장난을 생각했다. 어쩐지 추억 속 그 시절로 되돌아온 기분이었다. 물론 이제 농담을 받아치는 댄의 말재간은 과거와는 달랐다. 트레이시는 자기도 모르게 빙그레 웃었다. 댄이 그녀에게 수작을 거는 걸까, 아니면 어린 시절 서로에게 치던 장난을 되풀이하는 것일 뿐일까? 남자의 유혹을 느껴본 지 너무 오래돼서 아리송했다.

밑에서 댄과 나눈 대화가 떠오르자 트레이시는 눈살을 찌푸렸다. "말 안 해도 보면 알겠다고? 내가 너무 굶은 티를 냈나."

* * *

샤워를 마치고 나온 트레이시는 갈아입을 옷이 없다는 사실에 한층 더 난감했다. 어떻게든 달라 보이려고 블라우스를 청바지 안에 쑤셔 넣지 않고 밖으로 내놓고, 잔주름이 드러나건 말건 머리를 뒤로 모아 포니테일로 묶었다. 마스카라와 아이섀도를 바르고 목과 손목에 향수를 뿌린 다음, 그릴에서 흘러나오는 베이컨과 햄버거 냄새를 따라 아래층으로 내려갔다. 텔레비전에서는 아나운서들이 대학교 미식축구 경기를 줄기차게 중계하고 있었다.

댄은 조리대 앞에 서서 유리그릇에 담긴 내용물을 거품기로 휘젓고 있었다. 조리대 위에는 레몬 커드가 담긴 파이크러스트가 놓여 있었다.

"레몬 머랭 파이 만들어?"

댄이 텔레비전 소리를 껐다. "먹고 웃으면 안 돼. 우리 엄마 방식이라 내 입에는 맞아. 이 달걀흰자로 머랭만 만들고 나면 너도 그 이유를 알게 될 거야."

"그릇이 틀렸어."

댄은 회의적인 표정을 지었다. "세상에 틀린 그릇도 있나?"

트레이시가 댄 곁으로 다가왔다. "그릇 두는 곳이 어디야?"

댄은 아래쪽 찬장을 가리켰다. 구리 그릇을 찾아낸 트레이시는 달걀흰자를 거기로 옮기고 거품기도 빼앗았다. 그리고 곧바로 달걀흰자를 휘저어 거품을 냈다.

"앨런 선생님이 펄펄 뛰시겠는걸. 화학 시간에 배운 거 하나도 기억 안 나?"

"내가 네 시험지 커닝했던 수업 말이지?"

"넌 모든 수업에서 내 시험지 커닝했잖아."

"그래서 내가 이 꼴이 된 거야. 달걀흰자도 제대로 못 저어."

"달걀흰자의 단백질이 그릇 표면의 구리와 반응해. 은도금 그릇도 같은 효과가 있고."

트레이시는 댄이 계량컵에 담아놓은 설탕을 그릇에 부어 머랭을 완성하고 스푼으로 레몬 커드 위에 머랭을 얹은 다음, 파이를 오븐 안으로 밀어 넣고 타이머를 설정했다.

"아까 와인 한 잔 준다고 하지 않았어?"

댄이 술을 두 잔 따라 한 잔을 트레이시에게 주고 자신의 잔을 들었다. "늙어가는 친구들을 위해."

"넌 몰라도 난 아냐."

"우린 동갑이야."

"사십 대는 새로운 이십 대라는 말 못 들어봤어?"

"그거 희소식인걸. 좋아." 댄이 다시 술잔을 들었다. "오랜 우정을 위해."

"한결 낫네."

트레이시는 댄의 맞은편으로 돌아가 백열등 아래 앉아서 그가 그릴에 양파를 넣는 모습을 지켜보았다. 오븐 안에서 달콤한 냄새가 은은하게 풍겼다.

"뭐 하나 물어봐도 돼?"

"얼마든지."

"이곳에는 너밖에 없지?"

"나랑 저 녀석들뿐이야."

타일 바닥 가장자리에 앉아 있는 개 두 마리가 냉장고로 걸어가는 댄을 물끄러미 지켜보고 있었다.

"그런데 뭐 하러 이런 수고를 했어?"

댄이 냉장고 문을 열었다. "리모델링 말이야?"

"전부 다. 리모델링, 가구, 개 두 마리. 엄청 고생했을 것 같아."

댄은 피클 병과 토마토 한 개를 꺼내 도마에 올려놓았다.

"그랬지. 그래서 한 거야. 난 '사는 게 지겨워'의 시기를 지나왔어. 아내가 바람피우는 걸 알고는 삶의 의욕이 무너져 내렸거든. 한동안 자괴감에 허덕였지. 그러다 분노가 치밀더라고. 세상에 대해, 아내에 대해, 아내와 바람피운 옛 동료에 대해." 그는 피클 하나를 꺼내 썰었다. "어머니가 돌아가시자 한층 더 깊은 늪에 빠졌어. 그러던 어느 날 아침, 눈을 뜨고 결심했지. 더 이상 같은 벽만 보고 살지 않겠노라고. 곧바로 아버지의 연장 창고에서 커다란 망치를 꺼내 와 벽을 부수기 시작했어. 부수면 부술수록 기분이 나아지더라고. 벽이 다 허물어지자, 새로 다시 짓는 일만 남았던 거지."

"결국 기분 전환이었던 셈이네."

댄이 싱크대에서 토마토를 씻은 다음 일정한 크기로 썰기 시작했다. "집을 다시 지으며 한 가지를 깨달았어. 지금껏 삶이 내 뜻대로 풀리지 않았다고 해서 앞으로도 그렇지는 않을 거란 것. 난 가정을 원했어. 가족이 필요했지. 당장 재혼할 생각은 없었어. 실은 관심도 없었지. 그래서 렉스와 셜록을 데려와 셋이서 가정을 이룬 거야."

자기들 이름을 들은 개 두 마리가 낑낑거렸다.

"그 많은 일을 혼자?"

"망치질하듯 차근차근 해나갔지."

"전 부인과는 연락하고?"

"이따금 그쪽에서 전화해. 내 동료와도 깨졌나 보더라고."

"너랑 다시 합치고 싶은 거구나."

댄은 주걱으로 햄버거를 떠서 접시에 옮겼다. "처음에는 가능성을 저울질했던 것 같아. 골프 치며 사는 인생을 갈망하는 여자니까. 하지만 자기랑 결혼했던 남자가 더 이상 존재하지 않는다는 사실을 금세 깨달았지."

트레이시는 빙그레 웃었다. "네가 만든 요리 아주 먹음직스러운 걸, 댄."

저민 토마토와 피클을 도마에서 접시로 옮기던 댄이 멈칫했다.

"오, 이런."

"왜 그래?"

"방금 내가 칭찬 바라고 낚시질하는 사람처럼 굴었지?"

트레이시는 구겨진 냅킨을 댄에게 던졌다.

아까 댄은 트레이시가 샤워하는 동안 식탁을 차려놓았다. 그는 햄버거가 담긴 접시를 식탁에 올렸다. 접시 옆에는 채소와 과일을 버무린 샐러드가 있었다.

"어때, 맘에 들어?"

"또 칭찬을 기대하는 거야?"

"알면서."

"완벽해."

트레이시가 자기 햄버거에 소스를 뿌리는 동안 댄이 말했다.

"좋아, 이제 내가 질문할 차례야. 요즘도 사격 대회 나가?"

"내 생활이 별로 한가롭질 못해."

"하지만 실력이 뛰어났잖아."

"고통스러운 기억이 너무 많아. 내가 세라를 마지막으로 본 건 1993년에 올림피아에서 열린 사격 대회에서였어."

"그래서 시더 그로브에 돌아오지 않는 거야? 옛 기억들이 너무 괴로워서?"

"조금은."

"그런데도 그 기억을 죄다 또 파헤치려는 거로군."

"파헤치려는 게 아냐, 댄. 완전히 묻어버리려는 거지."

22

저녁 식사를 마친 트레이시는 거실로 나와 벽에 기대어놓은 골프채를 집어 들었다. 길고 좁다란 인조 잔디 끄트머리에 양철 재떨이처럼 생긴 것이 놓여 있었다.

부엌에서 설거지를 마치고 접시들을 찬장에 넣던 댄이 물었다.

"골프 좀 해?"

트레이시는 골프공을 세워놓고 골프채로 툭 친 다음 인조 잔디를 따라 굴러가는 공을 지켜보았다. 재떨이에 부딪친 공은 재떨이를 넘어 마루를 따라 벽에 닿을 때까지 계속 굴러가면서, 깔개 위에서 빈둥거리는 렉스와 셜록의 눈길을 끌었다.

"말했다시피 취미를 즐길 시간이 별로 없어."

"너라면 금방 배울 거야. 원래 운동에 소질이 있었잖아."

"옛날에나 그랬지."

"그렇지 않아. 좋은 코치만 있으면 돼."

"그래? 추천해줄 사람 있어?"

댄은 물기를 닦고 있던 그릇을 내려놓고 거실로 나와 트레이시의 발 앞에 새 골프공을 놓았다.

"공을 내려다보고 서."

"네가 가르쳐주려고?"

"컨트리클럽 회원이 되려고 돈깨나 썼어. 본전은 뽑겠노라고 다짐했지. 자, 공을 내려다보고 서."

"굳이 이럴 필요 없는데."

"두 발을 어깨 넓이로 벌려."

"진심이야?"

"난 진심 빼면 시체야."

"내가 기억하는 남자가 아니네."

"그 남자 맞아. 하지만 말했잖아, 변했다고. 산전수전 다 겪은 변호사거든."

"난 백병전 훈련을 받은 형사고."

"기억해뒀다 보디가드 필요해지면 연락할게. 이제 돌아서서 두 발을 어깨 넓이로 벌려."

트레이시는 싱긋 웃으며 시키는 대로 했다. 댄이 트레이시 뒤로 바짝 다가와 두 팔로 그녀의 양 어깨를 감쌌다. 그리고 트레이시의 두 손에 자신의 손을 대고 그립을 교정해주었다.

"힘 빼. 긴장 풀어. 골프채를 너무 꽉 쥐고 있잖아."

"두 팔에 힘을 줘야 하는 줄 알았는데." 트레이시는 문득 따뜻해지는 기분이었다.

"팔은 그렇지만 손은 아냐. 힘 빼고 가볍게 잡아."

댄이 골프채 손잡이를 잡은 트레이시의 손을 잡았다. 그의 따스한 숨결이 그녀의 목을 스치고, 나직한 목소리가 귀를 간질였다.

"무릎을 굽혀야지."

그는 무릎으로 트레이시의 오금을 살짝 밀어 그녀가 무릎을 굽히게 했다.

트레이시가 웃었다. "알았어, 알았어."

"이제 골프채를 앞뒤로 자연스럽게 흔드는 거야. 시계추처럼."

"그건 자신 있어."

"넌 잘할 거야."

댄은 트레이시의 두 팔을 잡고 그녀가 부드럽게 스윙하도록 거들었다. 퍼터에 맞은 공이 녹색 카펫을 따라 천천히 굴러갔다. 이번에는 골프공이 양철 재떨이 한가운데에 안착했다.

"우와, 내가 해냈어."

댄은 여전히 두 팔로 그녀를 안고 있었다. "거봐. 내가 화학은 젬병일지 몰라도 너한테 한두 가지는 가르쳐줄 수 있어."

트레이시는 눈을 감고 댄이 갑자기 그녀의 목에 키스하면 어떻게 반응할지 상상했다. 그 생각을 하니 무릎에서 기운이 빠지는 느낌이었다.

"트레이시?"

"응?"

댄이 그녀의 팔을 놓았다. "네가 준 자료 이야기 좀 해볼까?"

트레이시는 참고 있던 숨을 내쉬었다. "그래, 그게 좋겠어. 하지만 화장실부터 좀 다녀올게."

"계단 밑에 있어."

화장실을 찾은 트레이시는 문을 닫고 세면대 가장자리를 붙잡았다. 거울 속에 비친 볼이 빨갰다. 잠시 마음을 가다듬고 수도꼭지를 돌려 찬물을 얼굴에 끼얹었다. 그러고는 야구팀 보스턴 레드삭스 로고가 박힌 수건에 손을 닦고 부엌으로 돌아왔다.

댄은 식탁 옆에 서서 황색 파일을 훌훌 넘기고 있었는데, 페이지 마다 메모가 빼곡히 적혀 있었다. 그는 트레이시가 준 파일을 식탁 한가운데에 올려두고, 와인 잔도 채워놓았다.

"나 서서 해도 되지? 서 있으면 머리가 더 잘 돌아가거든."

"좋을 대로."

식탁에 앉은 트레이시는 기다렸다는 듯 와인을 한 모금 마셨다.

"솔직히 말하자면 오늘 아침에 네가 찾아왔을 때 난 회의적이었어. 사실 그냥 들어주는 시늉만 하려 했지."

"알아."

"티가 났어?"

트레이시가 술잔을 내려놓았다. "난 형사야, 댄. 아마 나라도 회의적이었을 거야. 뭐든 필요한 게 있으면 말해."

"장거리 출장 세일즈맨 라이언 헤이건부터 시작하자."

* * *

검사 측 탁자 앞에서 밴스 클라크가 일어섰다.

"라이언 P. 헤이건 씨를 증인으로 소환합니다."

에드먼드 하우스가 수갑을 차고 법정에 들어선 이후 처음으로 고개를 돌렸다. 그는 시더 그로브의 오랜 주민이자 그의 국선변호인 디안젤로 핀 옆에 앉아 있었다. 머리를 짧게 자르고 말끔히 면도한 에드먼드는 명문대 입시를 준비하는 학생처럼 보였다. 병병한 회색 바지 차림에, 하얀 셔츠 옷깃이 검은 브이넥 스웨터 밖으로 삐져나와 있었다. 마치 같은 입시학원 동기라도 만난 듯 그는 법정에 들어서는 헤이건에게서 눈을 떼지 못했다. 헤이건은 황갈색 바지에 파란 재킷, 모직 넥타이 차림이었다. 잠시 후 에드먼드의 눈길이 법정을 가득 메운 방청객을 지나 트레이시에게로 쏠렸다. 소름이 끼친 트레이시는 벤의 손을 꽉 쥐었다.

벤이 속삭였다. "당신 괜찮아?"

헤이건이 난간 중앙 문을 밀고 들어가 증언대에 서자, 가운데 가르마를 탄 성긴 머리가 도드라졌다. 트레이시가 보기에는 판타지 영화에 나오는 엘프 같은 인상이었다. 밴스 클라크 검사는 자동차 부품을 팔러 장거리 출장을 다니는 이 세일즈맨의 직업을 밝히고, 그가 한 달에 25일을 길에서 보내며 워싱턴 주, 오리건 주, 아이다호 주, 몬태나 주를 넘나드는 까닭을 설명했다.

"평소 증인은 지역 뉴스를 일일이 챙겨 보지 않습니까?"

"제가 좋아하는 야구팀이나 농구팀 소식이 있을 때만 봅니다. 지역신문을 사 읽거나 모텔에 도착해서 저녁 뉴스를 보는 일은 별로 없죠. 대개 스포츠 경기를 보니까요."

헤이건은 세일즈맨답게 웃음이 헤프고, 주목받는 것을 즐기는 눈치였다.

"그럼 세라 크로스화이트 납치 사건을 몰랐다는 겁니까?"

"네, 들어본 적이 없었습니다."

"그 소식을 어떻게 듣게 됐는지 배심원단에게 말씀해주시겠습니까?"

"물론이죠."

헤이건은 배심원단을 바라보았다. 여자 배심원 다섯 명과 남자 배심원 일곱 명 모두 백인이었다. 대체 배심원* 두 명은 난간 바로 앞 의자에 앉아 있었다.

---

* 정식 배심원이 교체될 경우 그 자리를 대신하는 배심원.

"그날 저녁 고객을 만나고 집에 돌아왔습니다. 평소에 비하면 이른 시간이었죠. 소파에 앉아 맥주를 마시며 매리너스*의 경기를 보는데, 공수 전환 시간에 시더 그로브에서 여자가 실종되었다는 뉴스가 나오더군요. 그쪽에 제 고객이 많아서 주의 깊게 들었죠. 실종된 아가씨 사진도 나왔습니다."

"누군지 알아보겠던가요?"

"처음 보는 아가씨였습니다."

"계속 말씀하세요."

"실종된 지 한참 됐다면서 그 아가씨 트럭 사진을 보여주더군요. 국도 갓길에 버려진 파란색 포드였습니다. 그 사진을 보자 퍼뜩 기억이 떠올랐습니다."

"어떤 기억 말입니까, 헤이건 씨?"

"전에 그 트럭을 본 기억이 났어요. 북부 고객들을 만나고 집으로 돌아가던 밤에 틀림없이 봤거든요. 주간 고속도로가 생긴 요즘은 국도를 이용하는 사람이 많지 않아서 똑똑히 기억합니다. 더구나 그날은 폭우까지 쏟아졌죠. '이런 날 차가 고장 나다니 지지리 운도 없군' 하고 생각했습니다."

"당신은 어째서 그날 저녁 국도를 탔습니까?"

"지름길이니까요. 저처럼 자주 운전하면 웬만한 지름길은 다 알게 됩니다."

"그날 밤이 기억나던가요?"

"처음에는 가물가물했습니다. 하지만 폭풍이 심했던 여름날이 생각났어요. 폭풍 때문에 국도를 탈까 말까 고민도 했거든요. 거긴

* 시애틀의 메이저리그 야구팀.

가로등 하나 없어 어두컴컴하답니다."

"그날이 언제인지 확인했습니까?"

"저는 달력에 고객과의 약속을 표시해둡니다. 달력을 확인해보니 8월 21일이더군요."

"몇 년도였죠?"

"1993년이었습니다."

헤이건의 무릎에 달력이 놓여 있었다. 클라크는 그 달력을 증거로 제출하면서 배심원들에게 보여줄 것을 요청했다. 그러고는 다시 헤이건에게 물었다.

"그날 저녁에 대해 기억나는 것이 더 있습니까?"

"빨간색 트럭을 본 기억이 납니다. 제 쪽으로 오고 있었습니다."

"그걸 기억하는 까닭은 뭡니까?"

"말씀드렸다시피 그날 밤 국도에는 다른 차가 없었거든요."

"운전석 안을 봤습니까?"

"아뇨, 잘 안 보였습니다. 하지만 트럭은 똑똑히 봤어요. 쉐보레 스텝사이드였습니다. 선홍색이었고요. 요즘 흔히 보이는 차가 아닙니다. 클래식 카거든요."

"그 후 증인은 뭘 했습니까?"

"보안관 사무소 전화번호가 뉴스에 뜨기에 거기로 전화를 걸어 제가 본 것을 알렸습니다. 그러자 보안관에게서 전화가 왔습니다. 자신이 사건 담당자라고 하더군요. 그래서 저는 방금 진술한 내용을 그분에게 말했습니다."

"캘러웨이 보안관과 통화할 때 다른 이야기는 안 했습니까?"

"그날 저녁에 제가 주유를 하고 식사를 하지 않았다면 그 아가씨를 먼저 발견했을 거란 말을 한 기억이 납니다."

디안젤로 핀이 이의를 제기하고 그 발언을 기록에서 삭제해달라고 요청했다. 몸집이 우람하고 머리가 불그레한 숀 로렌스 판사는 이의를 받아들였다.

클라크는 최종 판단을 배심원단에 맡기고 자리에 앉았다.

에드먼드의 국선변호인인 디안젤로 핀이 메모장을 손에 들고 앞으로 나왔다. 트레이시는 디안젤로와 그의 아내 밀리를 알고 있었다. 트레이시의 아버지가 밀리의 퇴행성관절염을 치료해주고 있었기 때문이다. 탈모가 진행 중인 디안젤로는 앞머리를 뒤로 빗어 넘겨 정수리를 덮었다. 신장이 170센티미터가 조금 넘어서, 증언대로 걸어오는 동안 정장 바짓부리가 대리석 바닥에 질질 끌리고 소맷부리도 손바닥까지 늘어졌다. 마치 이날 아침에 백화점에서 급하게 산 정장을 미처 수선하지 못한 것 같았다.

"증인은 그 트럭을 갓길에서 봤다고 했습니다. 트럭 옆에 서 있는 사람이나 길가를 걸어가는 사람을 봤습니까?"

디안젤로의 새된 목소리는 법정의 넓은 공간에 잠식됐다.

헤이건은 보지 못했다고 대답했다.

"증인이 봤다고 주장하는 빨간색 트럭의 운전석 안은 보지 못했죠. 맞습니까?"

"맞습니다."

"그렇다면 차 안에 있던 금발 여성도 못 봤겠군요?"

"못 봤습니다."

디안젤로가 에드먼드 하우스를 가리키며 헤이건에게 물었다.

"차 안에서 피고도 보지 못했죠?"

"그렇습니다."

"차량번호도 못 봤고요?"

"네."

"하지만 증인은 어둡고 비가 쏟아지는 저녁이었다고 스스로 인정한 시각에 아주 잠깐 보았던 그 트럭을 기억한다고 주장합니다. 그렇죠?"

"제가 좋아하는 트럭이니까요." 헤이건은 세일즈맨다운 미소를 머금었다. "자동차는 제 전공 분야입니다. 직업상 잘 알 수밖에 없지요."

디안젤로가 물 밖으로 나온 고기처럼 입을 벌렸다 닫았다. 그리고 메모장과 헤이건을 여러 차례 번갈아 보았다. 어색한 시간이 몇 초 흐른 뒤에야 말문을 열었다.

"결국 트럭은 보았지만 차 안에 누가 탔는지는 보지 못했다는 거로군요. 이상입니다."

23

"실종 사건 후 7주가 지난 시점에, 폭우가 쏟아지는 어두운 도로에서 잠깐 스쳐 간 빨간색 트럭을 헤이건이 기억해냈다는 진술은 믿기 어려워. 그 점을 피고 측 변호사가 따져 묻지 않았어?"

댄이 자료를 뒤적이며 물었다. 트레이시는 고개를 저었다.

"헤이건이 봤다고 주장하는 방송에 대해서도 묻지 않았어. 그 무렵 방송된 뉴스 사본을 제출하라는 소환장도 발부하지 않았고."

"뉴스 사본 제출이 필요한 이유는?"

"난 그 당시 방송된 관련 뉴스를 빠짐없이 녹화해뒀어. 하지만 그중에 헤이건이 봤다고 주장하는 뉴스와 조금이라도 유사한 뉴스는 찾지 못했지. 세라 실종 사건은 그 무렵 이미 철 지난 뉴스였어. 너도 알잖아. 언론과 경찰, 주민 모두가 처음에는 그 일로 떠들썩했지만, 몇 주 지나자 서서히 사그라들었지. 그들을 원망하진 않아. 7주가 지나자 세라의 실종은 뉴스 하단에 슬쩍 지나가는 자막에 불과했어. 웬만해선 다시 세간의 이목을 끌 일이 없는 단신 말야."

"현상금 문제는?"

"그것도 재판에서 언급되지 않았어."

댄은 머리가 지끈거리는 듯 눈살을 찌푸렸다.

"보안관과 검사가 설리번 판사에게서 수색영장을 발부받으려면 헤이건의 증언이 필요했던 상황이로군. 그 점에서 피고 측 변호인은 헤이건에게 모든 사항을 꼬치꼬치 따졌어야 마땅해. 더구나 다음 날 이루어진 캘러웨이의 증언 또한 헤이건의 진술에 기반했으니까."

* * *

로이 캘러웨이는 자기 집 거실에 앉은 것처럼 증언대 의자에 앉아 있었고, 이날 법정에 나온 모든 사람은 그의 초대를 받은 손님 같았다. 유리창을 두드리는 빗소리는 마치 새들이 유리를 쪼아대는 소리처럼 들렸다. 트레이시는 창밖으로 법원 앞마당에 늘어선 나무들이 비에 젖어 흐느적거리는 모습을 바라보았다. 인근 주택의 굴뚝에서 연기가 구불구불 피어오르고 있었지만, 이 목가적인 풍경조차 에드먼드 하우스 사건 이후로 더는 평화로워 보이지 않았다. 상대적으로 안전하다고 여겨지던 소도시들도 이제 강력범죄에서 자유롭지 않다.

클라크 검사가 배심원석 난간으로 다가왔다.

"파커 하우스의 집에 다시 찾아간 것이 언제입니까, 보안관님?"

"두 달쯤 지난 뒤였습니다."

"이유를 말씀해주실 수 있습니까?"

"목격자가 나타났습니다."

"그 목격자가 누구였는지 배심원들께 알려주시겠습니까?"

"라이언 헤이건 씨입니다."

"보안관님이 헤이건 씨의 진술을 받았습니까?"

"맞습니다."

그로부터 오 분 동안 캘러웨이는 전날 헤이건이 진술한 내용을 재차 확인해주었다.

"그렇다면 빨간색 쉐보레 픽업트럭은 어떤 의미입니까?"

"저는 파커 하우스가 빨간 쉐보레 트럭을 갖고 있다는 걸 알고 있었고, 세라가 실종되었다는 보고를 받은 날 아침에 하우스의 집 마당에서 그 차를 본 기억이 났습니다."

"이 새로운 증거를 피고에게 제시했습니까?"

"목격자가 나타났다고 말했습니다. 그리고 더 할 말이 있냐고 물었죠."

"그래서 피고가 뭐라고 하던가요?"

"처음엔 그만 좀 괴롭히라며 반발할 뿐 별말 없었습니다. 하지만 이내 그러더군요. '네, 맞아요. 그날 저녁에 제가 차를 몰았습니다.'"

"다른 말은 없었습니까?"

"실버 스퍼스에 있는 술집에서 한잔하고, 음주단속에 걸릴까 봐 고속도로 대신 국도로 차를 몰고 귀가했다더군요. 도중에 갓길에 서 있는 파란색 포드 트럭을 지나쳤는데, 조금 더 가다가 빗속을 걷고 있는 여자를 봤다고 했습니다. 그래서 그 여자를 차에 태워주고 시더 그로브의 어느 주소에 내려줬으며, 그게 전부라고 했습니다. 이후 그녀를 다시 본 적은 없다면서요."

"피고가 그 여자의 신원을 확인했습니까?"

"제가 사진을 보여주자 피고가 세라 크로스화이트를 확실히 알아보았습니다."

"그녀를 데려다주었다는 주소를 피고가 밝혔습니까?"

"주소는 말하지 않았지만 세라의 집을 정확히 묘사했습니다."

"처음 신문받았을 때 피고가 왜 그 사실을 진술하지 않았는지 말하던가요?"

"여자가 실종됐다는 소문을 듣고 전단에 실린 사진 속 여자가 자신이 차를 태워준 여자라는 걸 알았지만, 아무도 자기 말을 믿어주지 않을까 봐 두려웠다고 합니다."

"그 이유는 말했습니까?"

피고 측 변호사가 이의를 제기하자 로렌스 판사가 받아들였다.

"이후에 증인은 뭘 했습니까, 캘러웨이 보안관님?"

"피고와의 대화 내용을 검사님께 알리고, 파커 하우스의 집과 트럭에 대한 수색영장 발부를 요청했습니다."

"증인이 직접 수색영장 집행에 참여했습니까?"

"영장 집행은 제가 했지만, 현장감식은 워싱턴 주 순찰대에서 온 수사관들에게 맡겼습니다. 그날 현장에서 발견한 증거물을 바탕으로 에드먼드 하우스를 체포했습니다."

"피고와 다시 대화를 나눴습니까?"

"구치소에서 만났습니다."

"피고가 무슨 이야기를 하던가요?"

캘러웨이는 클라크에게서 에드먼드 하우스 쪽으로 눈을 돌렸다. 에드먼드는 두 손을 무릎에 올리고 무감한 표정으로 앉아 있었다.

"빙그레 웃더니, 시신이 없으면 우리가 절대 기소하지 못할 거라고 했습니다. 그리고 자신이 내거는 조건을 검사가 받아들이면 세라의 시신이 있는 곳을 알려주겠다고 했습니다. 안 그러면 저더러 지옥에나 떨어지라더군요."

24

댄은 평면 텔레비전 앞에서 서성였다. 거실로 자리를 옮긴 지금, 댄이 질문하거나 자신의 견해를 밝히는 동안 트레이시는 소파에 앉아서 경청했다.

"캘러웨이의 증언이 사실이라면 한 가지 의문이 생겨. 어째서 에드먼드 하우스가 진술을 번복했을까? 그자는 이미 6년이나 수감 생활을 했어. 경험적으로 법을 잘 알고 있었을 가능성이 높다는 뜻이지. 자신의 알리바이를 바꾸면 캘러웨이가 수색영장을 발부받기 쉽다는 걸 알았을 거라고 봐야 해. 그리고 알리바이를 바꿀 생각이었다면, 실버 스퍼스에 있는 술집에서 한잔했다는 소리는 뭐 하러 해? 캘러웨이에 의해 얼마든지 반박될 수 있는 거짓말이었는데 말이야. 어차피 거긴 간 적도 없을 테니까."

트레이시가 대꾸했다. "내가 실버 스퍼스의 바텐더를 모두 만나봤지만, 그날 에드먼드 하우스를 봤다는 사람은 한 명도 없었어. 캘러웨이가 찾아와 질문한 일을 기억하는 사람도 없었고."

"캘러웨이가 거짓증언을 했다고 의심할 만한 근거로군."

"의심스러운 점은 또 있어. 피고 측 변호사가 법정에서 캘러웨이에게 그 문제에 대해 한마디도 묻지 않았어."

댄은 고개를 끄덕였다. "그건 명백한 실수야. 하지만 그 때문에 에드먼드가 유죄 판결을 받은 건 아냐. 그의 집에서 발견된 증거물 때문이었지."

* * *

오후 늦게 폭풍이 거세지자 법원의 화려한 상자형 대들보에 매달린 조명들이 껌뻑거렸다. 바람도 강해지면서 법정 창문 밖의 나무들이 맹렬히 흔들려 나뭇가지가 번들거렸다.

밴스 클라크가 신문을 재개했다.

"지에사 형사님, 그 트럭과 관련하여 당신이 발견한 것을 배심원단 여러분께 말씀해주시겠습니까?"

긴 연갈색 머리에 금빛 하이라이트 염색을 한 마거릿 지에사 형사는 형사가 아니라 패션쇼 모델처럼 보였다. 키는 165센티미터 정도지만 10센티미터 하이힐 덕분에 더 커 보였고, 잿빛 세로 줄무늬 바지 정장 차림이었다.

"45센티미터에서 80센티미터까지, 길이가 다양한 금발 여러 가닥을 찾아냈습니다."

"증인의 현장감식반이 머리카락을 찾아낸 정확한 위치를 배심원들께 보여주시겠습니까?"

의자에서 일어난 지에사는 클라크가 이젤에 올려놓은 빨간색 쉐보레 트럭 내부 확대 사진을 포인터로 가리켰다.

"조수석과 차 문 사이에서 나왔습니다."

"워싱턴 주 순찰대 현장감식반이 머리카락을 검사했습니까?"

지에사는 보고서를 보았다. "머리카락 하나하나를 현미경으로 관찰한 결과, 일부는 모근까지 뽑힌 상태였고 나머지는 끊겨 있었습니다."

피고 측 변호사가 일어섰다. "이의 있습니다. 모근이 뽑혔다는 것은 증인의 추측입니다."

로렌스 판사가 이의를 받아들였다.

클라크는 그 말이 반복된 걸 반기는 눈치였다.

"사람은 머리가 빠집니다. 그렇죠, 형사님?"

"머리가 빠지는 것은 자연스러운 일입니다. 날마다 있는 일이죠."

클라크가 자신의 대머리를 두드렸다. "남들보다 더 많이 빠지는 사람도 있지 않습니까?"

배심원들이 웃었다.

클라크의 말이 이어졌다. "하지만 증인은 현장감식반이 끊어진 머리카락도 발견했다고 진술했습니다. 그게 무슨 뜻입니까?"

"모근이 없는 머리카락이란 뜻입니다. 현미경으로 보면 원래 머리카락 끝에는 하얀 모근이 달려 있습니다. 대개 외부요인으로 인해 모낭이 손상되면서 머리카락이 끊어지죠."

"이를테면 어떤 요인 말입니까?"

"화학 치료나 헤어스타일러의 열, 잡아당기는 행동 따위를 들 수 있습니다."

"몸싸움 도중 상대의 머리끄덩이를 잡아당기면 모근까지 빠질 수도 있나요?"

"가능합니다."

클라크는 짐짓 자료를 살펴보는 척했다.

"증인과 현장감식반이 트럭 운전석에서 이 밖의 특이점을 발견했습니까?"

지에사가 대답했다. "상당량의 혈흔이 나왔습니다."

트레이시는 배심원 여럿의 눈길이 지에사에게서 에드먼드 하우스 쪽으로 쏠리는 것을 보았다.

이번에도 지에사는 사진을 이용해 현장감식반이 트럭 운전석에서 혈흔을 발견한 곳을 설명했다. 이어서 클라크가 산속에 위치한 파커 하우스의 집을 찍은 항공사진 확대본을 이젤에 올려놓았다. 사진 속에는 몇몇 구조물의 철제 지붕과 자동차 뼈대들, 늘어선 나무 사이에 널린 농기구가 있었다. 지에사는 파커 하우스의 집에서 뻗어 나오는 작은 길 끝에 있는 좁다란 건물을 가리켰다.

"여기서 목공용 도구와 작업 단계가 제각각인 가구 여러 점을 발견했습니다."

"테이블 톱이 있던가요?"

"네, 하나 있었습니다."

"저 창고 안에서 혈흔이 발견됐습니까?"

"아뇨."

"금발 가닥이 발견됐습니까?"

"아뇨."

"눈길을 끄는 증거물이 있었습니까?"

"커피 캔에 담긴 양말 속에서 액세서리를 발견했습니다."

클라크는 지에사에게 채증 비닐 백 하나를 건네더니 열어봐달라고 했다.

법정이 고요해진 가운데 지에사가 비닐 백 안에 손을 넣어 권총 모양 은 귀걸이 두 개를 꺼내 들었다.

서성이던 댄이 움직임을 멈췄다.

"뭔가 잘못됐다는 의심이 들기 시작한 게 그때였구나."

"세라는 권총 모양 귀걸이를 하지 않았어, 댄. 난 또렷이 기억해. 그리고 그날 아빠한테 말하려고 했어. 하지만 아빠는 피곤하다며 엄마를 집으로 데려오라고 하셨지. 엄마는 상태가 썩 좋지 않았어. 심신이 극도로 쇠약해졌고, 점점 더 사람들을 멀리했거든. 이후로는 내가 그 문제를 언급할 때마다 아빠가 나는 빠지라고 했어. 캘러웨이와 클라크도 나한테 같은 소리를 했고."

"아무도 네 말을 들어주지 않았구나."

트레이시는 고개를 끄덕였다. "응. 결국 난 그들이 틀렸다는 걸 입증할 수 있을 때까지 아무한테도 그 이야기를 하지 않기로 마음먹었어."

"하지만 잊고 살 수는 없었겠지."

"동생이 실종됐는데 그럴 수 있겠어? 더구나 걔를 두고 떠난 사람이 바로 난데."

댄이 커피 테이블에 걸터앉았다. 둘의 무릎이 닿을락 말락 했다.

"그 일은 네 잘못이 아냐, 트레이시."

"반드시 알아내야만 했어. 어느 누구도 파고들려 하지 않아서 내가 직접 하기로 결심한 거야."

"그래서 교사 일을 그만두고 경찰이 됐구나."

트레이시는 고개를 끄덕였다.

"10년 동안 나는 관련 자료를 읽고 증인과 증거를 찾아다니는 데 여가 시간을 쏟아부었어. 그러던 어느 저녁, 자료를 모아놓은 상자들을 열다가 깨달았지. 더 이상 읽을 기록도, 만나야 할 증인도 없다는 사실을. 말 그대로 막다른 골목에 다다른 거야. 세라의 시신이 발견되지 않는다면 거기서 중단할 수밖에 없었어. 참담했어. 또 다시 세라를 잃어버린 것만 같았지. 하지만 네가 말했다시피 비탄에 잠겨 있다고 세상이 끝나진 않아. 어느 날 눈을 뜨니 깨닫게 되더라고. 계속 나아가야 한다는 걸. 왜냐하면…… 달리 무슨 수가 있겠어? 결국 그 상자들을 옷장에 처넣고 다시 살아가려고 기를 썼지."

댄이 그녀의 무릎에 손을 얹었다. "세라는 네가 행복하길 바랐을 거야, 트레이시."

"난 스스로를 속였어. 실은 단 하루도 세라 생각을 하지 않은 날이 없었거든. 상자들을 다시 꺼내고픈 충동이 일지 않은 날이 없었고, 내가 뭔가 놓쳤다는 생각이 들지 않은 날이 없었어. 어디엔가 내가 못 찾은 증거가 있을 거라는 미련을 버리지 못했어. 그런데 얼마 전 세라의 유해가 발견된 거야." 트레이시는 한숨을 내쉬었다. "내가 집착에 사로잡힌 미친 여자가 아니라는 말을 누군가 해 주길 얼마나 기다렸는지 알아?"

"넌 미치지 않았어, 트레이시. 집착은 좀 있을지 모르지만."

트레이시가 미소 지었다. "옛날부터 넌 나를 웃게 해줬지."

"그래. 하지만 대개는 웃길 생각은 아니었어." 댄이 의자에 등을 기대고 한숨을 쉬었다. "나는 당시 상황을 잘 몰라, 트레이시. 하지만 지금 확실히 아는 게 하나 있어. 만약 네 짐작대로 에드먼드 하우스가 누명을 썼다면 그건 한 사람이 꾸민 일이 아니야. 여럿이 공모했겠지. 헤이건과 캘러웨이, 클라크가 연관되었을 거야. 심지어 피고 측 변호사도 한통속이었을지 몰라."

"그리고 우리 집에 들어와 세라의 액세서리를 가져갈 수 있는 자. 분명 내가 아는 사람일 거야."

* * *

로이 캘러웨이의 SUV가 트레이시의 부모님 집 진입로에 서 있고, 그 앞에는 또 다른 보안관 차량과 더불어 캐스케이드 카운티 소방차와 구급차가 나란히 서 있었다. 사이렌은 꺼져 있고, 이른 아침의 어둠을 가르는 경광등 불빛도 없었다. 그 모습을 본 트레이시는 묘하게 마음이 놓였다. 어떤 위급 상황인지는 모르지만 경광등이 꺼져 있다면 아주 심각한 일은 아닐 터였다. 그렇지 않은가?

트레이시는 새벽 4시가 막 지났을 때 캘러웨이의 전화를 받고 깼다. 벤이 떠난 지 석 달이 지났지만, 트레이시는 여전히 그 임대 주택에 살고 있었다. 한때 행복한 추억이 가득했던 부모님 집은 더 이상 예전 같지 않았다. 이제 어머니와 아버지는 사람들을 멀리하고 침묵 속에 지냈다. 병원 일을 그만둔 아버지는 마을에 나가는 일이 거의 없었다. 세라가 사라진 뒤로는 해마다 집에서 열던 크리스마스이브 파티도 하지 않았다. 게다가 아버지는 밤마다 술을 마시기 시작했다. 전화를 걸면 혀 꼬인 소리로 받았고, 만나면 입에서 술 냄새가 풍겼다. 이제는 썩 반겨주는 분위기도 아니었다. 인정하고 싶지는 않았지만, 집 안에 음울한 기운이 가득했다. 이들 가족의 뇌리에 가장 먼저 떠오르는 기억은 잊고 싶은 기억이었다. 세 사람 모두 각자의 죄책감으로 괴로워했다. 트레이시는 세라를 혼자 집에 보낸 것 때문에, 부모님은 그 운명적인 주말에 집에 있지 않고 하와이로 놀러간 것 때문에. 트레이시는 어차피 부모님에게 얹혀살 나이는 지났다고 스스로를 다독이며 이 상황을 합리화했다. 그녀에게 더 이상 '우리 집'은 없었다.

새벽에 전화한 캘러웨이는 트레이시에게 당장 옷 입고 부모님 집으로 오라고 했다. 트레이시가 이유를 물으려 하자 밑도 끝도 없이 재촉했다. "얼른 오기나 해라."

트레이시가 부모님 집 현관 계단을 오르는 동안, 구급차 무전기에서 흘러나오는 교신 소리가 들렸다. 널찍한 현관 앞에는 경찰과 구급대원 들이 어슬렁거리고 있었다. 누구도 딱히 서두르는 기색은 없었다. 이 또한 좋은 징조로 보였다. 집 안으로 들어오는 트레이시를 본 캘러웨이의 부관 한 명이 서재 문을 두드렸다. 잠시 후 문을 열어준 사람은 아버지가 아니라 로이 캘러웨이였다. 서재 안쪽으로 몇몇 사람이 보였지만 아버지나 어머니는 없었다. 부관이 캘러웨이에게 뭔가 이야기하자 캘러웨이가 서재 문을 닫았다. 그는 창백하고 침울해 보였다. 괴로워하는 표정이었다.

트레이시가 캘러웨이에게 다가갔다. "왜 그래요? 무슨 일이죠?"

캘러웨이는 손수건으로 코를 닦았다. "아버지가 돌아가셨다, 트레이시."

"뭐라고요?"

"네 아버지가 돌아가셨어."

"우리 아빠가요? 무슨 소릴 하는 거예요?"

트레이시는 아버지 문제일 줄은 상상도 못 했다. 어머니에게 뭔가 나쁜 일이 생겼을 거라고만 생각했다. 트레이시가 캘러웨이를 지나쳐 가려 하자, 그가 길을 막고 트레이시의 어깨를 잡았다.

"아빠, 어디 계세요? 아빠! 아빠!"

"그만해라, 트레이시."

트레이시는 캘러웨이를 뿌리치려고 기를 썼다. "아빠를 만나야겠어요."

캘러웨이는 트레이시를 현관 밖으로 끌고 나가 양어깨를 잡고 벽에 밀어붙였다. 트레이시는 계속 몸부림쳤다.

"잘 들어라, 트레이시. 얌전히 내 말 들어. 네 아버지는 엽총으로 자살했다."

트레이시가 얼어붙었다.

캘러웨이는 두 손을 내리고 뒤로 한 걸음 물러났다. 눈을 돌리고 한숨을 내쉰 그는 마음을 다잡고 다시 트레이시를 보았다.

"엽총으로 자살했어."

25

세라의 유해를 땅에 묻고 일주일 뒤, 왈라왈라 주립 교도소를 찾은 트레이시는 면회실 테이블에 달린 긴 의자에 앉으며 말했다.

"내가 이야기하게 해줘."

댄은 옆자리에 앉았다. "아니, 내가 할게."

"그자에게 아무것도 약속하지 마."

"물론이지."

"틀림없이 거래하려 들 거야."

댄이 트레이시의 손을 꼭 쥐었다. "그 말도 아까 했잖아. 긴장하지 마. 나도 교도소에는 와봤어. 물론 내가 가던 교도소들은 사교클럽 같은 분위기였지만 말이야. 여기는 엄격한 고등학교 식당 같은데."

트레이시는 면회실 문을 바라보았지만 에드먼드 하우스는 보이지 않았다. 그는 이 교도소에서 두 번째로 경비가 삼엄한 서쪽 복합건물 D동에 수감되어 있었다. 이는 에드먼드가 저지른 범죄, 즉일급 살인죄의 심각성이 반영된 것일 뿐 복역 기간에 그가 보인 행동 때문은 아니었다. 수년간 트레이시가 전화로 확인한 바에 따르면, 에드먼드는 보통 독방에서 책을 읽거나 도서관에 처박혀 항소 관련 자료를 모았다. 지금껏 복역해오는 동안 그는 수차례 항소심 요청을 했다.

에드먼드 하우스가 누명을 썼으며 세라를 죽인 진범은 여전히 잡히지 않았다. 트레이시가 10년 동안 품어온 이 주장을 뒷받침해 줄 현장 증거가 확보되긴 했다. 하지만 그게 소용이 있으려면 판사에게 새로운 증거를 제시하고 당시 목격자를 다시 증언대에 세워 증인 선서하에 철저히 신문해야 했다. 그러기 위해서는 재심의 전 단계인 선고 후 감형 심리가 열리게 하는 수밖에 없고, 그러려면 에드먼드의 협조가 필수적이었다. 트레이시는 에드먼드의 도움을 받아야 한다고 생각하니 치가 떨렸다. 어쩐지 그자와 엮인 팔자라는 생각에 소름이 끼쳤다. 앞서 트레이시가 두 번 면회 왔을 때, 에드먼드는 유리처럼 연약한 그녀의 마음을 갖고 놀았다. 당시에 트레이시는 그걸 몰랐지만 이제 뒤늦게 깨달았다. 전에는 에드먼드가 모든 패를 쥐고 있는 듯했지만 더 이상은 아니다. 다시 재판을 받고 출옥할 기회를 얻으려면 에드먼드도 협조해야만 했다.

주변 다른 테이블에 앉은 재소자와 면회인 들의 목소리가 요란하게 울려 퍼졌다. 트레이시는 손목시계를 보고 다시 문을 바라보았다. 그때 문간에 서서 테이블들을 둘러보는 한 재소자가 눈에 띄었다. 희끗희끗한 머리를 땋아 근육질 어깨 뒤로 늘어뜨린 남자였다. 트레이시는 그를 무시하려 했다. 에드먼드 하우스와 전혀 달랐기 때문이다. 하지만 그의 눈길이 트레이시에게 머물더니, 입이 살짝 벌어지면서 '저년이 요상한 놈을 데려왔군' 하고 말하는 미소를 지었다.

댄도 문을 보았다. "설마 저 친구는 아니겠지?"

재판 당시 신문 기사들은 머리숱이 무성하고 잘생긴 에드먼드 하우스를 영화배우 제임스 딘과 연결시켰다. 지금 두 사람 쪽으로 걸어오는 남자의 얼굴은 나이 들고 살이 쪄 넙데데해 보였다. 하지만 진짜 변화는 따로 있었다. 에드먼드의 목과 가슴 근육이 불거져 교도소에서 지급한 티셔츠 솔기가 터질 지경이었다. 복역하는 동안 에드먼드는 항소심 준비만 한 게 아니었다.

　테이블 앞에 멈춰 선 에드먼드가 잠시 두 사람을 빤히 보더니, 음미하는 듯한 말투로 중얼거렸다. "트레이시 크로스화이트. 포기한 줄 알았는데. 얼마 만이지? 15년?"

　"몰라. 안 세어봤어."

　"난 셌지. 여기서는 할 일이 별로 없거든."

　"또다시 항소심 요청이 가능해." 마약과 불법 약물의 네트워크가 그렇듯 교도소의 정보 네트워크도 촘촘하고 광범위했다. 트레이시는 세라의 유해가 발견됐다는 사실을 에드먼드가 이미 알고 있는지 궁금했다. "그럴 계획이야."

　"아하. 이번에는 무얼 근거로?"

　"변호인의 무능한 변호."

　"이제 감이 좀 잡히나 보군."

　"그래?"

　트레이시의 눈에 비친 에드먼드는 체중 110킬로그램이 넘는 근육 덩어리였다. 한때 반짝이던 파란 눈동자는 오랜 수감 생활로 흐려졌지만, 상대를 꿰뚫어 보는 눈길은 여전했다.

　교도관이 다가왔다. "앉으시오."

　에드먼드가 자리에 앉았다. 트레이시는 딱 테이블 폭만큼 그와 떨어져 있었다. 이렇게 가까이 있으니 법정에서 에드먼드가 그녀를 위아래로 훑어볼 때마다 그랬던 것처럼 소름이 돋았다. 트레이시가 운을 뗐다. "변했군."

"맞아. 대학 입학 자격 시험을 통과했고 준학사 학위를 준비 중이지. 어때, 훌륭하지? 아마 여기서 나가면 선생이 될 거야."

에드먼드가 댄을 보았다.

"이쪽은 댄."

"안녕하쇼, 댄."

에드먼드가 손을 내밀었다. 교도소 안에서 볼펜 잉크로 문신한 암청색 글자들이 계류용 밧줄처럼 두꺼운 팔뚝 안쪽에 세로로 늘어서 있었다.

에드먼드는 댄의 눈길이 문신에 쏠린 것을 눈치챘다. "성경 이사야서 구절이지." 그는 댄의 손을 잡은 채로 자신의 팔뚝을 돌려 글귀를 읽게 해주었다.

네가 눈먼 자들의 눈을 밝히며
갇힌 자를 감옥에서 이끌어 내며
흑암에 앉은 가련한 자를
감방에서 나오게 하리라

"원래 성경에 '가련한'이란 말은 없던데, 이 글을 새긴 친구도 나름 생각이 있었겠지." 에드먼드는 댄을 보았다. "맥은 성이 뭐요?"

교도관이 또 한 걸음 앞으로 다가왔다. "과도한 신체 접촉은 삼가십시오."

에드먼드가 댄의 손을 놓자 트레이시가 대신 답했다. "올리리."

"그래서 여긴 무슨 일이요, 트레이시와 올리리 선생? 세월도 한

참 지난 마당에."

트레이시가 대꾸했다. "세라가 발견됐어."

에드먼드는 눈썹을 올렸다. "산 채로?"

"아니."

"그건 나한테 도움이 안 돼. 그래도 궁금하긴 하군. 어디서 찾았대?"

"지금 그건 중요하지 않아."

에드먼드가 고개를 옆으로 기울이고 실눈을 떴다. "언제 경찰이 됐지?"

"어째서 내가 경찰이라고 생각해?"

"글쎄, 잘은 모르지만 전체적인 분위기랄까. 자세와 어조, 그리고 나한테 정보를 주지 않으려고 마지못해 친구를 소개하는 태도 따위. 난 여기서 사람 관찰할 시간이 좀 있었거든. 당신도 변했군, 트레이시. 안 그래?"

"난 형사야."

에드먼드가 씩 웃었다. "아직도 동생을 죽인 자를 쫓고 있군. 나한테 알려줄 새로운 단서라도 있나?" 그는 댄을 바라보았다. "이번에는 내 항소심 요청이 받아들여질 것 같소, 변호사 친구?"

댄은 트레이시가 지시한 대로 청바지와 보스턴 대학 티셔츠 차림이었다. "댁에 관한 자료를 검토해봐야겠죠."

"내가 오늘 촉이 좋은데, 다시 한번 맞혀볼까? 당신은 이미 내 자료를 검토했고, 가능성을 인정했어. 그래서 여기 트레이시 형사 옆에 앉아 있는 거지." 에드먼드가 트레이시를 보았다. "세라의 유해가 발견된 현장에서 10여 년 전 당신과 내가 주장한 것을 입증해줄 뭔가가 나왔겠지. 어떤 놈이 나한테 누명을 씌우려고 가짜 증거를 심었다는 것 말이야."

트레이시는 과거에 면회 온 일이 후회되었다. 경찰대학에서 받은 훈련과 형사가 되기 전 순경 생활 경험에 비춰보건대, 에드먼드에게 너무 많은 이야기를 했다는 생각이 들었다.

에드먼드는 댄과 트레이시를 번갈아 보았다. "내가 너무 잘난 체했나?"

"댄이 몇 가지 질문을 할 거야."

"이건 어때? 장난 그만 치고 경찰이 아니라 보통 사람처럼 대화할 준비가 되면 날 다시 만나러 와. 알았지?"

에드먼드가 자리에서 일어나자 트레이시가 대꾸했다.

"우린 가면 다신 오지 않을 거야."

"나도 가면 다시 안 와. 댁들 때문에 시간만 낭비했군. 공부할 게 있는데. 최종 시험이 코앞이거든."

"그만 가자, 댄. 방금 이 사람 말 들었지? 공부해야 한다잖아." 트레이시가 일어서서 에드먼드에게 말했다. "어쩌면 여기서 선생 노릇을 할 수도 있겠네. 형기를 다 채울 때쯤."

대여섯 걸음 걸어갔을 때 에드먼드가 입을 열었다. "좋아."

트레이시가 돌아섰다. "좋다니, 뭐가?"

에드먼드가 아랫입술을 깨물더니 어깨를 으쓱하고 씩 웃었다. 억지웃음 같았다. "댄 변호사의 질문에 대답하겠다고. 못 할 거 없잖아? 아까 말했다시피 여기선 할 일도 별로 없거든."

그가 도로 앉자 트레이시와 댄도 다시 테이블에 앉았다. 에드먼드가 말했다. "적어도 그쪽들이 여기 온 이유 정도는 말해줄 수 있겠지?"

"댄이 당신 자료를 검토해봤어. 변호인의 무능이 새로운 재판의 근거가 될 수는 있을 거야. 물론 그건 내 관심사는 아니지만."

"당신 동생을 누가 죽였는지 알고 싶겠지. 나도 마찬가지야."

"캘러웨이나 수색영장을 집행한 누군가가 그 귀걸이를 당신 숙부 집에 심었을 거라고 전에 나한테 말했지? 댄에게 그 이야기를 해줘."

에드먼드는 어깨를 으쓱했다. "귀걸이가 거기서 나올 방법은 그것뿐이잖아?"

댄이 한마디 했다. "배심원단은 당신이 가져간 것으로 판단했습니다."

"내가 그렇게 멍청해 보입니까? 이미 6년이나 복역했던 내가 도로 감옥에 갈 걸 뻔히 알면서 뭐 하러 범죄 증거를 갖고 있었겠소?"

"결국 캘러웨이나 다른 누군가가 당신에게 누명을 씌웠다는 얘긴데, 왜 그랬을까요?"

"진범을 못 찾았으니 그랬겠지. 더구나 나는 그 작고 이상한 마을 북쪽 산지에 사는 괴물이고, 다들 나를 불편하게 여겼으니까. 나를 몰아내고 싶었던 거요."

"그 주장을 뒷받침할 증거는 있습니까?"

트레이시는 마음이 조금 놓였다. 변호사로서 댄은 훨씬 믿음직하고 자신만만했으며, 에드먼드나 교도소 분위기에 별로 위축되지 않는 듯했다.

에드먼드는 두 사람을 번갈아 보았다. "그건 나야 모르지. 안 그렇소?"

"당신 트럭에서 발견된 머리카락에 대한 유전자 검사 결과, 세라의 머리카락이 틀림없었어. 검사가 틀릴 확률은 10억 분의 1이야." 트레이시가 거짓말을 했다.

"나 말고 누군가가 심어둔 거라면 확률은 무의미하지."

댄이 한마디 했다. "당신은 그날 술을 마시고 돌아오다 세라를 태워 집에 데려다줬다고 캘러웨이에게 진술했습니다."

"그런 말은 한 적도 없소이다. 심지어 그날 저녁에 외출도 안 했소. 자고 있었거든. 뻔히 들통날 소릴 지껄일 만큼 내가 어리석은 줄 아쇼?"

"목격자 말로는 국도에서 당신 트럭을 봤다던데요."

에드먼드는 이죽거리는 투로 대꾸했다. "라이언 헤이건 말이로 군. 자동차 부품 팔러 돌아다니던 세일즈맨 나부랭이. 한참 지나서 목격자랍시고 나서는 거야 어려운 일도 아니지."

"그 사람도 거짓말을 했다고 생각하는군요. 왜죠?"

"수색영장을 발부받으려면 캘러웨이가 내 알리바이를 문제 삼아야 했소. 헤이건이 등장하기 전까지는 수사에 아무런 진척이 없었지."

"하지만 위증으로 고소당할 수도 있는데 헤이건이 왜 거짓말을 했겠습니까?"

"그야 모르지. 어쩌면 1만 달러 현상금을 노렸을 수도 있고."

"돈을 받았다는 증거는 없습니다."

트레이시는 아버지가 헤이건에게 현상금을 줬다는 증거를 발견하지 못했고, 법정에서 헤이건도 돈을 받은 적이 없다고 진술했다.

"누가 헤이건에게 그걸 따져 묻겠소?" 에드먼드는 질문을 던지고 두 사람을 물끄러미 보았다. "유죄 판결을 받았던 강간범과 평범한 시민, 배심원이 둘 중 누구 말을 믿겠소? 혐의를 반박하겠다고 나를 증언대에 세운 건 변호인이 저지른 가장 멍청한 짓이었소. 그 덕분에 배심원들은 내가 강간죄로 판결받은 경위를 꼬치꼬치

172

캐물었지."

트레이시가 물었다. "당신 트럭에서 발견된 혈흔은?"

에드먼드는 댄에게로 눈길을 돌렸다. "내 피였소. 난 거짓말하지 않았소. 목공 작업을 하다가 베였다고 캘러웨이에게 분명히 말했소. 그리고 담배를 가지러 트럭에 갔다가 집에 들어간 거요." 그가 다시 트레이시를 보았다. "유전자 운운하면서 더 이상 날 모욕하지 마. 만약 유전자 검사 결과 그 피가 당신 동생 것으로 판명 났다면, 당신은 지금 여기 앉아 있지 않겠지. 여기 온 목적이 뭐야?"

"이번 일을 진행하려면 당신이 전적으로 협조해야 해. 만약 조금이라도 거짓말하는 낌새가 보이면 우린 바로 손 떼겠어."

"그날 밤의 진실을 말한 자는 나뿐이었어." 에드먼드가 몸을 젖혔다. "그래서 뭘 어떻게 진행할 건데?"

트레이시가 댄에게 고갯짓을 하자 댄이 말했다. "당시 재판에 제출할 수 없었던 새로운 증거가 나올 겁니다. 이제 당신의 죄에 대한 합리적인 의문이 제기되겠죠."

"어떤 증거?"

"세부 사항을 논의하기에 앞서, 당신이 내 도움을 원하는지 말씀해주셔야 합니다."

에드먼드가 댄을 빤히 쳐다보았다. "댁을 내 변호사로 선임하겠냐는 뜻이오? 그럴 경우 우리의 대화는 법적으로 보호받아야 하니, 여기 계신 트레이시 형사님은 자리를 비켜주셔야 할 텐데."

"맞습니다."

"우선 댁의 계획이 뭔지 말해보쇼."

"새로운 증거를 바탕으로 선고 후 감형 신청서를 작성하고, 그걸 제시하기 위한 심리를 요청할 생각입니다."

"로렌스 판사는 요즘도 재판합니까?"

트레이시가 대답했다. "은퇴했어."

댄이 말을 이었다. "신청서는 상소법원에 제출합니다. 법원에서 심리를 승인하면, 캐스케이드 카운티 외부에서 데려온 판사에게 주재해달라고 요청할 겁니다. 상당한 압박이 되겠죠."

"나한테 유죄 평결을 내린 건 판사가 아니라 캐스케이드 카운티 배심원단이었소."

"이번에는 배심원이 없을 겁니다. 증거를 판사에게 직접 제시할 거예요."

에드먼드는 테이블을 내려다보다가 고개를 들었다. "증인을 법정에 세울 거요?"

"당신의 첫 재판에서 증언한 사람들을 신문할 겁니다."

"그럼 그 잘난 캘러웨이도 포함되는 거요? 혹시 그 인간도 은퇴했나?"

"그분도 첫 재판 때 증언했으니까요."

트레이시가 대뜸 끼여들었다. "어떻게 할 거야?"

에드먼드는 눈을 감고 숨을 깊이 들이마셨다. 댄은 더 이야기하려는 눈치였지만, 트레이시는 강요하지 말라는 듯 고개를 저었다. 이윽고 에드먼드가 눈을 뜨더니 트레이시를 보며 빙그레 웃었다.

"나랑 당신이 또 엮이려나 보군, 트레이시 형사."

"우린 한 번도 엮인 적 없어. 앞으로도 그럴 일 없고."

"그래? 난 거의 20년 동안 줄기차게 항소심을 요청했어." 에드먼드가 트레이시의 왼손을 가리켰다. "결혼반지가 없군. 반지 자국이 없는 걸 보니 여기 오기 전에 뺀 것도 아냐. 골반이 벌어지지도 않았고, 복부도 판판해. 결혼한 적도 없고, 자식도 없다는 뜻이지. 지난 세월 동안 뭘 하며 지내셨나, 트레이시 형사님?"

"십 초 안에 결정하지 않으면 우린 갈 거야."

에드먼드가 또다시 기분 나쁘고 교활한 미소를 지었다. "이미 결정했어. 사실 벌써부터 눈에 훤한걸."

"뭐가?"

"다시 시더 그로브 거리를 활보하는 나를 쳐다볼 마을 사람들 표정 말이야."

26

밴스 클라크는 야구 모자를 쓰고 고개를 숙인 채 앉아 있었지만, 로이 캘러웨이는 술집 뒤쪽 테이블에서 서류를 읽고 있는 그를 한눈에 알아보았다. 캘러웨이가 맞은편 의자에 앉자 클라크가 고개를 들었다. 캘러웨이가 운을 뗐다. "지금이 여기 해피아워*라면 좋겠군."

클라크가 고른 파인 플랫의 주점은 시더 그로브에서 고속도로를 타고 두 번째 출구로 나오면 보였다. 캘러웨이는 재킷을 벗어 의자 등받이에 걸쳐놓은 다음, 다가오는 종업원에게 술을 주문했다.

"소다수 탄 조니 워커 블랙. 물은 넣지 말고."

구식 주크박스에서 흘러나오는 컨트리음악과 당구공 부딪치는 소리 때문에 주위가 소란스러웠다.

클라크도 한마디 했다. "난 와일드 터키."

테이블에 놓인 그의 술잔은 여전히 반쯤 차 있었다.

캘러웨이가 면 셔츠 소매를 말아 올렸다. 클라크는 아까부터 읽

---

* 식음료 매장에서 저렴한 가격에 음료 및 간단한 식사를 제공하는 시간.

던 서류를 맨 앞 페이지로 넘겨 테이블에 내려놓고 캘러웨이 쪽으로 밀었다.

"제기랄, 밴스. 나더러 안경을 쓰라는 건가?"

클라크가 대꾸했다. "청원서라네."

"그 정도는 보여."

"상소법원에 제출됐어. 신청인은 에드먼드 하우스."

캘러웨이가 서류를 집어 들었다. "흠, 그 친구가 항소를 요청한 게 처음도 아니잖아. 이번이 마지막도 아니겠지. 고작 이걸 보여주려고 여기까지 오라고 한 건가?"

클라크는 모자를 고쳐 쓰고 술잔을 손에 쥔 채 뒤로 기댔다. "에드먼드가 작성한 게 아니야. 대리인이 했지."

"변호사 말인가?"

클라크는 술잔을 비웠다. 얼음이 짤랑거렸다. "안경 꺼내 쓰고 읽어봐."

캘러웨이는 주머니에서 안경을 꺼내 쓰고는, 클라크를 지그시 보다가 청원서를 읽기 시작했다.

클라크가 말했다. "오른쪽 하단에 법률사무소 이름이 나와 있어."

"대니얼 올리리 법률사무소."

캘러웨이가 서류를 훌훌 넘기며 물었다. "이번에는 무슨 근거지?"

"당시 재판에 제출하지 못한 새로운 증거와 변호인의 무능. 하지만 항소심 청원이 아니야. 선고 후 감형 심리 요청이지."

"뭐가 다른데?"

종업원이 돌아와 캘러웨이의 술을 테이블에 내려놓고, 클라크의 빈 잔에 술을 가득 채워주었다.

클라크는 그녀가 돌아가길 기다리다가 설명을 시작했다.

"만약 상소법원에서 승인하면 심리가 열릴 수 있어. 에드먼드는 자신의 첫 재판이 공정하게 진행되지 않았다는 것을 입증할 증거를 제시할 거야."

"재판이 다시 열린다는 말인가?"

"증거 심리이긴 하지만, 그자가 증인을 부를 거냐는 질문이라면 대답은 그렇다야."

"디안젤로는 이걸 봤나?"

"못 봤을 거야. 법적으로 그는 오래전부터 에드먼드의 변호인이 아니었거든. 송달 확인서의 수령인 명단에 그 친구 이름은 없어."

"자네가 이야기해보지 그래?"

클라크는 고개를 저었다. "별로 좋은 생각 같지 않아. 요즘 그 친구 심장도 그렇고 여러모로 안 좋거든. 하지만 상소법원에서 요청을 승인하면 증언대에 서야 할 거야. 자네도 마찬가지고."

서류를 넘기던 캘러웨이는 증인 명단 맨 아래에서 두 번째, '라이언 P. 헤이건' 바로 위에 적힌 자신의 이름을 발견했다.

"이게 타당한 건가?"

"문제 될 구석이 전혀 없어."

클라크가 푹 가라앉으며 투덜댔다. "자네가 사건을 그만 잊으라고 트레이시를 설득한 줄 알았어."

"나도 그런 줄 알았네."

클라크가 이맛살을 찌푸렸다. "걔는 이 문제를 잊은 적이 없어, 로이. 처음부터 그럴 생각이 없었다고."

27

라이언 헤이건이 현관문을 열고 트레이시를 보더니 멋쩍게 미소 지었다. 그는 그녀를 알아보지 못하는 것처럼 굴었다. 재판 이후 수년이 지났으니 그럴 수도 있지만, 순간 머뭇거리는 그의 표정에서 트레이시는 헤이건이 그녀를 정확히 기억한다는 걸 알아차렸다.

그가 물었다. "무슨 일로 오셨죠?"

"헤이건 씨, 저는 트레이시 크로스화이트입니다. 세라의 언니죠."

"아, 그러시군요."

헤이건은 금세 세일즈맨 같은 태도를 되찾았다. 그가 트레이시와 악수를 나누었다. "죄송합니다. 직업상 사람을 많이 만나다 보니 얼굴이 헷갈린답니다. 여긴 어쩐 일이십니까?"

"몇 가지 질문을 드리고 싶어서 왔습니다."

헤이건은 고개를 돌려 어깨 너머로 아담한 집 안을 돌아보았다. 토요일 아침인 지금, 텔레비전에서 만화영화 소리가 흘러나오는 것 같았다. 법정에서 헤이건은 결혼해서 아이가 둘 있다고 증언했다. 그가 좁은 현관으로 나오더니 문을 닫았다. 평소 헤어 젤로 고정해놓던 머리는 헝클어져 이마 위로 늘어졌고, 티셔츠와 격자무늬 반바지, 샌들 때문에 통통한 체형이 더욱 도드라졌다.

"여긴 어떻게 알았습니까?"

"법정에서 주소를 밝히셨잖아요."

"그걸 기억한단 말입니까?"

"재판 기록 사본을 요청했어요."

헤이건이 실눈을 뜨고 노려보았다. "사본을 봤다고요? 뭣 때문에 그런 겁니까?"

"헤이건 씨, 저는 당신이 본 뉴스가 어느 텔레비전 방송사에서 나왔는지 궁금합니다. 에드먼드 하우스에 관한 보도를 보고 문득 기억이 떠올랐다고 하셨잖아요."

헤이건은 팔짱 낀 두 팔을 배 위에 얹었다. 그의 얼굴에서 미소가 사라졌다. 어리둥절한 표정이었다. "에드먼드 하우스에 대한 보도라고 말한 적 없는데요."

"죄송합니다. 제 동생의 실종 보도 말이에요. 그 방송사가 어딘지 기억하세요? 아니면 진행하던 아나운서라도?"

헤이건이 눈살을 찌푸렸다. "왜 그런 걸 물어보시죠?"

"불편한 질문인 줄은 압니다. 단지…… 그 시기에 방송된 뉴스 자료를 제가 갖고 있는데……."

헤이건이 팔짱을 풀었다. "뉴스 자료를 갖고 있다고요? 그걸 왜 당신이 갖고 있죠?"

"그냥 어느 방송사였는지만 말씀해주시면……."

"난 법정에서 전부 증언했습니다. 재판 기록 사본을 갖고 있다면 내가 무슨 말을 했는지 찾아보세요. 죄송하지만 지금은 제가 좀 바빠서요." 헤이건은 돌아서서 문손잡이를 잡았다.

"왜 도로에서 빨간색 쉐보레 트럭을 봤다고 진술했죠, 헤이건 씨?"

헤이건이 트레이시를 돌아보고 상기된 얼굴로 대꾸했다.

"함부로 말하지 말아요. 난 그 짐승 같은 놈을 감옥에 처넣도록 도왔습니다. 내가 아니었다면……."

트레이시가 대뜸 물었다. "당신이 아니었다면 뭐요?"

"그만 가주세요." 헤이건이 문을 밀었지만 열리지 않자 문손잡이를 흔들었다.

"당신이 쉐보레 트럭을 봤다고 말하지 않았으면 수색영장이 발부되지 못했을 것이다, 그 말씀을 하려던 건가요?"

헤이건이 문을 두드렸다. "그만 가달라고 말씀드렸습니다."

"혹시 누가 당신한테 그렇게 말하라고 했나요? 그래야 수색영장이 발부될 수 있다고 했나요? 제발 대답해주세요."

헤이건은 더 힘차게 문을 두드렸다.

문이 열리더니 작은 사내아이가 얼굴을 내밀었다. 헤이건은 아이를 안으로 보내고 문턱을 넘어 문을 닫기 시작했다. 그리고 트레이시를 돌아보았다. "또 오면 경찰에 신고할 겁니다."

"캘러웨이 보안관이었나요?" 트레이시가 물었지만 헤이건은 이미 문을 닫았다.

28

댄은 조만간 로이 캘러웨이와 맞닥뜨릴 걸 예상했지만, 이렇게
빨리일 줄은 몰랐다. 그는 댄의 사무실 로비에 앉아 커피 테이블에
놓인 잡지 더미에서 몇 달 지난 잡지를 꺼내 태연하게 뒤적이며 사
과를 먹고 있었다. 상하의 모두 보안관 제복 차림으로, 모자는 옆
에 있는 의자에 올려놓았다.

"보안관님께서 여길 오시다니 뜻밖이군요."

캘러웨이는 잡지를 내려놓고 일어섰다. "별로 놀란 표정은 아니
구먼, 댄."

"그런가요?"

캘러웨이가 사과를 한 입 더 베어 물었다. "자네가 작성한 청원
서 증인 명단에 내가 올라 있더군."

"예나 지금이나 시더 그로브에서는 금세 소문이 퍼지는군요."

법원에 갈 일이 없는 오늘 댄은 편안한 청바지에 남방셔츠 차림
이었다. 평소 사무실에서는 슬리퍼를 신고 다니지만 지금은 구두
를 신지 않은 게 아쉬웠다. 물론 과거 캘러웨이가 자전거 탄 어린
댄에게 또 무슨 사고를 치러 가냐고 물을 때만큼 두 남자의 키가

크게 차이 나지는 않았다.

"무슨 일로 오셨습니까, 보안관님?"

"자네가 시더 그로브 주민을 살해한 범죄자 에드먼드 하우스를 변호한다는 소문이 퍼지면 자네 사업에 어떤 영향을 미칠까?"

"형사소송 의뢰가 늘 수도 있죠."

캘러웨이가 능글맞게 웃었다. "말주변은 여전하군, 올리리. 아마 그런 일은 없을 걸세."

"글쎄요. 보안관님이 뭔가 확실한 근거를 가지고 그런 예견을 하시는 거라면 모를까, 제게 일거리는 얼마든지 있습니다." 댄이 자리를 피하려고 돌아섰다.

"나한테 물어볼 게 있지, 댄? 내가 왔으니 물어보게나. 난 지금껏 35년 가까이 일해오면서 단 하루도 숨어 지낸 적이 없어. 누구든 나한테 궁금한 게 있다면 기꺼이 대답해줄 용의가 있다네."

"물론 그러시겠죠. 하지만 질문은 법정에서 하겠습니다. 보안관님께서 한 치의 거짓도 없이 오로지 진실만을 말하겠다고 선서하신 다음에요."

캘러웨이는 사과를 한 입 더 베어 물고 우물우물 씹다가 말했다.

"난 이미 법정에 한 번 섰어, 댄. 내가 거짓말을 했다는 건가?"

"그건 제가 결정할 사안이 아닙니다. 판사 소관이죠."

"판사도 이미 판결을 내렸네. 자넨 지금 오래전에 끝난 일을 들추는 거야."

"그럴지도 모르죠. 상소법원에서 어떤 진술이 나올지 두고 봅시다."

"트레이시가 자네한테 뭐라고 했지?" 캘러웨이는 잠시 냉소를 머금었다. "헤이건이 봤다는 뉴스에 대해 아무도 묻지 않았다고?

아니면 사건 당일 세라는 증거로 제출된 귀걸이를 착용하지 않았다고?"

"저는 그 질문에 대답하지 않겠습니다, 보안관님."

"이봐, 댄. 트레이시가 자네 친구라는 건 나도 알아. 하지만 걔는 지난 20년 동안 혼자만의 전쟁을 치러왔어. 당시에는 나를 이용하려 했고, 지금은 자네를 이용하고 있지. 헛된 생각에 사로잡혀 있다네. 그 때문에 걔 아버지가 죽었고 어머니는 미쳐버렸지. 그리고 이제 자네를 자신의 망상 속으로 끌어들이고 있어. 그만 마침표를 찍을 때가 됐다고 생각하지 않나?"

댄은 잠시 침묵했다. 트레이시가 처음 사무실을 찾아왔을 때, 댄도 캘러웨이처럼 생각했다. 언니로서 죄책감과 슬픔을 이겨내지 못한 트레이시가 이미 답이 나온 질문의 답을 구하는 거라고 생각했다. 하지만 트레이시가 준 자료를 살펴보니 그녀의 주장에 일리가 있었다. 어릴 적 함께 어울려 다니던 친구들을 이끌던 트레이시의 모습이 어려 있었다. 현실적이고 집요하고 논리적이었다.

"그건 트레이시에게 물어보십시오. 저는 에드먼드 하우스의 변호인입니다."

캘러웨이는 다 먹은 사과 응어리를 내밀었다. "그렇다면 이건 자네가 버려주게나. 쓰레기 처리는 자네가 전문인 것 같으니까."

댄은 분한 기색도 없이 사과 응어리를 받아 들었다. 그를 겁박하려는 캘러웨이의 태도가 위협적이기는커녕 딱해 보였다. 댄은 책상 뒤에 있는 쓰레기통에 사과 응어리를 한 번에 던져 넣었다.

"제가 얼마나 유능한 변호사인지 곧 아시게 될 겁니다, 보안관님. 기대하세요."

캘러웨이는 모자를 쓰며 대꾸했다. "자네 이웃에서 신고가 들어왔다네. 그 친구 말로는 자네 개들이 낮에 사납게 짖어대고, 가끔 은 밤에도 짖는다더군. 이 마을에는 소란을 피우는 개에 대한 조례 가 있어. 첫 신고는 주의로 끝내지만, 또 신고가 들어오면 그때는 개를 데려가겠네."

댄은 가슴속에 차오르는 분노를 애써 억눌렀다. 자신을 위협하는 건 상관없지만, 아무 관련도 없는 개를 협박하다니 참기 어려웠다.

"치졸하시군요. 좀 더 세련된 협박은 못 하십니까?"

"날 시험하지 말게나, 댄."

"시험할 생각은 없습니다, 보안관님. 하지만 상소법원에서 제 요 청을 승인하면, 아주 진지하게 보안관님을 신문하겠습니다."

29

트레이시는 니콜 핸슨 사건과 관련하여 최근에 만난 증인과의 면담 내용을 보고서에 상세히 기술했다. 오로라 애비뉴의 모텔에서 여성의 시신이 발견되고 한 달이 지난 지금, 그 젊은 스트리퍼의 살해범을 찾아내라는 압박이 점점 커지고 있었다. 조니 놀래스코가 수사국장으로 임명된 이후 지금껏 시애틀 경찰국에는 미제 살인사건이 한 건도 없었고, 놀래스코는 그 점을 자랑스러워하며 틈만 나면 언급했다. 물론 놀래스코가 트레이시를 엿 먹이려 들 이유는 차고 넘쳤다. 둘 사이 불화의 역사는 트레이시의 경찰대학 시절로 거슬러 올라간다. 당시 교관이었던 놀래스코가 몸수색 시범을 보인다며 트레이시의 가슴을 움켜잡자 그녀가 곧바로 그를 후려쳐 코를 부러뜨리고 무릎으로 불알을 가격한 일이 있었다. 트레이시는 거기서 만족하지 않고 오랫동안 깨지지 않았던 놀래스코의 사격 기록을 갈아치우며 그의 자존심에 또 한 번 상처를 입혔다.

트레이시가 시애틀 최초로 여성 강력계 형사가 되었을 때, 나이가 지긋해진 놀래스코의 앙심이 조금도 누그러지지 않았음이 드러났다. 수사국장으로 등극한 놀래스코는 트레이시를 자신의 옛 동

186

료였던 플로이드 해티 밑에서 일하게 했는데, 그는 지독한 인종주의자이자 군국주의자였다. 해티는 이 인사 조치에 불만을 쏟아내고 그 자리에서 트레이시를 '좆도 없는 형사'라고 능멸했다. 나중에 트레이시는 해티가 이미 퇴직 신청을 해놓은 상태였다는 걸 알게 됐다. 결국 그 발령이 놀래스코가 트레이시를 골려먹으려는 수작에 불과했다는 뜻이었다.

어쨌든 트레이시는 핸슨 사건을 수사하면서 잠시 세라 문제를 잊고 바삐 지냈다. 댄은 에드먼드 하우스의 선고 후 감형 청원에 대한 법원의 응답 기한이 60일이라면서, 십중팔구 밴스 클라크가 그 기한을 마지막 하루까지 채우려 들 거라고 했다. 트레이시는 지금껏 20년을 기다렸는데 두 달 더 못 기다리겠냐고 스스로를 다독였지만, 이제는 하루하루가 영원처럼 느껴졌다.

그녀의 책상에 놓인 전화가 울렸다. 수화기를 들며 보니 외선 전화였다.

"크로스화이트 형사님, 채널8 크릭스 방송사의 마리아 밴펠트입니다."

순간 트레이시는 전화받은 걸 후회했다. 강력계 형사들은 경찰 담당 기자들과 사이좋게 지내는 편이지만 밴펠트만은 예외였다. 그녀는 시애틀의 저명한 남자들과 어울려 다니는 걸 좋아했는데, 형사들은 밴펠트의 이름을 비틀어 그녀를 '맨'펠트라고 조롱했다.

경찰 생활 초기에 트레이시는 시애틀 경찰국 내부의 여성 경찰 차별에 관해 인터뷰하자는 밴펠트의 요청을 거절했다. 트레이시가 강력계로 옮긴 뒤 밴펠트가 재차 인터뷰를 요청했다. 명목상으로는 시애틀 최초의 여성 강력계 형사가 된 트레이시의 면모를 취재하겠다는 것이었다. 트레이시는 자신에게 관심이 쏠리는 것이 부담스러웠고, 밴펠트가 인간적인 기사 대신 악의적인 보도를 일삼는다는 소문을 익히 들은 터라 재차 거절했다.

일로 얽힌 이들의 위태로운 관계는 점점 악화되었다. 한번은 트레이시의 주도로 수사 중이던 조폭 살인사건의 기밀정보를 밴펠트가 용케 입수했다. 그녀는 자신이 진행하던 텔레비전 방송 〈크릭스 잠입 취재〉에 그 정보를 공개했고, 결국 몇 시간 뒤 트레이시의 증인 두 명이 총에 맞아 숨졌다. 살인 현장에 느닷없이 경쟁적으로 들이닥친 취재진을 보고 분노와 당혹감에 사로잡힌 트레이시는 밴펠트 때문에 살인이 벌어졌다는 말도 서슴지 않았다. 이에 강력계 형사들은 밴펠트를 비난하고 더 이상 상대하지 않았는데, 놀래스코가 수사국장이 되면서 모든 언론에 협조하라는 명령이 내려왔다.

"이 직통 전화번호는 어떻게 알았죠?" 트레이시가 물었다. 언론은 공보실을 통해 연락하도록 되어 있지만 기자들은 대부분 직통 전화번호를 알아내곤 했다.

밴펠트가 대답했다. "여러 경로를 통해서요."

"무슨 일로 전화하셨습니까, 밴펠트 기자님?"

트레이시는 건너편에 앉아 있는 킨징턴에게 들리도록 큰 소리로 이름을 말했다. 킨징턴은 알았다는 말도 없이 자기 전화의 수화기를 들었다. 그들 나름의 방식이었다.

"제가 취재 중인 기사에 대해 한 말씀 듣고 싶습니다."

"무슨 기사인데요?" 트레이시는 마음속으로 사건 파일들을 뒤적였다. 니콜 핸슨 사건만 떠오를 뿐, 언급할 만한 새로운 사건은 하나도 없었다.

"실은 형사님에 관한 기사입니다."

트레이시가 의자에 등을 기댔다. "갑자기 저한테 관심이 생긴 이유는 뭐죠?"

"20년 전에 살해당한 형사님 여동생의 유해가 최근에 발견됐다고 들었습니다. 그 문제로 말씀 좀 나눴으면 하는데, 어떠세요?"

그 질문에 트레이시는 잠시 머뭇거렸다. 뭔가 더 있다는 느낌이 들었다. "누구한테 그런 이야기를 들으셨죠?"

"제 조수가 법원 기록을 꼼꼼히 살펴본답니다."

질문과 상관없는 엉뚱한 대답이었지만, 댄이 선고 후 감형 심리를 신청한 사실을 자신이 알고 있다고 드러내려는 의도였다. 밴펠트가 한마디 덧붙였다. "지금 이야기하시는 게 좋지 않을까요?"

"대중의 관심을 끌 만한 기사 같지 않은데요."

두 번째 회선이 울리기 시작했다. 트레이시는 수화기를 들고 있는 킨징턴을 힐끗 보았지만, 지금 그녀는 밴펠트가 뭘 알고 있는지 궁금했다. "기사의 주제가 뭐죠?"

"그건 뻔하지 않나요?"

"모르겠는데요. 말해보세요."

"살인자를 감옥에 처넣으며 살아가는 강력계 형사가 자기 여동생을 살해한 혐의로 유죄 판결을 받은 남자를 풀어주려 한다."

킨징턴이 '무슨 일이야?'라는 뜻으로 어깨를 으쓱했다. 트레이시는 손가락을 들어 보이고 밴펠트에게 말했다. "그게 법원 파일에 실린 내용입니까?"

"저는 탐사 보도 기자입니다, 형사님."

"출처가 누굽니까?"

"그건 밝힐 수 없습니다."

"당신도 특정 정보는 감추고 싶어하는군요."

"물론이죠."

"그렇다면 제 기분이 어떤지 아시겠네요. 이건 사적인 문제입니다. 공개하지 않겠어요."

"저는 이 사건을 보도할 겁니다. 형사님의 입장을 밝히시는 게 방송이 나갈 때 유리할 텐데요."

"나한테요 아니면 당신한테요?"

"결국 노코멘트라는 말씀입니까?"

"사적인 문제라고 말씀드렸습니다. 공개하지 않겠다고요."

"그 말을 인용해도 될까요?"

"좋으실 대로."

"제가 알기로 댄 올리리 변호사는 어릴 적에 형사님 친구였다던데요. 그 사실을 방송에 내보내도 괜찮겠습니까?"

트레이시는 속으로 중얼거렸다.

캘러웨이로군.

물론 그가 밴펠트에게 직접 전화했을 리는 없다. 트레이시의 상관인 놀래스코에게 전화했을 것이다. 밴펠트와 놀아난다는 소문이 있는 놀래스코가 그녀에게 정보를 준 게 틀림없었다.

"시더 그로브는 작은 동네입니다. 거기서 자랐으니 알 만한 사람은 다 알죠."

"대니얼 올리리와 아는 사이였다는 말씀입니까?"

"거기는 중학교도 고등학교도 하나뿐입니다."

"그건 제 질문의 답이 아닌데요."

"탐사 보도 기자시니 직접 알아보시면 되겠네요."

"최근에 올리리 씨와 함께 왈라왈라 교도소에서 에드먼드 하우스를 만났습니까? 이번 달에 에드먼드 하우스를 면회한 방문자 명단 사본을 입수했는데, 올리리 씨 이름 바로 위에 형사님 이름이 있더군요."

"그럼 그거 프린트해서 쓰세요."

"끝내 노코멘트라는 거군요?"

"말씀드렸다시피 이건 제 직업과 무관한 사적인 일입니다. 그나저나 다른 전화가 걸려왔네요."

트레이시는 전화를 끊고 나직이 욕을 했다.

킨징턴이 물었다. "무슨 일이야?"

트레이시는 킨징턴을 바라보았다. "내 뒤를 캐려는 속셈이야."

파치오가 책상에서 뒤로 의자를 밀며 한마디 했다. "밴펠트로군? 그게 그 여자 전공이지."

"세라에 관한 보도를 할 거라는데, 내가 보기에 진짜 관심사는……." 트레이시는 더 깊이 생각하지 않기로 마음먹었다.

킨징턴이 말했다. "너무 신경 쓰지 마. 당신도 밴펠트가 어떤지 알잖아. 팩트에는 관심 없는 여자야."

파치오도 맞장구쳤다. "금세 싫증 내고 또 다른 엉터리 기사를 지어내겠지."

트레이시가 보기에는 그렇게 간단한 문제가 아니었다. 이번 일은 밴펠트가 직접 취재한 게 아니다. 캘러웨이에게서 흘러나온 정보가 틀림없었다. 그건 캘러웨이가 놀래스코에게 이야기했다는 뜻이고, 놀래스코는 트레이시의 인생을 궁지로 내몰 기회를 호시탐탐 노리는 자였다.

캘러웨이 때문에 트레이시가 실직 위기를 맞은 건 이번이 처음이 아니었다.

* * *

두 구체 사이에서 직직거리는 하얀 전광電光이 번쩍이는 순간, 교실 앞쪽에 앉은 학생들이 움찔하며 몸을 뒤로 뺐다. 트레이시가 정전 발생기의 손잡이를 돌려 회전하는 금속 원반 두 개의 속도를 높이자 전광이 계속 발생했다.

"여러분, 번개는 자연에서 가장 극적인 에너지 형태 중 하나입니다. 제임스 윔즈허스트나 벤저민 프랭클린 같은 과학자들은 이 에너지를 이용할 방법을 찾아내려 했어요."

"비바람 치는 날 연 날린 또라이요?"

트레이시가 싱긋 웃었다. "맞아, 스티븐. 프랭클린이 폭풍우 속에서 연을 날렸지. 그런 '또라이들'이 에너지를 전기로 바꾸는 방법을 알아내려고 노력했단다. 그분들이 성공했다는 확실한 증거를 말해볼 사람?"

니콜이 대답했다. "전구요!"

트레이시가 정전 발생기 손잡이를 놓자 전광이 사라졌다. 고교 1학년 학생들이 두 명씩 앉아 있는 실험대에는 배수 시설과 실험용 가스 버너, 현미경이 갖춰져 있었다.

"전기는 물체를 통과해서 흐를 수 있는 액체라고 생각하면 돼. 전기가 흐르는 것을 뭐라고 하지, 엔리케?"

"전기 흐름이겠죠." 엔리케의 대답에 여기저기서 웃음소리가 들렸다.

"전류라고 해. 그럼 전기가 어떤 물질을 통과해서 흐를 경우, 그 물질을 뭐라고 부를까?"

"도체요."

"도체의 예를 들 수 있니, 엔리케?"

"사람요." 학생들이 또 웃음을 터뜨리자 엔리케가 말했다. "농담 아니에요. 비 오는 날 공사장에서 일하던 저희 삼촌이 톱으로 전선을 자르다 감전됐는데, 다른 아저씨가 떼어내주지 않았으면 아마 죽었을 거예요."

트레이시는 천천히 학생들을 마주 보았다. "좋아. 그 상황을 이야기해보자. 삼촌이 전선을 끊었을 때 무슨 일이 벌어진 걸까?"

엔리케가 대답했다. "전기가 삼촌 몸속으로 흘렀어요."

"인체가 실제로 도체라는 증거인 셈이지. 하지만 그게 사실이라면 어째서 동료 아저씨는 엔리케의 삼촌을 만졌는데도 감전되지 않았을까?"

대답하는 학생이 없자 트레이시는 책상 밑으로 손을 내려 9볼트 건전지와 소켓에 끼워놓은 전구 하나를 들었다. 건전지에는 구리선 두 줄이 달려 있고, 전구 소켓에는 전선이 연결되어 있었다. 선 끝에는 악어클립들이 달려 있었다. 트레이시는 악어클립들을 고무 튜브 조각에 물렸다.

"어째서 전구가 켜지지 않았지?" 아무도 대답하지 않았다. "삼촌을 만진 인부가 고무장갑을 끼고 있었다면 어떤 결론을 내릴 수 있을까?"

엔리케가 대답했다. "고무는 도체가 아니에요."

"맞아. 고무는 도체가 아니야. 그래서 고무 튜브 속으로는 건전지의 힘이 흐르지 않는단다." 트레이시는 악어클립들을 커다란 못에 연결했다. 전구에 불이 들어왔다. "못은 대부분 쇠로 만들어지지. 그렇다면 쇠는 뭘까?"

반 전체가 동시에 대답했다. "도체요!"

수업 종이 울렸다. 실험 기구가 쨍그랑거리고 의자들이 리놀륨 바닥에 쓸리면서 몹시 소란스러웠다. 트레이시가 목소리를 높였다. "숙제는 칠판에 적어놨어요! 전기 이야기는 수요일 수업에 다시 합시다!"

책상으로 돌아온 트레이시는 건전지와 전구를 치우고 다음 수업을 준비하기 시작했다. 복도에서 학생들이 떠드는 소리가 갑자기 커졌다. 누가 트레이시의 교실 문을 열었기 때문이다.

"질문이 있으면 내가 수업 비는 시간에 사무실로 와요. 시간표는 문에 붙여놨으니까."

"오래 있진 않을 거다."

트레이시가 목소리가 난 쪽으로 돌아섰다. "지금 수업 준비 중이에요."

로이 캘러웨이 뒤에서 문이 닫혔다. "무슨 짓을 하려는 꿍꿍이인지 어디 한번 말해봐라."

"방금 말했는데요."

캘러웨이가 책상으로 다가왔다. "용기 있게 나서서 시민의 의무를 다한 목격자가 정직하지 않다고 의심하는 게냐?"

헤이건이 캘러웨이에게 전화한 게 틀림없었다. 지난 토요일에 그가 트레이시 면전에서 현관문을 닫을 때 예상한 바였다.

"그런 건 아니에요. 헤이건이 그렇게 말하던가요?"

"넌 그 친구한테 거짓말쟁이라고만 안 했을 뿐 죄인처럼 몰아세웠어."

캘러웨이는 두 손으로 책상을 짚으며 덧붙였다. "대체 뭘 어쩌려는 속셈이냐?"

"무슨 뉴스를 봤냐고 물었을 뿐이에요."

"그건 네가 참견할 일이 아니야, 트레이시. 재판은 끝났다. 질문 시간은 지났어."

"모든 질문을 하진 않았어요."

"모든 질문을 할 필요는 없었다."

"모든 대답을 들을 필요도 없었나요?"

캘러웨이는 트레이시가 어릴 때 그랬던 것처럼 손가락으로 그녀를 가리켰다. "이제 그만 손 떼라. 알았지? 신경 꺼. 난 네가 실버 스프링스에 가서 바텐더들을 만나고 다닌 것도 안다."

"그건 아저씨가 할 일 아니었나요? 어째서 에드먼드가 거짓말을 했는지 확인하지 않았죠?"

"굳이 확인할 필요가 없었다."

"왜요? 거짓말인지 아닌지 아저씨가 어떻게 알았죠?"

"보안관 생활 15년의 육감이다. 이제 분명히 해두자. 더 이상 네가 재판 기록 사본을 요구한다거나 증인을 성가시게 한다는 말이 들리지 않게 해라. 만약 또 그런 이야기가 들리면, 내가 제리를 만나서 여기 선생 중 한 명이 형사놀이를 하느라 교육에는 관심 없고 할 생각이다. 알아들었냐?"

제리 버터먼은 시더 그로브 고등학교 교장이었다. 트레이시는 캘러웨이가 이런 식으로 협박한다는 사실에 분통이 터졌다. 동시에 웃음이 나올 것 같았다. 캘러웨이는 자신의 협박이 부질없다는 것을 모르고 있었다. 트레이시가 '형사놀이'를 할 마음이 없다는 것을 그는 꿈에도 몰랐다. 트레이시는 본격적으로 뛰어들기로 했다. 이번 학년을 끝으로 시더 그로브를 떠나 시애틀에 가서 경찰대학에 들어갈 작정이었다.

"제가 왜 화학 선생이 됐는지 아세요?"

"뭐라고?"

"세상을 그냥 그대로 받아들일 수 없었기 때문이에요. 왜 그렇게 되는지 알아야만 했어요. 늘 '왜요?'라고 묻는 저 때문에 아빠랑 엄마가 고생이 많으셨죠."

"에드먼드는 지금 감옥에 있다. 넌 그것만 알면 돼."

"저는 학생들에게 결과는 중요하지 않다고 가르칩니다. 중요한 건 증거라고 말하죠. 증거가 확실하면 결과도 마찬가지라고요."

"계속 학생들을 가르치고 싶다면 내 충고를 받아들여 선생 노릇에만 전념해라."

"걱정해주셔서 고맙네요, 로이 아저씨. 저도 이미 결정을 내렸답니다."

수업 종이 울리자 교실 문이 열렸다. 4교시 학생들은 교실 안에 서 있는 시더 그로브 보안관을 보고 머뭇거렸다. 트레이시가 책상 앞으로 걸어 나왔다. "어서들 들어와 앉아요. 캘러웨이 보안관님은 막 떠나시려던 참이었어요."

30

오후 늦게 트레이시와 킹징턴이 켄트에서 돌아왔다. 니콜 핸슨이 질식사한 모텔 방에서 현장감식반이 최근에 지문을 채취하여, 용의자인 회계사를 만나고 오는 길이었다.

"그 친구 자백했어?" 파치오가 물었다.

킹징턴이 대답했다. "주를 찬미하라, 할렐루야! 성경 들고 다니며 시편 중얼거리는 평범한 예수쟁이인데, 젊은 창녀를 밝히는 고상한 취미도 있더라고. 더구나 핸슨이 목 졸려 죽은 날 밤의 알리바이는 완벽해."

"그럼 지문은 뭐야?"

"전주에 다른 아가씨랑 그 방을 다녀갔거든."

트레이시는 핸드백을 캐비닛 안에 던져 넣었다. "핸슨이 죽은 날 밤에 당신이 정말로 아내 곁에서 자고 있었는지 확인하려면 당신 아내와 이야기해봐야 한다고 하자 얼굴이 납빛이 되더군. 그 친구 표정을 당신도 봤어야 해."

킹징턴이 한마디 거들었다. "주님을 본 것 같은 표정이던데."

파치오가 대꾸했다. "그게 우리가 하는 일이지. 살인사건을 해결해 사람들이 종교를 찾도록 돕는 거."

킨징턴은 두 손을 머리 위로 들고 흔들었다. "주를 찬미하라!"

"직업을 바꿀 생각인가?" 사무실 문밖에 서 있는 빌리 윌리엄스가 물었다. 앤드루 롭이 강력반장이 되면서 윌리엄스는 A팀의 팀장으로 승진했다. "그렇다면 남부에서 자란 침례교도로서 충고 하나 해주지. 사람들이 지갑을 열게 하려면 훨씬 설득력 있는 말솜씨가 필요하다네."

킨징턴이 대꾸했다. "핸슨 사건의 또 다른 증인 이야기를 하던 중이었을 뿐입니다."

"도움 될 만한 정보라도 얻었나?"

"그날 밤 거기 없었고, 핸슨이 누군지도 모르는 자입니다. 이번에 혼쭐이 났으니 앞으로는 죄짓지 않고 살 겁니다."

파치오가 맞장구를 쳤다. "주님을 찬양하라!"

윌리엄스가 트레이시를 보았다. "시간 좀 있나?"

"무슨 일이시죠?"

윌리엄스가 돌아서더니 트레이시에게 따라오라고 고갯짓했다.

파치오가 장난스럽게 중얼거렸다. "아이고, 우리 교수님 큰일 나셨네."

트레이시는 어깨를 으쓱하고 얼굴을 찡그렸다. 그리고 윌리엄스를 따라 모퉁이 너머 복도 끝에 있는 취조실로 갔다. 윌리엄스가 문을 닫자 트레이시가 물었다. "무슨 일이시죠?"

"자네한테 곧 전화가 올 거야. 윗분께서 회의 중이시거든."

"뭣 때문에요?"

"자네 여동생을 죽인 자의 변호사가 새로운 재판을 준비 중이고, 자네가 그를 돕고 있다던데, 맞나?"

트레이시와 윌리엄스는 사이가 나쁘지 않았다. 흑인인 윌리엄스는 남성중심적인 경찰 조직에서 트레이시가 맞닥뜨린 미묘한 차별과 노골적인 차별 모두를 이해했다.

"사정이 복잡해요, 빌리."

"제기랄. 사실이란 말인가?"

"사적인 문제이기도 하죠."

"윗분께서는 그 일이 수사국에 부정적인 영향을 끼칠까 봐 걱정하고 계셔."

"'윗분'이라면 놀래스코 국장 말인가요?"

"지금 그 일로 논의 중이야."

"정말 놀랍네요. 오늘 아침에 밴펠트가 전화해서 저랑 그 변호사에 대한 보도를 하겠다며 한마디 해달라더군요. 평소 팩트에는 관심도 없던 여자가 상세한 자료를 많이 입수한 것 같던데요."

"그 문제는 거론하고 싶지 않아."

"저도 싫어요. 단지 제 말은 놀래스코가 수사국을 걱정하는 게 아니라는 겁니다. 이번 기회에 또 저를 엿 먹일 작정이죠. 제가 그 인간한테 수사국 타령은 집어치우라고 할 테니, 반장님과 팀장님께서 지원사격 좀 해주세요. 형사로서 저한테 문제가 있는 게 아니라면, 이번 일은 국장이 걱정하거나 관여할 바가 아니에요!"

"나한테 화내지 마, 트레이시. 난 전달자일 뿐이야."

트레이시는 잠시 분을 삭였다. "미안해요, 빌리. 이 상황이 짜증나서 그래요."

"어디서 얻은 정보래?"

"제 직감으로는 지난 20년간 저를 증오한 시더 그로브의 보안관이에요. 제가 이번 일에 관여하는 걸 못마땅하게 여기고 있죠."

"흠, 누군지는 몰라도 자네를 난처하게 할 속셈인가 보군. 밴펠트는 추잡한 보도를 즐기거든."

"경고해줘서 고마워요, 빌리. 그리고 짜증 낸 건 죄송해요."

"핸슨 사건은 어떻게 돼가고 있나?"

"별다른 성과가 없습니다."

"그거 문제로군."

"알아요."

윌리엄스가 문을 밀어 열었다. "예의 있게 굴어야 해."

"저를 아시잖아요."

"알지. 그래서 걱정이야."

* * *

정말로 그녀의 전화벨이 울렸다. 오후 늦게 회의실로 오라는 연락을 받은 트레이시는 맨 마지막으로 회의실에 들어갔다. 이런 자리에 그녀를 불렀다는 사실 자체가 이례적이었다. 평소 같으면 윌리엄스가 상부의 결정을 일방적으로 알려줬을 것이다. 트레이시는 놀래스코가 윌리엄스와 롭 앞에서 그녀에게 호통을 치려고 불렀으리라 짐작했다. 그게 안 되면 방 안을 뛰어다니며 의자마다 오줌이라도 갈길 듯한 표정이었다.

놀래스코는 공보실장 베넷 리와 함께 테이블 한쪽에 서 있었다. 공보실장이 참석했다는 것은 놀래스코가 트레이시에게서 언론에 협조하겠다는 대답을 들으려 한다는 뜻이었다. 트레이시는 그런 기대에 부응할 마음이 없었다. 지난 수십 년 동안 이런 일이 처음도 아니었고, 이번이 마지막일 리도 없었다. 그녀는 윌리엄스와 롭이 서 있는 쪽으로 갔다.

놀래스코가 입을 열었다. "크로스화이트 형사, 와줘서 고맙네. 자네를 여기 부른 까닭은 알고 있나?"

"모릅니다."

트레이시는 윌리엄스가 귀띔해주었다는 사실을 드러내고 싶지 않았다. 모두 자리에 앉았다. 리는 테이블에 메모장을 놓고 펜을 들었다.

놀래스코가 운을 뗐다. "어떤 기자가 전화로 자신이 준비하는 보도에 관한 인터뷰를 요청했다네."

트레이시가 대뜸 물었다. "밴펠트에게 제 직통 전화번호를 알려주셨습니까?"

"뭐라고?"

"밴펠트가 저한테 직접 전화했습니다. 인터뷰를 요청한 기자가 그 사람인가요?"

놀래스코의 턱 근육이 씰룩거렸다. "밴펠트 기자는 자네가 유죄 판결을 받은 살인범에게 새로운 재판 기회를 주려는 변호사를 돕는 것 같다던데."

"네, 그렇게 말하더군요."

"자세히 설명을 좀 해주겠나?"

이제 오십 대 후반으로 접어든 놀래스코는 여전히 날렵하고 다부진 몸을 자랑했다. 가운데 가르마를 탄 머리는 몇 년 전부터 괴상한 갈색으로 염색해서 흡사 녹이 슨 것 같았고, 자연 갈색인 쐐기모양 콧수염과도 달라서 한층 더 도드라져 보였다. 트레이시가 보기에는 점점 늙어가는 포르노 배우 같았다.

"복잡하지 않습니다. 밴펠트 같은 얼치기 기자도 기본적인 팩트는 정확합니다."

놀래스코가 물었다. "어떤 팩트 말인가?"

"국장님께서 이미 알고 계신 것들입니다."

과거에 놀래스코는 트레이시의 경찰대학 입학원서 1차 심사자였다. 또한 그는 학교 위원회 면접시험 때도 참석했는데, 그 자리에서 위원들은 트레이시의 동생이 실종된 사건에 대해 물었다. 트레이시는 솔직히 대답했다. 입학원서에도 그랬고 면접장에서도 그랬다.

"우리 중에는 모르는 사람도 있다네."

트레이시는 치밀어 오르는 짜증을 애써 참고 롭과 윌리엄스를 보았다. "20년 전에 제 여동생이 살해됐습니다. 결국 시신은 찾지 못했죠. 에드먼드 하우스라는 용의자가 정황증거만으로 유죄 판결을 받았습니다. 지난달에 제 동생의 유해가 발견됐는데, 현장감식 결과가 예전 하우스의 재판에 제출된 증거와 다툼의 소지가 있습니다."

자세한 내용은 일부러 언급하지 않았다. 그 정보를 놀래스코가 캘러웨이나 밴펠트에게 전달할 가능성 때문이었다. "에드먼드 하우스의 변호사는 그 점을 바탕으로 선고 후 감형 심리를 요청했습니다." 그녀는 다시 놀래스코에게 눈을 돌렸다. "설명은 이 정도면 됐죠?"

놀래스코가 물었다. "자네 그 변호사를 아나?"

트레이시는 점점 더 화가 치밀었다. "시더 그로브는 작은 마을입니다, 국장님. 그곳 출신 중 제가 모르는 사람은 없습니다."

"자네가 직접 수사하고 다녔다는 말들이 있던데."

"누가 그런 소릴 하던가요?"

"정말로 직접 수사했나?"

"저는 에드먼드가 처음 체포되었을 때부터 의심했습니다."

"그건 내 질문의 대답이 아니야."

"20년 전에 저는 에드먼드의 유죄 증거에 의문을 제기했습니다. 그로 인해 시더 그로브의 몇몇 주민들이 저를 불편하게 여겼고, 그 중에는 보안관도 있었습니다."

"그러니까 직접 수사를 했다는 소리로군."

트레이시는 그의 속셈을 간파했다. 공적 지위를 이용한 사사로운 수사는 견책 사유이며, 경우에 따라서는 자격 정지도 가능했다.

"'수사'의 의미를 규정해주십시오."

"그건 자네가 잘 알 텐데."

"강력계 형사로서의 공적 지위를 이용했냐고 물으시는 거라면, 그런 일은 결코 없었습니다. 또한 근무 시간을 이용한 적도 없습니다."

"그래서 수사가 아니라는 건가?"

"여가 생활로 봐야겠죠."

놀래스코는 고개를 숙이고 머리가 지끈거리는지 손으로 이마를 문질렀다. "왈라왈라 교도소에 가서 에드먼드 하우스를 만난 변호사에게 협조했나?"

"밴펠트한테 무슨 말을 들으셨습니까?"

"질문에 대답해."

"국장님이 팩트를 말씀해주시면 다들 시간 낭비 안 할 텐데요."

윌리엄스와 롭이 움찔했다. 롭이 달래듯이 말했다. "트레이시, 자넬 취조하려는 게 아니야."

"취조 같은데요, 반장님. 노조 대표를 불러야 할까요?"

놀래스코가 입술을 앙다물었다. 그의 얼굴이 점점 벌게졌다. "간단한 질문이야. 에드먼드 하우스를 면회한 변호사에게 협조했나?"

"'협조'의 의미를 규정해주시죠."

"어떤 식으로든 그 변호사를 도왔나?"

"그 변호사의 차를 타고 교도소에 들어갔고, 당일 저는 비번이었습니다. 심지어 주유비도 제가 내지 않았습니다. 그리고 재소자 면회일에 다른 모든 사람들과 마찬가지로 일반인 자격으로 들어갔습니다."

"경찰 배지 번호를 이용했나?"

"들어가는 데 사용하지는 않았습니다."

롭이 한마디 했다. "트레이시, 언론에서 질문이 쏟아지고 있어. 우리 모두 같은 입장을 견지하고, 같은 발언을 하는 것이 중요해."

"저는 아무 말도 하지 않을 겁니다, 반장님. 누구도 관여할 수 없는 사적인 문제라고 밴펠트에게 말했습니다."

놀래스코가 반발했다. "이 사안의 공적인 특성상 그건 합리적이지 못해. 자네가 싫건 좋건 간에 이건 공적인 사안이라네. 이 일이 수사국에 나쁜 영향을 끼치지 않게 하는 것이 우리가 할 일이야. 밴펠트는 경찰의 공식 입장을 요구하고 있어."

"밴펠트의 요구 따위를 누가 신경 씁니까?"

"우리 지역에서 가장 큰 방송사의 경찰 담당 기자야."

"추잡한 사건 전문입니다. 하이에나 같은 인간이죠. 윤리가 뭔지도 모릅니다. 그건 세상이 다 알아요. 그 여자는 제가 무슨 말을 하든 왜곡해서 그럴싸하게 갈등을 만들어낼 겁니다. 저는 그 여자한테 놀아날 생각 없습니다. 이건 개인적인 문제입니다. 경찰이 개인 사안에 대해 입장을 밝힌 적은 없습니다. 이번 일만 다르게 대처할 까닭이 있습니까?"

롭이 대꾸했다. "국장님은 우리가 어떻게 대응하면 좋을지 자네 생각을 물으시는 걸 거야."

"방법이 있죠."

"문서로 발표할 만한 건가?"

"개인적인 사안이므로 저도 경찰도 현재 진행 중인 법적 절차에 관해 언급하지 않겠다고 하세요. 원래 공개 사건들에 대해서는 그렇게 대응하잖아요. 이번 일만 다를 이유가 있습니까?"

놀래스코가 대답했다. "우리 관할 사건이 아니니까."

트레이시는 피식 웃었다. "잘 아시네요."

롭이 놀래스코를 보았다. "제 생각도 크로스화이트 형사와 다르지 않습니다. 우리 입장을 밝혀서 얻을 게 없습니다."

월리엄스도 트레이시를 두둔했다. "우리가 무슨 말을 하든 밴펠트는 자기 멋대로 보도할 겁니다. 이런 일이 처음도 아니죠."

놀래스코가 툴툴거렸다. "밴펠트는 우리 강력계 형사 한 명이 과거에 유죄 판결을 받은 살인자를 다시 법정에 세우려는 변호사를 돕고 있다는 보도를 내보낼 걸세. 우리가 '노코멘트'라고 하면 암묵적인 용인으로 비치지 않겠나?"

트레이시가 한마디 했다. "무슨 말이라도 해야겠다 싶으시면, 제가 동생 살인사건의 완벽한 해답을 찾으려 한다고 하세요. 그 정도면 수사국에 별 영향이 없지 않겠습니까?"

롭이 맞장구쳤다. "그거 괜찮겠는데."

놀래스코가 말했다. "시더 그로브에는 이미 20년 전에 완벽한 해답이 나왔다고 믿는 주민들이 있다네."

"그 사람들은 제가 여기저기 묻고 다니는 것도 좋아하지 않았죠."

놀래스코가 펜으로 트레이시를 가리켰다. 그녀는 손을 뻗어 그의 손가락을 부러뜨리고 싶었다.

"만약 그자의 유죄 여부를 의심할 만한 것이 나오면 캐스케이드 카운티 보안관 사무소에 알려야 해. 거긴 그들 관할구역이니까."

"방금 저한테 이번 일에 개입하지 말라고 하셨잖습니까. 그런데 이제는 거기 보안관에게 정보를 제공하라는 겁니까?"

놀래스코가 코를 벌름거렸다. "내 말은, 법을 집행하는 공무원으로서 그들과 정보를 공유할 직업적 의무가 있다는 뜻이야."

"정보 공유라면 이미 시도한 바 있습니다. 오래가진 못했지만."

놀래스코는 펜을 내렸다. "자네가 유죄 판결을 받은 살인범을 도움으로써 강력범죄 수사국의 이미지에 영향을 끼친다는 점을 알아야 해."

"편견 없는 조직으로 비칠지도 모르죠."

윌리엄스와 롭은 웃음을 참으려 했지만 숨기지는 못했다. 놀래스코는 재미있어하는 눈치가 아니었다. "이건 심각한 문제라네, 크로스화이트 형사."

"살인사건은 늘 그렇죠."

"이 문제로 자네의 업무 수행에 차질이 생기지 않는다고 장담할 수 있나?"

"국장님도 아시겠지만, 살인자를 찾는 것이 제 일입니다."

"그렇다면 니콜 핸슨의 살인자를 찾는 데 전력을 기울여주게."

롭이 또 끼어들었다. "우리 모두 숨 좀 돌립시다. 어쨌든 수사국 차원에서 크로스화이트 형사를 비롯한 어느 누구도 현재 진행 중인 법적 절차에 대해 언급하지 않는다는 입장을 밝히자는 데는 모두 동의하시죠? 모든 질문은 캐스케이드 카운티 보안관 사무소에 하라고 말입니다."

공보실장 베넷 리가 조용히 받아 적기 시작했다.

"자네의 공적 지위나 수사국의 자원을 이용해 이번 일을 수사해서는 안 돼. 내 말 똑똑히 알아들었지?" 놀래스코는 더 이상 신경질을 감추려 하지도 않았다.

트레이시가 맞받아쳤다. "그럼 상부에서도 제 의도를 곡해하지 말아주십시오."

롭이 나섰다. "그럴 사람은 아무도 없네, 트레이시. 베넷이 입장 발표문을 작성하면 함께 검토해봅시다. 다들 불만 없으시죠?"

놀래스코는 대답하지 않았다. 트레이시는 그가 제대로 믿음을 주기 전에는 굴복할 마음이 없었다.

마침내 놀래스코가 입을 열었다. "이번 일에서 난 자넬 지켜줄 수 없어. 우리 수사국과 무관한 일이니까. 일이 틀어지면 모두 자네 책임이야."

트레이시는 웃고 싶었다. 언제는 지켜준 적이 있는 것처럼 말하는 꼴이 우스웠다. 버럭 소리치고 싶었지만 차분히 대꾸했다.

"누구 원망할 생각은 조금도 없습니다."

* * *

트레이시가 사무실로 돌아오자 킨징턴이 그녀 쪽으로 의자를 돌렸다. 놀래스코와 대치한 것 때문에 트레이시는 여전히 흥분 상태였다. 킨징턴이 물었다. "무슨 일이야?"

트레이시는 의자에 앉아 두 손으로 얼굴을 감싸고 관자놀이를 문질렀다. 책상 서랍을 열고 진통제 두 알을 꺼내 물도 없이 삼켰다.

"밴펠트는 세라의 유해를 발견한 경위 따위는 묻지 않았어. 에드먼드 하우스의 새로운 심리를 준비하는 변호사를 내가 돕고 있는지 궁금해했지. 국장이 그 이야기를 전해 듣고는 나한테 잔소리를 하더라고."

"그럼 아니라고 하면 되잖아."

트레이시가 바로 대답하지 않자 킨징턴이 물었다. "아니잖아, 그렇지?"

"작년에 퀸 앤 애비뉴에서 살해당한 노파 기억나? 미제로 남은 사건 말이야."

"노라 스티븐스?"

"범인이 누군지 몰라 찜찜하지 않아?"

"당연히 찜찜하지."

"20년 동안 그랬다면 얼마나 찜찜할지 상상해봐. 더구나 사랑하는 사람이 살해당했다면, 해답을 얻기 위해 어디까지 갈 수 있겠어?"

31

트레이시가 문을 두드리고 뒤로 물러나자, 문에 달린 방충망이 쾅 하고 닫혔다. 안에서 대답이 없었다. 그녀는 두 손을 둥그렇게 모아 유리창에 대고 하얀 레이스가 달린 커튼 너머로 안을 보려 했다. 아무도 보이지 않자, 지붕이 덮인 포치를 따라 집 옆으로 걸어가서 난간 위로 몸을 기울였다. 집과 따로 떨어진 차고 앞 마당에 신형 혼다 자동차가 주차되어 있었다.

소리쳐 불러도 응답이 없었다. 다시 현관문으로 걸어가 계단을 내려가려 할 때, 거실을 가로질러 문으로 다가오는 형체가 보였다. 곧이어 문이 열렸다.

"트레이시로구나."

"안녕하세요, 홀트 부인."

"얼핏 노크 소리가 들리더구나. 뒤쪽에서 자수를 놓고 있었거든. 네 목소리를 듣다니 정말 뜻밖이구나. 시더 그로브에는 어쩐 일로 돌아왔니?"

"부모님 소유의 부동산도 있고, 몇 가지 처리할 일이 있어서요."

"집은 이미 팔린 줄 알았는데?"

"자잘한 일들이 조금 남았어요."

"가슴이 미어졌겠구나. 할리랑 나도 거기서 정말 멋진 추억이 많았는데. 특히 크리스마스 파티가 대단했지. 자, 어서 들어오렴. 추운데 밖에 서 있지 말고."

트레이시는 현관 매트에 신발을 쓱쓱 닦고 안으로 들어갔다. 집 안은 소박하고 깔끔했다. 사진 액자들이 벽난로 위에 늘어서 있고, 부엌 찬장의 장식용 깔개 위에도 놓여 있었다. 장식장 안에는 오랫동안 수집해온 듯한 도자기 장식품이 즐비했다. 캐럴 홀트가 현관문을 닫았다. 육십 대 중반으로 보이는 그녀는 몸집이 크고 백발에 은색 안경을 쓰고 있었다. 여전히 꼭 끼는 바지와 긴 스웨터를 즐겨 입는 듯했으며, 알록달록한 구슬 목걸이를 걸고 있었다. 세라가 실종되었을 당시 캐럴 홀트는 재향 군인회 건물에서 산지 수색 지원자들에게 샌드위치를 만들어주었다.

홀트 부인이 물었다. "요즘 어떻게 지내니? 시애틀에 산다는 소문은 들었는데."

"전 지금 경찰이에요."

"경찰이라. 우와, 스릴 넘치겠는걸."

"그럴 때도 있죠."

"앉아서 잠시 둘러보렴. 마실 것 좀 줄까? 물 아니면 커피?"

"아니에요, 홀트 부인. 고맙지만 괜찮습니다."

"부인은 무슨. 예전처럼 그냥 아주머니라고 부르렴."

두 여자는 거실에 앉았다. 트레이시가 앉은 밤색 소파에는 자수를 놓은 쿠션이 몇 개 놓여 있었는데, 그중 하나는 '즐거운 나의 집'이라는 글귀와 집 정면 그림이 수놓아져 있었다. 캐럴 홀트는 소파 옆 의자에 앉았다.

"그래, 여긴 어쩐 일로 들렀니?"

"시애틀로 돌아가다 할리 아저씨 뵈러 정비소에 들렀는데, 문이 닫힌 것 같더라고요."

이 말은 사실이 아니었다. 트레이시가 시더 그로브에 온 건 부모님의 부동산을 처분하기 위해서가 아니었다. 한 달 전 그녀는 라이언 헤이건의 전 고용주를 뒤쫓다 흥미로운 문서 몇 점을 발견했다. 그래서 할리 홀트를 만나면 새로운 단서가 담긴 문서들을 더 얻을 수 있지 않을까 기대했다.

"미안하구나, 트레이시. 우리 그이는 6개월 전에 죽었단다."

순간 트레이시는 맥이 빠지는 기분이었다.

"몰랐어요, 아주머니. 정말 안타깝네요. 어쩌다 돌아가셨어요?"

"췌장암이었어. 림프절에 생겼는데 치료가 불가능했단다. 오래 고생하지 않은 게 그나마 다행이지."

과거에 트레이시가 차를 고치러 할리의 정비소에 들를 때면, 할리는 늘 입에 담배를 물고 그녀를 맞았다.

"죄송해요."

"네가 죄송할 일이 뭐 있니." 캐럴 홀트는 빙그레 웃었지만, 눈에는 눈물이 그렁그렁했다.

"아주머니는 괜찮으세요?"

캐럴은 체념하듯 어깨를 으쓱하고 손가락으로 목걸이를 꼬았다.

"힘들긴 하지만 활기차게 살려고 애쓰며 그럭저럭 지내. 달리 무슨 수가 있겠니? 에구머니, 너한테 이런 푸념을 늘어놓고 나도 참 주책이구나. 너도 가슴 아픈 일을 너무 많이 겪었는데."

"괜찮아요."

"우리 애들이 종종 손주들을 데리고 와줘서 한결 낫단다."

211

캐럴이 양손으로 자기 넓적다리를 탁 쳤다. "자, 어디 말해보렴. 우리 그이랑 무슨 이야기를 하려고 이렇게 오랜만에 왔니?"

"실은 상의드리고 싶은 게 좀 있었어요. 할리 아저씨는 시더 그로브에 살던 거의 모든 사람의 차를 고치셨죠?"

"정말 그랬지. 네 아버지는 단골이셨단다. 할리는 네 아버지에게 늘 고마워했어. 정말 좋은 분이셨는데, 그렇게 돌아가시다니 너무 안타깝구나."

"아저씨가 부품을 누구한테 구입했는지 아세요?"

캐럴 홀트는 양자물리학에 관한 질문을 받기라도 한 듯 오만상을 지었다. "아니. 난 그쪽 일은 잘 몰라. 아마 여러 곳에서 부품을 공급받았을 거야."

"아저씨 사무실에 있던 서류함들이 기억나네요." 트레이시는 슬슬 방문 목적을 드러냈다. 캐럴 홀트가 두 손을 쳐들고 고개를 절레절레 저었다.

"그 사무실은 아수라장이었단다. 하지만 그이는 신경 쓰지 않았어. 자기만의 규칙이 있다고 그랬지."

"정비소 폐업한 지는 얼마나 됐나요?"

"남편이 은퇴하면서 문을 닫았지. 우리는 그레그가 물려받길 바랐지만 걔한테는 다른 계획이 있었단다. 아마 3, 4년 전일 거야."

"혹시 그 건물 열쇠 아직 갖고 계세요?"

홀트의 눈이 휘둥그레졌다. "모르겠는걸. 여기 어딘가 있을 텐데. 뭘 찾는데 그러니?"

"궁금한 게 있어서요. 터무니없는 소리로 들리겠지만, 할리 아저씨의 서류를 보면 제 궁금증이 좀 풀릴 것 같아요."

"나도 기꺼이 돕고는 싶지만, 정비소에서 뭘 찾아내기는 어려울 거야. 문을 닫으면서 전부 치워버렸거든."

"아까 거기 들러 창문 안을 들여다봤을 때 그런 것 같긴 했는데, 혹시나 하는 마음에 여기 와봤어요. 자수 놓으시는 데 방해해서 죄송해요. 저는 시애틀로 돌아갈게요."

"서류는 어쩌고?"

"네?"

"남편의 정비 기록을 보고 싶다고 했잖아."

"아저씨가 내버리신 거 아니었어요?"

"그이가? 너도 그 사무실 봤잖니. 그이는 평생 종이 쪼가리 한 장 버리지 않았어. 물론 원하는 걸 찾으려면 좀 뒤져야 할 거야."

"그 서류가 여기 있어요?"

"내가 왜 차를 마당에 세워놨겠니? 남편이 정비소에 있던 물건을 몽땅 가져와 차고에 처박아놨거든. 자기가 정리하겠다고 누누이 말했지만, 얼마 후 병에 걸리고 말았지. 솔직히 난 네가 그 이야기를 꺼내기 전에는 생각도 못 했단다."

32

새벽 2시가 막 지났을 때, 트레이시가 잠들길 포기하고 침대 밖으로 나왔다. 세라의 실종과 살해를 조사하던 시절에 그녀는 거의 날마다 밤잠을 설쳤다. 결국 관련 자료 상자들을 옷장에 처넣고 나서야 사정이 나아졌는데, 이제 또 불면증이 찾아왔다. 그녀가 키우는 얼룩 고양이 로저가 거실까지 졸졸 따라오며 요란하게 야옹야옹 울어댔다.

"그래, 나도 이 시간에 깨어 있기 싫어."

트레이시는 노트북과 오리털 이불, 텔레비전 리모컨을 집어 들고 소파에 앉았다. 시애틀의 캐피톨 힐 지구에 위치한 65평방미터 아파트. 그녀가 이 아파트를 임대한 것은 잘 갖춰진 시설이나 전망 때문이 아니었다. 어차피 길 건너 바로 앞에는 또 다른 벽돌 건물이 솟아 있다. 적당한 가격과 위치가 선택의 이유였다. 비록 이름 앞에 '닥터Dr.'가 붙진 않지만, 언제든 호출에 응할 수 있도록 직장 가까이 살아야 했기 때문이다.

로저가 그녀의 무릎에 폴짝 뛰어 올라오더니, 잠시 이불을 만지작거려 편하게 만들고는 공처럼 동그랗게 몸을 오그렸다. 트레이시는 전날 저녁에 댄과 나눈 대화를 다시 떠올렸다. 댄은 그녀가 마리아 밴펠트와 통화하고 놀래스코를 대면했다는 이야기를 들은 뒤, 돌아오는 금요일에 자신이 시애틀에 올 테니 둘이서 치훌리 유리공예 전시회를 관람하고 저녁을 먹자고 했다.

세라의 유해를 묻으러 처음 시더 그로브에 들른 이후, 지난 몇 주 동안 트레이시는 나머지 자료를 전달하고 조사한 정보를 알려 주기 위해 여러 차례 댄을 찾아갔다. 자고 온 것도 두 번이었다. 즉석 골프 레슨 이후 둘 사이에 로맨틱한 사건은 없었다. 트레이시는 자신이 댄의 의중을 잘못 파악한 건 아닌지 궁금했다. 당시 느꼈던 성적 긴장감은 상상의 산물이 아니었다. 본능에 따르고픈 마음이 아주 없지는 않지만, 이런 상황에서 댄과 관계를 맺는 것은 현명한 일이 아닐 듯싶었다. 더구나 댄은 시더 그로브에 다시 정착한 반면 트레이시는 귀향할 마음이 전혀 없었다. 이런 복잡한 일에는 엮이지 않기로 마음먹은 터였다. 하지만 유리공예 전시회에 가자는 제안은 댄의 의도를 새삼 고민하게 만들었다. 아무리 생각해도 일과 관련된 제안으로 볼 수 없었고, 무엇보다 잠자리 문제가 걸렸다. 트레이시의 집은 방이 하나뿐이었다. 얼결에 제안을 받아들이기는 했지만, 저녁 내내 옳은 결정인지 확신이 서질 않았다.

트레이시는 노트북을 켜고 워싱턴 주 검찰청 웹사이트로 들어가 사용자 이름과 패스워드를 입력하여 살인범죄추적시스템[HITS]에 로그인했다. 검색이 가능한 이 데이터베이스에는 워싱턴 주와 아이다호 주, 오리건 주에 걸쳐 1981년 이후 발생한 2만 2천여 건의 살인 및 성폭행 사건 정보가 담겨 있었다. 니콜 핸슨이 성행위 도중 심각한 문제가 생겨 사망한 게 아니라 살해당했다고 가정할 경우, 범죄 전문가들의 연구에 따르면 그런 독특한 방식으로 사람을 죽이는 자들은 완벽한 살인을 위해 반복적으로 기술을 연마한다. 그래서 트레이시는 온종일 사무실에서 사건 조사를 한 뒤 지친 몸을 끌고 집에 와서도 컴퓨터 앞에 앉아 데이터베이스를 검색해 니콜 핸슨 살인과 유사한 사건들을 살펴보았다.

우선 '모텔 방'이라는 키워드로 검색하자 2만 2천 건이 1천 511건으로 좁혀졌다. 이어서 '밧줄'이라는 키워드를 넣었다. '교살'은 넣지 않았는데, 밧줄에 묶이기는 했지만 교살당하지 않았을 수도 있는 사례들이 포함되게 검색 폭을 넓히기 위해서였다. 그러자 유사한 사례들이 224건으로 줄었다. 이 중 성폭행이 없었던 사례는 43건이었다. 니콜 핸슨은 부검 결과 체내에서 정액이 발견되지 않았다. 이 점은 그녀의 몸이 끔찍하게 뒤틀리고 묶여 있어서 물리적으로 성교가 거의 불가능했다는 사실로 설명할 수 있다. 또한 절도도 없었다. 현금이 두둑했던 그녀의 지갑은 모텔 옷장 위에 그대로 남아 있었다. 따라서 논리적으로 가장 개연성이 높은 두 번째 살해 동기도 배제되었다.

트레이시는 HITS의 데이터 파일을 살펴보면서 그 43건에 집중했다. 그중 세 건을 한 시간 동안 검토했지만, 가능성이 보이는 사례는 없었다. 트레이시는 노트북을 덮고 쿠션에 등을 기대었다.

"모래사장에서 바늘 찾는 기분이구나, 로저."

고양이는 이미 가르랑거리며 자고 있었다.

트레이시는 녀석이 부러웠다.

　금요일 오후, 트레이시와 킨징턴이 520번 부교浮橋를 타고 워싱턴 호수 동쪽으로 달리는 동안 트레이시의 휴대전화가 진동했다. 시내로 들어가려는 차량들 때문에 교통이 몹시 혼잡했다. 검게 변한 강물 위로 대형 크레인들이 우뚝 솟아 있었다. 기존 다리와 나란히 두 번째 다리를 짓는 중이었다. 교통 문제 해결을 위해 다리 건설이 시급했지만, 두 번째 다리를 물에 띄우는 콘크리트 가교에 문제가 생겨 완공은 2015년까지 미뤄졌다.

　최근에 걸려온 전화들을 확인하던 트레이시는 댄이 두 번이나 연락했다는 것을 알아차리고 그에게 전화를 걸었다.

　"전화 못 받아서 미안해. 노스 시애틀에서 벌어진 사건 때문에 하루 종일 증인을 찾아다니고 밧줄 전문가 의견을 들었거든."

　"오늘 오후에 깜짝 놀랄 일이 있었어."

　"좋은 소식이야, 나쁜 소식이야?"

　"모르겠어. 거의 온종일 법원에 있다 사무실로 돌아와서 보니, 밴스 클라크가 제출한 선고 후 감형 심리 청원 반대 의견서 사본이 팩스로 와 있더라고."

"일찍 제출했네?"

"그러게 말이야."

"내용은 어때?"

"아직 안 읽었어. 먼저 너한테 알려줘야겠다고 생각했거든."

"어째서 일찍 제출했을까?"

"상소법원이 내 청원을 요건 불충족으로 판단하도록 단순화하려는 것일 수도 있지. 어쨌든 읽어봐야 알 수 있겠어. 그나저나 너무지 바쁜가 보구나."

"그거 나한테 메일로 보내. 이따 같이 저녁 먹으며 상의해보자."

"아, 그게 말이야······. 미안하지만 오늘 약속은 취소해야겠어."

"무슨 일 있어?"

"아니, 그냥 처리할 것들이 좀 있어서. 나중에 다시 전화할게. 괜찮지?"

"응. 이따 밤에 통화해."

트레이시는 전화를 끊고 댄이 약속을 깬 것을 어떻게 생각해야 좋을지 고민했다. 비록 처음에는 부담스러웠지만, 점점 댄과의 데이트가 기다려지고 과연 어떤 일이 벌어질지 궁금해졌다. 맛있는 햄버거를 두 개 사서 댄과 함께 집에서 먹으며 그의 속내를 떠볼 계획도 세워놓은 터였다.

킨징턴이 물었다. "상황이 달라졌어?"

"미안, 뭐라고?"

"상황이 달라졌냐고."

"저쪽에서 청원 반대 의견서를 제출했대. 2주 후에나 제출할 줄 알았는데."

"그게 어떤 의미지?"

"아직 모르겠어."

뭔가 감추는 듯하던 댄의 목소리가 여전히 트레이시의 귀에 맴돌고 있었다.

34

댄 올리리는 고개를 젖히고 안약을 넣었다. 콘택트렌즈가 각막에 들러붙은 것만 같았다. 퇴창 밖에서는 쏟아지는 빗줄기가 가로등 불빛을 받아 노랗게 빛났다. 댄은 빗소리를 들으려고 창문을 열어놓았다. 눅눅한 흙내를 풍기며 북쪽에서 폭풍우가 밀려오고 있었다.

어릴 적에 댄은 방 창가에 앉아 노스 캐스케이드 지역에 번개가 치는 광경을 지켜보면서, 산봉우리들 사이로 울려 퍼지는 천둥소리가 몇 초 뒤에 들리는지 세곤 했다. 댄의 꿈은 기상캐스터가 되는 것이었다. 서니는 세상에서 가장 따분한 직업이라며 비웃었지만, 트레이시는 댄이 텔레비전에 나오면 멋질 거라고 했다. 트레이시는 늘 그런 식이었다. 심지어 다른 아이들이 댄을 바보 취급할 때도, 댄이 정말로 바보짓을 할 때도 늘 댄의 편이 되어주었다.

세라의 장례식장에 홀로 앉아 있는 트레이시를 봤을 때, 댄은 가슴이 찢어지는 기분이었다. 유대가 끈끈하고 사랑과 배려가 가득했던 그녀의 가족을 댄은 늘 부러워했다. 그의 집은 그렇지 못했기 때문이다. 하지만 너무나 짧은 기간에 트레이시는 자신이 사랑하던 모든 것을 잃었다. 장례식장에서 댄은 어릴 적 친구로서 트레이시 곁에 다가갔지만, 육체적으로 그녀에게 끌렸다는 점도 부인할 수 없었다. 트레이시에게 명함을 건네면서 그녀가 연락해주길 기대했고, 그녀가 자신을 어릴 때 알고 지낸 소년이 아니라 다 큰 남자로 만나러 와주길 바랐다. 트레이시가 그의 사무실에 와서 동생 사건 파일 검토를 요청하는 순간 그 희망은 사라졌다. 지극히 사무적인 만남이었다.

하지만 그날 저녁 댄은 트레이시의 안전이 걱정돼 자기 집으로 초대했다. 다시 그녀를 보자 둘 사이에 어떤 불꽃이 튀기를 기대하지 않을 수 없었다. 골프공 퍼팅을 도와주려고 두 팔로 트레이시를 안는 순간, 그의 안에서 아주 오랫동안 느끼지 못했던 뭔가가 꿈틀거렸다. 지난 한 달 동안 댄은 그런 감정을 애써 억눌러왔다. 트레이시가 여전히 깊은 상처를 안고 산다는 것을 깨달았기 때문이다. 그녀는 언제든 무너질 수 있는 상태일 뿐만 아니라, 시더 그로브를 비롯해 자신과 연관된 모든 사람과 모든 것을 의심하고 있었다. 댄은 트레이시를 그런 환경에서 벗어나게 하려고 치훌리 유리공예 전시회와 저녁 식사를 제안했지만, 오히려 그녀를 난처한 딜레마에 빠뜨렸다는 사실을 금세 깨달았다. 집으로 초대해 자고 가라고 할까, 그냥 호텔에서 자라고 할까? 댄은 자신이 트레이시를 몰아붙이고 있다고 느꼈다. 그녀는 아직 관계를 맺을 준비가 되어 있지 않았고, 최근에 발견된 세라의 유해와 머지않아 열릴 고통스러운 심리 때문에 마음의 여유가 없었다.

변호사로서의 걱정도 있었다. 댄의 의뢰인은 트레이시가 아니라 에드먼드 하우스였다. 하지만 상소법원에서 댄의 청원을 승인할 경우, 선고 후 감형 심리를 제대로 준비하는 데 필요한 모든 정보는 트레이시에게 있었다. 이런 상황에서는 트레이시에게 불필요한 부담을 주지 않는 게 최선이라고 생각했으며, 두 사람 모두의 입장이 나아질 때까지 데이트도 미뤄야겠다고 판단했다.

댄의 책상 앞에 깔린 작은 카펫에서 렉스와 나란히 자고 있던 셜록이 끙끙대며 꿈틀거렸다. 캘러웨이가 개들을 데려갈 수도 있다고 위협한 뒤부터 댄은 두 녀석을 사무실에 데려오기 시작했다. 물론 두려워서는 아니었다. 무슨 소리만 나도 벌떡 일어나 컹컹 짖어대며 대기실로 달려가는 것만 빼면 녀석들은 좋은 벗이었다. 적어도 지금은 조용했다.

다시 밴스 클라크의 선고 후 감형 심리 청원 반대 의견서에 집중했다. 클라크가 댄의 청원이 요건 불충족이라는 점을 부각시키려고 반대 의견서를 일찍 제출했을 거라는 짐작은 적중했다. 클라크는 단순한 주장을 개진했다.

클라크는 에드먼드 하우스가 다시 재판을 받아야 할지를 결정할 심리가 열리려면 과거의 법적 절차가 부적절했음을 보여야 하는데, 댄의 청원은 아무런 근거를 제시하지 못한다고 주장했다. 또한 하우스가 세라 크로스화이트 살해를 실토하면서도 시신 암매장 장소를 밝히지 않았기 때문에 정황증거만으로 1급 살인 유죄를 선고받은 워싱턴 주 최초의 범죄자라는 사실을 상기시켰다. 클라크는 하우스가 암매장 정보를 유죄답변거래의 도구로 사용하려 했으며, 따라서 지금 그 혜택을 받아서는 안 된다고 기술했다. 그리고 만약 하우스가 20년 전에 세라 크로스화이트의 시신 위치를 당국에 알렸다면, 그의 무죄를 입증할 증거가 당시 재판에 제출됐을 수 있다고 결론 내렸다. 물론 그런 행위가 곧 살인을 저질렀다는 결정적 증거가 되었을 터이기에 하우스가 그러지 않았다는 것이었다. 따라서 어느 경우에도 하우스는 유죄였고, 그가 받은 재판은 공정했으며, 댄이 제출한 선고 후 감형 심리 청원서에 적시된 어떤 내용도 그 사실을 바꾸지는 못한다고 했다.

형편없는 주장은 아니었지만, 에드먼드 하우스가 살인을 실토했고 시신 위치를 감형 수단으로 이용하려 했다는 점을 법원이 인정했다고 전제하는 명백한 순환논리였다. 당시 피고 측 변호인 디안젤로 핀은 자백 진술서나 녹음이 없다는 점을 캘러웨이에게 따져 물었어야 하지만 그러지 못했다. 피고 측 변호사라면 마땅히 그것을 첫 번째 전술로 삼았어야 했는데 말이다. 자백을 부인하라고 하우스를 증언대에 세운 것은 변호인의 더 큰 실수였다. 그로 인해 피고는 신뢰성에 타격을 입었고, 검찰은 하우스가 강간죄로 복역한 전력을 거론하며 재판에서 피고에게 그 판결을 인정하느냐고 따져 물을 수 있었다. 에드먼드에게는 치명타였던 셈이다. 한 번 강간범은 영원히 강간범이었다. 변호인 디안젤로는 범죄 사실을 뒷받침할 증거가 부족하므로 피고가 했다는 자백을 재판에서 배제해줄 것을 요청했어야 마땅하고, 그랬다면 완벽한 참패는 모면했을 것이다. 설령 그 요청이 받아들여지지 않았다 해도 에드먼드 하우스가 항소를 제기할 확실한 기반이 마련됐을 것이다. 세라의 유해 발견 장소에서 나온 무죄 증거와는 상관없이, 변호인이 그러지 않았다는 것 자체가 새로운 재판을 요구할 수 있는 근거였다.

셜록이 몸을 돌리더니 고개를 들었다. 곧이어 누군가가 대기실에서 벨을 울렸다.

셜록이 달려가자 렉스도 바로 따라갔다. 딱딱한 목제 바닥을 따라 발톱 소리가 멀어져가면서, 두 마리가 짖어대는 소리가 합창처럼 울려 퍼졌다. 댄은 손목시계를 보고 문으로 가려다 멈칫하더니,

요즘 개들과 함께 사무실에 가져오는 켄 그리피 주니어*가 직접 사인한 야구 배트를 집어 들었다.

* 미국 메이저리그 야구 선수.

35

셜록과 렉스에게 몰린 흑인 남자 한 명이 문에 등을 대고 있었다. 그는 몹시 겁에 질린 듯 보였다. "벨을 울리라고 적혀 있어서 눌렀을 뿐입니다."

댄이 셜록과 렉스에게 지시했다. "그만."

두 마리 모두 순순히 입을 다물고 자리에 앉았다. 댄이 남자에게 물었다. "어떻게 들어왔죠?"

"문이 잠겨 있지 않았습니다."

저녁에 댄은 셜록과 렉스를 데리고 산책을 다녀왔다.

"댁은 누굽니까?"

남자가 개들을 힐끔거렸다. "제 이름은 조지 보빈입니다, 올리리 씨." 남자가 부연 설명을 하기도 전에 댄은 트레이시의 자료에서 본 그의 이름을 떠올렸다. "에드먼드 하우스는 제 딸 애너벨을 강간한 자입니다."

댄은 안내 데스크 옆에 야구 배트를 기대어놓았다. 30년 전 에드먼드 하우스는 미성년자와의 성관계 혐의로 유죄 판결을 받고 6년을 복역했다. 조지 보빈은 세라 크로스화이트 살인 혐의로 에드먼드에게 유죄 판결이 내려진 선고 공판에 증인으로 나섰다.

"이 시간에 여기서 뭘 하는 겁니까?"

"저는 유리카에서 차를 몰고 왔습니다."

"캘리포니아 주에서요?"

보빈은 고개를 끄덕였다. 육십 대 후반으로 보이는 그는 점잖은 말투에 허연 수염을 바짝 깎았으며, 신중한 느낌의 얼룩무늬 안경을 쓰고 있었다. 밤색 골프 모자를 쓰고, 브이넥 스웨터 위에 재킷을 걸쳤다.

"왜요?"

"직접 만나서 드릴 말씀이 있었거든요. 원래는 내일 아침에 찾아뵐 생각이었습니다. 오늘은 그냥 주소가 정확한지만 확인하러 왔는데, 불 켜진 창문이 보였습니다. 빌딩 문이 잠겨 있지 않아서 위층으로 올라와 보니, 밑에서 봤던 불빛이 선생님 사무실에서 나오더군요."

"말씀은 알겠는데 제 질문은 그게 아닙니다. 무슨 일로 그토록 먼 길을 오셨습니까, 보빈 씨?"

"캘러웨이 보안관님이 제게 전화를 하셨습니다. 변호사님이 에드먼드 하우스를 다시 법정에 세우려 하신다더군요."

댄은 보빈의 솔직함에 놀라긴 했지만 이 상황이 이해되기 시작했다. "보안관을 어떻게 아시죠?"

"저는 에드먼드 하우스가 선고받을 때 증언대에 섰습니다."

"압니다. 재판 기록을 읽어봤으니까요. 에드먼드를 변호하지 말라고 캘러웨이 보안관이 저를 설득하라던가요?"

"아뇨. 당신이 새로운 재판을 요청했다는 말씀만 하셨습니다. 변호사님을 찾아온 건 제 뜻입니다."

"믿기 어려운데요. 이유는 당신도 아실 겁니다."

"제가 바라는 건 변호사님과 대화하는 것뿐입니다. 꼭 드릴 말씀이 있어요. 한 번만 이야기하고 끝내겠습니다. 그리고 바로 떠나겠습니다."

댄은 그의 요청을 곰곰이 따져보았다. 결론은 부정적이었지만, 보빈의 태도는 사뭇 진지했다. 더구나 그는 여덟 시간이나 차를 몰고 왔고, 방문 목적을 숨기려 하지도 않았다.

"아시겠지만 저는 의뢰인의 진술을 발설할 수 없는 입장입니다."

"잘 압니다, 올리리 씨. 에드먼드 하우스가 무슨 말을 했는지는 관심 없습니다."

"제 사무실은 뒤쪽에 있습니다."

댄이 고갯짓을 하고는 손가락을 튕겨 딱 소리를 내자, 개들이 돌아서서 복도를 따라 달려갔다. 사무실로 들어온 두 녀석은 다시 카펫 위에 자리를 잡았지만, 꼿꼿이 앉아서 경계하는 표정으로 귀를 쫑긋 세웠다.

보빈은 여전히 빗방울이 번들거리는 재킷을 벗어 좀처럼 쓸 일 없던 문가의 외투걸이에 걸어놓았다.

"개들이 엄청 크네요."

"사료비가 어마어마하답니다. 식은 커피라도 좀 드릴까요?"

"네, 고맙습니다. 오래 운전했더니 피곤하네요."

"어떻게 드릴까요?"

"블랙으로 주십시오."

댄이 머그잔에 커피를 따라 보빈에게 건넸다. 두 남자는 마켓가가 내려다보이는 창가 테이블로 다가가 의자에 앉았다. 보빈이 머그잔을 들어 커피를 홀짝일 때, 댄은 그의 손이 떨리는 것을 눈치챘다. 창밖에서는 하늘을 뒤덮은 비가 평평한 지붕을 세차게 두드리고, 처마 물받이와 세로 홈통을 따라 흐르며 텅팅 소리를 냈다. 보빈이 머그잔을 내려놓고 바지 뒷주머니에 손을 넣어 지갑을 꺼냈다. 그는 지갑에 꽂아둔 사진들을 힘겹게 빼내며 더 심하게 손을 떨었다. 파킨슨병을 앓는 게 아닐까 싶었다. 보빈이 사진 한 장을 테이블에 내려놓았다. "얘가 애너벨입니다."

이십 대 초반으로 보이는 보빈의 딸은 곧고 까만 머리에 피부색은 아버지보다 옅었다. 파란 눈동자도 그녀가 혼혈임을 알려주었다. 하지만 댄의 눈길을 끈 것은 애너벨 보빈의 피부색이나 눈동자 색깔이 아니라 생기 잃은 표정이었다. 흡사 마분지를 잘라놓은 것 같았다.

"눈썹 밑으로 난 흉터가 보일 겁니다." 애너벨의 눈썹에서 턱까지 낫모양으로 구부러진 가느다란 선이 희미하게 보였다. "경찰에 체포될 당시 에드먼드 하우스는 제 딸과 합의된 성관계를 했다고 주장했습니다."

보빈은 다른 사진 한 장을 처음 사진 옆에 놓았다. 사진 속 소녀는 왼쪽 눈이 퉁퉁 부어 감겨 있고, 상처 난 얼굴이 피범벅이라 누군지 알아보기 어려울 지경이었다. 댄은 애너벨이 강간당할 당시 열여섯 살이었다는 것을 트레이시의 자료를 보아 이미 알고 있었다. 보빈이 머그잔을 들려고 했지만 이제는 눈에 띄게 손이 떨렸다. 그는 머그잔을 테이블에 도로 내려놓았다. 그러고는 눈을 감고 애써 여러 번 깊이 숨을 쉬었다.

댄은 잠시 기다렸다가 입을 열었다. "뭐라 드릴 말씀이 없습니다, 보빈 씨."

"그자는 제 딸을 삽으로 쳤습니다, 변호사님." 보빈이 또 숨을 들이마셨지만, 이번에는 숨결이 거칠고 가슴이 심하게 들썩였다. "에드먼드 하우스는 제 딸을 강간하는 걸로 만족하지 않았습니다. 상처를 입히려 했죠. 만약 애너벨이 달아나려는 의지가 없었다면 그놈은 더 큰 상처를 입혔을 겁니다."

체념한 듯 보빈의 얼굴이 일그러졌다. 그는 안경을 벗고 붉은 손수건으로 렌즈를 닦았다.

"6년이었습니다. 젊은 여자의 인생을 망친 대가가 고작 6년이었던 겁니다. 단지 증거가 충분하지 않다는 이유로 말이에요. 애너벨은 밝고 외향적인 아이였습니다. 결국 저희는 이사를 가야 했죠. 그 사건의 기억이 너무나 참혹했거든요. 애너벨은 학교로 돌아가지 못했습니다. 여전히 일도 못 해요. 저희는 범죄가 거의 없는 조용한 마을에서 물가 근처 조용한 거리에 살고 있습니다. 평화로운 곳이죠. 하지만 밤이 되면 문마다 빗장을 걸고 창문도 전부 잠급니다. 저와 아내는 침대에 누워서도 잠들지 못합니다. 또 딸의 비명이 들릴까 봐 불안하니까요. 그걸 강간외상증후군이라고 하더군요. 에드먼드 하우스는 6년을 복역했습니다. 저희는 30년 가까이 고통받고 있고요."

댄은 선고 공판 기록에서 비슷한 증언을 본 기억이 났지만, 피해자 아버지의 분노 어린 이야기를 들으니 충격의 질이 달랐다.

"저도 안타깝습니다. 어느 누구도 그렇게 살아서는 안 되는데 말이죠."

보빈이 입을 앙다물었다. "하지만 변호사님이 지금 하려는 일을 계속 추진하시면 누군가는 그렇게 살게 될 겁니다."

"캘러웨이 보안관은 선생님께 전화하지 말았어야 했습니다, 보빈 씨. 그건 우리 모두에게 부당한 행위입니다. 물론 저는 선생님

따님과 가족이 겪은 일의 의미를 축소할 생각은 조금도 없습니다만……."

보빈이 손을 들어 말을 막았지만, 그의 말투처럼 차분한 태도는 여전했다. "제 딸을 강간할 당시 에드먼드 하우스는 젊은 나이였고, 그 사건은 거의 30년 전에 일어났으며, 세월이 가면 사람은 변한다는 말씀을 하시려는 거겠죠. 굳이 안 하셔도 됩니다."

그의 입술이 얇아지면서 냉소적인 미소가 번졌다. 보빈은 셜록과 렉스를 보았다. "에드먼드 하우스는 저 개들 같지 않습니다. 그자는 훈련이 안 됩니다. 멈추라는 말도 듣지 않아요."

"하지만 우리 모두와 마찬가지로 그도 공정한 재판을 받을 권리가 있습니다."

"하지만 그자는 우리와는 다른 인간입니다, 변호사님. 에드먼드 하우스 같은 폭력적인 자들이 있을 곳은 감옥뿐입니다. 분명히 아셔야 합니다. 에드먼드 하우스는 매우 폭력적인 인간입니다."

보빈은 조용히 사진들을 집어 지갑에 도로 꽂아 넣었다. "제 이야기는 다 했어요. 더는 시간을 뺏지 않겠습니다. 커피 잘 마셨습니다."

보빈이 일어서서 재킷을 집어 들자 댄이 물었다.

"묵을 곳은 있으신가요?"

"방은 잡아놨습니다."

댄이 조지 보빈을 대기실로 데려다주었다. 문을 열던 보빈이 렉스와 셜록을 돌아보았다. "만약 변호사님이 제지하지 않았다면 저 녀석들이 저를 물었을까요?"

댄은 둘의 머리를 토닥였다. "덩치는 위협적이지만, 요란하게 짖어댈 뿐 물지는 않습니다."

"하지만 사람을 다치게 할 가능성은 얼마든지 있겠죠."

보빈이 복도로 나가면서 문을 닫았다.

36

트레이시는 진이 빠져버린 기분이었다. 중간에 깨지 않고 제대로 잔 게 언제였는지도 가물가물했다. 킨징턴과 파치오, 델모와 함께 회의실에 앉아서 빌리 윌리엄스 팀장과 앤드루 롭 반장에게 A팀의 수사 현황을 보고하는 동안에도 팔다리에 기력이 없고 목소리에서 피곤이 묻어났다.

댄이 밴스 클라크의 선고 후 감형 심리 청원 반대 의견서에 대해 간략한 답변서를 제출한 이후 몇 주 동안, 트레이시와 킨징턴은 니콜 핸슨 사건 수사의 여러 과정을 되짚었다. 소득은 없었다. 모텔 주인과 손님들을 다시 신문하고, 모텔 방에서 채취한 지문들을 킹 카운티의 자동지문식별시스템으로 확인했다. 그리고 살인범죄추적시스템 데이터를 검색해 알리바이가 명확한 사람들을 잠재적 용의자 명단에서 지웠다. 니콜 핸슨이 일하던 댄싱베어의 댄서들을 비롯해 그녀의 가족, 친구들, 전 남자친구 두 명을 다시 만나 이야기를 나눴다. 트레이시는 핸슨이 죽기 전 마지막 며칠을 시간대별로 나누어 그녀가 접촉한 모든 사람의 신원을 확인했다. 수색영장도 여러 번 집행했지만 결과는 놀라울 정도로 비생산적이었다.

롭 반장이 물었다. "직원 신상 파일은 어떻게 됐나?"

그들은 댄싱베어의 현재 직원과 예전 직원의 인적 사항 자료를 요구한 상태였다.

"어제 오후 늦게 왔습니다. 론에게 당장 검토를 시작하라고 했습니다." 트레이시가 언급한 론 메이웨더는 A팀의 다섯 번째 바퀴였다. 강력반의 네 팀에 각각 한 명씩 배정된 다섯 번째 형사는 자질구레한 조사 업무를 대신 해주는 존재였다.

롭이 파치오를 보았다. "주차장에 있던 차들 조사는 얼마나 진척되었지?"

파치오는 고개를 절레절레 저었다. "쥐뿔도 없어요. 현재 캘리포니아 주 번호판을 단 차량 한 대와, 캐나다 브리티시컬럼비아 주 차량 한 대를 조회 중입니다. 국경 너머 경찰 친구들에게 잘 보이려고 애쓰고 있죠."

롭이 다시 물었다. "살인범죄추적시스템에서 뭐 좀 찾았나?"

트레이시는 고개를 저었다. "아뇨."

회의가 끝나자 트레이시는 커피 한잔이 몹시 당겼지만, 문 앞에서 윌리엄스 팀장이 그녀를 잡았다. "잠깐 나 좀 보세."

트레이시는 그가 보자는 까닭을 알 것 같았다.

둘만 남게 되자 윌리엄스가 말했다. "어제 저녁에 방영된 밴펠트의 방송 때문에 난리가 났어. 자네한테 또 전화가 올지 몰라."

밴펠트는 자신이 진행하는 방송 〈크릭스 잠입 취재〉에서 에드먼드 하우스와 시더 그로브, 트레이시를 다룬 한 시간짜리 보도로 때이른 크리스마스 선물을 주었다. 그녀는 트레이시와 세라, 그들의 부모, 에드먼드 하우스의 사진들을 그 마을의 역사적인 사진들과 이어 붙였다. 그리고 시더 그로브 주민들과의 인터뷰를 내보냈다.

세라 실종 사건으로 목가적이던 마을이 풍비박산이 났고, 재판 당시 마을 전체가 충격에 빠졌으며, 조만간 그런 일이 되풀이될 가능성을 못마땅해한다는 내용이었다. 언론의 진창에서 뒹굴며 과거로 끌려가고 싶은 사람은 아무도 없었다.

트레이시는 회의실 테이블에 기댔다. "예상한 일이에요. 상황이 얼마나 심각하죠?"

"지역신문뿐 아니라 전국지에서도 인터뷰 요청이 20여 건이나 들어왔네. 더구나 오늘 아침에는 〈시애틀타임스〉가 1면 기사를 내보냈고. 거기도 인터뷰를 원해. CNN과 MSNBC를 비롯한 방송사 여섯 곳도 마찬가지야."

"저는 인터뷰 안 해요, 빌리. 그런다고 언론이 질문을 멈추지도 않아요. 세간의 이목만 더 끌 뿐이라고요."

"롭 반장과 나도 같은 생각이라네. 놀래스코 국장에게도 그렇게 말했어."

"정말요? 국장이 뭐라던가요?"

"'에드먼드 하우스의 심리가 열리면 어쩔 건가?'라고 묻더군."

* * *

평소에도 놀래스코 국장은 즐거워 보이는 일이 드물지만, 이날 오후 트레이시가 회의실로 들어섰을 때 그는 마치 보톡스 주사를 맞은 변비 환자처럼 오만상을 짓고 있었다. 이번에도 그의 옆에 앉은 공보실장 베넷 리는 한쪽 손바닥에 턱을 괴고 테이블에 놓인 종이 한 장에서 눈을 떼지 않았다. 트레이시에게 서명하라고 요구할 새로운 성명서가 틀림없었다. 트레이시는 그들을 실망시키지 않을 자신이 없었다.

"핸슨 사건 수사 상황은 어떤가?" 그녀가 자리에 앉기도 전에 놀래스코가 물었다. 트레이시는 국장이 핸슨 사건을 논의하려고 회의를 소집했을 줄은 생각도 못 했다.

"어제 저녁에 보고드린 상황에서 크게 달라지지 않았습니다."

"그럼 자네는 이 상황을 변화시키기 위해 뭘 하고 있나?"

"당장은 여기 앉아 있는 게 전부입니다."

"아무래도 FBI를 부를 때가 된 것 같군."

"차라리 보이스카우트랑 일하겠습니다."

강력계에서는 FBI를 '유명하지만 멍청한 놈들Famous But Idiots'이라고 불렀다.

"그럼 내가 상부에 보고할 수 있도록 뭐든 결과물을 가져와."

트레이시는 입을 다물었다. 놀래스코가 리에게 고개를 끄덕이자, 리가 테이블 밑으로 손을 내려 두께가 2센티미터는 되는 서류 더미를 꺼내 올렸다.

놀래스코가 서류 더미를 트레이시 쪽으로 밀었다. "어젯밤 밴펠트의 방송이 끝나자마자 이게 쏟아졌어."

트레이시는 이메일과 문자 메시지를 출력한 서류들을 훑어보았다. 내용이 험악했다. 그녀에게 경찰 제복을 벗으라는 내용도 있고, 나가 죽으라는 저주도 있었다.

놀래스코가 말했다. "공공에 봉사하고 시민을 지키기로 서약한 시애틀 강력계 형사가 에드먼드 하우스 같은 쓰레기를 풀어주려 하는 까닭을 다들 알고 싶어한다네."

트레이시가 대꾸했다. "헐뜯기 좋아하는 자들일 뿐입니다. 이런 재미로 사는 인간들이죠. 이제는 떨거지들 비위도 맞추기로 하신 겁니까?"

"〈시애틀타임스〉, NBC, CBS도 떨거지인가?"

"새삼스러운 일도 아니잖아요. 언론의 관심사는 자극적인 기사와 시청률뿐입니다."

"그럴지도 모르지. 하지만 최근 상황을 고려하면 수사국 차원에서 자네의 입장을 밝히는 편이 현명하다고 생각하네."

리가 입을 열었다. "우리가 준비한 걸 한번 검토해봐요."

놀래스코가 덧붙였다. "일단 읽어만 보라는 거야. 당장 서명하라는 게 아니고."

트레이시는 리 앞에 놓인 종이 한 장을 자기 쪽으로 밀라고 손짓했지만, 서명할 생각은 눈곱만치도 없었다. 아무리 상부에서 만든 성명서라도 강제로 그녀의 이름을 올릴 수는 없었다.

크로스화이트 형사는 에드먼드 하우스의 선고 후 감형 심리 청원 과정이나 사건 수사에 공식적으로 관여한 적이 없습니다. 향후 법정에 출석하라는 요청을 받는다면 희생자의 가족 자격으로 출석할 것입니다. 크로스화이트 형사는 공식적으로든 비공식적으로든 시애틀 강력계 형사라는 지위를 이용해 재판에 영향을 준 일이 결코 없었으며, 앞으로도 그럴 것입니다. 또한 재판 과정이나 결과에 대해 향후에 어떠한 언급도 하지 않을 것입니다.

트레이시가 성명서를 도로 밀었다. "처음에는 저한테 입장을 밝히라더니 이제는 입도 벙긋하지 말라는 겁니까? 이 이상한 성명서는 또 뭐죠?"

놀래스코가 대답했다. "법원에서 부르면 증언대에 서라는 거야.

자네가 관여할 일은 그것뿐이지. 어떤 식으로든 변호인을 도와서
는 안 돼."

"관여라뇨? 무슨 뜻이죠?" 트레이시는 롭과 윌리엄스를 번갈아
보았지만, 그들도 트레이시처럼 어리둥절해 보였다.

놀래스코가 갑자기 언짢은 표정을 지었다. "우린 자네가 아는 줄
알았는데."

"뭘 말씀입니까?"

"상소법원에서 에드먼드 하우스의 선고 후 감형 심리 청원을 승
인했네."

* * *

트레이시가 부리나케 사무실로 돌아와 소지품을 챙기자 킨징턴
이 일어섰다. "무슨 일이야?"

코트를 입는 동안에도 트레이시는 방금 회의실에서 들은 이야
기를 완전히 이해할 수 없었다. 지금껏 20년을 기다렸지만 이제는
모든 일이 너무 빠르게 진행되는 것 같았다. 뭐가 뭔지 어리둥절
했다.

"트레이시?"

"상소법원에서 청원을 승인했대. 방금 국장에게 들었어."

"국장이 그걸 어떻게 알았지?"

"몰라. 댄에게 전화해야겠어."

트레이시는 책상에 놓인 휴대전화를 집어 들고 사무실을 나서기
시작했다.

"그 심리가 언제야?"

"그것도 몰라."

트레이시는 엘리베이터를 잡으려고 달려갔다. 아무도 없는 조용한 곳에서 댄에게 전화해 이 상황을 파악하고 싶었다. 머리를 세게 얻어맞은 것 같았고, 여전히 머릿속의 거미줄을 치우는 기분이었다. 선고 후 감형 심리는 에드먼드 하우스의 첫 재판에 나온 증언과 증거의 모순을 드러내, 그의 유죄 판결에 심각한 의문을 제기하는 발판이 될 것이다. 만약 댄이 판사의 동의를 얻어내 법원이 재심을 명령한다면, 트레이시는 세라의 죽음을 재수사하는 길로 크게 한 걸음 다가가게 될 터였다.

엘리베이터를 타고 내려가는 동안 그녀는 눈을 질끈 감았다. 20년이 흐른 뒤, 마침내 세라는 정의를 찾고 트레이시는 해답을 얻게 되는 것일까.

MY SISTER'S GRAVE

2부

통념보다 위험한 것은 없다.

C. J. 메이,
〈증거의 법칙: 민사 사건과 형사 사건에서의 합리적 의심〉

37

벌리 마이어스 판사는 '언론의 관심이 쏠린 중대 사안'이라는 점
을 들어 공개 법정 대신 자신에게 배정된 임시 법관실에서 예심을
열기로 했다. 댄은 트레이시가 참석하게 해줄 것을 요청했는데, 마
이어스 판사는 이를 수용하면서도 피고 측 변호인의 요청으로는
이례적이라고 지적했다. 이 사건의 미묘한 특징을 잘 아는 게 틀림
없었다. 댄이 마이어스 판사의 전력을 알아보니, 이는 결코 우연이
아니었다.

마이어스는 퇴임 전까지 스포캔 카운티에서 30년 넘게 판사로
재직하며 임기 내내 거의 좋은 평가를 받았다. 스포캔 카운티 변호
사 협회는 법관으로서 그의 행실과 능력에 높은 점수를 주었다. 댄
은 마이어스의 서기와 정리가 다른 판사에게 배정받지 않고 퇴직
했다는 사실도 좋은 징표로 여겼다. 그는 정보를 얻으려고 두 사람
모두의 전화번호를 알아내 연락했는데, 둘 다 마이어스를 높이 평
가했다. 그들에 따르면 마이어스는 장시간 근무를 마다하지 않았
고, 조사도 직접 하는 경우가 많았으며, 자신이 내린 판결 때문에
며칠씩 괴로워하지만 법정에서는 절대 머뭇거리지 않는 남자였다.

댄과 트레이시가 기대했던, 지적이면서도 대담한 결정을 내릴 수 있는 그런 판사였다. 또한 소신이 뚜렷해서 언론의 관심에 영향받지 않을 사람이라고 했는데, 그래서 상소법원이 심리 주재를 그에게 요청한 것 같았다.

옆쪽에 떨어져 앉은 트레이시가 지켜보는 가운데, 마이어스가 책상에서 삐걱거리는 가죽 의자를 당겨 앉았다. 그를 마주한 댄 올리리와 밴스 클라크는 천 소파에 나란히 앉아 있었다. 트레이시가 보기에는 소박한 연극 무대 같은 방이었다. 벽에 걸린 그림이나 사진도 없고, 방 안 어디에도 종이 한 장 보이지 않았다. 댄이 마이어스의 서기에게 들은 바에 따르면, 은퇴했던 이 판사가 법정으로 돌아온 것은 결코 심심해서가 아니었다. 7만 평이 넘는 땅에서 소를 키우는 그는 직접 목장을 관리하는 것 같았다.

트레이시의 눈에는 마이어스의 키가 185센티미터쯤 되어 보였다. 수수하게 잘생긴 외모에, 울타리를 고치고 헛간을 치우고 짚단을 쌓으며 건강을 유지하는 사람답게 몸은 다부지고 피부는 거칠었다. 은발에 파란 수정 같은 눈동자를 보니, 영화배우 폴 뉴먼을 조금 닮은 듯했다.

"저는 이번 일을 수락하면서 한 가지 조건을 걸었습니다."

마이어스가 입을 열었다. 그는 슬리퍼를 신고 있었으며, 다리를 꼴 때 청바지 바짓부리가 조금 올라가면서 마름모무늬 양말이 언뜻 보였다.

"제 아내는 햇살을 사랑하고 승마를 좋아합니다. 그래서 저는 말 두 마리를 트레일러에 싣고 따사로운 햇살을 찾아 서부 곳곳을 여행합니다. 이번 달 말에는 피닉스로 말을 타러 갈 계획입니다. 제 아내가 손꼽아 기다리고 있죠. 분명히 말해두지만 제 아내는 실망하는 걸 좋아하지 않습니다. 저도 아내를 실망시키고 싶지 않습니다. 바꿔 말하자면, 비록 은퇴한 처지이지만 낭비할 시간은 없다는 뜻입니다. 저는 이번 사안을 신속히 진행할 생각입니다."

댄이 대답했다. "피고 측은 준비가 됐습니다, 재판장님."

클라크는 당황한 눈치였다. "재판장님, 제 달력에는 다른 일들이 여럿 적혀 있습니다. 조만간 재판도 있고……."

마이어스는 재빨리 그의 말을 잘랐다. "클라크 검사님. 일정이 빡빡하신 점은 안타깝게 생각합니다만, 법규상 검사는 신속히 증거 심리를 진행해야 합니다. 달력의 스케줄을 지우고 이번 일을 최우선 과제로 삼으시길 권합니다. 말씀하신 재판에 대해서는 제가 이미 윌버 판사에게 말해뒀고, 그분도 재판을 한 달 뒤로 미루기로 하셨습니다."

클라크가 한숨을 쉬었다. "감사합니다, 재판장님."

마이어스가 댄에게 물었다. "피고 측은 변론에 앞서 증거개시*를 하겠습니까?"

트레이시가 준 파일은 댄이 직접 수집할 수 있는 것보다 많은 정보를 담고 있었으며, 여기에는 재판 기록 사본들과 켈리 로자의 현장감식 보고서도 포함되었다. 댄은 트레이시에게 추가 증거 공개는 불필요하다고 했다. 오히려 변론 절차가 지연될 테고, 소환장을 받은 증인들이 그걸 핑계로 출석하지 않거나 과거에 자신이 했던 증언을 되새겨 새로운 사실을 떠올릴 수 있기 때문이었다. 또한 검찰 측 증인들이 과거에 법정에서 했던 증언을 어떻게 공격할지를 클라크에게 더 자세히 알리고 싶지도 않았다.

---

* 재판이 개시되기 전에 양쪽이 서로의 증거와 서류를 공개하여 쟁점을 정리하는 제도.

댄이 대답했다. "피고 측은 이대로 변론을 진행할 생각입니다."

클라크가 한마디 했다. "검찰 측은 증거개시를 원합니다. 현재 관련 증거 목록을 준비 중입니다."

"재판장님, 이번 심리에서 검찰 측은 새로운 증거를 제출할 수 없으며, 피고 측은 하우스 씨의 최초 재판에 나온 검찰 측 증인들만 부를 생각입니다. 새로운 증인은 유해 발굴 현장감식 결과를 증언할 검시관과 DNA 전문가뿐입니다. 검찰 측 증인들에 대해서는 증거개시 절차 없이 검사가 편할 때 만나면 된다고 봅니다. 저희 쪽 전문가들도 근무 시간 후에는 언제든 만날 수 있게 해드리겠습니다."

"검찰 측, 어떻게 하시겠습니까?"

밴스 클라크가 허리를 꼿꼿이 폈다. "저희 증인들과 이야기하도록 하겠습니다."

마이어스가 물었다. "심리에 앞서 요청할 사항은 없습니까?"

클라크가 대답했다. "크로스화이트 형사의 입정을 불허해주시기 바랍니다."

트레이시가 댄을 힐긋 보았다. 댄이 물었다. "이유가 뭡니까?"

클라크는 판사를 보고 말했다. "피고 측은 크로스화이트 형사를 증인으로 세울 겁니다. 그렇다면 크로스화이트 형사는 본인의 증언 전까지 법정에 들어와서는 안 됩니다. 다른 증인들과 마찬가지로요."

댄이 반박했다. "크로스화이트 형사는 피고 측 증인이 아닙니다. 사망한 피해자의 언니입니다. 저희는 그분이 동생이 사라진 날 있었던 사건들에 한하여 사실만을 증언하리라 봅니다. 검찰 측에서 원한다면 언제든 질문에 답할 겁니다. 더구나 크로스화이트 형사는 나머지 증인들과는 입장이 다릅니다. 제 짐작으로는 검찰 측이 크로스화이트 형사를……."

마이어스가 댄의 말을 끊었다. "변호인은 자신의 일에 집중하시고 검찰의 판단은 검찰에 맡기십시오." 그는 손을 저어 클라크의 발언도 제지했다. "요청은 거부하겠습니다, 클라크 검사님. 크로스화이트 형사는 사망자 가족의 일원으로서 참석할 권리가 있으며, 저는 그것이 본 사안에 대한 검찰의 판단에 부정적 영향을 끼치리라 보지 않습니다. 이제 다른 이야기를 하겠습니다. 본 사안에 대한 언론의 관심이 지대하다는 점은 우리 모두 알고 있습니다. 저는 이번 심리가 가십거리로 전락하는 것을 용납하지 않겠습니다. 물론 기자들은 법정에 들어올 자격이 있으며, 방송 카메라도 한 대는 허용했습니다. 저는 두 분이나 양쪽 증인들의 입에 재갈을 물리라고 명령할 생각은 없지만, 본 법정의 양측 대리인으로서 두 분이 언론이 아니라 제 앞에서 변론을 진행해주시길 요청하는 바입니다. 무슨 말씀인지 아시겠죠?"

클라크와 댄은 판사의 권고를 소리 내어 받아들였다. 마이어스는 만족한 눈치였다. 그는 마치 엄숙한 기도를 시작하려는 듯 두 손을 맞잡았다.

"자, 우리 모두 한자리에 모여 사전 논의도 마쳤고, 납세자들의 돈으로 지은 저 거대한 법정이 기다리고 있으니, 화창한 월요일 아침에 시작하도록 합니다. 이의 있으신 분?"

승마 여행이 미뤄지면 펄펄 뛸 아내가 있다는 경고를 들은 터라 댄과 클라크 모두 찍소리도 못 했다.

38

인도를 등지고 흙 위에 꿇어앉은 디안젤로 핀은 누군가 지켜보고 있다는 것을 몰랐다. 줄기차게 쏟아지던 비가 그치고 두터운 구름이 잠시 걷힌 사이, 디안젤로는 텃밭의 월동 준비를 하고 있었다. 트레이시는 그를 지켜보면서 킨징턴과의 전화 통화를 이어갔다. 킨징턴은 놀래스코 국장이 공식적으로 니콜 핸슨 사건을 미제 사건부로 넘겼다고 알렸다.

트레이시가 물었다. "우리더러 손 떼라는 거야?"

"힘자랑이야. 이 사건을 수사국 파일에 남기기 싫은 거지. 진척도 없는 사건에 인력을 더 투입할 수는 없다더군. 너는 빠졌고 난 다른 일이 많아서 수사하러 다닐 사람이 없는 상황이거든."

"젠장. 미안해, 킨징턴."

"괜찮아. 관련 수사는 내가 계속 진행하겠지만, 국장 말이 맞아. 더 이상 단서가 없어. 뭔가 새로운 실마리가 나타나지 않는 이상 미궁에 빠질 거야."

트레이시는 심한 자책감에 괴로웠다. 살인범이 체포되어 유죄 판결을 받기 전까지 핸슨 가족에게 사건 종결은 없으리라는 걸 경험으로 알고 있었다.

킨징턴이 말했다. "불행히도 이 사건은 네가 돌아와도 여전히 남아 있을 거야. 우리 아버지가 입버릇처럼 하시던 말씀이 있지. '죽음과 세금.' 이 세상에 확실한 건 그 두 가지뿐이라는 거야. 그러니 너는 네가 해야 하는 일을 해. 일이 어떻게 되어가는지도 계속 알려주고."

"너도."

트레이시는 전화를 끊고 잠시 후 차에서 내렸다. 햇살이 환해서 선글라스를 쓰긴 했지만 날씨는 아직 꽤 쌀쌀했다. 말뚝 울타리 사이의 문으로 다가가는 동안 숨을 내쉴 때마다 허연 입김이 나왔다. 디안젤로에게서는 아무런 반응도 감지되지 않았다. 아까 차를 세울 때도 그랬고, 방금 차 문을 닫을 때도 그랬으며, 지금도 마찬가지였다.

"디안젤로 선생님?"

디안젤로는 장갑 낀 손으로 잡초를 움켜쥐고 낑낑대며 뽑고 있었다.

트레이시가 목소리를 높였다. "디안젤로 선생님?"

그가 뒤를 돌아보자 그의 안경다리에 달려 있는 보청기가 보였다. 잠시 머뭇거리던 디안젤로는 이내 장갑을 벗어 땅에 내려놓았다. 그러고는 안경을 고쳐 쓰고 옆에 있는 지팡이를 짚더니, 조금 비틀거리면서 울타리 쪽으로 걸어왔다. 그는 야구팀 매리너스의 니트 스키 모자를 쓰고 있었다. 형에게서 물려받은 듯 낡은 재킷에도 같은 팀 로고가 찍혀 있었다. 20년 전에 디안젤로는 건장한 남자였지만 지금은 철로처럼 앙상했다. 두꺼운 안경 렌즈 때문에 눈이 크고 축축해 보였다.

그녀가 선글라스를 벗었다. "저예요. 트레이시 크로스화이트."

처음에 디안젤로는 그녀의 얼굴을 알아보지 못하고 이름도 기억하지 못하는 눈치였다. 이윽고 그가 서서히 미소를 지으며 울타리 문을 밀어 열어주었다. "트레이시. 그렇지. 미안하구나. 이젠 앞이 잘 안 보여. 백내장 때문이란다."

트레이시가 마당으로 들어섰다. "텃밭 월동 준비하세요? 아버지도 가을마다 이렇게 하셨어요. 잡초 솎아내고 땅에 거름을 준 다음, 검은 비닐로 두둑을 덮으셨죠."

"겨울이 오기 전에 잡초를 뽑지 않으면 죄다 뿌리를 내리지. 봄에 텃밭 망치는 지름길이야."

"아버지도 비슷한 말씀을 하셨던 기억이 나네요."

디안젤로는 부러움 섞인 미소를 짓고 손을 뻗어 트레이시의 팔을 잡더니, 고개를 숙이고 비밀 이야기라도 하듯 소곤거렸다. "네 아버지가 키운 토마토는 아무도 못 따라갔단다. 그 친구한테는 온실이 있었거든."

"기억나요."

"난 그건 반칙이라고 했지만, 네 아버지는 나더러 언제든 작물을 가져와 키우라고 했지. 정말이지 좋은 분이었어."

트레이시는 자그마한 텃밭을 둘러보았다. "여기다 어떤 걸 키우시나요?"

"이것저것 조금씩. 대부분 이웃에게 나눠줘. 이제 나도 홀몸이거든. 밀리는 죽었단다."

트레이시는 처음 듣는 이야기였지만, 충분히 짐작할 수 있는 일이었다. 디안젤로의 아내는 20년 전에 이미 건강이 좋지 않아 트레이시의 아버지가 오랫동안 돌봐주었다.

"너무 안타까워요. 요즘 어떻게 지내세요?"

"들어와서 집 구경하렴."

디안젤로는 부엌 뒷문의 콘크리트 계단 세 칸을 올라가는 것도 힘겨워했다. 벌게진 얼굴로 숨을 헐떡였다. 트레이시는 그가 재킷 지퍼를 내리고 신발장 옆 옷걸이에 옷을 걸어놓는 동안 손이 떨리는 것도 보았다. 댄은 그를 심리에 소환해 증언하게 하려는 계획이었다. 그 요청을 기각해달라는 밴스 클라크의 반대 의견서에는 의사 소견서가 첨부되어 있었다. 그 소견서에 따르면 디안젤로는 심장병과 폐기종을 비롯해 갖가지 질병을 앓고 있었다. 안 그래도 건강이 위태로운데, 증언대에 서는 일이 더욱 스트레스가 될 수 있다는 것이 소견서의 결론이었다.

디안젤로가 트레이시를 데리고 들어간 부엌은 시간이 멈춘 것 같았다. 짙은 색깔의 나무 캐비닛들이 밝은 꽃무늬 벽지와 호박색 가구들과 대조를 이루었다. 핀은 트레이시가 앉을 수 있도록 식탁 의자에 쌓인 신문과 우편물 더미를 치운 다음, 주전자에 물을 채워 스토브 위에 올려놓았다. 부엌 한구석에는 휴대용 산소발생기가 있고, 바닥 배출구에서는 열기가 뿜어져 나오고 있었다. 부엌에서 고기를 구웠던 냄새가 났다. 스토브 1열 버너 위에 고기 기름이 묻은 무쇠 프라이팬이 놓여 있었다.

"제가 좀 도와드릴까요?"

디안젤로는 손사래를 치고 찬장에서 머그잔 두 개를 꺼내 티백을 넣으며 이런저런 이야기를 했다. 그가 냉장고를 열 때 보니 내부 선반은 대부분 비어 있었다.

"음식을 별로 넣어두지 않는단다. 찾아오는 사람도 거의 없거든."

"전화를 드리고 올걸 그랬네요."

"내가 너랑 이야기하지 않으려 할까 봐 그냥 왔겠지."

디안젤로는 얼룩진 안경 렌즈 위로 트레이시를 물끄러미 보았다. "난 늙었단다, 트레이시. 이제 눈이 침침하고 귀도 잘 안 들리지만, 요즘도 아침마다 신문을 읽지. 네가 내 텃밭이 궁금해서 왔을 거라고는 생각하지 않아."

"맞아요. 심리에 대해 이야기하고 싶어 왔어요."

"내가 정말로 병들어서 증언을 못 할 지경인가 보러 왔겠지."

"괜찮아 보이시는데요."

"내 나이가 되면 괜찮은 날도 있고 나쁜 날도 있는 법이다. 그리고 어떤 날이 시작될지는 절대 알 수 없지."

"올해 연세가 어떻게 되시죠, 선생님?"

"난 네가 태어났을 때부터 널 알았단다. 그냥 아저씨라고 부르렴. 그리고 네 질문에 대답하자면, 곧 여든여덟이 된다." 디안젤로는 주먹으로 조리대를 똑똑 두드리고 트레이시를 빤히 보았다. "물론 주님의 뜻에 달려 있겠지만. 설령 내년까지 못 살아도 천당에서 밀리를 만나게 될 테니 그것도 나쁘지 않고."

"에드먼드 하우스 재판이 아저씨의 마지막 재판이었죠?"

"법정 내부를 안 본 지 20년이 넘었다. 다시 보고 싶은 마음도 없고."

주전자 주둥이에서 쌕쌕거리며 수증기가 뿜어져 나오자, 디안젤로가 주전자를 들어 머그잔 두 개에 물을 부었다. 트레이시는 크림이나 설탕을 넣지 말아달라고 했다. 디안젤로는 머그잔들을 식탁에 내려놓고 트레이시 맞은편에 앉아 티백을 담갔다 뺐다 했다. 차를 마시려고 머그잔을 들자 그의 손이 떨렸다.

"당시 밀리는 이미 병약한 상태였어. 그래서 난 더 이상 법정에서지 않을 생각이었지."

"그런데 왜……."

"로렌스 판사가 에드먼드 하우스를 변호해달라고 부탁했거든. 아무도 안 하려 했으니까. 긴긴 재판이 끝나고 마침내 나는 집으로 돌아왔다. 향후 몇 년간 아내랑 같이 지내면서 그동안 내가 법정에만 있어서 미뤘던 일들을 할 생각이었지. 여행도 좀 다니고. 하지만 인생은 계획대로 되질 않는 법이란다."

"그 재판 기억나세요?"

"내가 그 젊은이 변호에 최선을 다했는지 알고 싶은 게로구나."

"아버지가 늘 말씀하셨어요. 아저씨는 훌륭한 변호사라고."

디안젤로는 뒤틀린 미소를 지었다. 트레이시는 그 웃음에 비밀이 감춰져 있다는 생각을 떨칠 수 없었다. 그리고 디안젤로는 심장병과 폐기종을 앓는 여든여덟 살 노인에게 누구도 증언을 강요할 수 없다는 것을 아는 눈치였다.

"난 그 재판에서 내가 한 일에 후회도 죄책감도 없다."

"그걸 여쭌 게 아니에요."

"언제나 대답을 들을 수는 없는 법이다."

"이번 일이 그렇다는 말씀인가요?"

"오히려 고통스러울 수도 있으니까."

"제 가족도 모두 죽었어요, 아저씨. 저만 남았어요."

디안젤로의 눈이 초점을 잃었다. "네 아버지는 언제나 나를 존중해주었지. 모든 사람이 그러지는 않았다. 나는 그 잘난 로스쿨 출신이 아니라서 법정 변호사의 전형은 못 되었거든. 하지만 네 아버지는 늘 나를 존중해주었고, 밀리에게도 더없이 친절했어. 내가 얼마나 고마워하는지 너는 결코 알 수 없을 게다."

"아버지 부탁이라면 마지막 재판도 포기할 만큼요?"

오래전부터 트레이시는 캘러웨이나 클라크가 아니라 아버지가 에드먼드 하우스의 유죄 판결을 기획했을 거라고 의심했다. 디안젤로는 움찔하지 않았다. 그는 한 손을 트레이시의 손에 얹고 살며시 쥐었다. 자그마한 그의 손은 세월의 반점으로 얼룩덜룩했다.

"난 네가 여기 돌아와서 하려는 일을 말릴 생각은 없다. 네가 심정적으로 네 동생과 과거에 매달려 있다는 것도 이해해. 우리 모두 그 시절에 얽매여 있지. 하지만 그렇다고 과거로 돌아갈 수는 없어. 세상은 변하게 마련이야. 사람도 다를 바 없어. 네 동생이 사라진 날 많은 것이 변했단다. 우리 모두에게 비극이지. 하지만 오늘 오후에 네가 나를 만나러 와줘서 무척 기쁘구나."

대답을 더 들을 필요도 없었다. 만약 에드먼드 하우스를 엮어 넣는 음모에 가담했다면 디안젤로는 그 비밀을 무덤까지 갖고 갈 위인이었다. 그로부터 이십 분 동안 트레이시는 시더 그로브와 그곳 주민에 대해 한담을 나누었다. 이윽고 그녀가 의자를 뒤로 밀며 일어섰다. "차 잘 마셨어요, 아저씨."

디안젤로는 트레이시를 뒷문까지 데려다주었다. 문 밖으로 나오니 따뜻했던 집 안과 차가운 바깥 공기의 대조가 똑똑히 느껴졌다. 아까 디안젤로가 땅에 뿌린 거름 냄새가 코를 찔렀다. 트레이시가 다시 고맙다고 인사하고 돌아서자, 디안젤로가 손을 뻗어 그녀의 팔을 잡았다. "조심해라, 트레이시. 때로는 질문의 답을 찾지 않는 편이 낫단다."

"이젠 다칠 사람도 없어요, 아저씨."

"없긴 왜 없어."

그는 또 다정한 미소를 지으며 뒤로 물러나 문을 닫았다.

* * *

트레이시는 음식이 담긴 종이 박스와 젓가락을 집어 들었다. 검은콩 소스로 버무린 닭고기 요리였다. 댄의 부엌 식탁에는 다량의 문서와 황색 파일, 재판 기록 사본이 널려 있었다. 두 사람은 식사하며 저녁 뉴스를 보려고 잠시 일거리를 내려놓았다. 댄은 텔레비전 소리를 죽이고 트레이시와 이야기를 나누었다.

트레이시가 디안젤로 판과의 대화를 되새겼다. "아저씨는 내 말에 반박하지도 않았어. 후회나 죄책감이 없다고만 했지."

"최선을 다해 에드먼드 하우스를 변호했다는 말도 안 했고."

"응. 그런 말은 일절 없었어."

"우린 그분의 변호가 납득할 만한 수준이 아니었다는 걸 굳이 증명하지 않아도 돼."

댄이 읽고 있는 〈시애틀타임스〉 1면에는 임박한 심리를 보도하는 기사가 실려 있었다. 당시 사건을 심도 있게 다룬 그 기사에는 세라의 고교 3학년 시절 수업 사진과 에드먼드 하우스의 스무 살때 사진을 비롯해 트레이시의 최근 사진도 실려 있었다. 연합통신에 같은 기사가 나면서 전국으로 발행되는 신문 수십 곳에도 해당 기사가 게재되었고, 그중에는 〈USA투데이〉와 〈월스트리트저널〉도 있었다.

"뭔가 감춘다는 느낌이 들었어, 댄." 트레이시는 젓가락을 종이 박스에 꽂고 뒤로 기댔다. 렉스가 다가오더니 그녀의 무릎에 머리를 얹었다. 좀처럼 보기 어려운 애정 표현이었다. 트레이시가 렉스의 머리를 쓰다듬었다. "관심이 필요하구나?"

댄이 한마디 했다. "조심해. 그 녀석은 잔머리 대왕이야. 닭고기 좀 얻어먹으려는 속셈이지."

트레이시는 렉스의 귀 뒤를 긁어주었다. 혼자 있던 셜록도 다가
와 주둥이로 렉스를 밀어내려 했다.

"여전히 캘러웨이를 첫 증인으로 세울 생각이야?"

댄은 신문을 테이블에 내려놓았다. "첫 타자로 내보내야지."

"아마 기억이 안 나는 척하면서 과거 재판 때 자신의 증언 기록
을 보라고 할 거야."

"그것도 감안하고 있어. 캘러웨이의 증언을 갈기갈기 찢어발길
생각이야."

댄이 손가락을 튕기고 거실을 가리키자, 개들이 순순히 거실로
가서 깔개에 누웠다.

"캘러웨이가 내 질문을 회피할수록 좋아. 난 캘러웨이를 궁지로
몰고 다른 증인들의 증언으로 그의 신뢰성을 떨어뜨리기만 하면
돼. 그리고 캘러웨이의 신경을 긁으면 그 입에서 뜻밖의 말들이 쏟
아져 나올지 몰라."

"한 성깔 하시지." 트레이시는 텔레비전을 힐긋 보았다. "잠깐만.
밴펠트가 나왔어."

마리아 밴펠트는 캐스케이드 카운티 법원 앞 인도에 서 있었고,
그녀의 오른쪽 어깨 위로 청동 글자로 된 법원 이름이 보였다. 트
레이시를 따라 소파에 앉은 댄은 리모컨을 집어 들고 음소거 버튼
을 다시 눌러 소리를 켰다. 밴펠트는 법원 계단 쪽으로 걸어가면
서, 에드먼드 하우스의 심리가 열리는 데 트레이시 크로스화이트
가 관여한 사실을 자신이 '밝혀냈다'고 강조했다.

댄이 중얼거렸다. "거의 워터게이트 사건처럼 부풀리는군."

법원 계단 바로 앞에서 밴펠트가 돌아서서 카메라를 바라보았

다. 그녀 뒤로 법원 입구에서 가장 가까운 도로변을 따라 방송사 중계차 여러 대가 늘어서 있었다.

"이곳에서는 단순히 에드먼드 하우스만이 아니라 시더 그로브 전체의 재판이 열리는 분위기입니다. 여전히 의문은 남아 있습니다. 20년 전 그날 정말로 무슨 일이 벌어졌을까요? 저명한 의사의 딸이 실종되면서 대대적인 수사가 이뤄졌습니다. 가석방된 강간범이 극적으로 체포되었고, 어쩌면 무고한 사람을 철창에 가뒀을 수도 있는 살인사건 재판이 열려 세간의 이목을 집중시켰습니다. 오늘 저녁에는 양측 모두 발언하지 않지만, 곧 우리 모두 알게 될 겁니다. 에드먼드 하우스의 심리는 내일 오전에 시작됩니다. 저는 이곳 법정 안에서 지켜보며 시청자 여러분께 진행 상황을 자세히 알려드리겠습니다."

밴펠트는 마지막으로 법원을 돌아보고 보도를 마쳤다.

댄이 다시 텔레비전 소리를 죽였다. "아무도 못 하는 일을 네가 해낸 것 같은데."

"무슨 일?"

"시더 그로브가 다시 주목받고 있잖아. 모든 주요 일간지와 뉴스에서 시더 그로브 이야기를 다루고 있어. 듣자 하니 시더 그로브와 법원 사이의 모든 호텔이 꽉 찼대. 주민들도 민박을 제공하고 있고."

"나보다는 그 여자 덕분이겠지. 하지만 예전 재판이 크게 주목받았다는 밴펠트의 말은 틀렸어. 내 기억으로는 따분할 지경이었거든. 밴스 클라크는 차분하고 단조로웠고, 디안젤로는 무능하진 않았지만 결과를 체념하는 태도였던 걸로 기억해."

"실제로 그랬을지 몰라."

"사실 마을 전체가 애써 외면하는 묘한 분위기였어. 아무도 재판에 나오고 싶지 않은데 의무감 때문에 억지로 참석한 것 같았지. 이따금 거기에도 아버지가 관여한 게 아닐까 하는 의심이 들어. 판사와 배심원단이 세라와 그 범죄가 마을에 끼친 영향에만 집중하도록 아버지가 전화를 돌린 게 아닐까…….”

“에드먼드에게 형을 선고할 때 배심원단이 망설이지 않게 하려고?”

트레이시는 고개를 끄덕였다. “아버지는 사형제를 옹호하진 않았지만, 에드먼드가 가석방 없는 종신형을 살길 바라셨거든. 그건 똑똑히 기억나. 하지만 누구보다 아버지가 재판을 외면하는 눈치였어.”

“왜 그렇게 생각하지?”

“아버지는 메모광이었어. 일상적인 전화 통화 내용까지 기록하는 분이셨지. 그런데 재판이 진행되는 동안 아버지는 메모지를 무릎에 놓고도 단어 하나 적지 않았어.” 댄이 트레이시를 물끄러미 보았다. “단 한 글자도.”

댄은 하루 사이 까칠하게 자란 턱수염을 한 손으로 문질렀다. “넌 요즘 어때?”

“나? 난 괜찮아.”

댄은 그녀의 대답을 곰곰이 되새기는 눈치였다.

“넌 늘 방어적이구나, 그렇지?”

“안 그래.” 트레이시는 부엌으로 걸어가 식탁의 음식 박스들을 치우며 다시 일할 준비를 했다.

댄이 조리대에 몸을 기대고 트레이시를 지켜보았다.

“지금 넌 전처에게 받은 상처를 아무에게도 들키지 않으려고 지난 2년 동안 방어적으로 살았던 남자랑 이야기하고 있어.”

"정신분석은 나중에 하고, 우린 이 일에 집중해야 해."

댄은 조리대에서 몸을 떼었다. "알았어."

트레이시는 음식 박스를 내려놓았다. "나한테 무슨 말을 기대하는 거야, 댄? 가슴을 쥐어뜯으며 목 놓아 울길 원해? 그게 무슨 소용이 있어?"

댄은 졌다는 듯 두 손을 들어 보이고 식탁 의자를 빼서 앉았다.

"대화가 도움이 되지 않을까 싶었을 뿐이야."

트레이시가 댄에게로 다가갔다. "무슨 이야기를 해? 세라의 실종? 엽총을 입에 물고 자살한 아버지? 그런 이야기는 할 필요 없어, 댄. 이미 겪은 걸로 충분하니까."

"난 그저 너에게 어떻게 지내느냐고 물었을 뿐이야."

"괜찮다고 말했잖아. 내 심리치료까지 하고 싶은 거야?"

댄이 실눈을 떴다. "아니, 그건 아냐. 심리치료사 노릇 할 생각 없어. 하지만 다시 네 친구가 되고 싶은 마음은 있어."

그 대답에 살짝 놀란 트레이시는 댄이 앉은 자리로 다가갔다. "왜 그런 말을 해?"

"내가 네 변호사 같은 기분이 들어서 윤리적 혼란이 일거든. 솔직히 말해봐. 만약 세라의 장례식 날에 내가 변호사라고 말하지 않았다면, 네가 일부러 시간 내서 날 보러 왔겠어?"

"그렇게 말하면 안 되지."

"어째서?"

"이건 사적인 문제가 아니잖아."

"알아. 넌 그 점도 분명히 했지." 댄은 노트북을 열었다.

트레이시는 자기 의자를 댄의 의자 가까이 옮겼다. 둘의 관계를 명확히 해야 할 때가 올 것은 예상하고 있었다. 다만 그 순간이 심리 전날 밤일 줄은 몰랐다. 하지만 이제 눈앞에 닥쳤으니 분명히 짚고 넘어가지 않을 까닭이 없었다.

"난 시더 그로브의 어느 누구를 위해서도 시간을 내고 싶지 않았어, 댄. 너한테만 그런 게 아니야. 여기 돌아오기 싫었어."

댄은 키보드를 두드리며 그녀를 보지도 않고 대꾸했다. "알았어. 이해해."

트레이시가 손을 내밀어 키보드를 가리고 말했다.

"난 이 일을 끝내고 싶을 뿐이야. 이해해줄 수 있지? 이 일만 끝나면 내 삶도 달라질 거야. 내 삶의 모든 것이."

"이해하고말고. 하지만 트레이시, 네가 바라는 대로 될 거라고 장담은 못 해."

댄답지 않은 소극적인 말투였다. 트레이시는 그 역시 중압감을 견디고 있다는 것을 깨달았다. 댄이 워낙 티를 내지 않아서 눈치채지 못했을 뿐이다. 트레이시는 그가 내일 아침 단순한 법정이 아니라 적대적인 방청객과 기자 들이 가득한 법정에 들어가야 하고, 지난 20년 동안 그 순간을 기다려온 어릴 적 친구를 위해 강간범을 변호해야 한다는 사실을 잊고 있었다.

"미안해, 댄. 너한테 짐을 지울 생각은 없었어. 너도 그동안 스트레스가 심했을 거야. 여기서 다시 사는 일은 더욱 힘들었겠지. 장담 못 한다는 건 나도 알아."

댄은 나직한 소리로 말했다. "마이어스 판사가 에드먼드의 재심을 거부할 수도 있고, 승인할 수도 있어. 어느 경우든 지금 네가 아는 것 이상의 진실에 다가가지 못할지도 몰라."

"그렇지 않아. 이번 심리는 과거 재판의 모순을 드러낼 거야. 지난 세월 동안 내가 혼자서 알아낸 것들을 세상에 알리겠어. 첫 재판의 결과가 진실이 아니었다는 걸."

"난 네가 걱정돼, 트레이시. 그러고 나서는 어쩔 거야? 만약 그러고도 누구 하나 재수사의 필요성을 납득하지 못한다면?"

지금껏 트레이시도 스스로에게 같은 질문을 수없이 했지만, 여전히 그 대답을 준비하지 못했다. 밖에서 거센 바람이 창문을 흔들자, 렉스와 셜록이 고개 들고 귀를 쫑긋 세우더니 호기심 어린 표정을 지었다.

"모르겠어." 트레이시는 어깨를 으쓱하고 수심 어린 미소를 지었다. "자, 말했어. 됐어? 뭘 해야 좋을지 나도 몰라. 그저 하루하루 한 번에 한 계단씩 올라가려고 노력 중이야."

"경험에 비추어 제안 하나 해도 될까?"

트레이시는 어깨를 으쓱했다. "물론이지."

"네가 먼저 해야 할 일은 과거사에 대해 더 이상 자책하지 않는 거야."

트레이시가 눈을 감았다. 목이 메는 느낌이었다. "그날 저녁에 내가 세라를 집에 데려다줬어야 해, 댄. 걔를 혼자 두지 말았어야 했다고."

"나도 늘 스스로에게 말하지. 내가 좀 더 가정적이었다면 아내가 내 회사 동료랑 눈이 맞지는 않았을 거라고."

"그건 다른 문제야, 댄."

"그래, 맞아. 하지만 넌 네가 하지도 않은 일로 자책하고 있어. 내 결혼이 실패한 건 아내가 결혼 서약을 깼기 때문이고, 세라의 죽음은 세라를 죽인 놈 책임이야. 네 탓이 아니라고."

"걔는 내 책임이었어."

"어느 누구도 세라를 너보다 잘 돌보지는 못했어, 트레이시. 아무도."

"그날 저녁은 아냐. 그날 난 세라를 돌보지 않았어. 사격 대회에서 일부러 져준 것 때문에 개한테 화가 났고, 같이 저녁 먹으러 가자고 하지도 않았어." 트레이시의 목소리가 떨렸다. 그녀는 눈물을 꾹 참았다. "날마다 그 생각을 하며 살아. 이번 심리는 내가 마지막으로 세라를 돌보는 길이자, 그날 혼자 두고 간 것에 대해 용서를 구하는 길이야. 앞으로 무슨 일이 벌어질지는 몰라도 과거에 무슨 일이 벌어졌는지는 반드시 알아야겠어. 내가 바라는 건 그뿐이야. 그 후에는 나도 거기서 다시 시작할 거야."

렉스가 자리에서 일어나 거실 창으로 다가가더니, 창틀에 두 발을 얹고 마당을 내다보았다. 댄이 의자를 뒤로 밀며 식탁에서 일어섰다.

"녀석들이 나가고 싶나 봐." 그는 거실로 걸어가며 렉스에게 말했다. "왜 그러니? 나가서 일 볼래?"

트레이시는 창밖으로 마당을 바라보았다. 화단과 잔디밭을 은은하게 밝히는 조경등 불빛이 유리창에 반사되었다. 그 때문에 마당 끄트머리 나무 뒤에서 걸어 나오는 검은 형체가 잘 보이지 않았다.

"댄!"

거실 유리창이 폭발하듯 깨졌다.

트레이시가 의자에서 몸을 날려 댄을 쓰러뜨리다시피 바닥으로 끌어내렸다. 그 상태로 납작 엎드린 채 추가 총격에 대비했다. 하지만 더 이상 총성은 없었다. 밖에서 트럭 시동 거는 소리가 들렸다. 곧이어 타이어 쓸리는 소리가 났다. 트레이시는 옆으로 몸을 굴려 핸드백에서 권총을 꺼낸 다음, 현관문을 벌컥 열고 마당을 가로질러 달려갔다. 이미 길 끝으로 달려가는 트럭은 너무 멀어서 따라잡을 수 없고 번호판도 보이지 않았다. 하지만 트럭이 속도를 늦추며 방향을 돌릴 때, 우측 제동등만 켜지는 것이 눈에 띄었다.

트레이시가 황급히 집 안으로 돌아와서 보니, 댄이 꿇어앉아 미친 듯이 수건으로 렉스의 배를 막고 있었다. 커다란 개의 털이 피로 얼룩져 있었다.

39

트레이시는 댄의 SUV 뒷문을 열면서 휴대전화에 대고 형사 특유의 말투로 이야기했다.

"시애틀 강력반 트레이시 크로스화이트 형사입니다. 시더 그로브 엘름우드 애비뉴 600번 블록에서 총격 사건 발생. 이 구역에서 출동 가능한 모든 인력을 보내줄 것을 요청합니다."

댄이 렉스를 짐칸에 밀어 넣고 트레이시에게 차 열쇠를 건넸다. 그러고는 개 옆에 올라탔다. 트레이시는 뒷문을 닫고 운전석으로 올라갔다.

"용의 차량은 트럭으로 보이며, 시더 홀로 도로를 따라 동쪽 국도로 이동 중. 후방 좌측 제동등이 안 켜지는 차량입니다."

그녀는 재빨리 집 앞 도로로 차를 후진했다. 차가 튕기고 타이어 쓸리는 소리가 났다. 트레이시는 휴대전화를 귀에서 떼고 댄에게 외쳤다.

"어디로 가면 돼?"

"파인 플랫."

트레이시는 휴대전화를 조수석에 던지고 가속페달을 힘껏 밟았다. 셜록이 처량하게 낑낑거렸다. 백미러로 보니, 셜록이 뒷좌석 등받이 너머로 짐칸 바닥에 쓰러져 있는 친구를 내려다보고 있었다. 댄은 렉스의 상처를 계속 눌러주면서 어깨와 턱 사이에 휴대전화를 끼우고 동물 병원 의사와 통화했다. "상처 여러 곳에서 출혈이 심합니다. 7, 8분이면 도착할 겁니다."

트레이시가 소리쳤다. "렉스 괜찮아?"

댄은 몹시 당황한 목소리였다. "수의사가 우릴 기다리고 있을 거야. 피가 멈추질 않아. 제발, 렉스. 죽으면 안 돼. 날 떠나지 마."

트레이시는 국도로 접어들자마자 천천히 달리는 밴 뒤로 붙었다. 밴이 속도를 내지 않자 추월하려고 운전대를 돌렸지만, 다가오는 전조등 불빛이 보여 다시 방향을 틀어야 했다. 바퀴가 열여덟 개인 대형 트럭이 지나쳐 가며 거센 바람을 만들어 댄의 차를 흔들었다. 트럭이 지나간 뒤, 트레이시는 추월하려고 차를 옮기고 눈앞에 전조등 불빛이 안 보이자 다시 가속페달을 밟았다. 하지만 곧 다음 커브를 돌아 나오는 전조등 불빛이 보였다. 트레이시가 가속페달을 바닥까지 꾹 밟자, 다가오는 차와의 거리가 순식간에 좁혀졌다. 트레이시는 밴의 보닛을 지나치자마자 다시 원래 차선으로 차를 돌렸고, 그 바람에 앞뒤에서 차들이 길게 경적을 울려댔다.

차 두 대를 더 지나치고 나서야 파인 플랫으로 나가는 출구에 다다랐다. 댄이 마지막으로 방향을 알려준 곳은 A자 모양의 목조건물이었다. 흙과 자갈이 깔린 주차장에서 트레이시가 브레이크를 밟자 차가 미끄러지며 멈춰 섰다. 시동도 끄지 않고 운전석에서 뛰어내린 그녀는 재빨리 차 뒷문을 열었다. 그사이 병원 정문에서 남자 한 명과 여자 한 명이 달려 나왔다. 댄은 피투성이 렉스를 안고 차에서 내려 부랴부랴 건물 계단을 올라갔다.

댄이 병원으로 들어가자 트레이시가 차의 시동을 껐다. 기온이 뚝 떨어져 몹시 추웠다. 그녀가 입은 것은 긴팔 셔츠와 청바지뿐이었지만, 너무 흥분돼서 앉을 수가 없고 잠자코 기다리자니 너무 화가 났다. 트레이시는 아까 댄이 렉스의 상처를 누를 때 썼던 수건 한 장으로 차 짐칸에 묻은 피를 닦은 다음 뒷문을 닫았다. 그러고는 주차장을 서성이며 보안관 사무소에 전화를 걸었다. 배차 담당원은 로이 캘러웨이가 자리에 없지만 총격 사건이 벌어진 댄의 집에는 인력을 보냈다고 했다. 트레이시는 담당 직원에게 자신이 지금 파인 플랫 동물 병원에 있으니 현장 상황을 계속 알려달라고 부탁했다.

그녀는 애써 분을 삭이며 차분히 생각을 정리했다. 산탄총이 틀림없었다. 유리창이 산산조각 나고 렉스가 여러 부위에 총상을 입었기 때문이다. 아버지를 따라 사슴 사냥을 자주 다녔던 트레이시는 탄알이 주요 장기를 손상시켰는지의 여부가 지금 가장 중요한 문제라는 걸 알고 있었다. 한기를 느낀 그녀는 두 팔로 몸을 안았다. 밤하늘이 구름에 덮이면서 별빛이 사라지고 바람도 잠잠해졌다. 처마에 달린 작은 종은 꿈쩍도 하지 않았다.

추위 때문에 관절이 쑤시고 손가락과 발가락의 감각이 없어졌다. 결국 트레이시는 나무 계단을 밟고 병원 현관으로 올라갔다. 정문 위에 달린 누런 전구가 뿌연 빛을 내뿜었다. 안으로 들어가려할 때, 아스팔트 도로를 따라 다가오는 전조등 불빛이 보였다. 잠시 후 눈에 익은 SUV 한 대가 주차장으로 들어서더니 댄의 차 옆에 멈춰 섰다. 면 셔츠와 청바지, 재킷 차림에 부츠를 신은 로이 캘러웨이가 차에서 내려 나무 계단을 올라왔다.

트레이시가 입을 열었다. "'그러게 내가 뭐랬니'라는 말씀 하시러 오셨어요?"

"네가 무사한지 보러 왔다."

"전 멀쩡해요."

"걔는 좀 어떠냐?"

트레이시는 고갯짓으로 병원을 가리켰다. "아직 몰라요."

"용의 차량은 봤니?"

"네, 봤어요. 트럭이었어요."

"번호판은?"

"너무 멀어서 못 봤어요. 차의 조명도 꺼져 있었고요."

"트럭인 줄 어떻게 알았지?"

"엔진 소리와 제동등 높이가 다르잖아요."

캘러웨이는 잠시 생각했다. "범위가 썩 좁혀지지 않겠는걸. 이 근방에서는 말이다."

"알아요. 하지만 좌측 제동등이 안 켜졌어요."

"그건 도움이 되겠다."

"산탄총이었어요. 어떤 멍청이가 우릴 겁주려 한 거죠."

"댄의 개는 그렇게 생각하지 않을걸."

"거실에 커튼이 없었어요. 저는 부엌 창문 앞에 앉아 있었고요. 저를 죽일 생각이었다면 얼마든지 명중시킬 수 있었죠. 그냥 경고였던 거예요. 언론 때문에 주민 모두가 들썩이고 있어요. 혹시 뭐 아는 거 없으세요?"

캘러웨이는 목덜미를 긁었다. "내 부하들에게 알아보라고 하마. 술 먹고 흰소리 지껄인 자가 있는지."

"그것도 범위를 썩 좁혀주진 않겠네요."

"내가 핀레이를 댄의 집에 보냈다. 목재 하치장 관리인 맥에게 연락해서 판자를 가져다 깨진 유리창을 막게 하라고 말이다."

"고맙습니다. 댄에게 말해놓을게요." 트레이시는 병원에 들어가려고 문손잡이를 잡았다.

"트레이시?"

트레이시는 캘러웨이가 하려는 말을 듣고 싶지 않았다. 또 언쟁을 벌이기도 싫었다. 당장은 추위를 피해 안으로 들어가 렉스의 상태를 확인하고픈 마음뿐이었다. 하지만 결국 돌아서서 캘러웨이를 마주했다. 그는 뭐라고 말해야 좋을지 고민하는 눈치였는데, 평소그답지 않았다. 잠시 후 그가 입을 뗐다.

"네 아버지는 내 절친한 친구였다. 비록 나한테 네 아버지와 세라가 똑같은 의미는 아니지만, 단 하루도 그들 부녀를 생각하지 않는 날이 없단다."

"그럼 두 사람을 죽게 만든 자를 찾아내셨어야죠."

"찾아냈잖니."

"드러난 증거를 보면 아닌데요."

"증거를 항상 믿을 수는 없는 법이야."

"그래서 저도 지금껏 의심한 겁니다."

캘러웨이는 여느 때처럼 발끈하려는 것 같았다. 하지만 이내 지친 표정을 지었다. 그는 처음으로 늙어 보였다. 그의 목소리가 점점 나직해졌다. "모두가 너처럼 달아날 수는 없었다, 트레이시. 여기 머물 수밖에 없는 사람들도 있었어. 각자 생업이 있었고, 여전히 고향이라고 부르던 마을도 신경 써야 했다. 그때까지만 해도 살기 좋은 곳이었지. 사람들은 아픔을 넘어 계속 살아가고 싶었을 뿐이야."

트레이시가 대꾸했다. "우리 중 누구도 멀리 가진 못한 것 같은

268

데요."

캘러웨이가 두 손바닥을 내보였다. "나한테 바라는 게 뭐냐?"

이런 말은 신물이 나도록 들었다. 더 이상 대화는 의미가 없었다. 트레이시는 한기를 느꼈다. "없어요." 그녀는 다시 문손잡이를 잡았다.

"네 아버지는……."

트레이시가 문손잡이를 놓았다. 이날 오후에 디안젤로 핀도 그녀의 아버지를 언급했다.

"뭐죠, 아저씨? 제 아버지가 뭐요?"

캘러웨이는 아랫입술을 깨물었다. "개가 다친 일은 정말 유감이라고 댄에게 전해주렴." 말을 마친 그는 계단을 내려갔다.

* * *

댄의 표정을 본 트레이시는 렉스가 죽었구나 싶었다. 그는 두 팔꿈치를 무릎에 대고 양손으로 얼굴을 감싼 채 대기실에 앉아 있었다. 댄 앞에서 바닥에 엎드린 셜록은 두 발 위에 머리를 얹고 걱정스러운 눈빛으로 주인을 쳐다보고 있었다.

트레이시가 물었다. "의사가 뭐래? 무슨 말 없었어?"

댄은 고개를 저었다.

"방금 캘러웨이가 다녀갔어. 험한 소리를 지껄인 자가 있는지 주변을 탐문할 거래. 그리고 사람을 보내 거실 창문을 판자로 막을 거야."

댄은 아무 말도 하지 않았다.

"커피 갖다줄까?"

"아니."

트레이시는 댄 옆의 의자에 앉았다. 불편한 침묵이 흘렀다. 잠시 후 그녀가 손을 뻗어 댄의 팔을 잡았다.

"무슨 말을 해야 좋을지 모르겠어, 댄. 애초에 널 끌어들이지 말았어야 해. 너한테 못할 짓을 한 거야. 미안해."

댄은 바닥을 물끄러미 보았다. 트레이시의 말을 곰곰이 생각하는 눈치였다.

"만약 지금이라도 손 떼고 싶다면……."

댄이 고개를 돌려 트레이시를 바라보았다.

"내가 이 일에 끼어든 건 어릴 적 친구가 사건 파일을 한번 봐 달라고 부탁했기 때문이야. 그리고 변호를 맡기로 한 건, 과거 재판의 모순을 발견하고 어쩌면 무고한 사람이 누명을 썼을 수도 있다는 판단 때문이야. 만약 그게 사실이라면, 세라를 죽인 진범이 따로 있었거나 여전히 이 마을에 산다는 뜻이지. 난 이곳에서 다시 살기로 마음먹었어. 싫건 좋건 이젠 여기가 내 삶의 터전이야. 그리고 과거에 좋은 때도 있었잖아?"

"응, 그랬지." 트레이시는 캘러웨이와 디안젤로 핀도 비슷한 이야기를 했던 일을 떠올렸다.

"우리가 어렸던 시절로 되돌아가려는 건 아냐. 오래전 일이잖아. 하지만 어쩌면……." 댄은 한숨을 내쉬었다. "모르겠다."

트레이시는 더 묻지 않았다. 둘은 말없이 앉아 있었다.

렉스를 입원시키고 사십오 분이 지났을 때, 접수대 왼쪽 내문이 열리면서 수의사가 대기실로 나왔다. 키가 크고 팔다리가 긴 수의사는 열일곱 살 청년처럼 보였다. 그를 보니 트레이시는 자신이 늙었다는 생각이 들었다. 그녀와 댄이 일어섰다. 셜록도 비틀비틀 일

270

어났다.

"개가 참 멋지더군요, 올리리 씨."

"어떻던가요? 괜찮을까요?"

"보기에는 심각했는데 생각보다 괜찮습니다. 총상을 입기는 했지만 상처가 대부분 깊지 않아요. 몸이 단단한 근육질인 것도 도움이 됐고요."

댄은 안도의 한숨을 내쉬고 안경을 벗었다. 손가락으로 미간을 누르며 떨리는 목소리로 말했다. "고맙습니다. 정말 고맙습니다."

"녀석에게 진정제를 투여해 안정시킬 겁니다. 일단 병원에 두시는 편이 나아요. 내일모레 정도면 집에 데려가셔도 됩니다. 물론 한동안 누워 있게 해야 하지만요."

"내일 법원에서 심리가 시작돼서 앞으로 며칠 동안은 집에 있는 시간이 많지 않을 것 같은데요."

"그럼 저희가 데리고 있겠습니다. 데려가실 때 알려만 주세요." 수의사가 양손으로 셜록의 머리를 잡았다. "이제 친구 보러 갈래?"

셜록이 꼬리를 치기 시작하더니, 수의사의 손에서 머리를 빼고 귀를 펄럭였다. 녀석의 체인 목줄이 덜그럭거렸다. 셜록과 댄은 수의사를 따라갔지만 트레이시는 뒤에 남았다. 자신이 낄 자리가 아니라고 느꼈기 때문이다. 셜록이 걸음을 멈추고 의아한 표정으로 그녀를 돌아보았다. 하지만 댄은 그대로 문을 지나 안으로 들어갔다.

40

아침은 빨리 왔다. 트레이시가 실버 스퍼스에 있는 모텔로 돌아온 것은 자정이 넘어서였다. 침대에 눕긴 했지만 좀처럼 잠이 오지 않았다. 그녀는 새벽 2시 38분에 침대 옆 탁자에 놓인 시계 불빛을 본 기억이 났다. 그리고 새벽 4시 54분이 되자 아예 침대에서 일어났다.

커튼을 걷자 창밖으로 낮은 잿빛 하늘과, 하얀 장막처럼 쏟아지는 눈이 보였다. 이미 땅은 눈에 뒤덮였고 나뭇가지와 전선에도 눈이 쌓였다. 덕분에 작은 마을의 소리가 사라져 온 세상이 고요해진 것만 같았다.

트레이시는 이 모텔 방을 시애틀에 있을 때 예약했는데, 그녀와 댄이 아침에 댄의 집에서 함께 나오는 모습이 기자의 카메라에 찍힐 가능성을 최대한 피하고 싶었기 때문이었다. 총격 사건 이후 댄은 트레이시가 모텔에 혼자 있는 건 현명하지 못하다며 자기 집에서 지내라고 했다. 트레이시는 로이 캘러웨이가 겁을 줄 때 무시했던 것처럼 댄의 걱정도 일축했다.

"맥주를 너무 많이 마신 미친놈이 한 짓일 뿐이야. 만약 나를 죽일 생각이었다면 얼마든지 명중시킬 수 있었고, 산탄총을 쓰지도 않았겠지. 나도 권총 있어. 내 몸 정도는 지킬 수 있으니 걱정 마."

트레이시에게는 댄이나 셜록이 더 이상 위험해지지 않길 바라는 마음도 있었다.

* * *

트레이시는 언론을 피하려고 심리 시작 한 시간 전에 캐스케이드 카운티 법원 주차장으로 차를 몰고 들어갔다. 하지만 주차장은 이미 4분의 3이 꽉 찼으며, 길가에 세워진 방송국 차량들 주변에는 수많은 기자와 카메라맨이 바글거렸다. 트레이시를 발견한 그들은 주차장을 가로질러 법원 쪽으로 걸어가는 그녀의 모습을 찍기 바빴다. 기자들이 고래고래 소리치며 질문을 쏟아냈다.

"형사님, 어젯밤 총격 사건에 대해 한 말씀 해주시겠습니까?"

"생명에 위협을 느끼나요, 형사님?"

트레이시는 기자들의 질문을 무시하고 법원으로 올라가는 넓은 계단을 향해 걸어갔다.

"댄 올리리 씨의 집에 계셨습니까?"

"경찰이 용의자를 확보했나요?"

계단이 가까워지자 기자와 카메라맨이 점점 더 몰려들어 앞으로 나아가기가 어려웠다. 눈송이가 내려앉은 겨울옷 차림의 구경꾼들은 기대 어린 표정으로 계단을 따라 인도까지 일렬로 길게 늘어서, 혼잡을 가중시켰다.

"증언대에 서실 겁니까, 형사님?"

"그건 변호인 소관입니다." 트레이시가 대답했다. 과거 에드먼드 하우스의 재판 때를 돌이켜보면 인파에 밀려 법원에 들어가려고 줄을 서서 기다린 적이 없었다.

"에드먼드 하우스와 이야기해봤습니까?"

트레이시는 인파를 헤치고 건물 남쪽으로 갔다. 그리고 에드먼드 하우스의 재판 기간에 그녀의 가족과 증인, 변호인을 위해 마련되었던 유리문 입구로 다가갔다. 문 바로 안쪽에 있던 교도관은 트레이시가 유리에 손을 대자 주저 없이 문을 열었다. 게다가 출입증 확인도 하지 않고 안으로 들여주었다.

"저는 첫 재판 때 로렌스 판사님의 정리였습니다. 데자뷰를 보는 기분이네요. 심지어 법정도 같은 곳이랍니다."

* * *

방청객이 몰릴 것으로 예상되어, 20년 전 에드먼드 하우스가 재판을 받았던 2층 대법정이 마이어스 판사에게 배정되었다. 교도관 덕분에 일찍 법정에 들어온 트레이시는 그 끔찍했던 날들로 되돌아온 기분이었다. 화려한 대리석 바닥에서부터 마호가니 목조로 장식된 부분까지 변한 게 거의 없었다. 위가 둥그런 상자형 대들보 천장에는 구리와 스테인드글라스로 만든 조명들이 매달려 있었다.

트레이시에게 법정은 늘 교회 같았다. 화려하게 장식된 판사석은 벽에 걸린 십자가처럼 모두의 시선이 향하는 곳이었다. 판사석은 법정 앞쪽에 살짝 솟아 있어서 재판 과정을 내려다볼 수 있었다. 판사석을 바라보는 두 탁자에는 변호인과 검사가 앉았다. 그곳과 방청석 사이의 난간에는 스윙도어가 달려 있었으며, 통로 양쪽으로 아직은 비어 있는 긴 방청석 10여 개가 있었다. 증인들은 방청석 뒤쪽 문으로 들어와 가운데 통로를 따라 걸어온 다음, 스윙도어를 밀고 변호인석과 검사석을 거쳐 조금 높여 지은 증언대의 나무 의자에 앉을 터였다. 배심원석은 증언대 왼쪽에 있었다. 증언대 오른쪽의 나무틀 창문 밖으로는 여전히 폭설이 쏟아지는 풍경이 보였다.

바뀐 것은 기계장치뿐이었다. 과거에 배심원단에게 사진을 보여주려고 이젤을 놓아두었던 법정 한쪽 구석에는 커다란 평면 텔레비전이 있고, 변호인석과 검사석, 판사 책상, 증언대에는 컴퓨터 모니터가 놓여 있었다.

댄은 창가 근처 왼쪽에 자리 잡고 있었다. 트레이시가 법정에 들어서자 고개를 돌려 살짝 눈길을 주고는 다시 자료를 검토했다. 어제 저녁에 벌어진 사건에도 불구하고, 짙은 감색 정장과 하얀 와이셔츠, 빳빳한 은색 넥타이 차림의 댄은 아주 쌩쌩해 보였다. 반면 배심원석과 가까운 검사석 앞에 서 있는 밴스 클라크는 벌써 피곤해 보였다. 파란색 캐주얼 재킷은 벗어놓고 소매도 팔뚝 위로 말아 올렸다. 두 손을 펴서 탁자를 짚은 클라크는 지형도 위로 고개를 숙인 채 눈을 감고 있었다. 트레이시는 과연 그가 이 법정에서 20년 전 자신이 유죄를 구형한 피고 맞은편에 다시 앉을 날이 올 줄 상상이나 했을까 싶었다. 아마 꿈도 꾸지 못했으리라.

법정 문이 활짝 열리면서 트레이시의 과거가 차례로 들어왔다. 그중 에드먼드의 숙부인 파커 하우스는 트레이시를 보자 들어올지 말지 고민하듯 머뭇거렸다. 이제 그는 노인이었다. 트레이시의 눈에는 육십 대 중반쯤으로 보였다. 듬성듬성해진 머리는 백발이 성성했지만, 여전히 작업용 재킷의 옷깃 밑으로 머리카락을 늘어뜨리고 있었다. 오랜 세월 밖에서 고되게 일하고 술을 많이 마신 탓에, 얼굴은 거칠고 검게 탔으며 피부가 축 늘어져 보였다. 파커는 닳아빠진 청바지 주머니에 두 손을 꽂고 눈을 내리깐 채 법정 뒤쪽 벽을 따라 걸어왔다. 신코에 쇠를 덧댄 그의 작업용 부츠가 바닥에 쓸리는 소리가 울려 퍼졌다. 그는 댄 바로 뒤 첫째 줄에 앉았는데, 에드먼드의 첫 재판이 진행되는 동안 줄곧 앉았던 자리였다. 당시 그는 거의 혼자 앉았다. 트레이시의 아버지는 재판이 열리는 아침마다 파커에게 인사하는 것을 잊지 않았다. 트레이시가 왜 그러냐고 묻자 아버지는 '저분도 고통받기는 마찬가지야'라고 답했다.

트레이시가 파커의 자리로 다가갔다. 그는 창문 쪽으로 고개를 돌린 채 밖에서 줄기차게 쏟아지는 눈을 지켜보고 있었다.

"파커 씨?"

파커는 자기 이름을 듣고 놀란 눈치였다. 잠시 망설이는 듯하더니 일어서서 들릴락 말락 한 목소리로 대답했다. "아, 트레이시로구나."

"또 법정에 오시게 해서 죄송해요, 파커 씨."

그는 미간을 살짝 찌푸렸다. "그래."

더 할 말이 떠오르지 않자 트레이시는 파커를 혼자 두고 본능적으로 검사석 뒤 첫째 줄로 갔다. 과거에 어머니와 아버지, 벤과 함께 앉던 자리였다. 불현듯 너무나 익숙한 느낌에 압도되어, 그녀는 차마 인정하기 어려울 만큼 감정이 북받쳤다. 평정심이 흐트러져 눈물이 날 것만 같았다.

트레이시는 둘째 줄로 자리를 옮겨 앉았다.

기다리는 동안 트레이시는 휴대전화로 이메일을 확인하면서 창문 너머를 바라보았다. 법원 마당의 나무들은 흡사 무리 지은 양 떼처럼 보였고, 바깥 풍경은 온통 새하얗게 변해 있었다.

9시가 되기 10분 전, 잠겨 있던 법정 문을 정리가 열었다. 물밀듯이 밀려드는 방청객들은 마치 극장에 온 것처럼 가장 좋은 자리를 먼저 차지하면서 친구나 가족의 자리를 선점하려고 코트와 모자, 장갑을 올려놓았다.

정리가 말했다. "자리 선점은 안 됩니다, 여러분. 오신 순서대로 앉아주십시오. 코트와 장갑은 의자 밑에 두시기 바랍니다. 아직도 밖에서 추위에 떨며 서 계신 분들이 많습니다."

예상대로 방청석이 꽉 차자 도합 250명은 넘을 듯싶었다. 아까 법원 계단을 따라 인도까지 늘어섰던 줄을 감안하면, 문 앞에서 입장이 거부되어 하는 수 없이 옆 법정에 앉아 중계방송을 봐야 하는 이들이 적지 않을 터였다.

밴펠트는 기자 출입증을 대롱대롱 목에 걸고 들어와 맨 앞줄에 있는 파커 하우스 뒤쪽에 앉았다. 트레이시가 세어보니 기자 출입증을 착용한 남녀가 10여 명 더 있었다. 방청객은 대부분 그녀가 아는 얼굴로, 세라의 장례식에 참석한 이들이었다. 하지만 이번에는 아무도 트레이시에게 다가오지 않았다. 물론 몇몇은 그녀에게 살짝 목례를 하거나 수심 어린 미소를 지었지만, 이내 표정을 굳혔다.

방청석이 꽉 차자 법정 문이 다시 열렸다. 에드먼드 하우스가 교도관 두 명 사이에 서서 안으로 들어왔다. 법정이 침묵에 휩싸였다. 첫 재판에 참석했던 이들은 놀랍도록 달라진 에드먼드의 외모를 보고 어리둥절해하거나 믿을 수 없다는 표정으로 수군거렸다. 과거 재판 때와 달리 이날 에드먼드는 말쑥한 모습을 하고 오지 않았다. 이번에는 좋은 인상을 줘야 할 배심원단이 없기 때문이었다. 그는 문신한 팔뚝을 반팔 셔츠 밖으로 드러낸 채 황갈색 죄수복 차림으로 발을 질질 끌며 걸었다. 한 줄로 길게 땋아 내린 머리는 닐

찍한 등 한복판까지 늘어져 있었다. 그가 교도관들을 따라 변호인 석으로 가는 동안 발목에 찬 족쇄에서 다리를 따라 혁대로 이어진 사슬이 쩔렁거렸다.

재판 당시 에드먼드는 방청객들이 노려보건 말건 신경 쓰지 않는 듯했지만, 지금은 자신에게 쏠린 눈길이 곤혹스러운 것 같았다. 트레이시는 댄과 함께 교도소에서 에드먼드를 처음 만났을 때 그가 했던 말이 떠올랐다. 그날 에드먼드는 자신이 시더 그로브 거리를 다시 자유롭게 활보하면 사람들이 어떤 표정일지 궁금하다고 했다. 물론 한동안은 그럴 일이 없을 터였다. 트레이시는 법정 안을 둘러보았다. 교도관 두 명이 더 들어와 법정 출구 근처에 섰고, 다섯 번째 교도관은 판사석 옆에 자리를 잡았다.

에드먼드가 방청객 쪽으로 돌아서자, 교도관들이 그의 손목과 발목에서 수갑과 족쇄를 풀어주었다. 댄이 에드먼드의 어깨에 손을 얹고 뭐라고 속삭이는 동안에도 에드먼드는 숙부에게서 눈을 떼지 않았다. 파커 하우스는 줄곧 고개를 숙이고 있었다. 마치 교회에서 기도하며 회개하는 사람 같았다.

에드먼드가 입정할 때 나갔던 판사 서기가 판사석 왼쪽 문으로 다시 들어와 개정을 알렸다. 곧이어 서기를 따라 들어온 마이어스 판사는 판사석으로 올라가 법정 예절을 비롯한 각종 주의 사항을 신속히 공지했다. 그러고는 거추장스러운 서두 없이 댄을 보고 말했다.

"이번 심리는 피고 측의 요청이므로, 올리리 변호인은 시작해도 좋습니다."

20년 만에 트레이시의 뜻이 이루어진 것이다.

41

댄이 일어서자 에드먼드 하우스의 등이 뻣뻣해졌다.

"보안관 로이 캘러웨이를 증인으로 신청합니다."

시더 그로브의 보안관, 캘러웨이가 법정에 들어서는 순간부터 에드먼드는 그를 뚫어져라 보았다. 스윙도어를 밀고 들어간 캘러웨이는 잠시 멈춰 서서 에드먼드를 노려보았다. 교도관 한 명이 그쪽으로 다가왔지만, 캘러웨이는 마지막까지 조소를 날리고 변호인석을 지나 증언대로 걸어갔다.

완전한 진실, 오로지 진실만을 말하겠다고 선서하러 높은 자리로 올라선 시더 그로브의 보안관은 한층 더 위압적으로 보였다.

캘러웨이가 증인석에 앉자 의자가 작아 보였다. 댄이 기본적인 사항을 물었다. 마이어스 판사가 재빨리 끼어들었다.

"증인의 인적 사항은 나도 잘 알고 기록에도 남아 있습니다. 본론으로 들어갑시다."

부인과의 승마 여행이 그를 부르고 있었다.

댄은 판사의 뜻에 따랐다. "1993년 8월 22일에 증인은 부하 직원으로부터 국도 갓길에 버려진 것으로 보이는 파란색 포드 트럭을 발견했다는 연락을 받았습니까?"

"버려진 것으로 보인 게 아니라 버려진 거였소."

"그 전화를 받고 어떤 조치를 취했는지 말씀해주시겠습니까?"

"당시 내 부관이 번호판을 조회한 결과 차량 명의자는 제임스 크로스화이트였소. 난 그의 딸인 트레이시 크로스화이트가 그 차를 몬다는 걸 알고 있었소."

"증인은 제임스 크로스화이트와 친구였습니까?"

"제임스 크로스화이트는 모두의 친구였소."

사람들이 나직이 웅성대며 살짝 고개를 끄덕인 탓에 마이어스 판사가 고개를 들었지만, 판사봉을 들지는 않았다.

"그 후 어떻게 됐죠?"

"그 트럭을 보러 갔소."

"고장 난 데가 있어 보였습니까?"

"아니."

"차에 들어가보셨나요?"

"차 문이 잠겨 있었소. 트럭 운전석에는 아무도 없었고. 짐칸 덮개 유리에는 선팅을 해 안이 보이지 않았지만, 옆면을 두드려도 대답이 없었소." 경멸과 지루함을 오가는 말투였다.

"그 후에 뭘 했습니까?"

"크로스화이트 가족의 집에 가서 문을 두드렸지만 역시나 대답이 없었소. 그래서 제임스에게 전화하는 편이 낫겠다 싶었소."

"제임스 크로스화이트가 집에 있었습니까?"

"아니. 그 친구는 아내 애비와 함께 결혼 25주년 기념 여행을 떠났소."

"그분께 연락할 방법은 알고 계셨습니까?"

"제임스는 만일에 대비해 호텔 전화번호를 나한테 알려줬소. 멀리 여행 갈 때면 늘 그랬지."

"증인이 그분 따님의 트럭을 발견했다는 소식을 전했을 때 제임스 크로스화이트의 반응은 어땠습니까?"

"두 딸이 주말에 워싱턴 주 사격 대회에 갔고, 트레이시는 얼마 전 임대 주택을 얻어서 독립했다고 했소. 만약 차에 문제가 생겼다면 둘이 트레이시 집에 갔을 거라더군. 제임스는 자기가 트레이시에게 전화할 테니 기다려달라고 했소."

"그분이 다시 전화했습니까?"

"트레이시와는 연락이 닿았는데 그날 세라가 혼자 트럭을 몰고 집에 갔다는 말을 들었다고 했소. 그리고 트레이시가 열쇠를 갖고 집에 갈 테니 나도 가보라고 했소."

"세라가 집에 있었습니까?"

"그랬다면 우린 지금 여기 있지 않을 거요."

마이어스 판사가 끼어들었다. "묻는 말에만 대답하십시오."

댄은 아이패드에 담긴 기록들을 살펴보고, 자신과 트레이시가 그 차와 집에 대해 조사한 내용을 되짚어갔다.

"그 후에 무엇을 했습니까?"

"트레이시에게 혹시 세라가 다른 곳에서 밤을 보냈는지 알아보라고, 세라의 친구들한테 전화해보라고 했소."

"그럴 가능성이 있다고 봤나요?"

캘러웨이는 우람한 어깨를 으쓱했다. "전날 밤에 비가 억수로 쏟아졌지. 만약 차가 고장 나서 걷기 시작했다면, 나는 세라가 그냥 집까지 걸어갔을 가능성이 높다고 생각했소."

"그럼 증인은 이미 범행을 의심하고 있었군요?"

"난 내 일을 했을 뿐이다, 댄."

마이어스가 판사가 또 끼어들었다. "증인은 묻는 말에 대답하시고, 본 법정 안에서는 '변호인'이라는 호칭을 쓰기 바랍니다."

댄이 다시 물었다. "마지막으로 세라 크로스화이트를 본 사람이 누구였습니까?"

순간 트레이시는 댄이 자신의 실수에 움찔하는 것을 보았다.

캘러웨이는 기다렸다는 듯 대답했다. "에드먼드 하우스였소."

장내가 또 술렁이자, 이번에는 마이어스가 판사봉을 한 번 내리쳐 정숙을 요구했다.

"피고에 대한 증인의 믿음을 묻는 게 아니라……."

"믿음이 아니오, 변호인. 에드먼드 하우스는 자신이 세라를 마지막으로 봤으며, 그 후에 강간하고 목 졸라 죽였다고 했소."

"재판장님, 제 질문이 끝나면 대답하라고 증인에게 주의를 주시길 요청합니다."

마이어스 판사는 증인석 쪽으로 몸을 기울이고 캘러웨이를 내려다보았다. "캘러웨이 보안관님, 두 번 말씀드리지 않겠습니다. 본심리와 여기에 참여한 분들을 존중해주시기 바랍니다. 변호인의 질문이 끝날 때까지 기다렸다 대답하십시오."

캘러웨이는 물어뜯긴 짐승처럼 약이 오른 표정이었다.

댄이 왼쪽으로 몇 걸음 이동했다. 이제 창밖에서 쏟아지는 눈은 하얀 장막 같았다.

"캘러웨이 보안관님, 증인이 알기로 세라 크로스화이트가 생전에 마지막으로 만난 사람이 누구였습니까?"

캘러웨이는 잠시 사이를 두고 대답했다. "트레이시와 그 애 남자친구가 올림피아에 있는 주차장에서 세라와 대화를 나눴소."

"증인은 다음 날 아침에 크로스화이트 가족의 집에서 트레이시와 그녀의 아버지 제임스 크로스화이트를 만났죠. 맞습니까?"

"제임스와 애비는 밤 비행기를 타고 돌아왔소."

"어째서 제임스 크로스화이트를 만났습니까?"

캘러웨이는 '언제까지 이런 한심한 질문에 대답해야 하는 거요?'라고 따지는 듯한 표정으로 마이어스 판사를 한 번 보았다. "실종된 사람의 아버지를 왜 만났냐고? 세라를 찾아낼 계획을 세우기 위해서였소."

"증인은 세라가 범행의 대상이 되었다고 믿었군요?"

"그랬을 가능성이 높다고 판단했소."

"증인과 제임스 크로스화이트는 잠재적 용의자에 대해 논의했습니까?"

"물론이오. 한 명. 에드먼드 하우스."

"어째서 하우스 씨를 의심했습니까?"

"가석방으로 풀려난 강간범이었으니까. 범행 양상도 유사했소. 과거에도 젊은 여자를 납치했거든."

"하우스 씨를 만나봤습니까?"

"차를 몰고 그의 집에 갔소. 그의 숙부인 파커 하우스와 내가 그자를 깨웠소."

"하우스 씨가 침대에서 자고 있었습니까?"

"그랬으니까 깨웠지."

"그렇다면 하우스 씨의 외관에서 이상한 점을 발견했습니까?"

"얼굴과 팔뚝에 긁힌 자국이 있었소."

"어쩌다 생긴 상처인지 물어봤습니까?"

"목공실에서 일할 때 나뭇조각이 튀었다고 했소. 그 후에는 텔레비전을 보고 잠자리에 들었다더군."

"증인은 그 말을 믿었습니까?"

"단 한 순간도 안 믿었소."

"하우스 씨가 세라의 실종과 관련이 있다고 이미 심증을 굳혔던 거군요?"

"나뭇조각이 튀어서 얼굴과 팔에 그런 상처가 난다는 말은 금시 초문이었소. 난 단지 질문에 대답했을 뿐이오."

"증인은 상처의 원인을 뭐라고 봤습니까?"

캘러웨이가 또 잠시 입을 다물었다. 댄의 질문이 어떤 의도인지 예상하는 눈치였다. "내가 보기에는 누군가가 손톱으로 얼굴을 할퀴고 팔을 긁어 난 상처였소."

"손톱이라고 했습니까?"

"그렇게 말했소."

"의심을 확인하기 위한 추가 조치를 했나요?"

"즉석 사진을 몇 장 찍은 다음 파커에게 집을 좀 둘러보겠다고 했소. 파커는 그러라고 했고."

"뭘 찾아냈습니까?"

캘러웨이는 몸이 불편한지 꿈지럭거렸다. "육안으로 조사했을 뿐이오."

"세라가 거기 있었다는 증거가 하나도 나오지 않았다는 거군요?"

"다시 말하지만, 눈으로 봤을 뿐이오."

"그 말은 제 질문에 '그렇다'라고 대답한 겁니까?"

"내 대답은 세라를 발견하지 못했다는 거요."

댄은 더 캐묻지 않았다.

"시더 그로브 북쪽 산지의 수색이 이뤄졌습니까?"

"그렇소."

"구석구석 수색했습니까?"

"거긴 넓은 지역이오."

"수색이 철저히 이뤄졌다고 보십니까?"

캘러웨이는 으쓱했다. "여건이 닿는 한 우린 최선을 다했소."

"세라의 시신은 발견했나요?"

"제기랄." 캘러웨이는 나직이 중얼거렸지만, 법정 마이크 때문에 또렷이 들렸다. 그가 몸을 앞으로 내밀었다. "세라도 찾지 못했고 시신도 발견되지 않았소. 대체 내가 그 질문에 몇 번이나 답해야 하는 거요?"

마이어스 판사가 끼어들었다. "그건 증인이 아니라 내가 정할 문제입니다, 보안관님." 그는 댄에게도 한마디 했다. "변호인, 사망자가 발견되지 않았다는 것은 익히 알려진 사실입니다."

"다른 질문을 하겠습니다."

댄은 사건 당시 7주간 제보를 받은 끝에 라이언 P. 헤이건이 전화를 걸어왔다는 사실을 캘러웨이에게 상기시켰다. 그리고 문서 여러 장을 내밀었다.

"캘러웨이 보안관님, 이것은 세라 크로스화이트 실종 사건에 대한 제보 기록입니다. 이 중 헤이건 씨의 제보가 어떤 것인지 알려 주시겠습니까?"

캘러웨이는 기록지를 빠르게 훌훌 넘겼다. "안 보이는데." 댄이 문서를 돌려받고 증거 탁자에 도로 내려놓으려 할 때 그가 다시 말했다. "경찰서로 직접 전화했을 수도 있지. 당시에는 제보 전화번호 선전을 중지했으니까."

댄은 눈살을 찌푸렸지만 태도는 여전히 차분했다. "그런 전화들에 대한 기록이 있습니까?"

"이젠 없소. 여긴 경찰서 규모가 작거든."

댄은 라이언 헤이건과의 대화 내용을 캘러웨이에게 제시했다.

"증인은 그가 봤다는 뉴스 프로그램이 뭐였는지 물어봤습니까?"

"아마 그랬을 거요."

"헤이건 씨가 만나러 갔다는 고객의 이름을 물어봤습니까?"

"그랬을 수도 있고."

"하지만 보고서에는 어느 것도 기록하지 않으셨더군요?"

"항상 모든 걸 기록하지는 않았소."

"그날 헤이건 씨가 방문했다는 고객과는 만나봤습니까?"

"그 친구의 말을 믿지 않을 까닭이 없었소."

"캘러웨이 보안관님, 세라를 봤다는 거짓 신고가 경찰에 여러 건 접수되었던 건 사실이지 않습니까?"

"몇 건 있었던 걸로 기억하오."

"세라가 꿈속에 나타나 캐나다에 거주 중이라고 알려줬다고 주장하는 남자도 있었죠?"

"그건 기억에 없는데."

"그리고 제임스 크로스화이트는 범인을 체포하고 감옥에 처넣을 결정적 단서를 제공하는 자에게 1만 달러를 주겠다고 하지 않았습니까?"

"그랬지."

"마을 외곽 광고판에 현상금이 게시되었죠?"

"그렇소."

"하지만 증인은 헤이건의 제보가 사실인지 확인할 생각을 안 했단 말입니까?"

캘러웨이는 앞으로 몸을 기울였다. "우리는 에드먼드 하우스를 용의자로 주목하고 있다거나, 그자가 빨간색 쉐보레 트럭을 몰았으리라 추측한 정보를 공개한 적이 없소. 더구나 그 트럭의 소유자는 에드먼드 하우스가 아니었소. 그의 숙부 파커였지. 따라서 헤이건은 빨간 트럭의 의미를 알 리가 없었소."

"하지만 증인은 에드먼드 하우스가 빨간색 쉐보레 트럭을 몰았다는 걸 알고 있었죠, 캘러웨이 보안관님?"

캘러웨이가 댄을 노려보자, 마이어스 판사가 개입했다. "증인은 질문에 대답하십시오."

"알고 있었소."

"헤이건 씨가 특정 차량을 기억해낸 까닭을 이야기했습니까?"

"그건 그 친구한테 물어보쇼."

"지금 저는 증인에게, 오랜 친구의 딸이 납치된 사건의 수사 책임을 맡았던 보안관님께 묻고 있습니다. 폭우가 쏟아지는 어두운 도로에서 순간적으로 스쳐 간 트럭을 기억해낸 이유를 헤이건 씨에게 물어봤습니까?"

"기억나지 않소."

"보고서에도 없더군요. 증인이 헤이건 씨에게 그 질문을 하지 않았다고 봐도 되겠습니까?"

"묻지 않았다고는 안 했소. 보고서에 전부 다 기록하지 않았다고 했지."

"정말로 고객과 약속이 있었는지 확인해봤습니까?"

"그 친구 달력에 적혀 있었소."

"하지만 확인은 안 하셨군요."

캘러웨이가 증인석 앞 탁자를 내리치더니 벌떡 일어났다.

"나한테는 세라를 찾는 일이 중요했다. 난 그게 중요하다고 생각했어! 그래서 죽어라 뛰어다녔다고!"

그의 언성이 높아지자 마이어스 판사가 경쟁하듯 판사봉을 세차게 내려쳤다. 법정 앞쪽에 서 있던 교도관이 재빨리 증인석으로 다가왔다. 캘러웨이는 아랑곳하지 않고 댄에게 삿대질을 했다.

"그때 넌 여기 없었잖아. 동부에서 대학에 다니고 있었지. 그런 주제에 20년이 지난 지금, 여기에 와서 내가 한 일을 의심해? 아무것도 모르면서 멋대로 짐작하고 추측하고 소설 쓰지 마!"

"증인은 앉으시오!"

마이어스 판사도 일어나 분노로 벌게진 얼굴로 호통을 쳤다.

두 번째 교도관도 증인석 앞에 자리를 잡았고, 에드먼드 하우스를 데리고 법정으로 들어왔던 교도관 두 명은 재빨리 에드먼드 옆으로 이동했다.

캘러웨이가 노려보는 와중에도 댄은 여전히 법정 한가운데에 꿋꿋이 서 있었다. 변호인석에 앉아 있던 에드먼드 하우스는 이 구경거리를 지켜보며 어리벙벙한 미소를 지었다.

마이어스 판사가 엄격한 말투로 경고했다. "보안관님, 나 역시 증인에게 수갑을 채워 이 법정 밖으로 내쫓는 일이 결코 즐겁거나 유쾌하지 않지만, 만약 또다시 언성을 높인다면 주저 없이 그렇게 조치하겠습니다. 지금 이곳은 내가 주재하는 법정이므로, 이 법정을 존중하지 않는 것은 나를 존중하지 않는 것입니다. 나는 그러한 행위를 용납하지 않겠습니다. 내 말 똑똑히 알아들었습니까?"

댄을 노려보던 캘러웨이는 판사에게 눈을 돌렸다. 순간 트레이시는 보안관이 수갑을 채우려면 채워보라고 판사에게 대들지 않을까 싶었다. 하지만 캘러웨이는 방청석을 가득 메운 시더 그로브 주민과 기자 들을 바라보더니 잠자코 자리에 앉았다.

마이어스 판사도 다시 자리에 앉아, 법정 안의 모두에게 숨 돌릴 시간을 주려는 듯 잠시 서류를 정리했다. 캘러웨이는 앞에 놓인 컵을 들어 물을 한 모금 마시고 내려놓았다. 판사가 댄을 보았다. "계속해도 좋습니다, 변호인."

댄이 물었다. "캘러웨이 보안관님, 증인은 헤이건 씨가 실종 사고 이후에 그 약속을 달력에 적어놓았을 가능성에 대해 생각해보았습니까?"

캘러웨이는 천장 한구석에 시선을 고정하고 목청을 가다듬었다. "말했다시피 그 친구의 말을 믿지 않을 까닭이 없었소."

댄은 이후에 에드먼드 하우스를 어떻게 심문했느냐고 물었다.

"그날 밤 국도에서 빨간색 쉐보레 트럭을 본 목격자가 나타났다고 말했소."

"하우스 씨가 어떻게 반응하던가요?"

"비웃었소. 뻔한 수작 집어치우고 제대로 해보라더군."

"그래서 그렇게 했습니까?"

캘러웨이가 입술을 앙다물었다. 이번에는 그의 눈길이 댄을 넘어 트레이시에게 꽂혔다.

댄이 다시 물었다. "질문을 반복해드릴까요?"

캘러웨이가 댄에게 눈을 돌렸다. "아니. 나는 에드먼드 하우스에게 목격자가 금발 아가씨와 함께 트럭에 앉아 운전하던 남자를 봤다는 증언도 할 거라고 했소."

에드먼드의 첫 재판 당시 디안젤로 핀은 그런 이야기를 한 적이 없고, 트레이시가 찾아낸 그 어떤 보고서에도 그 내용은 기록되어 있지 않았다. 그녀는 캘러웨이가 아버지에게 헤이건의 제보를 알리고 아버지 서재에서 둘이 계략을 꾸몄을 거라고 추측했다.

"헤이건 씨가 그렇게 진술했습니까?"

"아니오."

"그렇다면 증인은 왜 그렇게 말했죠?"

"일종의 미끼를 던진 거요, 변호인. 흔히 쓰는 심문 기법이지."

"사실이 아니었음을 부인하진 않는군요."

"아까 변호인이 말했다시피, 나는 내 오랜 친구의 딸을 죽인 자를 찾으려 했소."

"그럼 증인은 그 목적을 이루기 위해 무슨 말이든 했겠군요?"

클라크 검사가 반발했다. "지나치게 단정적인 주장입니다."

마이어스 판사는 검사의 이의를 받아들였다. 댄이 다시 물었다.

"그 기술에 하우스 씨가 어떻게 반응했습니까?"

"말을 바꾸더군. 그날 저녁 외출해 술을 마신 다음 차를 몰고 돌아오다 갓길에 세워진 트럭을 봤고, 조금 더 가다 세라를 봤다고 했소. 차를 세우고 세라를 태워 집에 데려다줬다는 거요."

"하우스 씨가 술을 마셨다고 주장한 술집의 이름을 보고서에 기록했습니까?"

"안 한 것 같소."

"하우스 씨에게 그 술집 이름을 물어봤습니까?"

"기억나지 않소."

"하우스 씨가 정말로 술집에서 술을 마셨는지 입증해줄 사람을 누구든 만나봤습니까?"

"하우스는 술을 마셨다고 나한테 진술했소."

"하지만 증인은 술집 이름을 알아보지 않았고, 하우스 씨가 그날 저녁 술집에 있었는지 확인하지도 않았습니다. 그렇죠?"

"맞소."

"헤이건 씨를 믿었듯이, 하우스 씨의 말도 믿기로 한 겁니까?"

"에드먼드 하우스가 거짓말을 지어낼 이유는……." 캘러웨이는 도중에 말을 끊었다.

"하던 말씀 마저 하시죠?"

"아니요. 됐소."

댄이 가까이 다가섰다. "하우스 씨가 굳이 희생자와 함께 있었다는 말을 함으로써 스스로 용의자가 되려고 할 까닭이 없다, 그 뜻입니까?"

"거짓말하는 사람은 종종 자기가 거짓말하고 있다는 사실을 망각하지."

"물론 그러시겠죠."

그 말에 클라크가 일어서려 하자 댄이 재빨리 말을 이었다. "하우스 씨와의 대화를 녹음했습니까?"

"그럴 겨를이 없었소."

"중요한 정보라고 생각하지 않으셨습니까, 캘러웨이 보안관님?"

"난 에드먼드 하우스가 알리바이를 바꿨다는 점이 중요하다고 봤소. 그 정보를 설리번 판사에게 알려 그의 집과 트럭에 대한 수색영장을 발부받는 게 중요하다고 생각했소. 나의 목적은 변함없이 세라를 찾는 것이었으니까."

"물론 국도에서 빨간색 쉐보레 트럭을 봤다는 헤이건 씨의 진술 없이는 수색영장을 발부받을 수 없었죠. 그렇지 않습니까?"

"나는 설리번 판사의 결정에 관여할 수 있는 입장이 아니었소."

댄은 당시 수색영장 집행 과정을 캘러웨이에게 들려주고 물었다.

"증인이 귀걸이를 보여줬을 때 제임스 크로스화이트가 뭐라고 했습니까?"

"세라의 물건이 틀림없다고 확인해줬소."

"확신하는 까닭을 말해주던가요?"

"전년도 워싱턴 주 사격 대회 우승 선물로 세라에게 준 귀걸이라고 했소."

"그 새로운 증거를 에드먼드 하우스 씨에게 제시했습니까?"

"그걸 보고 '개수작'이라더군." 캘러웨이는 댄의 뒤로 에드먼드가 앉아 있는 곳을 보았다. "탁자 위로 몸을 내밀고 빙그레 웃더니, 자기는 세라를 집에 데려가지 않았다고 했소. 산속으로 데려가 강간하고 목 졸라 죽인 다음 시신을 땅에 묻었다고 했지. 그러고는 웃음을 터뜨리더군. 시신 없이는 자기를 기소하지 못할 거라면서. 마치 대단한 게임이라도 하는 양 웃어댔소."

방청객이 술렁였다.

"그 자백은 녹음하셨습니까?"

캘러웨이는 아랫입술을 깨물었다. "안 했소."

"첫 번째 자백 이후 증인의 또 다른 자백 가능성을 재고하지 않았습니까?"

"그러지 못했던 것 같소."

"하나만 더 질문하겠습니다, 보안관님."

댄은 리모컨으로 시더 그로브 북쪽 지형도 확대 사진을 평면 텔레비전에 띄웠다. "최근에 세라의 유해가 발견된 장소를 이 지도에서 지목해주실 수 있습니까?"

42

캘러웨이는 늦은 오후가 되어서야 증언대에서 내려왔다. 그사이 클라크는 캘러웨이를 옹호하느라 기를 썼고, 지형도에서 사냥개들이 세라의 유해를 발견한 지점을 나타낸 검은 X 표시는 방청객들의 눈길을 끌었다. 전날 댄은 트레이시에게 캘러웨이 뒤에 나올 증인들은 짧게 증언하게 할 생각이라고 말했다. 증언이 너무 많으면 캘러웨이가 첫 재판에서 했던 증언과 이날 증언의 모순이 제대로 부각되지 않을 것이기 때문이었다. 댄은 마이어스 판사가 밤새 그 모순에 대해 생각해주길 바랐다.

댄이 다음으로 부른 증인은 파커 하우스였다. 파커는 트레이시가 기억하는 첫 재판 때의 모습처럼 여전히 안절부절못하는 표정이었다. 그는 재킷을 벗어 의자에 내려놓고 구겨진 흰색 반팔 셔츠 차림으로 진실만을 말하겠다고 맹세했다. 증인석에 앉아서는 멍한 표정으로 팔뚝의 털을 만지작거리고 오른쪽 부츠 뒤꿈치를 소리 없이 떨었다.

댄이 물었다. "증인은 사건 당일 야간 근무를 하고 있었죠?"

"맞습니다."

"집에는 몇 시에 왔습니까?"

"아주 늦지는 않았습니다. 아침 10시쯤이었던 걸로 압니다."

"재판 때도 증인은 그렇게 말했습니다."

"그럼 아마 맞을 겁니다."

"제재소에서 근무 교대는 몇 시에 했습니까?"

"8시 무렵이었을 겁니다."

"근무를 마치고 귀가할 때까지, 두 시간 동안 뭘 했습니까?"

파커는 몸을 꿈지럭거리며 방청객들의 얼굴을 힐끔거렸지만, 조카 쪽으로는 눈길을 주지 않았다.

"술 몇 잔 마셨습니다."

"정확히 몇 잔이었죠?"

파커는 어깨를 으쓱했다. "기억이 나질 않습니다."

"재판 당시 증인은 맥주 석 잔과 위스키 한 잔을 마셨다고 증언했습니다."

"아마 그랬을 겁니다."

"그 술집 이름을 기억합니까?"

파커는 불편한 의자 때문에 등이 아픈 사람처럼 얼굴을 찡그렸다. 클라크가 이 틈에 벌떡 일어나 이의를 제기했다. "재판장님, 이건 부적절합니다. 증인이 불편해하는 기색이 역력합니다. 만약 변호인의 의도가 오로지 증인을 당황하게 하여⋯⋯."

댄이 말을 가로챘다. "전혀 아닙니다, 재판장님. 증인이 그날 아침에 귀가해서 보았다고 주장하는 것의 신빙성을 검증하려는 뜻일 뿐입니다."

마이어스 판사가 말했다. "허락하겠습니다만 짧게 하십시오."

파커가 대답했다. "어느 술집이었는지 기억나지 않는데요."

20년 전 일이니 그럴 법도 했다. 하지만 첫 재판 때도 그는 술집 이름이 생각나지 않는다고 주장했는데, 작은 동네라 술집이 많지 않았다는 점에서 신빙성이 떨어졌다. 당시 밴스 클라크는 그 점을 추궁하지 않았고, 디안젤로 핀도 마찬가지였다.

"집에 돌아왔을 때 하우스 씨가 있었습니까?"

"자기 방에서 자고 있었습니다."

"증인이 깨웠나요?"

"바로 깨우지는 않았습니다."

"그럼 언제 깨웠습니까?"

"보안관님이 오셨을 때요. 아마 11시경이었을 겁니다."

"증인이 마지막으로 에드먼드 하우스 씨를 봤을 때와 달라진 점을 발견했습니까?"

"얼굴과 팔에 난 찰과상 말입니까?"

"얼굴에 팔의 상처가 눈에 띄었습니까?"

"그럴 수밖에요. 한눈에 보이던걸요."

"화장이나 뭐 그런 걸로 가리지 않았나요?"

"우리 집에 화장품 같은 건 없었습니다. 조카와 저만 살았으니까요. 여자는 한 명도 없었습니다."

방청객들 사이에 웃음이 번지자 파커도 수줍게 미소 지었다. 그리고 처음으로 조카를 보았다. 하지만 그 미소는 곧 사라졌다.

"조카가 어쩌다 찰과상을 입었는지 증인과 캘러웨이 보안관에게 말했나요?"

"목공실에서 테이블 톱에 올려놓은 나무토막 깎는 작업을 하고 있었는데, 기계가 고장 나면서 튄 나뭇조각에 베였다고 했습니다."

"캘러웨이 보안관은 어떤 말이나 행동을 했습니까?"

"즉석 사진기로 에드먼드 얼굴과 팔을 찍은 다음, 집 안을 둘러봐도 되냐고 물었습니다."

"증인은 그러라고 했습니까?"

"보셔도 된다고 했죠."

"증인이 동행했습니까?"

"아뇨."

"보안관이 목공실로 들어가는 걸 봤습니까?"

"네, 들어가시는 거 봤습니다."

"그럼 보안관이 빨간색 쉐보레 트럭 운전석에 올라가는 것도 봤습니까?"

"네, 그러시더군요."

"증인이 수리하고 있던 트럭입니까?"

"맞습니다."

"그런데 조카가 그 차를 몰게 했군요."

파커는 고개를 끄덕였다. "네. 걔한테는 차가 없었고, 그 트럭을 좋아했거든요."

"당시 그 트럭 안에 카펫이 깔려 있었습니까?"

"아뇨. 다 벗겨놔서 철제 바닥이 드러나 있었습니다."

"가죽 시트였나요, 천 시트였나요?"

"가죽이었습니다."

"하나만 더 묻겠습니다, 파커 씨. 트럭 안에 검은 비닐이 보관되어 있었습니까? 쓰레기 봉지나 겨울에 텃밭을 덮는 데 쓰는 비닐 말입니다."

"텃밭이 없으니 그런 게 필요 없죠."

"그럼 트럭에 비닐이 전혀 없었습니까?"

"제가 알기로는 그렇습니다."

"집 안에도 없었나요?"

"방금 말씀하신 쓰레기 봉지요?"

"네."

"없었어요. 저는 쓰레기를 대부분 소각했습니다. 나머지는 그냥 쌓아뒀다가 너무 많아지면 차에 싣고 캐스케이디아의 쓰레기장에 가져다 버렸고요. 산지에는 쓰레기장이 없거든요."

클라크가 파커를 신문하지 않기로 하자, 댄은 이날 마지막 증인으로 마거릿 지에사를 불렀다. 현장감식반 소속 형사였던 그녀는 파커 하우스의 집과 트럭에 대한 수색영장을 집행하는 과정에서 커피 캔에 들어 있던 콜트 권총 모양 귀걸이를 발견했다. 지에사 형사는 은퇴 후 남편과 함께 오리건 주의 작은 마을로 이사했지만, 트레이시가 첫 재판 때 보았던 모습에서 크게 달라지지 않았다. 여전히 세련된 옷차림에 하이힐을 신고 있었다.

댄은 지에사의 현장 수색 과정을 되짚어 그날 현장감식반이 발견한 것을 재확인하고, 목공실에 있던 커피 캔에서 발견된 귀걸이와 트럭 운전석에서 나온 금발 가닥에 대한 논의로 대부분의 시간을 할애했다. 그리고 증거물 보관 절차를 꼼꼼히 따져 물었다. 지루하고 오래 걸리는 일이었지만, 지에사와 현장감식반이 발견한 증거물이 워싱턴 주 순찰대 범죄연구소에 보관되었던 20년간 누군가 손을 댔거나 바꿔치기했을 가능성에 대한 논란을 차단하려면 반드시 짚고 넘어가야 했다.

지에사가 증언대에서 내려오자 마이어스 판사는 이날 심리를 종결했다. 그리고 일기예보를 고려해 판사 서기의 책상 전화번호를 알려준 다음, 부득이하게 심리를 연기해야 할 경우 기자단과 방청객을 위한 녹음 메시지를 남겨두겠다고 했다. 마이어스 판사가 판사봉을 내리치자 마리아 밴펠트를 비롯한 수많은 기자들이 트레이시에게 우르르 몰려갔다. 재빨리 법정 문으로 걸어가던 트레이시는 뜻밖에도 시더 그로브의 부보안관 핀레이 암스트롱과 마주쳤다. 그는 트레이시를 법정 밖으로 안내하고, 눈부신 플래시 세례를 지나쳐 내부 계단을 따라 그녀를 호위하며 걸어갔다. 그사이 기자들의 질문 공세가 쏟아졌다. 밴펠트가 물었다.

"오늘 심리에 대해 한 말씀 해주시겠습니까, 형사님?"

트레이시는 모든 질문을 무시했다. 핀레이는 트레이시를 데리고 눈 덮인 주차장을 가로질러 그녀의 차로 갔다. 이미 곳곳에 30센티미터 가까이 눈이 쌓여 있었다.

핀레이가 입을 열었다. "아침에 여기서 뵙겠습니다."

트레이시가 물었다. "보안관이 이러라고 시켰나요?"

핀레이는 고개를 끄덕이고 명함을 내밀었다. "필요한 게 있으면 전화 주세요."

트레이시의 차가 주차장을 빠져나오자마자 휴대전화가 울렸다. 앞서 댄은 이번 심리가 마라톤 같을 거라고 경고했다. 이제 겨우 1킬로미터 지점을 지난 셈이지만, 전화 속 댄의 목소리에서 그가 오늘 심리 진행에 만족한다는 것이 느껴졌다.

"렉스 보러 파인 플랫으로 가는 중이야. 거기서 만나. 내일 심리 이야기도 좀 하고."

* * *

트레이시가 병원에 도착했을 때 댄은 수의사와 이야기하고 있었다. 그녀는 재킷 후드를 덮어 쓰고 밖으로 나가 포치를 서성이며 이메일을 확인하고 문자 메시지에 답장을 했다. 해는 이미 기울어 사위가 어둑했다. 낮게 깔린 안개에 가린 하늘에서는 눈이 줄기차게 쏟아지며 좀처럼 그칠 기미가 없었다. 얼어붙은 종 옆에 달린 온도계는 영하 4도 밑을 가리키고 있었다.

시애틀에 있는 킹징턴과 통화하며 이날 상황을 알려주던 트레이시는 새하얀 눈으로 뒤덮인 주차장 끄트머리에 세워진 차를 발견했다. 그 차의 보닛과 지붕에는 눈이 5센티미터 넘게 쌓여 있었지만, 앞 유리는 방금 와이퍼로 눈을 치운 듯했다. 너무 먼 데다가 날이 어두워지고 눈이 계속 내려 시야가 더욱 흐릿했다. 하지만 운전석에 누군가 앉아 있다는 느낌이 들었다. 기자일 수도 있었다. 차를 몰고 가서 누군지 알아볼까 궁리하는데 댄이 현관문을 열고 고개를 내밀었다. 빙그레 웃는 걸 보니 느낌이 좋았다.

"폐렴 걸리려고 작정했어?" 댄이 물었다.

"렉스는 좀 어때?"

"들어와서 직접 봐."

병원에 들어온 트레이시는 대기실에서 조심스레 돌아다니는 렉스를 보고 놀랐다. 붕대를 핥지 못하게 하려고 플라스틱 고깔을 머리에 씌워놓아 흡사 서커스에 나오는 개 같았다. 트레이시가 손을 내밀자 렉스는 주저 없이 그녀에게 다가왔다. 손바닥에 닿은 렉스의 코가 차갑고 축축했다.

댄이 수의사 부부 곁에 서서 트레이시에게 설명했다. "어떻게 할지 고민하던 중이었어. 렉스를 두고 가긴 싫지만, 낮에 내가 집에 없으니 여기 맡기는 게 최선일 듯싶어."

수의사가 한마디 했다. "걱정하지 마세요. 필요하시면 언제까지

든 저희가 잘 돌볼 테니까요."

댄이 한쪽 무릎을 꿇고 렉스의 커다란 머리를 손으로 감쌌다. "미안해, 친구. 하룻밤만 더 있으렴. 내일은 집에 데려갈게. 약속해."

트레이시는 렉스의 찡그린 이마와 안쓰러워하는 댄의 표정을 보고 마음이 짠했다. 수의사가 개를 데려가는 모습을 지켜보니 북받치는 감정을 억누르기가 어려웠다. 의사를 따라 문으로 다가가던 렉스가 걱정스럽고 쓸쓸한 표정으로 뒤를 돌아보더니 마지못해 안으로 들어갔다. 트레이시의 가슴이 미어졌다.

댄이 재빨리 병원 밖으로 나가자 트레이시도 따라 나갔다. 눈 덮인 주차장 끄트머리에 세워져 있던 차는 온데간데없었다. 트레이시는 주위를 둘러보았지만 거리는 텅 비어 있었다. 주차장에는 댄의 SUV와 트레이시의 차밖에 없었다. 주차장 너머 A자형 가옥들위로 솟은 굴뚝에서 구불구불 연기가 피어오르고, 아이들은 모자와 목도리, 장갑으로 무장한 채 눈밭에서 놀고 있었다. 눈이 더 내릴 것으로 예상되는 터라 추위를 무릅쓰고 집에서 너무 먼 곳까지 가려는 사람은 아무도 없었다.

"렉스 두고 가기 싫은데." 댄의 목소리에서 안타까움이 묻어났다.

"알아. 하지만 옳은 결정이었어."

"그래도 마음이 영 편치 않아."

"그러니까 옳은 결정이었던 거야."

트레이시가 댄의 손을 잡자 그는 놀란 눈치였다. "내가 보기에 렉스와 셜록이 널 만난 건 행운이었어, 댄. 그리고 로이 캘러웨이도 네가 더 이상 땅딸보 꼬마가 아니라는 걸 알게 됐을 거야."

"땅딸보? 너 날 그렇게 생각했구나? 내 살이 다 성장을 위한 밑거름이었다는 사실을 알려드려야겠는걸."

트레이시는 싱긋 웃었다. 이제 댄의 얼굴에서는 과거에 그녀의 친구였던 소년의 얼굴만이 아니라 어엿한 어른의 얼굴도 보였다. 로이 캘러웨이를 압도할 만큼 영리하고 강인하지만, 아파하는 자기 개를 보고 눈물을 흘릴 만큼 섬세한 남자. 마음의 상처를 유머로 다스리며 아픔을 감추는 착한 남자. 트레이시가 언젠가 만나고 싶었던 그런 남자였다. 그녀가 댄에 대한 감정을 인정하지 않으려고 이번 심리를 이용했다면, 다른 누군가와 정서적으로 가까워지는 것이 너무 오랜만의 일이었기 때문이다. 또다시 사랑하는 사람을 잃고 고통의 늪에서 허우적거릴지도 모른다는 두려움이 앞섰다.

댄의 머리에 눈이 쌓였다.

"너 오늘 잘했어. 잘한 정도가 아니라 훌륭했지."

"아직 갈 길이 멀어. 오늘은 캘러웨이의 증언을 못 박아둔 것뿐이야. 내일은 제대로 치명타를 먹여야지."

"어쨌든 아주 인상적이었어."

댄은 호기심 어린 눈빛으로 트레이시를 보았다. "놀랐다는 뜻이로군."

"전혀 아냐."

트레이시는 다른 손을 들어 엄지와 검지 손끝 사이를 아주 조금 벌렸다. "솔직히 요만큼은 놀랐어."

댄이 웃음을 터뜨리고 그녀의 손을 꼭 쥐었다. "비밀 하나 말해줄까? 실은 나 스스로도 놀랐어."

"정말? 왜?"

"중요한 사건 변호를 맡아 법정에서 증인을 신문한 게 오랜만이거든. 자전거 타기와 비슷한 느낌이야."

"내가 기억하기로 네가 항상 자전거를 잘 탄 건 아니었는데."

댄은 눈을 부릅뜨고 짐짓 화난 척했다. "어휴, 딱 한 번 타이어가 터져서 그랬던 거야."

트레이시가 웃었다. 그녀와 댄의 손가락이 너무나 자연스럽게 뒤엉키는 느낌이었다. 트레이시는 그의 손가락이 자신의 살갗을 어루만지면 어떤 기분일지 상상했다.

댄이 물었다. "너 그 모텔에서 자도 괜찮겠어?"

"유명한 요리사님이 만들어주는 베이컨 치즈버거는 못 먹겠지만, 아마 그거 먹으려고 더 오래 살아는 있을 거야."

"너를 우리 집에서 재우지 않는 건 렉스가 다친 것과는 상관이 없어. 미안해. 내가 조금 당황해서 괜한 말을 해가지고⋯⋯."

"알아."

트레이시는 둘 사이의 거리를 좁히고 신호를 기다렸다. 댄이 몸을 숙이자, 트레이시가 발뒤꿈치를 들고 그를 맞았다. 날이 추운데도 댄의 입술은 따뜻하고 촉촉했으며, 그와의 입맞춤이 조금도 이상하게 느껴지지 않았다. 둘이 손을 맞잡을 때처럼 자연스러운 느낌이었다. 둘의 입술이 떨어질 때, 눈송이가 하나가 트레이시의 코에 내려앉았다. 댄이 씩 웃으며 눈송이를 털어주었다. 그가 말했다.

"여기 있다가는 우리 둘 다 폐렴 걸리겠어."

트레이시가 대꾸했다. "모텔에서 방 열쇠를 두 개 줬어."

* * *

모텔 침대 머리맡 전등이 내뿜는 푸르스름한 불빛 아래 트레이시가 댄의 곁에 누웠다. 쏟아지는 눈 때문에 바깥의 모든 소리가 잦아들어, 창문 아래 라디에이터가 이따금 쉭쉭거리고 틱틱 하는

302

소리 말고는 섬뜩할 정도로 고요했다.

"너 괜찮아? 말이 없어진 것 같은데."

"아주 좋아. 넌 어떤데?"

댄은 트레이시에게 바짝 다가들어 그녀의 이마에 키스했다. "후회하는 건 아니고?"

"네가 가는 게 아쉬울 뿐이야."

"나도 여기 있고 싶어. 하지만 셜록은 렉스가 없으면 커다란 아기처럼 구는 녀석이야. 그리고 내일 심리도 준비해야 하고."

트레이시가 빙그레 웃었다. "넌 좋은 아빠가 됐을 거야, 댄."

"글쎄, 모르지. 뜻대로 되지 않는 것도 있는 법이니까."

트레이시는 한쪽 팔꿈치로 몸을 세웠다. "왜 아이를 안 가졌어?"

"아내가 원치 않았거든. 연애할 때 그렇게 말하긴 했지만, 결혼하면 맘이 바뀔 줄 알았어. 내 생각이 틀렸지."

"음, 지금은 자식이 둘이나 있잖아."

"그중 한 녀석이 불안해하고 있을 거야."

댄이 트레이시에게 키스하고 몸을 돌려 침대를 벗어나려 했지만, 그녀가 손을 뻗어 그의 어깨를 잡고 도로 눕혔다. "셜록에게 미안하다고 전해줘." 트레이시가 몸을 굴려 댄의 위로 올라가자, 밑에서 그의 몸이 단단해지는 것이 느껴졌다.

* * *

잠시 후, 트레이시가 이불 속에 누워 댄이 옷 입는 모습을 지켜보았다.

댄이 장난스럽게 물었다. "문까지 바래다줄 거야, 아니면 그냥 걷어차서 내쫓을 거야?"

잠옷을 집으려고 침대 밖으로 미끄러져 나온 트레이시는 댄 앞에 알몸으로 서 있는 자신이 부끄럽지 않다는 사실에 놀랐다. 댄이 말했다. "농담한 거야. 물론 네 몸매 구경이 나쁘진 않지만."

트레이시는 잠옷을 머리부터 넣어 입고 댄을 문까지 바래다주었다. 문을 열기 전에 댄이 커튼을 젖히고는 창밖을 바라보았다.

트레이시가 물었다. "카메라 든 기자 있어?"

"이런 날씨에는 어려울 거야."

댄이 문을 열자, 아직 침대의 온기가 남아 있던 트레이시의 살갗을 찬바람이 휘감았다. "눈이 그쳤어. 좋은 징조야."

트레이시는 댄 너머 바깥 풍경을 바라보았다. 눈이 그치긴 했지만 테라스 난간에 7센티미터쯤 쌓인 눈을 보면 그친 지 얼마 안 된 것 같았다. 하늘에 먹구름이 잔뜩 낀 것을 보아 머지않아 또 내릴 듯했다. 그녀가 물었다. "눈 내리던 날 기억나?"

"어떻게 잊겠어? 학창 시절에 제일 즐거운 날이었는데."

"그런 날은 수업이 없었어."

"맞아."

댄이 다시 몸을 숙여 키스하자, 트레이시의 살갗에 닭살이 돋고 으슬으슬 추웠다. 그녀는 두 팔로 자기 몸을 감쌌다.

댄이 빙그레 웃었다. "나 때문이야 찬바람 때문이야?"

그녀는 윙크했다. "난 과학자야. 아직 경험적 데이터가 부족해."

"음, 그럼 둘이 경험을 많이 쌓아야겠군."

트레이시는 반쯤 열린 문 뒤로 몸을 숨겼다. "내일 아침에 만나."

갓 내린 눈이 댄의 부츠에 밟혀 뽀득뽀득 소리를 냈다. 계단에 다다른 댄이 내려가기 전에 몸을 돌렸다. "얼른 문 닫아. 그러다 얼어 죽겠어. 문 꼭 잠그고."

하지만 트레이시는 댄이 차로 가서 올라탈 때까지 지켜보았다. 모텔 문을 닫으려는 순간, 저만치 길가에 세워져 있는 차가 보였다. 정확히 말하자면 차 앞 유리에 시선이 쏠렸다. 와이퍼로 눈이 치워져 있었다. 한 번은 우연일 수 있다. 두 번은 의도적인 것이다. 만약 차 안에 기자나 사진사가 있다면, 경찰을 스토킹하는 것이 얼마나 위험천만한 짓인지 평생 잊지 못할 교훈을 얻게 될 것이다. 트레이시는 문을 닫고 재빨리 바지와 파카를 입고 부츠를 신은 다음, 권총을 집어 들고 문을 열었다.

차가 사라졌다.

목덜미 털이 쭈뼛 서는 느낌이었다. 트레이시는 문을 닫고 빗장을 지른 다음 댄에게 전화했다.

"벌써 내가 보고 싶어?"

트레이시는 커튼을 젖히고 방금 차가 세워져 있던 자리를 살펴보았다. 눈에 찍혀 있는 타이어 자국이 얕았는데, 눈이 내린 뒤에 세워졌지만 그 자리에 오래 머물지는 않았다는 뜻이었다.

"트레이시?"

"그냥 네 목소리가 듣고 싶었어." 트레이시는 더 이상 댄에게 걱정을 끼치고 싶지 않았다.

"무슨 일 있어?"

"아니. 내가 걱정이 좀 많아. 직업병이지."

"난 괜찮아. 그리고 우리 집 보안 시스템의 절반은 아직 멀쩡해."

"따라오는 사람 없어?"

"누가 따라오는데 그것도 모르면 내가 멍청이지. 도로는 텅 비어 있어. 너 괜찮아?"

"응, 괜찮아. 잘 자, 댄."

"다음에는 네 옆에서 깨고 싶다."

"나도."

트레이시는 전화를 끊고 다시 잠옷으로 갈아입었다. 도로 침대로 올라가기 전에 커튼을 젖히고 아까 차가 서 있던 텅 빈 자리를 바라보았다. 그러고는 문에 달린 체인 빗장까지 지르고, 권총을 침대 옆 탁자에 올려놓은 다음 불을 껐다.

베개에 아직 댄의 체취가 남아 있었다. 잠자리에서 그는 다정하고 참을성이 있었다. 트레이시가 예상한 대로 손은 억셌지만 손길은 부드러웠다. 댄은 그녀가 긴장을 풀고 마음을 열어 더 이상 잡생각 없이 그의 움직임과 손길에만 반응할 때까지 충분히 시간을 주었다. 절정에 이르렀을 때 트레이시는 댄의 몸에 매달렸다. 그 느낌이 사라지지 않기를, 댄이 떠나지 않기를 바라면서.

43

몇 달 만에 처음으로 트레이시는 밤새 한 번도 깨지 않았다. 비록 두 번째 심리에 대한 불안감은 있었지만 아침에도 상쾌한 기분으로 잠에서 깼다. 그녀는 경찰 생활을 하며 불안감을 느껴본 기억이 없었다. 추악한 사건이 벌어지는 날은 그녀에게는 좋은 날, 신나는 날이었다. 그런 날이면 한 시간이 일 분처럼 순식간에 흘러갔다. 하지만 또다시 심리가 시작되어 법정에 앉아만 있을 생각을 하니 20년 전 재판에서 그랬듯 불안감이 밀려들었다.

트레이시는 모텔 로비에서 〈캐스케이드카운티쿠리어〉를 집어 들었다. 1면에 이번 심리 관련 기사가 실렸고 트레이시가 법정으로 들어가는 사진도 있었지만, 그녀와 댄이 동물 병원 앞에서 키스하는 모습이나 함께 모텔 방으로 들어가는 장면이 찍힌 사진은 없었다.

예정대로 주차장에서 기다리고 있던 부보안관 핀레이는 트레이시가 기자들을 헤치고 법정에 들어가도록 도와주었다. 어쩐지 그는 트레이시의 보호자 노릇에 자부심을 느끼는 듯했다.

곧 오전 9시였다. 트레이시는 방청객이 어제보다 적을 거라 예상했다. 첫날의 기대감이 어느 정도 식었을 테고, 점점 더 궂어지는 날씨 탓에 독종 말고는 다들 집을 나서지 않을 듯싶었다. 하지만 법정 문이 열리자 방청석은 또다시 금세 꽉 찼다. 오히려 사람이 더 늘었는데, 첫날 심리에 관한 기사가 호기심을 불러일으킨 것 같았다. 어제 없던 신문사 네 곳의 기자들도 눈에 띄었다.

오늘도 에드먼드 하우스는 교도관 여럿의 호위를 받으며 입정했다. 이번에는 변호인석에 다다라 방청객 쪽으로 돌아서서 교도관들이 수갑을 풀어주는 동안 숙부를 보지 않았다. 그는 트레이시를 똑바로 쏘아보았다. 20년 전에 그랬던 것처럼 트레이시는 그의 눈길에 소름이 끼쳤지만, 그날과 달리 오늘은 시선을 피할 생각이 없었다. 그녀는 에드먼드가 입을 살짝 벌려 익숙한 미소를 지을 때조차 고개를 돌리지 않았다. 이제 트레이시는 에드먼드의 따가운 눈길과 음흉한 미소가 그녀를 불편하게 하려는 허세일 뿐이며, 그가 비록 감옥에서 육체적으로 강해졌다 해도 여전히 정서적으로는 미숙한 존재에 불과하다는 것을 알고 있었다. 여전히 그는 애너벨 보빈에게 버림받는 걸 견딜 수 없어 소녀를 납치한 불안정한 애송이 그대로였다.

서기가 들어와 전원 기립을 외치자 에드먼드가 눈길을 거두었다. 마이어스 판사가 다시 판사석에 앉자 2일 차 심리가 시작되었다.

"변호인은 시작해도 좋습니다."

댄은 밥 피츠시먼스를 증언대로 불렀다. 20년 전 피츠시먼스는 캐스케이드 강을 가로지르는 수력발전용 댐 세 개를 짓기로 워싱턴 주와 계약한 건설회사의 대표이사였는데, 캐스케이드 폴스 댐도 그중 하나였다. 지금은 일선에서 물러난 칠십 대 노인이지만, 잘 나가는 대기업 이사회에서 최근까지 활약한 사람처럼 당당해 보였다. 그는 건강해 보이는 은발에, 세로 줄무늬 정장 차림으로 연자주색 넥타이를 매고 있었다.

댄은 피츠시먼스에게 댐 건설에 필요한 연방 승인과 주 승인 취득 과정을 간략히 설명하게 했는데, 당시 지역신문들은 이 공개 절차를 상세히 보도했다.

피츠시먼스가 다리를 꼬았다. "당연히 강물을 저장하는 댐이었습니다. 가뭄에 대비한 수원을 만들려는 거였죠."

댄이 물었다. "그렇다면 캐스케이드 폴스 댐의 수원은 어디였습니까?"

피츠시먼스가 대답했다. "캐스케이드 호수였습니다."

댄은 댐이 가동되기 전과 그 지역이 수몰된 뒤 캐스케이드 호수의 크기를 비교한 그림 두 장을 공개했다. 물이 불어난 지역에는 세라의 유해가 발견된 장소를 캘러웨이가 X로 표시한 지점이 포함되었다.

댄이 물었다. "저 지역이 언제 수몰되었습니까?"

피츠시먼스가 대답했다. "1993년 10월 12일이었습니다."

"그 날짜가 일반에 공개되었습니까?"

피츠시먼스는 고개를 끄덕였다. "모든 신문사와 지역 방송국에 알렸습니다. 주 명령이었으니까요. 우리는 주 정부에서 요구한 것 이상으로 신중을 기했습니다."

"왜 그랬죠?"

"그 지역에서 사냥과 산행이 빈번했거든요. 물이 찰 때 고립되는 사람이 생기면 곤란하지 않겠습니까."

댄이 자리에 앉자 클라크가 증인에게 다가갔다. "피츠시먼스 씨, 증인이 다녔던 회사는 '물이 찰 때 고립되는 사람이 없도록' 다른 조치를 취하지는 않았습니까?"

"질문이 이해가 안 되는데요."

"안전 요원을 고용하고 도로 차단물을 세우는 등 해당 지역 출입을 제한하지 않았습니까?"

"발전소가 가동되기 전에 며칠 동안 그랬습니다."

"따라서 누구도 그 지역에 들어가기가 극도로 어려웠을 것입니다. 그렇죠?"

"그게 목적이었습니다."

"그 지역에 들어가려는 사람을 봤다는 안전 요원이 있었습니까?"

"제 기억으로는 없습니다."

"시신을 들고 오솔길로 다닌 사람이 있다는 보고는 전혀 없었죠?"

댄이 이의를 제기했다. "검사는 지금 자신의 생각을 말하고 있습니다, 재판장님."

클라크가 맞받아쳤다. "재판장님, 증인의 진술은 분명 그런 의미를 내포하고 있습니다."

마이어스 판사가 한 손을 들었다. "이의에 대한 판단은 내 소관입니다, 검사. 이의를 기각합니다."

클라크가 증인에게 물었다. "시신을 들고 오솔길로 다닌 사람이 있다는 보고를 받았습니까?"

피츠시먼스가 대답했다. "아뇨."

클라크가 자리에 앉았다.

댄이 일어나 수몰 지역을 나타내는 그림을 가리켰다. "이 지역이 얼마나 넓습니까?"

피츠시먼스는 얼굴을 찡그렸다. "제가 기억하기로 그 호수는 10제곱킬로미터 정도였고, 댐이 건설된 후에는 거의 18제곱킬로미터였습니다."

"그 지역에 오솔길이 몇 개나 됩니까?"

피츠시먼스는 피식 웃으며 고개를 저었다. "너무 많아서 셀 수 없죠."

"주요 도로마다 차단물을 세우고 안전 요원을 배치했지만, 모든 입구와 출구를 통제할 수는 없었다는 말씀입니까?"

"현실적으로 불가능하니까요."

* * *

댄은 피츠시먼스에 이어 번 다우니를 불렀다. 번은 과거에 트레이시의 아버지가 시더 그로브 북쪽 산지 수색 책임자로 특별히 지목한 남자였는데, 그 지역을 번만큼 잘 아는 사람이 없었기 때문이다. 과거에 트레이시와 친구들은 번이 공포영화에 출연했으면 히트를 쳤을 거라고 키득거렸다. 번은 머리숱이 별로 없고 거칠거칠한 얼굴에 다박수염이 무성했으며, 늘 기분 나쁘게 속삭이듯 웅얼거렸다.

지난 20년 사이에 번은 아예 면도를 포기한 듯했다. 눈 아래 뺨에서 시작된 희끗희끗한 수염이 목을 가리고 가슴까지 뻗어 내려가 있었다. 그는 깨끗한 청바지에 타원형 은 버클이 달린 혁대, 부츠와 면 셔츠 차림이었다. 번에게는 이것이 교회 복장이었다. 그의 아내는 과거 재판 때처럼 그를 응원하기 위해 맨 앞줄에 앉았다. 트레이시가 기억하는 번은 사람들 앞에 나서는 데 익숙지 않았으며, 특히 말이 서툴렀다.

"다우니 씨, 모두가 들을 수 있도록 큰 소리로 말하십시오." 번이

자기 이름과 주소를 웅얼거리자 마이어스 판사가 경고했다. 번이 긴장한 것을 감지한 댄은 간단한 배경 질문으로 긴장을 풀어주고 본격적인 신문에 들어갔다.

"수색을 며칠이나 했습니까?"

번은 입술을 비죽 내밀다 오므렸다. 우그러진 그의 얼굴에 상념이 서려 있었다. "첫 주에는 날마다 나갔습니다. 그다음부터는 일주일에 두 번씩 나갔고, 대개 근무 후였죠. 그렇게 몇 주 더 수색했습니다. 그 지역이 수몰되기 전까지요."

"초기 수색에 몇 명이 참여했습니까?"

번은 방청석을 둘러보았다. "이 법정에 사람이 몇이나 있죠?"

댄은 일부러 대답하지 않았다. 이틀 만에 처음으로 분위기가 가벼워지는 순간이었다.

클라크가 일어서서 증언대로 다가갔다. 이번에도 그의 질문은 간단했다. "그 언덕 지대의 넓이가 몇 제곱킬로미터입니까?"

"어이구, 저는 잘 모릅니다."

"아주 넓지 않습니까?"

"네, 넓습니다."

"지대가 험합니까?"

"보기에 따라 그럴 수도 있죠. 가파른 땅도 있고, 나무와 덤불이 아주 많습니다. 곳곳이 울창한 건 틀림없습니다."

"누군가 암매장한 시신이 발견되지 않을 만한 곳이 많군요?"

"그럴 겁니다." 번은 에드먼드 하우스를 힐긋 보았다.

"수색에 개를 이용했습니까?"

"제 기억으로는 캘리포니아 주 남부에 수색견 팀이 있었는데, 불러올 수는 없었습니다. 비행기로 수송해 오기 곤란했거든요."

"당시 수색이 체계적이었던 만큼 증인은 그 언덕 지대를 구석구석 확인했다고 믿습니까?"

"저희는 최선을 다했습니다."

"한 곳도 빠짐없이 수색했습니까?"

"한 곳도 빠짐없이요? 그건 단언하기 어렵습니다. 너무 넓으니까요. 아마 그러진 못했을 겁니다."

* * *

댄은 번 다우니에 이어 자동차 부품 세일즈맨이었던 라이언 헤이건을 불렀다. 증언대에 선 헤이건은 트레이시가 토요일 아침에 예고 없이 그의 집에 들이닥쳤을 때보다 10킬로그램 넘게 살찐 것 같았다. 턱살이 늘어져 셔츠 옷깃을 가릴 지경이었다. 머리숱은 훨씬 더 줄었고, 날마다 칵테일을 즐기는 사람처럼 얼굴과 주먹코가 불그레했다.

댄이 1993년 8월 21일에 출장 갔다는 것을 증명해줄 거래처 물품 구입 명세서 따위가 있냐고 묻자, 헤이건은 싱글벙글 웃으며 대답했다. "그 회사는 오래전에 문 닫았을 겁니다. 요즘 이런 일은 대부분 인터넷으로 하거든요. 출장 세일즈맨은 이제 공룡처럼 멸종된 존재입니다."

그를 지켜보던 트레이시는 세일즈맨은 사라졌을지 몰라도 헤이건의 미소와 태도는 여전히 세일즈맨 같다고 생각했다.

헤이건은 자신이 어떤 뉴스를 봤는지도 말하지 못했다.

"증인은 20년 전 그날 시애틀 메이저리그 야구팀인 매리너스의 경기를 봤다고 증언했습니다."

"지금도 팬입니다."

"그렇다면 증인은 매리너스가 월드시리즈에 진출한 적이 없다는 걸 알겠군요."

"저는 희망을 버리지 않습니다."

방청객 일부가 헤이건과 더불어 빙그레 웃었다.

"하지만 1993년에도 매리너스는 탈락하지 않았습니까?"

헤이건은 잠시 머뭇거렸다. "맞습니다."

"그해 정규 시즌 4위에 그쳐 플레이오프에 진출하지 못했죠."

"그렇게 말씀하시니 믿어야겠네요. 제 기억력이 썩 신통치 않거든요."

"즉 매리너스의 정규 시즌 마지막 경기는 10월 3일 일요일에 있었고, 미네소타 트윈스에게 7 대 2로 패했습니다."

헤이건의 미소가 흐려졌다. "그것도 변호인 말씀이 맞겠죠."

"따라서 매리너스는 증인이 중계방송을 봤다고 주장하는, 1993년 10월 3일 이후 주중에는 경기가 없었습니다. 그렇죠?"

헤이건은 계속 미소를 지었지만, 이제 그 미소는 부자연스러워 보였다. "다른 팀의 경기였을 수도 있죠."

댄은 그 대답의 여운이 남도록 잠시 후 질문의 방향을 바꾸었다.

"헤이건 씨, 시더 그로브에 있는 거래처에 연락한 적 있습니까?"

"기억이 안 납니다. 거래처가 워낙 많았거든요."

"유능한 세일즈맨이었군요."

"저도 그렇게 생각합니다." 하지만 더 이상 그에게서 느긋한 세일즈맨의 모습은 보이지 않았다.

"기억이 나도록 제가 도와드려야겠군요."

댄은 서류 상자 하나를 집어 들어 탁자에 올려놓았다. 그리고 보란 듯이 요란하게 파일과 문서를 꺼내기 시작했다. 헤이건은 이 상황에 당황한 눈치였다. 트레이시는 그의 시선이 방청석에 있는 로이 캘러웨이 쪽으로 향하는 것을 보았다. 댄은 트레이시가 할리 홀트의 정비소 캐비닛에서 찾아낸 파일을 꺼낸 다음, 증언대 옆으로 자리를 옮겨 헤이건과 캘러웨이가 눈길을 주고받지 못하도록 앞을 막아섰다. 파일 안에는 할리 홀트가 헤이건의 회사에서 주기적으로 부품을 구입한 기록이 담겨 있었다.

댄이 물었다. "시더 그로브 자동차 정비소의 주인인 할리 홀트 씨를 만나지 않았습니까?"

"오래전 일이라 모르겠습니다."

댄은 일부러 서류를 훌훌 넘겼다. "실제로 증인은 할리 홀트 씨를 정기적으로 만났는데, 두어 달에 한 번꼴이었습니다."

헤이건이 또 빙그레 웃었지만, 얼굴은 벌게졌고 이마가 땀에 젖어 번들거렸다. "그렇게 기록되어 있다면 반박할 수 없겠네요."

"따라서 증인은 시더 그로브에 왔었고, 1993년 여름과 가을에도 그랬습니다. 맞죠?"

"제 달력을 확인해봐야겠는데요."

"제가 증인 대신 확인했습니다. 이 부품 주문서 사본들에는 증인과 할리 홀트 씨의 서명이 있으며, 서명일은 증인이 시더 그로브 자동차 정비소를 방문했다고 달력에 표시한 바로 그날입니다."

"음, 아마 맞을 겁니다."

헤이건은 점점 자신 없는 목소리로 말했다.

"그렇다면 궁금하군요, 헤이건 씨. 할리 홀트 씨를 만나는 동안 세라 크로스화이트 실종 사건에 대해 이야기한 적이 있습니까?"

헤이건은 증인석 옆에 놓인 물컵을 들어 한 모금 마시고 도로 내려놓았다. "다시 물어봐주시겠습니까?"

"할리 홀트 씨를 만나는 동안 세라 크로스화이트 실종 사건에 대해 이야기했습니까?"

"그게요, 확실치는 않습니다."

"시더 그로브에서는 큰 사건 아니었습니까?"

"그, 글쎄요. 아마 그랬겠죠."

"당시 고속도로에 1만 달러 현상금 광고판이 내걸렸습니다, 그렇죠?"

"저는 현상금을 받지 않았습니다."

"증인이 돈을 받았다고는 안 했습니다." 댄은 또 다른 문서를 꺼내 읽는 시늉을 했다. "세라 크로스화이트 실종 사건은 증인의 영업 지역 중 한 곳인 캐스케이드 카운티 전체를 뒤흔든 큰 사건이었는데, 증인과 홀트 씨가 그 일에 대해 이야기한 게 기억나지 않는다는 말입니까?"

헤이건은 헛기침을 했다. "아마 이야기는 했겠죠. 자세히는 아니고 대략적으로. 그 이상은 딱히 기억나는 게 없어요."

"그렇다면 증인은 뉴스를 보기 전에 세라의 실종을 알았다는 거로군요?"

"그 뉴스를 보다가 퍼뜩 기억이 떠올랐겠죠. 아니면 뉴스를 본 후에 할리 씨와 이야기하다 생각났을 수도 있고요. 아마 그랬을 거예요. 너무 오래돼서 이제는 확실치 않지만."

댄은 문서 몇 장을 들어 보였다. "그게 8월이나 9월이나 10월은 아니었군요."

"정확히 기억나지 않는다니까요. 생각이 났을 수도 있겠죠. 말씀드렸다시피, 20년은 긴 세월입니다."

"시더 그로브에 와 있는 동안, 누군가와 에드먼드 하우스에 대해 이야기한 적이 있습닙니까?"

"에드먼드 하우스요? 아뇨, 그 이름이 떠오르지 않은 건 확실합니다."

"확실하다고요?"

"그 이름이 떠오른 기억이 없어요."

댄은 파일에서 또 다른 문서를 꺼내 들어 보였다. "할리 홀트 씨가 자기 정비소에서 파커 하우스 대신 부품을 구입해 그의 빨간색 쉐보레 트럭을 수리했다는 말을 증인한테 했습니까?"

클라크가 일어섰다. "재판장님, 지금 변호인이 신문에 사용하는 문서들을 증거 목록에 넣어주시길 요청합니다. 이런 식으로 헤이건 씨의 기억을 시험하는 것은 부당합니다. 홀트 씨와의 만남은 20년 전에 있었을 수도 있고 없었을 수도 있습니다."

마이어스 판사가 대꾸했다. "기각합니다."

트레이시는 댄이 연기한다는 것을 알고 있었다. 그녀는 파커 하우스가 고치고 있던 쉐보레 트럭의 부품을 할리 홀트가 헤이건에게서 주문했다는 기록을 찾으려 했지만 실패했다. 하지만 지금 헤이건은 댄에게 사실 여부를 따질 엄두조차 내지 못했다. 얼굴이 홍당무처럼 빨개진 이 세일즈맨은 마치 뜨거운 프라이팬을 깔고 앉은 양 안절부절못하는 표정이었다.

헤이건은 다리를 꼬았다가 도로 풀었다. "아마 그 이야기는 했을 겁니다. 이제 기억이 나는 것 같네요. 그날 밤 도로에서 빨간색 쉐보레 트럭을 봤다, 뭐 그런 말을 할리 씨에게 했던 기억이 납니다. 그래서 그 일이 기억났던 거겠죠."

"텔레비전으로 매리너스 경기를 보는 동안 뉴스에서 그 소식을 들었고, 증인이 쉐보레 트럭을 좋아했기 때문에 기억이 난 줄 알았는데요?"

"음, 그야 물론 그렇죠. 저는 쉐보레 트럭을 아주 좋아합니다. 그래서 에드먼드 하우스가 쉐보레 트럭을 몬다는 말을 할리 씨에게 들었을 때 퍼뜩 생각이 난 거예요."

댄이 잠시 침묵했다. 마이어스 판사가 헤이건을 내려다보며 이맛살을 찌푸렸다.

이윽고 댄이 증인석 바로 옆으로 다가섰다. "따라서 증인과 할리 홀트는 에드먼드 하우스를 언급하며 그 사건에 대해 이야기를 했군요."

헤이건의 눈이 휘둥그레졌다. 이번에는 그도 미소를 머금지 못했다. 고통스러워 보이는 미소조차 짓지 못했다. "제가 에드먼드를 언급했다고요? 아뇨, 제 말은 파커 씨 이야기였어요. 파커 하우스 씨 말입니다. 그분 트럭이었잖아요?"

댄은 굳이 대답하지 않고 클라크 검사를 돌아보았다. "검사님, 반대신문 하십시오."

44

오후 심리를 위해 다시 자리에 앉은 마이어스 판사는 창밖에서 무섭게 쏟아지는 눈의 장막을 걱정스레 바라보았다.

"심리를 신속히 마치는 것도 중요하지만 무모하게 진행해서는 곤란합니다. 일기예보에서 오늘 오후에 눈이 그칠 거라더군요. 일생을 거의 태평양 북서부에서 살아온 본 재판장은 날씨를 예측하는 저만의 방법이 있습니다. 바로 문밖으로 고개를 내미는 겁니다." 방청객들이 킥킥 웃었다. "실제로 방금 휴식 시간에 그렇게 했는데, 지평선 어디에도 파란 하늘이 보이지 않았습니다. 따라서 이번 증인을 마지막으로 금일 심리를 마치겠습니다. 다들 어둠 속에서 차를 몰고 귀가하면 곤란하니까요."

댄은 일련의 도표와 사진을 평면 텔레비전에 띄우면서 킹 카운티 법의인류학자 켈리 로자에 대한 신문을 진행했다. 우선 핀레이 암스트롱이 전화로 보내준 유골 사진을 공개했다.

"체지방이 부패해 시지로 변하려면 시간이 얼마나 걸립니까?"

"서로 다른 수많은 요인에 좌우됩니다. 시신의 위치, 매장된 깊이, 토양과 기후 조건 등등. 하지만 일반적으로는 며칠이나 몇 달이 아니라 몇 년이 걸리죠."

"그래서 증인은 저 유해가 수년간 묻혀 있었다고 결론 내렸군요. 그렇다면 뭐가 마음에 걸렸습니까?"

로자는 앞으로 내앉았다. "대개 노지에 얕게 묻힌 시신은 땅속에서 오래 유지되지 못합니다. 코요테 같은 들짐승이 파헤치게 마련이니까요."

"그 수수께끼를 풀었습니까?"

"유해가 발견된 지점이 최근까지 물에 잠겨 있었기 때문에 짐승이 접근하지 못했다는 이야기를 들었습니다."

"증인은 짐승이 그 지점을 훼손하지 못했다는 사실, 즉 유골이 흩어지지 않았다는 점에 비추어 시신이 암매장된 시점이 수몰 직전이라고 결론 내렸습니까?"

클라크가 일어섰다. "변호인은 증인의 추측을 요구하고 있습니다, 재판장님."

마이어스 판사는 검사의 이의를 잠시 생각했다. "로자 박사는 전문가이므로 자신의 견해와 결론에 대해 대답할 수 있습니다."

로자가 대답했다. "일반적인 조건이었다면 짐승들이 그만큼 얕게 묻힌 시신을 파헤치기까지 오래 걸리지 않았을 거란 점만 말씀드릴 수 있습니다."

댄이 서성거리며 물었다. "증인의 보고서를 보니, 그 유해가 사망 직후 암매장되지 않았다는 증인의 견해를 뒷받침할 전혀 다른 근거가 있더군요. 그게 뭔지 설명해주시겠습니까?"

"시신의 자세입니다."

댄은 세라의 유해 사진을 화면에 띄웠다. 흙을 치운 자리에 드러난 해골은 오그린 모습이 태아의 자세와 아주 비슷했다. 방청석이 술렁이면서 나직이 수런대는 소리가 들렸다. 트레이시는 고개를 숙이고 입을 가렸다. 속이 울렁거리고 현기증이 일었다. 입 속이 축축해졌다. 그녀는 눈을 감은 다음 짧고 빠르게 숨을 쉬었다.

로자가 계속 이야기했다. "시신을 구부려 구덩이에 맞추려 했지만 뜻대로 되지 않은 게 분명합니다."

댄이 물었다. "사후경직이 일어나고 얼마나 지나서 시신을 묻은 것으로 보이나요?"

"그건 단언하기 어렵습니다."

"사인이 뭔지는 알아냈습니까?"

"아뇨."

"부상이나 골절이 발견됐습니까?"

"두개골 뒤쪽에 골절이 있었습니다." 로자는 화면에 떠 있는 그림 하나를 이용해 골절 위치를 보여주었다.

"골절 원인은 밝혀냈습니까?"

"둔기로 인한 외상으로 보이지만……." 로자는 어깨를 으쓱했다. "정확히 어떤 흉기인지는 알 수 없습니다."

이어서 그녀는 뼛조각부터 세라가 입었던 청바지 단추, 스퀄리 셔츠에 달린 은빛이 도는 까만 똑딱단추까지 현장에서 발견된 모든 것을 설명했다. 또한 낙엽 담는 봉지와 동일한 검은색 비닐봉지 쪼가리와 더불어 카펫 섬유도 찾아냈다고 말했다.

"거기서 어떤 결론을 얻었습니까?"

"제가 내린 결론은, 비닐봉지를 먼저 구덩이에 깔고 그 위에 시신을 놓았거나……."

"왜 그런 짓을 했을 거라고 보십니까?"

로자는 고개를 저었다. "모르겠습니다."

"또 다른 가능성은 뭐죠?"

"시신을 비닐봉지에 넣어 묻은 겁니다."

트레이시는 거칠어진 호흡을 진정시키려고 기를 썼다. 얼굴이 벌게지는 느낌이었다. 양 볼을 따라 땀방울이 흘러내렸다.

"또 다른 것도 발견했습니까?"

"액세서리가 있었습니다."

"정확히 어떤 액세서리죠?"

"귀걸이 한 쌍과 목걸이입니다."

방청석이 술렁였다. 마이어스 판사가 판사봉을 집어 내리치려다 말았다.

"어떤 귀걸이인지 설명해주겠습니까?"

"물방울 모양의 비취 귀걸이였습니다."

댄은 문제의 액세서리를 로자에게 제시했다. "증인이 찾아낸 귀걸이 두 짝이 각각 어디 있었는지 그림상에서 보여주겠습니까?"

로자는 포인터를 이용해 두 지점을 가리켰다. "두개골 옆이었습니다. 목걸이는 척추 꼭대기 부근에서 발견했고요."

"액세서리 위치를 보고 어떤 결론에 도달했습니까?"

"사망자가 액세서리를 착용한 상태로 암매장되었다고 판단했습니다."

* * *

밴스 클라크는 뿔테 안경을 탁자에 내려놓고 자신만만하게 증언대로 걸어갔다. 메모나 서류 한 장 없이 팔짱을 끼고 있었다.

"증인이 모르는 것에 대해 잠시 이야기해봅시다, 로자 박사님.

증인은 사망자가 어떻게 죽었는지 모릅니다. 그렇죠?"

"모릅니다."

"증인은 사망자가 어떻게 두개골 뒤쪽에 외상을 입었는지 모릅니다."

"그렇습니다."

"살인자가 그녀를 교살하는 과정에서 머리가 땅에 부딪혔을 수도 있습니다."

로자는 어깨를 으쓱했다. "그랬을 가능성도 있죠."

"증인은 사망자가 강간당했다고 단정할 증거를 갖고 있지 않습니다."

"맞습니다."

"증인은 살인자의 신원을 확인해줄 DNA 증거를 갖고 있지 않습니다."

"그렇습니다."

"증인은 희생자가 땅에 묻히기 전에 살해됐다고 믿지만, 얼마나 오래전에 죽었는지는 모릅니다."

"확실히는 알지 못합니다."

"그렇다면 살인범이 희생자를 사망 직후 매장한 다음 얼마 후 돌아와 시신을 최근 발견된 암매장 위치로 옮겼는지 여부도 모르겠군요."

로자는 고개를 끄덕였다. "네, 모릅니다."

"어쩌면 그래서 시신이 그 특정 장소에 놓이기 전에 사후경직이 일어났을 수도 있습니다. 그렇죠? 에드먼드 하우스가 세라를 죽여 땅에 묻었고, 나중에 시신을 옮기려고 돌아와서 보니 사후경직이 일어나 있었다. 그럴 가능성도 있지 않습니까?"

댄이 일어섰다. "재판장님, 지금 검사가 로자 박사의 추측을 요구하고 있습니다."

마이어스 판사는 클라크가 제기한 상황의 가능성에 대해 잠시 생각했다. "이의를 기각합니다. 계속하시오."

클라크가 로자에게 물었다. "다시 질문해드릴까요?"

"아뇨. 말씀하신 것도 가능성은 있습니다. 다만 하나는 아셔야 합니다. 대략 서른여섯 시간이 지나면 사후경직은 풀립니다. 따라서 검사님이 제기한 상황이라면 하우스 씨가 비교적 빨리 시신을 옮겼어야 합니다."

"하지만 가능한 일이긴 하죠."

"가능하긴 합니다."

"결국 증인의 진술에는 과학적인 사실뿐만 아니라 추측도 상당히 포함된 셈이군요."

로자가 빙그레 웃었다. "저는 묻는 말에 대답할 뿐입니다."

"물론 그러시겠죠. 하지만 증인이 확실하게 말할 수 있는 것은 사망자가 세라 린 크로스화이트라는 사실뿐입니다."

"그렇습니다."

"증인은 희생자가 납치될 당시 어떤 옷을 입었는지 압니까?"

"모릅니다."

"납치될 당시 희생자가 어떤 액세서리를 착용했는지는 압니까?"

"저는 유해 발견 장소에서 나온 것에 기반한 견해만 밝힐 수 있습니다."

"오늘 증인은 귀걸이를 하고 있군요."

"네."

"귀걸이를 착용하고도 혹시 몰라 또 다른 귀걸이를 챙긴 적 있습니까?"

로자는 어깨를 으쓱했다. "기억에 없는데요."

"증인이 아는 여자들 중에 그러는 사람이 있습니까?"

"더러 있죠."

클라크가 씩 웃었다. "마음 바꾸는 건 여자의 특권이죠, 안 그렇습니까? 제 아내가 변덕이 심한 건 하늘도 아는 일이랍니다."

그 말에 여기저기서 웃음소리가 들렸다. 지금껏 증언 과정이 지독히 어두웠던 터라, 이 가벼운 농담에 잠시나마 방청객들은 긴장된 웃음으로 화답했다. 마이어스 판사마저 빙그레 웃었다.

로자가 대꾸했다. "제가 남편한테 하는 말이랑 똑같네요."

"어쨌든 증인은 사망자가 납치될 당시 귀걸이 한 쌍과 목걸이 하나만 갖고 있었는지 더 갖고 있었는지 모른다는 말이죠?"

"그렇습니다."

클라크는 이틀 만에 처음으로 싱긋 웃고 자리로 돌아갔다.

댄이 일어서서 말했다. "더 이상 질문 없습니다."

마이어스 판사는 벽시계를 바라보았다. "오늘 심리는 이걸로 마칩니다. 변호인, 내일 오전 증인으로 누굴 부를 생각입니까?"

댄이 일어섰다. "날씨가 허락한다면, 트레이시 크로스화이트를 부르겠습니다."

45

밤이 오기 전에 다들 숙소로 돌아가라는 마이어스 판사의 경고 때문인지 기자들은 대부분 트레이시를 성가시게 굴지 않고 자리를 떴다. 차 안은 아이스박스처럼 추웠다. 트레이시는 차에 시동을 걸어놓고 밖으로 나가 앞 유리에 쌓인 눈을 치웠다. 그사이 차 안은 히터의 훈풍에 따뜻해지고 있었다.

댄에게서 전화가 걸려왔다. "나 렉스 데리러 가. 날이 더 궂어질 거래. 오늘 밤에는 아무도 밖에 나오지 않을 거야. 우리 집에서 자고 가."

트레이시는 추위에 곱은 손가락을 구부렸다 폈다 하며, 주차장을 빠져나간 차들이 인근 도로를 따라 늘어선 모습을 지켜보았다. "정말 괜찮겠어?" 말은 그렇게 했지만 이미 그녀는 댄과 사랑을 나누고 그의 곁에서 곤히 잘 생각을 하고 있었다.

"난 어차피 밤 새워야 하고, 셜록이 너 보고 싶어해."

"셜록만?"

"녀석이 징징거려. 보기 딱해."

* * *

렉스가 문 앞에서 트레이시를 맞이하며 꼬리를 흔들어댔다.

"네가 오니 순식간에 내가 2등 신세가 되는구나. 하지만 이 녀석들, 여자 보는 눈 하나는 훌륭하군."

트레이시는 여행 가방을 내려놓고 꿇어앉아 플라스틱 고깔을 뒤집어쓴 개의 머리를 부드럽게 어루만졌다. "좀 어떠니?"

그녀가 일어서자 댄이 말했다. "너 괜찮아?"

트레이시가 다가서자 댄은 두 팔로 그녀를 꼭 껴안았다. 켈리 로자의 증언은 트레이시가 예상한 것보다 훨씬 더 충격적이었다. 희생자에게 감정 이입하지 않는 훈련을 받은 트레이시는 20년 가까이 강력계 형사로 일하는 동안 끔찍한 범죄 현장을 누비면서도 숙련된 평정심을 잃지 않았다. 인간이 인간에게 가하는 잔학한 행위 속 악의 모습은 참혹했다. 그러한 장면을 견디려면 무감해지는 수밖에 없었다. 오랫동안 세라의 실종을 조사하는 동안에도 트레이시는 살인범이 동생에게 저질렀을 끔찍한 짓을 굳이 상상하지 않았다. 하지만 시더 그로브 산지로 들어가 구덩이에 있던 세라의 유해를 본 순간, 트레이시의 훈련받은 초연함에 구멍이 숭숭 뚫렸다. 법정의 화면을 통해 동생의 유골을 보자 마음이 무너져 내렸다. 세라가 겪었을 공포의 증거가 눈앞에 명백히 펼쳐졌고, 쓰레기처럼 비닐봉지에 담겨 구덩이에 버려진 동생의 참담한 모습에 가슴이 찢어졌다. 사생활을 캐려고 혈안이 된 카메라들이 없는 이곳에서 마침내 트레이시는 목놓아 울었다. 그녀처럼 세라를 잘 알고 사랑했던 이의 품에 안겨 흐느끼니 한결 마음이 놓였다.

몇 분 뒤, 트레이시가 뒤로 물러나 눈물을 닦았다.

"흉한 꼴을 보였네."

"아니. 그럴 리 없다는 거 알잖아."

"고마워, 댄."

"내가 뭘 해줄까?"

"날 데려가줘." 트레이시는 댄의 입술에 키스하며 속삭였다. "안 아줘, 댄."

* * *

둘의 옷가지가 장식용 쿠션들과 함께 카펫에 널브러졌다. 댄은 얇은 시트만 덮은 채 숨을 골랐다. 오리털 이불은 걷어차서 바닥에 떨어져 있었다.

"네가 고등학교 선생 노릇을 그만둔 게 다행인지도 몰라. 너 짝사랑할 남학생 녀석들이 우글거렸을 테니까."

트레이시가 몸을 돌려 댄에게 키스했다. "만약 내가 네 선생이라면, 너한테 노력 점수 A를 줬을 거야."

"노력만?"

"결과도 훌륭하고."

댄은 한 팔을 뒤통수에 대고 누워 천장을 바라보았다. 그의 가슴은 여전히 빠르게 들썩이고 있었다.

"내 인생 첫 A로군. 그거 알아? A 받으려면 선생이랑 자기만 하면 되는 거였어. 학창 시절에 알았으면 좋았을걸."

트레이시는 댄을 살짝 때리고 그의 어깨에 기댔다. 잠시 편안한 침묵이 흘렀다.

"삶이란 이따금 변화구 같아, 그렇지? 네가 여기 살던 시절에, 동부 여자랑 결혼해 보스턴에서 살게 될 줄 상상이나 했어?"

댄이 대답했다. "아니. 게다가 보스턴에서 살 때는 내가 시더 그로브로 돌아와 부모님 방에서 트레이시 크로스화이트와 잘 줄은 상상도 못 했지."

"그렇게 말하니 조금 섬뜩한걸."

트레이시는 손가락으로 댄의 가슴을 쓰다듬었다. "세라는 나랑 같이 살 거라고 입버릇처럼 말했어. 내가 결혼하면 어쩔 거냐고 묻자, 옆집에 살면서 우리 애들에게 사격을 가르치겠다고 했지. 아빠가 우리한테 그랬듯이 애들을 사격 대회에 데려가자고 했어."

"너 여기로 돌아올 생각 없어?"

트레이시의 손가락이 멈췄다. 댄은 눈에 띌 정도로 움츠러들었다. "미안. 내가 괜한 소리를 했구나."

잠시 후 트레이시가 말문을 열었다. "좋은 추억과 나쁜 기억을 떼어놓기가 어려워."

"난 어느 쪽이었어?"

트레이시는 고개를 기울이고 댄의 눈을 바라보았다. "당연히 좋은 추억이었지. 그리고 점점 더 좋아지고 있어."

"배고파?"

"그 유명한 올리리 치즈버거 만들어주게?"

"카르보나라. 그것도 내 특제 요리 중 하나야."

"네 요리는 전부 살찌는 거네?"

"맛난 음식은 살찌는 법."

"그럼 난 얼른 샤워하고 나올게." 댄이 트레이시에게 입을 맞추고 침대 밖으로 나갔다.

"샤워 마치고 나오면 식탁에 준비되어 있을 거야."

"자꾸 이러면 나 버릇 나빠지는데."

"바라던 바야."

댄이 몸을 숙이고 다시 키스했다. 트레이시는 그를 도로 침대로 끌어당기고 싶었지만, 댄은 이미 침대를 벗어나 계단을 내려갔다. 트레이시는 베개를 품에 안고 누웠다. 부엌에서 댄이 서랍을 여닫고 조리 도구를 꺼내며 냄비와 프라이팬을 달가닥거리는 소리가 났다. 트레이시는 그 소리에 귀를 기울였다. 한때 그녀는 시더 그로브에서 행복했다. 다시 여기서 행복해질 수 있을까? 어쩌면 그녀에게 필요한 것은 댄 같은 남자, 다시 시더 그로브를 고향처럼 느끼게 해줄 사람뿐일지도 모른다. 하지만 그 생각을 하는 동안에도 트레이시는 이미 질문의 답을 알고 있었다. '한번 떠난 고향은 돌아가지 못하는 법' 같은 상투적인 말도 괜히 있는 게 아니었다. 그런 말들은 대개 진실이었다. 트레이시는 나직이 탄식하며 베개를 옆으로 던지고 일어났다. 지금은 미래를 생각할 때가 아니었다. 현재를 걱정하는 것만으로도 벅찼다.

내일 아침 그녀는 첫 증인으로 증언대에 서야 한다.

46

폭풍이 시더 그로브를 덮치지는 않았다. 이번만큼은 일기예보가 맞았다. 그렇다고 날씨가 좋아진 건 아니었다. 아침 기온이 영하 13도까지 떨어졌는데, 캐스케이드 카운티에서는 기록적인 추위였다. 하지만 사흘째 심리가 열리는 법정에는 추위에도 아랑곳없이 방청객이 몰려들었다. 트레이시는 검은색 스커트와 재킷을 입었다. 그녀에게는 재판용 정장이었다. 서류 가방에 하이힐을 넣어 온 그녀는 법정에 들어서자마자 부츠를 벗고 구두로 갈아 신었다.

예정되었던 폭풍이 접근 중이라는 일기예보 때문에 마이어스 판사는 더욱더 심리에 박차를 가하려는 눈치였다. 그는 엉덩이가 판사석에 닿기가 무섭게 말했다. "변호인은 다음 증인을 부르기 바랍니다."

댄이 곧바로 대꾸했다. "트레이시 크로스화이트를 증인으로 부르겠습니다."

변호인과 검사 사이의 문을 지나 증인 선서를 하러 증언대로 가는 동안, 트레이시는 에드먼드 하우스의 따가운 시선을 의식했다. 자신이 에드먼드에게는 자유를 얻을 최고의 기회라고 생각하니 몸시 언짢았다. 트레이시는 애너벨 보빈의 아버지 조지 보빈이 에드 먼드 하우스에 대해 경고하려고 댄의 사무실로 찾아와 했다는 이 야기를 떠올렸다. 보빈은 에드먼드 하우스 같은 자가 있을 곳은 감 옥뿐이라고 했다. 트레이시도 같은 생각이었지만 지금은 사정이 복잡했다.

댄은 차분하게 트레이시의 증언을 이끌어냈다. 정서적으로 민감한 사안임을 감지했는지 마이어스 판사도 재촉하지 않았다. 신상과 관련된 기본 사항을 열거한 다음, 댄이 물었다. "세라는 증인의 분신 같은 존재였죠?"

"늘 제 곁에 있다시피 했으니까요."

댄은 창가로 천천히 걸어갔다. 시커먼 덩굴손 같은 구름이 뻗어 있는 불길한 하늘에서 눈이 또 슬슬 내리기 시작했다.

"어릴 때 살던 집에서 증인과 동생의 방 위치를 설명해주시겠습니까?"

클라크가 일어섰다. 그는 이전 증인들 때보다 트레이시가 증언대에 선 오늘 더 자주 이의를 제기했는데, 증언의 흐름을 깨려는 속셈이 분명했다. 용납할 수 없는 이야기를 댄이 이끌어내려 할까봐 몹시 신경을 쓰는 눈치였다.

"이의 있습니다, 재판장님. 사건과 무관한 질문입니다."

댄이 대꾸했다. "본 질문을 위한 준비 과정입니다."

마이어스 판사가 한마디 했다. "일단 허락합니다만 조금 서둘러 진행합시다, 변호인."

트레이시가 답변했다. "세라의 방은 제 방 바로 옆에 있었습니다. 어차피 상관없었어요. 세라는 거의 밤마다 제 침대에서 잤으니까요. 어둠을 무서워했거든요."

"화장실은 같이 썼습니까?"

"네. 두 방 사이에 있었습니다."

"자매였으니 서로의 물건을 빌려 쓰곤 했겠군요."

"너무 자주 그래서 종종 못마땅했죠." 트레이시는 애써 미소를 지었다. "세라와 저는 체구가 비슷했습니다. 취향도 비슷했고요."

"액세서리에 대한 취향도 해당됩니까?"

"네."

"크로스화이트 형사님, 1993년 8월 21일에 벌어진 사건을 이 자리에서 설명해주시겠습니까?"

트레이시는 북받치는 감정을 추스르느라 잠시 후 입을 열었다.

"그날 세라와 저는 워싱턴 주 카우보이 액션 슈팅 챔피언십에 참가했습니다. 둘이 동점으로 공동 선두에 올라 결승에서 맞붙었는데, 양손을 번갈아 사용하며 표적 열 개를 맞히는 경기였습니다. 저는 표적 하나를 놓쳐 오 초 가산 벌칙을 받았습니다. 이미 진 셈이었죠."

"그래서 세라가 이겼습니까?"

"아뇨. 세라는 표적을 두 개 놓쳤습니다." 트레이시는 옛일을 떠올리고 빙긋이 웃었다. "세라가 표적 두 개를 놓친 건 2년 만이었습니다. 한 게임에서 두 개를 놓친 건 난생처음이었고요."

"일부러 그랬군요."

"세라는 제 남자친구였던 벤이 그날 저녁 우리가 좋아하던 식당으로 저를 데리고 가서 청혼할 계획이란 걸 알고 있었습니다." 트레이시는 잠시 말을 멈추고 물을 한 모금 마신 다음, 유리컵을 탁자에 내려놓았다. "저는 세라가 일부러 져줘서 화가 났습니다. 그 때문에 판단력이 흐려졌어요."

"어떤 면에서 그랬죠?"

"일기예보가 좋지 않았습니다. 폭우에, 천둥까지 친다고 했거든요. 벤은 예약한 시간에 늦을까 봐 저를 데려가려고 사격 대회장까지 왔습니다." 트레이시는 말이 목구멍에 들러붙어 떨어지지 않는 기분이었다.

댄이 거들어주었다. "결국 세라가 혼자서 증인의 트럭을 몰고 집에 가야 했군요."

"어떻게든 설득해서 셋이 같이 식당에 가야 했어요. 그날 이후로 저는 동생을 두 번 다시 보지 못했습니다."

댄은 안타까움을 표하듯 잠시 기다렸다가 조용히 물었다. "우승자에게 주는 상품이 있었습니까?"

트레이시는 고개를 끄덕였다. "은도금된 버클이었습니다."

댄은 증거 탁자에서 은회색 버클을 집어 들고, 지정된 증거 번호를 밝히며 트레이시에게 건넸다.

"검시관은 구덩이에서 세라의 유해와 함께 그 버클을 발견했다고 증언했습니다. 그날 증인이 그 버클을 우승 상품으로 받았다면 어째서 그것이 거기 있었는지 설명해줄 수 있습니까?"

"제가 세라에게 줬으니까요."

"왜 그랬죠?"

"말씀드렸다시피 저는 세라가 일부러 져준 걸 알았습니다. 그래서 떠나기 전에 버클을 동생에게 줬습니다."

"버클을 마지막으로 본 게 그때군요?"

트레이시는 고개를 끄덕였다. 세라는 언니의 검은 카우보이모자를 쓴 채 빗속에 서 있었다. 그 짧은 순간이 동생을 본 마지막이 될 줄 트레이시는 상상도 못 했다. 지난 세월 동안 종종 그 순간을 회상할 때면, 삶은 찰나이며 미래는 일 초 뒤조차도 예측할 수 없다는 사실을 절감했다. 트레이시는 그날 세라에게 화를 낸 것이 후회스러웠다. 2등을 했다는 언짢은 기분으로 언니가 인생 최고의 밤을 망칠까 봐 배려해준 동생의 마음도 모른 채 자존심만 앞세운 자신이 원망스러웠다.

참으려고 애썼지만 눈물이 고였다. 트레이시는 옆에서 티슈 한 장을 뽑아 눈물을 닦았다. 방청석에 앉은 사람들 중에도 눈물을 닦고 코를 푸는 이가 더러 있었다.

댄은 짐짓 자료를 뒤적이는 척하며 트레이시에게 시간을 주었다. 이윽고 증언대 앞으로 돌아온 댄이 물었다.

"크로스화이트 형사님, 1993년 8월 21일에 증인이 마지막으로 본 동생의 옷차림을 말해주시겠습니까?"

클라크가 느닷없이 자리에서 일어나 검사석 앞으로 나섰다.

"재판장님, 방금 변호인의 질문은 본질적으로 증인의 추측을 요구하는 것이며, 따라서 증인의 답변은 신뢰할 수 없습니다."

댄과 클라크가 판사석 앞으로 모여들었다. 댄이 말했다. "성급한 이의 제기입니다, 재판장님. 물론 검사 측은 변호인의 모든 질문에 이의를 제기할 수 있고, 크로스화이트 형사의 기억에 대해 신문할 수 있습니다. 그렇다고 증인의 답변을 아예 차단해서는 안됩니다."

"재판장님의 증거 선별 능력을 의심하지는 않지만, 이번 심리 기록에 추측과 가정이 포함될 것을 우려하는 바입니다."

댄이 대꾸했다. "그렇다면 검사 측은 심리 기록 보존에 대해 얼마든지 이의를 제기할 수 있습니다."

마이어스 판사가 말했다. "변호인의 말에는 동의하지만 이번 심리가 이미 필요 이상으로 언론에 오르내렸다는 점을 우리 모두 알고 있습니다. 기록에 대한 검사 측의 우려를 인정합니다."

클라크가 대뜸 제안했다. "재판장님, 증인에 대한 예비심문 기회를 요청합니다. 이번 심리 과정에서 제시된 증거와는 별도로, 현재 증인이 지금으로부터 20년도 더 된 1993년 8월 21일에 자신의 여동생이 입었던 옷을 기억할 수 있는 근거가 있는지 확인해야겠습니다."

마이어스 판사의 눈이 가늘어졌다. 이윽고 판사가 내놓은 대답에 트레이시는 놀라지 않았다. "증인에 대한 검사 측의 예비심문을 허락합니다."

트레이시의 경험상, 심리 결과가 상소법원으로 넘어갈 가능성이 높다고 본 판사는 항소 근거를 제한하기 위해 보수적으로 판결하기 십상이다. 마이어스 판사는 클라크가 트레이시의 기억을 시험하게 하여, 상소법원 검사 측이 클라크의 이의 제기를 근거로 자신의 판결이 잘못됐다고 주장할 가능성을 배제했다. 이 사안이 자신에게 되돌아올 가능성을 최소화한 셈이었다.

댄은 에드먼드 하우스 옆자리로 되돌아갔다. 에드먼드가 몸을 기울여 뭐라고 속삭였지만 댄은 아무 대답도 하지 않았다.

클라크가 송어 무늬 넥타이를 살짝 풀고 증언대로 다가갔다. "크로스화이트 씨, 1993년 8월 21일에 증인이 어떤 옷을 입었는지 기억합니까?"

"정확한 추측은 가능합니다."

"추측이라고요?" 클라크가 마이어스 판사를 힐긋했다.

"저는 미신을 믿는 편이었습니다. 그래서 사격 대회 기간에는 늘 빨간색 스카프에 터키석이 달린 볼로타이를 맸고, 검은색 카우보이모자를 썼습니다. 긴 스웨이드 망토도 걸쳤죠."

"그렇군요. 증인의 동생도 미신을 믿었습니까?"

"세라는 실력이 워낙 뛰어나서 그럴 필요가 없었어요."

"그렇다면 증인의 동생이 그날 무슨 옷을 입었는지는 '정확히' 추측할 수 없겠군요?"

"누구보다 멋져 보이고 싶어했던 건 분명합니다."

방청석에 앉은 몇몇 사람들의 얼굴에 미소가 번졌다.

"하지만 사격 대회 때마다 특정한 셔츠를 입지는 않았죠?"

"세라는 스컬리를 입었습니다. 그 브랜드 자수를 좋아했거든요."

"스컬리 셔츠를 몇 벌이나 갖고 있었습니까?"

"열 벌 정도였을 겁니다."

"열 벌이라. 특정 부츠나 모자는 없었습니까?"

"부츠는 여러 켤레 있었고, 모자도 여섯 개쯤 있었습니다."

클라크는 배심원석 쪽으로 돌아섰다. 텅 빈 자리를 보고는 구워 삶을 배심원이 한 명도 없다는 걸 깨닫자, 방청석 앞에 가로놓인 난간 가까이 섰다.

"결국 1993년 8월 21일에 증인의 동생이 어떤 옷차림이었는지 확실하게 증언할 근거가 없군요. 20년이 지난 뒤의 추측이나 이번 심리 기간에 들었을 법한 이야기뿐입니다. 그렇죠?"

"아뇨. 그렇지 않습니다."

클라크가 깜짝 놀란 듯했다. 마이어스 판사는 삐걱거리는 의자에 앉아 유심히 지켜보았다. 방청석에 침묵이 감돌았다. 증언대로 다가오는 클라크의 표정을 보니 모든 법률가가 신문할 때 느끼는 딜레마로 갈등하는 기색이 역력했다. 판도라의 상자를 열 것인가, 아니면 다른 주제로 방향을 돌릴 것인가. 문제는 클라크가 중요한 핵심을 건드렸다는 점인데, 살인사건의 증인으로 법정에 자주 섰던 트레이시는 그걸 경험적으로 알고 있었다. 클라크가 질문하지 않으면 댄이 할 터였다. 클라크가 느릿하고 조심스럽게 말했다.

"증인의 동생이 무슨 옷을 입고 있었는지 기억나지 않는 건 틀림없군요."

"네. 확실히 기억나지는 않습니다."

"동생이 미신 때문에 특별한 옷차림을 하지 않았다는 것도 분명합니다."

"맞습니다."

"그렇다면 무슨 근거로 그런 말을……."

클라크가 갑자기 말을 멈췄다. 트레이시는 그의 질문이 끝나기를 기다리지 않았다. "사진이 있습니다."

클라크가 움찔했다. "설마 그날 사진은 아니겠죠?"

트레이시는 담담하게 말했다. "그날 사진 맞습니다. 사격 대회 상위 세 명을 찍은 폴라로이드 사진이죠. 세라는 2등이었고요."

클라크가 헛기침을 했다. "그렇다면 그 사진을 20년 동안 간직하고 있었단 말입니까?"

"물론입니다. 세라가 찍힌 마지막 사진이니까요."

캘러웨이를 만나 갓길에 세워진 자신의 파란색 트럭 안을 살펴본 날, 그녀는 사진을 꺼내 챙겨두었다. 그 때문에 경찰이 증거물로 수집해 사건 파일에 포함시키지 못했던 것이다.

클라크가 마이어스 판사를 보았다. "재판장님, 판사실에서 따로 변호인과의 협의를 요청합니다."

"기각합니다. 예비심문은 끝난 겁니까?"

"재판장님, 이의 있습니다. 그 사진은 본 사건에서 제시된 적이 없습니다. 그런 사진이 있다는 말은 이번에 처음 들었습니다."

마이어스 판사가 댄에게 물었다. "변호인 생각은 어떻습니까?"

댄이 일어섰다. "제가 알기로 검사 측의 말은 맞습니다, 재판장님. 피고 측이 그 사진을 확보하지 못했기 때문에, 설령 법정에 제시하라는 요청이 있었다 해도 그럴 방법이 없었습니다. 하지만 검사 측은 당연히 크로스화이트 형사를 통해 그 사진을 입수할 기회가 있었겠죠."

마이어스 판사가 말했다. "이의는 기각하겠습니다. 변호인, 신문을 계속해도 좋습니다."

댄이 다시 증언대로 다가갔다. "크로스화이트 형사님, 오늘 그 사진을 가져왔습니까?"

트레이시는 서류 가방에 손을 넣어 사진이 담긴 액자를 꺼냈다. 방청석이 크게 술렁이자 마이어스 판사가 판사봉을 내리쳤다. 댄은 사진을 증거물로 지정한 다음, 트레이시에게 사진 속 세라의 복장을 설명해달라고 했다. 트레이시가 답변하자 댄이 물었다.

"사진 속에서 증인의 여동생이 착용하고 있는 귀걸이와 목걸이를 설명해주겠습니까?"

"귀걸이는 물방울 모양 비취입니다. 목걸이는 은목걸이고요."

"이것들을 알아보겠습니까?" 댄은 세라의 유해가 발견된 구덩이에서 켈리 로자가 찾아낸 비취 귀걸이를 트레이시에게 건넸다.

"네. 사진 속에서 세라가 착용한 것과 같은 귀걸이입니다."

댄은 에드먼드의 첫 재판에서 증거로 채택된 미니어처 권총 모양 귀걸이를 집어 들었다. 방청객들이 웅성거렸다.

"그리고 이건……." 댄이 귀걸이의 증거물 번호를 밝히고 트레이시에게 물었다. "이 귀걸이는 알아보겠습니까?"

"네, 그것도 세라의 물건이었습니다."

"납치되던 날 동생이 이것을 착용했습니까?"

클라크가 자리에서 벌떡 일어났다. "이의 있습니다, 재판장님. 증인은 그날 동생의 복장을 정확히 기억하지 못한다고 앞서 진술했습니다. 따라서 저 귀걸이가 사진 속의 귀걸이와 일치하는지 여부만 증언할 수 있습니다."

댄이 말했다. "그 질문 취소하겠습니다. 크로스화이트 형사님, 이 귀걸이가 증인의 여동생이 사진 속에서 착용하고 있는 귀걸이입니까?"

트레이시가 대답했다. "아뇨, 다릅니다."

댄은 귀걸이를 증거 탁자에 도로 내려놓고 자리에 앉았다. 소란이 커지자 마이어스 판사가 판사봉을 내리치고 주의를 주었다. "방청석에 앉아 계신 분들은 이번 심리가 시작될 때 제가 당부 드린 법정 예절을 지켜주시기 바랍니다."

클라크가 일어서서 증언대로 다가왔다. 다급한 표정에 목소리는 공격적이었다. "증인은 동생이 옷차림에 민감했다고 진술했습니다. 맞죠?"

"네, 그랬습니다."

"증인은 동생이 사격 대회에 나갈 때마다 옷차림을 바꿨다고 했습니다. 셔츠와 바지와 모자가 많다고 했죠. 맞습니까?"

"네."

"여벌 옷을 가져가서 뭘 입을지 마음을 바꾸지는 않았습니까?"

"한두 번이 아니었습니다. 아주 성가신 버릇이었죠."

"액세서리도 바꾸곤 했습니까?"

"종종 그랬던 걸로 기억합니다. 특히 시합이 하루를 넘겨 길어질 때는요."

"고맙습니다." 클라크는 조금 안도한 표정으로 재빨리 앉았다.

댄이 일어섰다. "짧게 하겠습니다, 재판장님." 그는 증언대로 걸어갔다. "크로스화이트 형사님, 증인의 동생이 액세서리를 바꾼 적이 있다고 하셨는데, 에드먼드 하우스의 첫 재판 때 공개된 귀걸이를 대회에서 착용한 적이 한 번이라도 있었는지 기억납니까? 검사 측 증거물 34A와 34B로 지정된 권총 모양 귀걸이 말입니다."

"아뇨, 그 귀걸이를 착용한 건 보지 못했습니다."

댄이 손짓으로 클라크 쪽을 가리켰다. "검사 측 질문은 그랬을 가능성도 있다는 의미입니다. 정말로 가능성이 있었다고 봅니까?"

클라크가 이의를 제기했다. "이번에도 증인의 추측을 요구하는 질문입니다. 지금 증인은 사진 속에 있는 것에 대해서만 증언할 수 있습니다."

마이어스 판사가 말했다. "추측을 요구하는 질문은 삼가시오, 변호인."

"허락해주시기 바랍니다, 재판장님. 어째서 가능성이 없는지 크로스화이트 형사가 설명해주리라 믿습니다."

"이번에는 허락합니다만, 짧게 해주시오."

댄이 트레이시에게 물었다. "증인 동생이 권총 모양 귀걸이를 했을 가능성이 있었을까요?"

"아뇨."

"어떻게 그렇게 단언할 수 있죠? 아까 증인은 동생이 종종 변덕을 부린다고 증언하지 않았습니까?"

"세라는 열일곱 살 때 워싱턴 주 액션 슈팅 챔피언십에서 우승했습니다. 아버지가 우승 선물로 권총 모양 귀걸이와 목걸이를 세라에게 주셨죠. 그해 1992년이 귀걸이 뒤에 새겨져 있습니다. 세라는 그 귀걸이를 한 번 착용했는데, 귀에 끔찍한 염증이 생겼습니다. 세라는 24K 금이나 순은 귀걸이만 착용할 수 있었거든요. 아버지는 그 귀걸이가 순은인 줄 아셨는데, 실은 아니었던 거예요. 아버지가 서운해하실까 봐 세라는 아무 말도 하지 않았습니다. 그리고 제가 알기로는 두 번 다시 그 귀걸이를 착용하지 않았습니다."

"동생이 그것을 어디 뒀습니까?"

"자기 방 화장대 위에 놓인 액세서리 상자 안에요."

마이어스 판사가 멈칫했다. 방청객들도 꼼짝하지 않았다. 창밖에서는 하늘이 어둠의 손가락을 길게 뻗었고, 눈발은 더욱 굵어졌다.

"이상입니다." 댄은 조용히 자기 자리로 돌아갔다.

클라크는 집게손가락을 입술에 대고 묵묵히 앉아 있었다. 증언대에서 내려온 트레이시는 또각또각 구두 소리를 내며 대리석 바닥을 가로질러 방청석으로 걸어갔다. 그사이 별안간 돌풍이 창문을 뒤흔들어 근처에 앉은 방청객들을 놀라게 했다. 기겁을 하며 몸을 움츠리는 사람도 있었지만 아무도 자리를 뜨지 않았다. 반짝이는 감청색 세인트존 바지 정장 차림의 마리아 밴펠트마저도 처량한 표정으로 가만히 앉아 있었다.

오직 한 사람만 오전 내내 벌어진 일을 즐긴 눈치였다. 에드먼드 하우스는 의자를 뒤로 기울인 채 몸을 앞뒤로 움직이며, 방금 고급 레스토랑에서 마지막 한 입까지 음미한 사람처럼 싱글싱글 웃고 있었다.

47

오후 심리가 시작되자 마이어스 판사가 체념한 표정으로 다시 판사석에 앉았다.

"일기예보가 부분적으로 적중한 것 같습니다. 현재 세 번째 폭풍이 다가오고 있는데 예상보다 일찍, 이르면 오늘 오후 늦게 들이닥칠 거라고 합니다. 가능한 한 빨리 오늘 심리를 끝내달라고 변호인과 검사를 재촉해야겠습니다."

댄이 곧바로 일어나 변호인 측 마지막 증인으로 해리슨 스콧을 요청했다.

마이어스 판사가 말했다. "그럼 바로 시작합시다."

키가 훤칠하고 호리호리한 스콧이 청회색 정장 차림으로 증인석에 앉았다. 댄은 스콧의 학위와 자격을 간략히 소개했다. 스콧은 워싱턴 주 밴쿠버와 시애틀에서 시립과학수사연구소 소장을 지내다 독립해 사설범죄과학연구소인 IFL을 개업했다.

댄이 질문을 던졌다. "IFL의 전문 분야는 무엇입니까?"

스콧은 이마로 늘어진 모래 빛깔 금발을 손으로 치웠다. 관자놀이 부분이 희끗희끗한 것만 빼면 인상적인 경력이 무색할 만큼 젊어 보였다. 캘리포니아 남부 해변에서 파도타기를 즐기고 있어야 할 것 같았다.

"DNA 분석부터 용의자 지문감식, 총기와 흉기 자국 분석, 범죄 현장 분석을 비롯해 모발과 섬유, 유리 조각, 페인트 흔적 같은 미세 증거물 분석까지 과학수사의 모든 분야를 다루고 있습니다."

"본 사건에서 제가 증인의 연구소에 요청한 사항을 설명해주시겠습니까?"

"혈액 표본 3개와 모발 표본 13개에 대한 DNA 분석을 요청하셨습니다."

"그 표본들을 어디서 가져왔는지 말씀드렸죠?"

"워싱턴 주 순찰대 범죄연구소에 보관되어 있던 실종 사건 수사 자료라고 하셨습니다. 실종자는 세라 크로스화이트라는 젊은 여성이었고요."

"DNA 검사에 대해 간략히 설명해주시겠습니까?"

마이어스 판사가 종이에 메모하면서 고개도 들지 않고 말했다. "본 법정은 DNA 검사와 분석에 대해 잘 압니다. 본론으로 넘어갑시다."

"증인은 제가 드린 혈액과 모발 표본에 대한 DNA 검사를 했습니까?"

"물론입니다." 스콧은 자신이 했던 검사들을 간단히 설명했다.

"그 검사가 1993년에도 가능했습니까?"

"아뇨, 당시에는 못 했습니다."

"혈액부터 이야기하자면, 제가 드린 표본에서 개인 식별에 활용 가능한 DNA 프로필을 확보했습니까?"

"오래된 표본이고 보관 상태가 좋지 않은 데다 교차오염이 발생했을 가능성도 있어서, 완벽한 DNA 프로필을 얻기는 불가능했습니다."

"부분적인 DNA 프로필이 나온 표본이 있었습니까?"

"딱 하나 있었습니다."

"그 부분적인 프로필을 바탕으로 표본의 어떤 점을 확정할 수 있죠?"

"남성의 혈액이라는 사실뿐입니다."

"누구인지 특정할 수 있습니까?"

"아뇨."

댄은 고개를 끄덕이고 자료를 확인했다. 스콧의 분석 결과는 그 피가 자신의 것이었다는 에드먼드의 주장을 뒷받침해주었고, 목공실에서 다친 뒤 트럭에 가서 담배를 꺼낸 다음 집에 들어가 상처를 닦았다는 주장에 신뢰성을 부여했다. 댄이 계속 질문했다.

"모발 표본검사 과정을 설명해주시겠습니까?"

"각각의 표본을 현미경으로 검사했습니다. 모발 열세 가닥 중 모근이 남아 있는 일곱 가닥에 대해 DNA 프로필 검사를 했습니다."

"그 일곱 가닥 중에서 DNA 프로필이 나온 것이 있습니까?"

"다섯 가닥에서 DNA 프로필을 확보했습니다."

"그 프로필들을 연방 데이터베이스와 주 데이터베이스에 저장된 프로필들과 비교해봤습니까?"

"네, 했습니다."

"그렇다면 연방 데이터베이스와 주 데이터베이스의 DNA 프로필과 일치하는 것이 있었나요?"

"네. 표본 다섯 개 중 세 개에서 우리가 '양성반응'이라고 부르는 것을 얻었습니다."

"양성반응이 뭘 의미하는 겁니까?"

"모발 표본 세 개에서 얻은 DNA 프로필과 연방 및 주 데이터베이스에 저장된 DNA 프로필 하나가 일치했다는 뜻입니다."

"감사합니다, 스콧 박사님. 잠시 아까 질문으로 돌아가봅시다. 제가 DNA 검사를 해달라고 드린 게 더 있지 않습니까?"

"맞습니다. 금발 한 가닥을 주시면서 따로 분석해달라고 하셨습니다."

"머리카락의 출처를 말씀드렸던가요?"

"아뇨, 못 들었습니다."

"그 머리카락에서 DNA 프로필을 확보했습니까?"

"그렇습니다. 그리고 연방 및 주 데이터베이스의 자료와 비교해 양성반응을 얻었습니다."

"스콧 박사님, 제가 드린 모발에서 나온 DNA와 일치하는 주 데이터베이스 DNA의 소유자가 누군지 말씀해주시겠습니까?"

"해당 머리카락의 DNA 프로필과 일치하는 주 데이터베이스 DNA의 소유자는 법률 집행관인 트레이시 크로스화이트 형사였습니다."

트레이시는 방청객의 시선이 자신에게 쏠리는 것을 느꼈다.

"좋습니다. 증인은 경찰 수사 파일에 있던 모발 세 가닥의 DNA 프로필과 일치하는 주 데이터베이스 DNA 프로필이 있다는 말도 했습니다. 그 DNA의 소유자를 밝혀주시겠습니까?"

"모발 세 가닥에서 나온 DNA와 일치하는 주 데이터베이스 DNA의 소유자는 트레이시 크로스화이트입니다."

방청석이 술렁였다. 누가 탄식하듯 중얼거렸다.

"하느님 맙소사."

마이어스가 판사봉을 내리치자 다시 조용해졌다.

댄이 스콧에게 말했다. "분명히 해두죠. 경찰 수사 파일에 있던 모발 세 가닥, 즉 빨간색 쉐보레 트럭 안에서 발견된 모발들의 DNA가 트레이시 크로스화이트의 것이었습니까?"

"맞습니다."

"증인이 틀릴 확률은 얼마나 됩니까?"

스콧이 빙그레 웃었다. "10억 분의 1입니다."

"스콧 박사님, 증인은 나머지 모발 두 가닥의 DNA 프로필도 확보했다고 말했습니다." 댄은 몸을 돌려 트레이시를 가리켰다. "그 두 가닥은 크로스화이트 형사의 모발이 아니었습니까?"

"네, 아닙니다."

"그 표본들에 대해 확정 가능한 특징이 있었습니까?"

"네. 두 모발 가닥은 유전적으로 크로스화이트 형사와 연관된 사람의 것이었습니다."

"얼마나 연관된 사이죠?"

"부모가 같습니다."

"자매입니까?"

"자매가 틀림없습니다."

48

밴스 클라크의 짧은 신문이 끝나고 해리슨 스콧이 증언대에서 내려가자, 마이어스 판사가 밴스 클라크에게 눈을 돌렸다. "검사 측은 추가로 증인을 부를 생각입니까?"

그러지 않는 편이 나을 거라는 말투였다. 어차피 현실적으로 볼 때 누굴 부를 수 있겠는가? 1993년에 소환되었던 증인들은 이미 모두 증언대에 섰고, 이번에 그들의 진술은 썩 만족스럽지 못했다.

클라크가 일어섰다. "부르지 않겠습니다, 재판장님."

마이어스 판사가 고개를 끄덕였다. "그렇다면 잠시 휴정하겠습니다."

그러고는 이날 심리를 즉시 종결하지 않고 휴정하는 까닭에 대해 별다른 설명도 없이 곧바로 자리를 떴다. 판사실로 통하는 문이 닫히자마자 법정 안이 소란스러워지면서 기자들이 트레이시에게 몰려갔다. 출구가 완전히 막히기 전에 재빨리 문으로 걸어가던 트레이시는 그녀를 도와 길을 터주던 핀레이 암스트롱을 보고 말했다. "바람 좀 쐬어야겠어요."

"제가 적당한 곳을 압니다."

두 사람은 함께 뒤쪽 계단을 내려가 옆문을 통해 건물 남쪽의 콘크리트 발코니로 나왔다. 트레이시는 에드먼드 하우스의 재판 당시 이곳에 섰던 기억을 어렴풋이 떠올렸다.

"잠시 혼자 있고 싶어요."

핀레이가 물었다. "괜찮겠습니까? 문밖에서 지키고 있을까요?"

"괜찮아요."

"판사님이 돌아오면 알려드리겠습니다."

얼얼할 정도로 추운 날씨였지만 트레이시는 땀이 나고 숨이 가빴다. 일생일대의 심리가 마침내 끝났다는 사실에 그녀 자신도 어안이 벙벙했다. 이 상황을 받아들일 시간이 필요했다.

빨간색 쉐보레 트럭에서 발견된 모발 표본들이 트레이시와 세라의 것이라는 스콧의 증언은 그 증거물의 가치에 심각한 의구심을 불러일으켰다. 더구나 에드먼드의 재판에서 증거로 채택된 귀걸이가 세라가 납치될 당시 착용한 귀걸이가 아니라는 사실도 논란거리였다. 비닐봉지와 카펫 섬유의 존재는 캘러웨이의 증언에 심각한 의문을 야기했다. 그는 이전에 에드먼드가 세라를 죽이자마자 매장했노라 자백했다고 주장했다. 댄이 헤이건의 신뢰성을 떨어뜨린 것도 한몫했다. 마이어스 판사가 에드먼드 하우스의 재심을 승인하는 건 시간문제였다. 이제 앞을 내다볼 때였다. 동생의 사망에 대한 재수사가 시작되게 해야 하고, 사람들이 입을 열게 해야 했다. 그녀의 경험에 비춰볼 때, 공모자들이 서로 물어뜯게 하려면 범죄자로 기소해 감옥에 처넣겠다고 현실적으로 위협하는 방법이 최고였다.

혹독한 추위가 처음에는 상쾌하게 느껴졌지만 이제는 볼이 타들어가는 듯했다. 손끝에도 감각이 없었다. 문으로 다가가던 트레이시는 자신을 지켜보는 마리아 밴펠트를 발견했다.

"한 말씀 해주시겠습니까, 크로스화이트 형사님?"

트레이시는 대답하지 않았다.

"이번 일이 개인적인 문제라던 형사님 말씀을 이제야 이해합니다. 동생분에 대해서는 안타까운 마음입니다. 제가 좀 과했어요."

트레이시는 애써 고개를 까딱했다.

"누구 짓일지 혹시 짐작이 가십니까?"

"전혀요."

밴펠트가 다가왔다. "미디어가 어떤지 아시잖아요, 형사님. 시청률에 죽고 시청률에 살죠. 개인적인 욕심은 전혀 없었어요."

하지만 트레이시는 이번 일이 자신에게나 밴펠트에게나 개인적인 문제라고 생각했다. 살인자에게 재심 기회를 주려는 강력계 형사는 시청자의 관심을 끌기에 훌륭했다. 희생자가 형사의 여동생이라면 더욱 좋았다. 시청률이 높아지면 방송사만 좋은 게 아니다. 밴펠트가 대중 앞에 더 많이 노출되는 것이며, 그녀 같은 사람에게는 그게 전부였다.

트레이시가 말했다. "당신에겐 시청률이 중요하겠죠. 나랑 내 가족에겐 아닙니다. 이 마을에도 아니에요. 살인사건의 충격은 쇼가 아닌 생생한 현실입니다. 이건 내 삶이 걸린 일이에요. 내 동생의 삶과 부모님의 삶을 앗아간 일이고요. 이 일로 내 고향도 망가졌죠. 20년 전 이곳에서 벌어진 사건은 우리 모두를 충격에 빠트렸어요. 지금도 그렇고요."

"당신의 사연을 중점적으로 소개할 수도 있어요."

"내 사연요?"

"정의를 찾는 20년 여정의 종착역이 보인다."

트레이시는 점점 더 어두워지는 하늘에서 첫 눈송이가 떨어지는 것을 바라보았다. 이번 일기예보는 정확하다는 것을 하늘 전체가 보여주고 있었다. 트레이시는 심리가 끝나면 뭘 할 거냐고 묻던 킨징턴과 댄의 질문을 마음속으로 곱씹었다.

"그게 바로 당신이 이해하지 못하는 점입니다. 영원히 이해하지 못할 거예요. 심리가 끝나면 당신은 새로운 이야깃거리를 찾으러 다니겠죠. 하지만 난 그런 호사는 누리지 못해요. 이 일은 영원히 끝나지 않을 테니까요. 나와 이 마을에는 말입니다. 우리 모두 이제 막 고통과 더불어 사는 법을 배웠어요."

트레이시는 밴펠트를 지나쳐 문을 열고 마이어스 판사가 무슨 말을 할지 기대하며 안으로 들어갔다.

* * *

트레이시는 마이어스 판사가 다시 자리에 앉아 종이를 뒤적이고 문서 더미를 옆으로 옮기는 모습을 지켜보았다. 그의 태도가 변한 것 같았다. 판사는 황색 종이 한 장을 집어 비스듬히 들고, 코끝에 걸친 독서 안경 너머로 반쯤 빈 방청석을 바라보았다. 폭풍이 들이닥치기 전에 집에 가려고 자리를 뜬 사람들이 많았다.

마이어스 판사가 입을 열었다. "쉬는 시간을 이용하여 일기예보 확인과 더불어 관련 법에 명시된 저의 권한 범위를 확인했습니다. 차례대로 말씀드리겠습니다. 일기예보에 따르면 강력한 겨울 폭풍이 오늘 저녁에 몰려올 거라고 합니다. 그 점을 고려하건대 본 심리를 하루라도 더 연장할 수는 없다고 판단했습니다. 따라서 저는 이번 심리에 대한 사실 확인 및 법률적 판단이 담긴 소견을 제시하고자 합니다."

트레이시가 댄을 바라보았다. 에드먼드 하우스도 마찬가지였다. 댄과 클라크 둘 다 휴식 시간에 탁자 위를 치워놓은 상태였다. 자리를 뜬 방청객들과 마찬가지로 두 사람도 오늘 심리가 끝났다고 생각했다. 어쩌면 마이어스 판사가 잠시 휴정한 것이 판결을 내릴 거라는 암시였는지도 모른다. 변호인과 검사는 부랴부랴 펜을 꺼냈다. 마이어스 판사는 잠깐만 기다려주고 곧바로 말을 이었다.

"30년 넘게 판사석을 지켜오는 동안 이렇게 부당한 판결로 의심되는 사건은 본 적이 없습니다. 저는 20여 년 전에 무슨 일이 벌어졌는지 모릅니다. 이는 아마도 법무부에서 판단할 사안일 것이며, 그 일에 책임이 있는 자들의 운명 또한 마찬가지입니다. 하지만 이번 심리 과정에서 변호인이 1993년 당시 피고 에드먼드 하우스의 유죄 판결을 이끌어낸 증거의 타당성에 상당한 흠결이 있음을 입증했다는 것은 분명합니다. 어떤 점들이 부당한지는 제 소견서에 상세히 기록되겠지만, 지금 이 자리에서 그 내용을 밝히는 까닭은 피고를 감옥으로 돌려보내 단 하루라도 더 복역시켜서는 안 된다는 판단 때문입니다."

에드먼드가 믿을 수 없다는 표정으로 또다시 댄을 바라보았다. 남은 방청객들 사이에서 나직이 웅성대는 소리가 들렸다. 마이어스는 판사봉을 한 번 내리쳐 좌중을 침묵하게 했다.

"우리의 사법제도는 진실을 전제로 합니다. 그 제도 안에서 살아가는 이들이 진실을 존중하고, 신의 가호 아래에서 오로지 진실만을, 완전한 진실만을 말한다는 것을 전제로 합니다. 그러한 전제하에서만 우리의 사법제도가 제대로 기능할 수 있습니다. 우리는 진실을 우습게 여기는 증인들을 통제할 수는 없지만, 사법 절차에 관여하는 이들, 즉 법률을 집행하는 공무원과 법정에서 일하기로 선서한 사람들은 통제할 수 있습니다."

마지막 문장은 캘러웨이와 클라크, 디안젤로 핀을 비난한 것이리라.

"우리의 사법제도는 완벽하지 않습니다. 그러나 저 유명한 법률가 윌리엄 블랙스톤 경의 말처럼, 무고한 죄인 한 명을 만들기보다는 범법자 열 명을 놓치는 편이 낫습니다.

하우스 씨, 나는 당신이 기소되고, 재판받고, 유죄 판결을 받은 범죄에 대한 당신의 유무죄 여부는 알지 못합니다. 그건 내가 판단할 문제가 아닙니다. 하지만 본 법정에서 제시된 증거를 바탕으로 판단하건대, 당신이 받은 재판이 미합중국 헌법과 그것을 초안한 우리 선조들이 규정한 공정한 재판이었는지 심각한 의문이 듭니다. 그것이 본 재판장의 견해이자 결론입니다. 따라서 나는 이 사건을 1심 법원으로 돌려보내 당신이 다시 재판받게 하라고 상소법원에 권고할 생각입니다."

에드먼드 하우스는 두 손을 탁자에 얹은 채 턱을 가슴에 괴고 우람한 어깨를 들썩이며 한숨을 내쉬었다.

마이어스 판사가 계속 이야기했다. "말처럼 간단치 않다는 건 압니다. 아마도 지난 20년 동안 증거물은 많이 훼손되고 증인들의 기억도 흐릿해졌을 겁니다. 검사 측의 부담은 20년 전보다 훨씬 더 크겠지만, 그게 불이익이라면 자초한 불이익입니다. 그건 제가 관여할 바 아닙니다.

이번 심리에 대한 사실 확인 및 법률적 판단이 담긴 소견서가 준비되려면 시간이 걸릴 테고, 상소법원에서 소견서를 검토하는 데에도 시간이 걸릴 것입니다. 검사 측이 저의 결정에 항소할 가능성도 있습니다. 그리고 이 사건이 1심 법원으로 반송되어 다시 재판이 열리기까지는, 물론 열릴 거라고 단정하긴 어렵지만, 필연적으로 시간이 지연될 것입니다. 그러나 하우스 씨, 당신은 재판 지연에 대해 걱정하지 않아도 됩니다."

트레이시는 마이어스 판사가 무슨 말을 하려는지 짐작이 갔다. 방청객들도 그랬는지 수군거리며 동요하는 눈치였다.

"이 자리에서 당신의 석방을 명하는 바입니다. 물론 캐스케이드 카운티 교도소의 절차를 거쳐야 하고, 자유를 제약하는 몇 가지 조건을 수용해야 합니다. 보석금은 부과하지 않겠습니다. 20년을 복역했으니 대가는 충분히 치렀습니다. 하지만 재심 전까지 워싱턴 주를 벗어나지 말 것을 명합니다. 또한 날마다 보호관찰관에게 보고해야 하고, 주류와 약물을 멀리해야 하며, 워싱턴 주와 미국의 법을 준수해야 합니다. 이 조건들을 받아들이겠습니까?"

사흘 내내 입을 다물고 있던 에드먼드 하우스가 일어서서 대답했다. "네, 판사님."

49

마이어스 판사가 마지막으로 판사봉을 내리치자, 기자들이 변호인석 쪽으로 몰려가 댄과 에드먼드 하우스에게 소리 높여 질문을 해댔다. 댄이 기자들을 진정시키는 동안, 교도관들이 에드먼드에게 수갑과 족쇄를 다시 채우고 석방 절차를 위해 캐스케이드 카운티 교도소로 가는 뒷문으로 데려갔다.

댄이 말했다. "제 의뢰인의 석방 절차가 마무리되면 곧바로 교도소에서 기자회견을 열겠습니다."

핀레이 암스트롱이 트레이시를 법정 밖으로 데리고 나가려고 다가왔다. 소란의 한복판에서 트레이시는 어깨 너머로 뒤를 힐긋 보았다. 그 짧은 순간, 창밖으로 빗속에 홀로 서 있는 세라를 마지막으로 본 그날이 퍼뜩 떠올랐다.

댄이 고개를 들어 트레이시와 눈을 맞추고 살짝 만족스러운 미소를 지었다.

핀레이가 트레이시를 법정 문밖으로 안내한 다음, 그녀를 데리고 대리석 계단을 따라 원형 홀로 내려갔다. 댄이나 에드먼드에게서 취재할 게 없다고 느낀 일부 기자들이 부리나케 트레이시를 쫓아왔고, 카메라맨들은 법원 내부 계단을 내려가는 트레이시의 모습을 담으려고 서둘러 앞서가며 사진과 동영상을 찍어댔다.

"누명이 벗겨졌다고 생각하십니까, 형사님?"

"중요한 건 피고의 누명 여부가 아닙니다."

"그럼 뭐가 중요하죠?"

"제 동생 세라가 무슨 일을 당했는지 알아내는 게 핵심입니다."

"개인적으로 수사를 하실 겁니까?"

"동생의 죽음에 대한 재수사를 요청할 생각입니다."

"동생분을 누가 살해했을지 짐작이 가시나요?"

"생각나는 게 있다면 향후 수사관들에게 알리겠습니다."

"에드먼드 하우스의 트럭에서 어떻게 형사님의 모발이 나왔을까요?"

"누군가 갖다 놓은 것이겠죠."

"누가 그랬을지 아십니까?"

트레이시는 고개를 저었다. "아뇨."

"캘러웨이 보안관이었을 거라고 보십니까?"

"아무것도 단언할 수 없습니다."

또 다른 기자가 물었다. "액세서리는 어떻게 된 거죠? 누가 갖다 놨는지 아십니까?"

"추측성 발언은 하지 않겠습니다."

"에드먼드 하우스가 동생을 죽이지 않았다면 누가 그랬을까요?"

"다시 말씀드리지만 추측성 발언은 삼가겠습니다."

대리석 원형 홀로 내려와보니 더 많은 카메라와 마이크가 공격적으로 몰려들었다. 피해봐야 소용없다고 판단한 트레이시는 걸음을 멈췄다.

한 기자가 물었다. "동생을 살해한 범인이 결국 법의 심판을 받을 거라고 생각하십니까?"

"오늘은 세라의 죽음을 다시 수사하기 위한 첫걸음을 내디뎠을 뿐입니다. 끝까지 차근차근 단계를 밟아갈 생각입니다."

"이제 뭘 하실 겁니까?"

"우선은 시애틀로 돌아갈 생각입니다. 하지만 그것도 폭풍이 지나갈 때까지 기다려야겠네요. 우리 모두 각자 숙소로 돌아가는 게 좋을 듯합니다."

트레이시는 핀레이의 도움을 받으며 사람들을 헤치고 나아갔다. 집요한 기자 몇 명은 법원 밖까지 따라왔지만 날씨가 점점 나빠지는 걸 의식했는지 금방 포기했다. 두꺼운 장막처럼 쏟아지는 굵은 눈송이가 쉼 없이 부는 바람과 이따금 불어 닥치는 돌풍에 사납게 휘몰아쳤다. 트레이시는 모자를 쓰고 장갑을 끼면서 핀레이에게 말했다. "여기서부터는 혼자 갈 수 있어요."

"정말 괜찮겠어요?"

"혹시 결혼했어요, 핀레이?"

"그럼요. 아직 학교도 안 간 꼬마가 셋이나 있는걸요."

"그럼 집에 가서 가족과 함께 있어주세요."

"그러고 싶지만 이런 날씨에는 사건 사고가 많잖아요."

"그러게요. 순찰 돌던 시절이 생각나네요."

"위로가 될지 모르겠지만……."

"충분해요. 고마워요."

트레이시는 법원 계단을 내려갔다. 미처 부츠로 갈아 신을 겨를이 없었던 터라 하이힐 때문에 걸음걸이가 위태로웠다. 미끄러운 계단을 디디며 한 걸음 한 걸음 조심했다. 구두 가죽에 물기가 스며서 발가락이 얼어붙는 느낌이었다. 멀쩡한 구두 한 켤레를 버리겠구나 싶었다.

고개를 들어 주위를 둘러보니 주차장을 빠져나가는 승용차와 트럭 들이 법원 앞 도로를 메우고 있었다. 그중 일부는 스노체인을 달아 절그럭거리는 소리가 났는데, 에드먼드 하우스가 법정에 드나들 때 나던 소리를 연상시켰다. 커다란 스노타이어가 달린 평상형 트럭 한 대가 속도를 늦추며 교차로로 다가갔다. 후방 우측 제동등이 깜빡거렸다. 왼쪽은 꺼져 있었다.

아드레날린이 치솟는 기분이었다. 잠시 망설이던 트레이시는 최대한 조심하며 서둘러 내려가기 시작했다. 계단을 다 내려와서 한쪽 발이 미끄러졌지만, 간신히 난간을 붙잡은 덕분에 얼어붙은 길에 완전히 나동그라지지는 않았다. 그녀가 가까스로 일어섰을 무렵에는 평상형 트럭이 교차로에 다다랐다. 트레이시는 길 건너 인접 주차장으로 가서 눈에 힘을 주고 뚫어져라 보았지만, 거리가 너무 멀고 눈발이 굵어서 차량번호판의 글자와 숫자를 알아보기가 어려웠다. 뒤 창문도 철창 형태라 내부가 잘 보이지 않았다. 이윽고 트럭이 교차로에서 우회전을 하고 법원 북쪽 도로를 따라 달리기 시작했다.

트레이시는 아직 떠나지 못한 차들 사이로 미끄러지듯 걸었다. 배기관에서 매연을 토해내는 차들 밖에는 운전자들이 서서 앞뒤 유리에 쌓인 눈을 정신없이 치우고 있었다. 몇몇은 눈도 치우지 않고 차를 뺐다. 주차장 출구로 차들이 몰리면서 혼잡이 가중되었다. 평상형 트럭에서 눈을 떼지 않고 있던 트레이시는 후진하던 차의 범퍼에 다리가 스쳤다. 그녀는 차 트렁크를 두드려 운전자의 주의를 끌고, 부딪히지 않으려고 몸을 빙글 돌렸다. 하지만 구두 굽이

미끄러지는 느낌이 들었다. 결국 방금 차가 떠난 듯 아직 눈이 쌓이지 않은 아스팔트를 무릎으로 찍고 말았다. 운전자가 차에서 내려 사과했지만 트레이시는 이미 일어나 평상형 트럭을 찾고 있었다. 트럭은 대로로 들어선 다음 교차로에서 멈췄다. 앞에 차 세 대가 서 있었다. 트레이시는 주차된 차들 사이로 달려갔다. 허파는 터질 것 같고, 균형을 잃지 않으려고 줄곧 힘을 준 탓에 종아리가 욱신거렸다. 이윽고 교차로에서 왼쪽으로 방향을 돌린 트럭은 무섭게 쏟아지는 폭설을 가르며 시더 그로브 쪽으로 멀어져갔다.

트레이시는 추격을 멈추고 몸을 숙인 채 두 손으로 무릎을 짚었다. 하지만 고개는 계속 들고 트럭이 더 이상 보이지 않을 때까지 지켜보았다. 힘겨운 숨결이 하얗게 흩어졌다. 추위에 가슴과 허파가 오그라들고 바람에 노출된 볼과 귀는 따끔거렸다. 보아하니 아까 쓰러질 때 스타킹이 찢어진 모양이었다. 바닥에 부딪힌 무릎이 많이 아팠다. 발가락에는 이미 감각이 없었다.

트레이시는 서류 가방을 뒤져 펜을 꺼내 뚜껑을 물어서 뽑았다. 그리고 번호판의 글자와 숫자를 최대한 기억해내서 눈에 젖은 손바닥에 적었다.

자기 차로 돌아온 그녀는 시동을 걸고 히터를 세게 틀었다. 눈 쌓인 앞 유리를 닦는 와이퍼 소리가 귀에 거슬렸다. 여전히 손가락에 감각이 없어서 전화번호를 누르기가 쉽지 않았다. 주먹을 쥐고 손바닥 안으로 입김을 불어 손가락을 폈다 오므렸다 한 다음 다시 전화번호를 눌렀다.

첫 신호음에 킨징턴이 전화를 받았다. "어이."

"끝났어."

"뭐?"

"판결이 났어. 에드먼드는 다시 재판을 받을 거야."

"어떻게 된 거야?"

"자세한 이야기는 나중에 해줄게. 지금은 당신 도움이 필요해. 차량번호판 조회 좀 해줘. 일부만 봤기 때문에 글자와 숫자 조합을 바꾸면서 확인해야 할 거야."

"잠깐만. 좀 적을게."

트레이시는 어렴풋이나마 보았던 글자와 숫자 들을 알려주었다. "워싱턴 주 번호판이야. V가 아니라 W일지도 모르고, 3 대신 8일 수도 있어."

"범위가 굉장히 넓어지겠는걸."

트레이시는 전화를 다른 손으로 옮기고 주먹 안으로 입김을 불었다. "그럴 거야. 평상형 트럭이었으니 상용 번호판일지 몰라. 아섭게도 잘 보이지가 않았어." 그녀는 다시 전화를 옮기고 손가락을 폈다 오므렸다 하면서 주먹에 입김을 불었다.

"언제 돌아올 거야?"

"모르겠어. 머지않아 이곳에 폭풍이 불어 닥칠 거래. 빨라도 월요일에나 갈 수 있겠어."

"여긴 이미 눈보라가 휘몰아치고 있어. 트럭들이 도로에 모래를 뿌리는 소리가 들려. 난 그거 아주 질색이야. 저러고 나면 마치 고양이 화장실 안에서 차를 모는 느낌이거든. 이 번호를 문의하고 나서 집에 가야겠군. 답변이 오면 알려줄게."

트레이시가 전화를 끊자마자 댄에게서 전화가 걸려왔다. "교도소로 가는 중이야. 에드먼드가 석방되면 거기서 기자회견을 열 생각이야."

"그자는 어디로 갈까?"

"아직 그건 물어보지 않았어. 그나저나 아이러니한걸."

"뭐가?"

"에드먼드가 풀려난 첫날 우리 모두는 눈에 갇히다니 말이야."

50

로이 캘러웨이는 심리가 끝난 뒤 귀가하지 않았다. 평소에 늘 가던 곳, 지난 30여 년 동안 거의 날마다 간 곳, 비가 오나 눈이 오나 평일이건 주말이건 늘 가는 곳에 갔다. 캘러웨이에게는 그곳이 가장 편했으며, 자기 집 거실보다도 편했다. 당연하지 않은가? 그는 집보다 사무실에서 훨씬 더 많은 시간을 보냈다. 캘러웨이가 책상 앞에 앉았다. 의자에 앉아 부츠를 올려놓는 버릇이 있는 그의 책상 모서리는 여기저기 찍히고 긁혀 있었다. 그는 사람들에게 자신이 죽으면 그 책상에서 시신을 찾게 될 거라고 했는데, 죽을 때까지 사무실을 떠나지 않을 작정이었기 때문이다. 누군가 크레인을 끌고 와 비명을 지르며 바동거리는 그를 끄집어내기 전까지는.

"나 찾는 전화 오면 없다고 해."

캘러웨이가 당직 부관에게 말했다. 그리고는 책상 모서리에 두 발을 올리고 의자에 앉은 채 몸을 앞뒤로 움직이며 벽에 걸려 있는 송어를 감상했다. 어쩌면 이제 아내의 소원대로 은퇴할 때가 됐는지도 모른다. 보안관 자리를 핀레이에게 넘기고, 젊은 사람에게 기회를 주고 물러나야 할 때인지도 모른다. 집에 가서 손자들 웅석이

나 받아줘야 할 때인지도 모른다.

그게 좋을 듯했다. 그게 옳을 듯했다.

하지만 이건 회피나 다름없다.

로이 캘러웨이는 단 한 번도 회피한 적이 없었다. 평생 그 어떤 문제에서도 달아나지 않았다. 지금도 그럴 마음이 없었다. 또한 사람들의 눈총에 굴복할 생각도 없었다. 고집불통이라고 불리건, 오만한 늙은이라고 불리건 신경 쓰지 않았다. 연방수사국이건, 법무부건, 해병대건 상관없었다. 캘러웨이는 자신의 책상과 자신의 사무실을 호락호락 넘겨줄 마음이 없었다. 멋대로들 추측해라. 증거를 의심해도 좋고, 부당 행위 운운해도 상관없다. 어차피 증명 못할 테니까.

단 하나도.

비난을 퍼붓고 손가락질을 해도 좋다. 거만하고 무례하게 굴어도 좋다. 사법제도의 올바른 운용에 대해 지껄일 테면 지껄여봐라. 사람들은 모른다. 쥐뿔도 모른다. 캘러웨이는 지난 20년 동안 모든 것을 생각했다. 자신이 옳은 일을 했는지 20년 동안 자문했다. 결정의 순간 자신이 무엇을 알고 있었는지에 대해 20년 동안 확인했다. 그리고 이제 하나도 바꿀 마음이 없었다. 단 하나도.

캘러웨이는 책상 서랍에서 조니워커를 꺼내 반 컵쯤 따라 한 모금 마시고 목이 타들어가는 느낌을 즐기며 다짐했다. 올 테면 와라. 난 바로 여기서 기다릴 테니까.

* * *

얼마나 시간이 지났을까. 추억에 잠겨 있던 캘러웨이는 휴대전화 벨소리에 현재로 돌아왔다. 그의 휴대전화 번호를 아는 사람은 드물었다. 발신자 이름이 '집'으로 떴다.

그의 아내가 물었다. "오는 중이야?"

"금방 가. 일이 막 끝났어."

"뉴스 봤어. 안타깝게 됐네."

"그래."

"곧 정말로 폭설이 내릴 거래. 지금 안 오면 못 올 수도 있어. 남은 음식으로 스튜 만들어놨어."

"오늘 같은 밤에 어울리는 요리로군. 금방 갈게."

캘러웨이는 통화를 끊고 휴대전화를 셔츠 주머니에 넣었다. 술잔과 술병을 하단 서랍에 도로 넣고 서랍을 닫으려 할 때, 뿌연 유리를 따라 문으로 다가오는 형체가 또렷이 보였다. 밴스 클라크가 노크도 없이 문을 열고 안으로 들어왔다. 헤비급 권투선수의 펀치를 3라운드 내내 막아낸 사람처럼 지친 표정이었다. 옷깃의 단추는 풀어져 있고, 넥타이 매듭은 헐겁고 비딱했다. 클라크는 팔에 기운이 없어 더는 못 들고 있겠다는 듯 서류 가방과 코트를 의자에 털썩 내려놓고, 또 다른 의자에 쓰러지듯 주저앉았다. 이마에는 근심이 서린 주름이 도드라졌다. 캐스케이드 카운티 검사인 그는 큰 재판이 끝나면 카메라와 기자들 앞에 나설 의무가 있었다. 오래된 카운티 규정이긴 하지만 캘러웨이가 기억하기로 그런 일은 손에 꼽을 정도였다. 20년 전 에드먼드 하우스가 유죄 판결을 받은 후, 캘러웨이는 클라크와 함께 언론 앞에 섰다. 그 자리에는 트레이시도 있었고, 트레이시의 부모님인 제임스 크로스화이트와 애비 크로스화이트도 있었다.

캘러웨이가 물었다. "많이 힘들었나 보군?"

클라크는 어깨를 으쓱했는데 그마저도 힘에 겨워 보였다. 그의 두 팔은 흐느적거리는 국수 가닥처럼 의자 양옆으로 축 늘어졌다. "자네도 알잖아."

캘러웨이는 다시 의자에 앉아 술병을 도로 꺼냈다. 이번에는 책상에 술잔을 두 개 놓고 그중 하나에 술을 반 컵쯤 따라 클라크가 앉아 있는 쪽 책상 모서리로 밀었다. 그리고 자기 잔에도 또 술을 따랐다. "그날 기억나나?"

20년 전 에드먼드 하우스의 재판이 끝난 뒤, 두 사람은 이 사무실에서 건배를 했다. 그때는 제임스 크로스화이트도 있었다.

"기억나지." 클라크는 술잔을 들어 캘러웨이 쪽으로 살짝 기울인 다음, 독한 술을 한입에 털어 넣고 오만상을 지었다. 캘러웨이가 더 따라주려고 술병을 들자 클라크는 됐다고 손사래를 쳤다.

구부러진 종이 클립을 엄지와 검지 사이에 걸고 헬리콥터 날개처럼 빙빙 돌리면서, 캘러웨이는 똑딱거리는 벽시계 소리와 낮게 울리는 형광등 소리를 들었다. 형광등 하나는 여전히 껌뻑이고 틱틱거렸다. "항소를 제기할 건가?"

"어차피 형식적인 일이야."

"상소법원이 항소를 기각하고 재심을 승인하기까지 얼마나 걸리겠나?"

"그건 내 소관이 아닐 거야. 물론 새 검사는 빨리 손 떼려 하겠지." 이미 이번 일에서 빠진 사람 같은 태도였다. "이미 핑곗거리가 있잖아. 내가 망쳐놔서 어차피 승산 없는 싸움이라고 날 탓하겠지. 쓸데없이 세금 낭비하는 꼴이고, 남이 싸놓은 똥으로 자기 경력에 먹칠할 필요 없으니까."

"밝혀진 건 아무것도 없어. 추측과 의심뿐이야, 밴스."

"언론에서는 이미 시더 그로브의 부패와 음모에 관한 보도를 쏟아내고 있어. 무슨 기사가 더 나올지 짐작도 안 가."

"이 카운티 주민들은 자네가 누구이고 자네의 존재 의미가 뭔지 잘 알아."

클라크가 빙그레 웃었지만, 서글픈 미소는 금세 희미해졌다. "나도 그걸 알면 좋겠군." 그는 책상에 술잔을 내려놓았다. "우리가 형사 고발을 당할 거라고 보나?"

이번에는 캘러웨이가 어깨를 으쓱했다. "그럴 수도 있지."

"난 변호사 자격을 박탈당하겠군."

"나는 불명예퇴직을 하게 될 테고."

"걱정하지 않는 눈치로군."

"어차피 벌어질 일은 벌어져, 밴스. 이제 와서 마음을 바꾸는 건 아무 도움도 안 돼."

"한 번도 의심 안 해봤어?"

"우리가 옳은 일을 했는가에 대해서? 단 한 번도."

캘러웨이는 술을 다 마시고 아내가 폭풍에 대해 경고했던 일을 떠올렸다. "자네도 더 늦기 전에 집으로 돌아가. 가서 아내한테 키스해줘."

"가장 중요한 일이지, 안 그래?"

캘러웨이는 다시 박제 송어를 쳐다보았다. "그게 전부야."

"에드먼드 하우스는 어떻게 되지? 어디로 갈지 감이 잡히나?"

"모르겠어. 하지만 이런 날씨에 어디든 멀리 가진 않을 거야. 자네 38구경 아직 갖고 있지?"

클라크가 고개를 끄덕였다.

"가까이 두는 편이 좋을 거야."

"그 생각은 나도 이미 했어. 디안젤로는 어쩌지?"

캘러웨이는 고개를 저었다. "내가 그 친구를 눈여겨보긴 하겠지만, 에드먼드 하우스는 그렇게 영리한 놈이 아냐. 그랬다면 변호인의 무능을 근거로 진작 항소를 제기했겠지. 지금껏 한 번도 그러지 않았어."

51

트레이시는 차를 후진한 다음 기어를 D에 놓고 가속페달을 힘껏 밟았다. 벌써 세 번째 시도였다. 드디어 타이어가 댄의 집 진입로 가장자리에 쌓인 눈과 얼음 위로 튕겨 올랐고, 곧바로 차 밑에서 바닥이 쓸리는 소리가 들렸다. 그녀는 댄이 주차할 공간을 남겨두려고 현관에 바짝 붙여 차를 댔다. 그 소리에 경보 시스템이 울리고 집 안에서 컹컹대는 개 두 마리의 합창이 터져 나왔다. 산산조각 난 창문을 막고 있는 판자 때문에 둘의 모습은 보이지 않았다.

차에서 내리자, 높이 쌓인 눈에 부츠가 종아리까지 푹 빠졌다. 일부가 파묻힌 조경등들은 금빛 웅덩이처럼 보였다. 트레이시는 차고 문 위에 댄이 숨겨둔 예비 열쇠를 꺼내 현관문의 자물쇠를 열면서 셜록과 렉스를 불렀다. 두 녀석이 목이 터져라 짖어대기 시작했다. 개들이 달려 나올 걸 예상한 트레이시는 문을 열면서 충돌을 피하려고 옆으로 비켰다. 하지만 녀석들은 달려들지 않았다. 렉스는 아예 관심이 없었고, 셜록은 트레이시 뒤에 댄이 있는지 보려는 듯 문밖으로 고개만 내밀었다. 그리고 댄이 없다는 걸 확인하더니 자기 자리로 돌아갔다.

트레이시는 집 안으로 들어서서 문을 닫으며 중얼거렸다.

"너희 심정 이해해. 나도 더운물에 목욕이나 했으면 좋겠구나."

극도의 긴장이 풀리면서 감정적 피로와 스트레스가 몰려드는 와중에도 트레이시의 머릿속에는 평상형 트럭의 번호판이 아른거렸다.

트레이시는 현관문을 잠그고 부츠와 장갑, 코트를 벗어 문 옆 깔개에 놓았다. 소파 위 리모컨을 집어 텔레비전을 켜고, 이번 심리와 마이어스 판사의 결정을 다룬 뉴스 채널을 찾으며 부엌으로 걸어갔다. 그녀는 저녁마다 밴펠트의 보도를 톱뉴스로 내보내온 채널8에 화면을 고정하고, 냉장고에서 맥주병을 꺼내 뚜껑을 땄다. 거실로 돌아와서는 쿠션 여러 개가 놓인 소파에 무너지듯 주저앉았다. 푹신한 소파에 눕자마자 근육이 풀리는 느낌이었다. 차갑고 상쾌한 맥주 맛이 상상할 수 없을 정도로 좋았다. 스타킹 신은 발을 커피 테이블에 올려놓고 무릎의 상처를 살펴보니, 살짝 까져 있었다. 깨끗이 닦아야 할 듯싶었지만 일어나서 씻으러 갈 생각을 하니 귀찮았다. 댄이 있다면 그녀를 위층 침대까지 안아다 줘야 할 터였다.

다시 번호판 생각이 났다. W일 수도 있던 V와 8일 수도 있던 3. 정말 상용 번호판일까? 장담할 수는 없었다.

트레이시는 맥주를 홀짝이며 애써 생각을 억눌렀다. 모든 것이 너무 갑작스럽고 극적인 결말을 맞는 바람에 이 상황의 의미를 받아들일 시간이 없었다. 다른 이들과 마찬가지로 트레이시도 마이어스 판사가 심리를 종결하고 나중에 소견서를 제출할 줄 알았다. 에드먼드 하우스가 자유의 몸으로 법정을 떠날 줄은 상상도 못 했다. 다시 감옥으로 돌아가 상소법원에서 재심을 승인할 때까지 기다리게 될 거라 짐작했다. 문득 왈라왈라 교도소에서 본 에드먼드의 일그러진 미소가 뇌리를 스쳤다. 그가 했던 말이 떠올랐다.

벌써부터 눈에 훤한걸. 다시 시더 그로브 거리를 활보하는 나를 쳐다볼 마을 사람들 표정 말이야.

이제 그럴 기회가 생겼다. 물론 당장은 아니다. 지금 시더 그로브 거리를 돌아다닐 사람은 없었다. 적어도 오늘 밤은, 어쩌면 앞으로 며칠 동안은. 댄의 말처럼 모두 폭풍에 갇힌 신세였다.

하지만 트레이시에게 이제 에드먼드는 관심 밖이었다. 그의 재심 결과가 어떨지, 심지어 재심이 열리긴 할지조차 관심이 없었다. 이제부터는 늘 그녀의 목표였던 세라 사건 수사 재개로 눈을 돌릴 작정이었다. 재심 판결에 밴스 클라크가 관여할 것 같지도 않았다. 법정에서 판사에게 공개적으로 비난받았으니 카운티 검사직을 사임할 가능성이 높았다. 트레이시에게는 클라크의 은퇴가 결코 유쾌하지 않았다. 그를 오래전부터 알았고 그의 아내도 잘 알았기 때문이다. 클라크의 딸들은 시더 그로브 고등학교를 졸업했다. 로이 캘러웨이에게도 은퇴가 최선일 듯싶었지만, 트레이시가 아는 그는 이런 상황에서도 버틸 만큼 완고한 사내였다. 트레이시가 법무부 사람들을 잘 구슬려 클라크와 캘러웨이가 에드먼드 하우스에게 누명을 씌우는 음모에 가담했는지 여부를 성심껏 조사하게 한다 해도 달라질 건 없었다. 디안젤로 핀도 조사 대상이 될지는 장담할 수 없었다. 결정적인 증인이 될 수도 있겠지만 너무 늙고 병약했다.

트레이시는 맥주를 한 모금 마시고, 디안젤로의 집 뒷계단에 서서 그와 나눈 대화를 다시 떠올렸다.

조심해라. 때로는 질문의 답을 찾지 않는 편이 낫단다.

이젠 다칠 사람도 없어요, 아저씨.

없긴 왜 없어.

동물 병원 앞에서 마주친 그날, 로이 캘러웨이도 생각이 많아 보였다.

네 아버지는…….

그 말을 하다가 무엇 때문인지 입을 다물었다.

트레이시는 줄곧 의심했다. 조지 보빈의 딸이 당한 끔찍한 일을 전해 들은 아버지와 친구들이 세라 살해범을 찾아내지 못하자 대신 에드먼드 하우스 같은 짐승을 평생 감옥에서 썩게 하는 것이 차선이라고 판단한 게 아닐까. 이게 가장 그럴듯한 가설이라고 오랜 세월 믿어왔다. 고결하고 도덕적으로 살아온 아버지가 그런 짓을 한다는 건 상상하기 어려웠지만, 그 남자는 세라가 납치된 이후 몇 주 동안 존재하지 않았다. 서재에서 트레이시와 함께 세라 수색에 열을 올렸던 남자는 아버지와는 전혀 다른 영혼을 지닌 듯 보였다. 그는 세라의 죽음에 함몰되어 분노와 비탄에 사로잡혔다. 아버지는 그날 자신이 시더 그로브에 없었고, 딸들과 함께 사격 대회에 가지 않았으며, 평소처럼 두 딸을 지켜주지 못했다는 죄책감을 떨치지 못하는 것 같았다.

지역 뉴스가 시작되었다. 아니나 다를까, 이번 심리가 지난 사흘 내내 톱뉴스였던 것처럼 마이어스 판사의 에드먼드 하우스 석방 결정이 오늘의 톱뉴스였다. 뉴스 앵커의 말이 흘러나왔다.

"오늘 캐스케이드 카운티에서 열린 에드먼드 하우스의 선고 후 감형 심리에서 충격적인 반전이 있었습니다. 강간 살인으로 유죄 판결을 받은 에드먼드 하우스가 20년 만에 자유의 몸이 됐습니다.

오늘 오후에 에드먼드 하우스와 그의 변호인은 캐스케이드 카운티에서 기자회견을 열었습니다. 좀 더 자세한 이야기는 교도소 밖에 서서 눈보라와 싸우고 있는 마리아 밴펠트 기자를 연결해 들어보겠습니다."

밴펠트는 조명 불빛 속에 우산을 들고 서 있었다. 주변에 휘몰아치는 눈보라 때문에 그녀가 배경으로 선택한 캐스케이드 카운티 교도소가 거의 안 보였다. 바람이 거세서 우산이 뒤집히려 하고, 그녀가 입은 점퍼의 후드 털이 사자 갈기처럼 펄럭였다.

"오늘 사건에 대해서는 충격적이라는 표현이 적확하겠습니다."

밴펠트는 트레이시의 증언과 더불어 해리슨 스콧의 증언 덕분에 마이어스 판사가 에드먼드 하우스를 석방하기로 결정했다고 전했다.

"마이어스 판사는 과거 재판을 '위장된 정의'로 단정하면서 시더 그로브 보안관 로이 캘러웨이와 카운티 검사 밴스 클라크를 비롯해 당시 관련자 모두에게 책임을 물었습니다. 오늘 오후 저는 제 뒤에 보이는 교도소 내에서 열린 기자회견에 참석했습니다. 기자회견이 끝나자마자 에드먼드 하우스는 자유의 몸이 되었습니다. 적어도 당분간은 말이죠."

앞선 기자회견 장면으로 화면이 바뀌었다. 댄과 에드먼드가 나란히 앉아 있고, 둘 사이 탁자에 마이크들이 꽃다발처럼 놓여 있었다. 두 남자의 몸집 차이가 법정에서도 뚜렷했지만, 에드먼드가 데님 셔츠와 겨울 재킷 차림인 지금은 차이가 한층 더 도드라졌다.

트레이시의 휴대전화가 울렸다. 그녀는 소파에 둔 휴대전화를 집어 들고, 텔레비전 리모컨의 일시정지 버튼을 눌렀다.

"지금 텔레비전으로 네 얼굴 보고 있어. 어디야?"

"방송사와 인터뷰 몇 건이 있었어. 가고 있긴 한데 고속도로가 아주 난장판이야. 미끄러져 도로를 이탈한 차량들이 사방에 있어. 집에 도착하려면 시간이 좀 걸리겠는걸. 곳곳에서 정전 사태가 나고 나무가 쓰러졌대."

"여긴 아무 일도 없는데."

"차고에 발전기가 있으니 필요하면 써. 퓨즈 박스 옆에 있는 소켓에 플러그만 꽂으면 돼."

"그럴 기운이 없어."

"녀석들은 잘 있지?"

"여기 카펫에 누워 있어. 하지만 화장실 보내려면 네가 안고 밖으로 나가야 해."

"넌 어떤데?"

"화장실쯤은 나 혼자 갈 수 있어. 걱정해줘서 고마워."

"유머 감각이 회복되셨나 보군."

"그냥 멍해. 따뜻한 물이 담긴 욕조가 눈앞에 어른거려."

"얼른 갈게."

"내가 다시 전화할게. 기자회견 더 봐야겠어."

"나 어때 보여?"

"또 칭찬해달라고 낚시질이야?"

"잘 아시네. 알았어. 이따 통화해."

트레이시는 전화를 끊고 재생 버튼을 눌렀다. 화면 속에서 댄이 말했다. "벌써부터 걱정할 필요는 없습니다. 오심이 인정된 이상, 상소법원에서도 절차를 신속히 진행하리라 봅니다. 검사 측에서 어떤 결정을 내릴지는 두고 봐야겠죠."

밴펠트가 에드먼드에게 질문했다. "자유인이 된 기분은 어떠신

가요?"

에드먼드는 긴 꽁지머리를 어깨 뒤로 넘겼다. "음, 변호인 말처럼 아직 완전히 자유롭진 않지만……." 그가 빙그레 웃었다. "기분 좋네요."

"이제 자유의 몸이 됐으니 뭘 먼저 할 겁니까?"

"여러분 모두와 똑같습니다. 밖으로 나가서 얼굴에 눈과 바람을 맞겠죠."

"과거에 벌어졌던 일에 분노합니까?"

에드먼드의 얼굴에서 미소가 사라졌다. "'분노'라는 말은 쓰지 않겠습니다."

밴펠트가 물었다. "그렇다면 당신을 감옥에 보낸 사람들을 용서했나요?"

"그런 말은 아닙니다. 제가 할 수 있는 일은 과거의 실수를 바로잡고 다시 되풀이되지 않게 하는 것뿐입니다. 그게 제 생각입니다."

화면 밖에 있는 기자가 물었다. "당신에게 누명을 씌우려고 증거를 조작한 사람들의 목적이 뭐라고 생각하십니까?"

댄이 마이크에 입을 가까이 댔다. "그 증거에 대해서는 코멘트하지 않겠……."

에드먼드가 끼어들었다. "무지 때문입니다. 무지와 오만. 그들은 세상을 속일 수 있다고 믿었던 겁니다."

밴펠트가 다른 질문으로 댄의 주의를 끌었다. "올리리 씨, 과거 진상 조사에 법무부의 개입을 요청할 겁니까?"

"제 의뢰인과 상의해서 결정하겠습니다."

하지만 에드먼드가 또 몸을 앞으로 내밀었다. "저는 법무부가 어느 누구도 처벌하길 바라지 않습니다."

밴펠트가 물었다. "크로스화이트 형사에게 전하고 싶은 말은 없습니까?"

에드먼드는 입술을 앙다물고 미소를 지었다. "당장은 제 기분을 말로 표현할 수가 없네요. 하지만 조만간 개인적으로 감사 인사를 전하고 싶습니다."

트레이시는 마치 등골을 따라 거미가 기어가기라도 하듯 온몸에 소름이 좍 끼쳤다.

한 기자가 물었다. "이제 뭘 하고 싶습니까?"

에드먼드가 활짝 웃었다. "치즈버거가 먹고 싶습니다."

화면이 다시 교도소 밖의 밴펠트에게로 옮겨갔다. 그녀는 강풍에 우산을 놓치지 않으려고 기를 썼다. 마이크를 스치는 바람 소리가 요란하게 들렸다.

"말씀드렸다시피 방금 보신 기자회견은 오늘 오후에 녹화된 것이며, 회견이 끝난 뒤 에드먼드 하우스는 자유의 몸이 되어 제 뒤로 보이는 교도소를 나왔습니다."

뉴스 앵커가 말했다. "밴펠트 기자, 자기가 저지르지도 않은 범죄 때문에 20년 동안 철창신세를 진 사람이 그렇게 관대한 마음을 품고 있다니 놀랍네요. 사건의 잠재적 공모자들은 앞으로 어떻게 되는 겁니까?"

밴펠트는 손가락으로 이어폰을 누르고 바람 소리를 이기려는 듯 고래고래 외쳤다. "오늘 오후에 워싱턴 대학 법학과 교수님과 이야기를 나눴습니다. 전문가 분석에 따르면 에드먼드 하우스가 자신의 시민권 침해에 대한 민사소송을 제기하느냐의 여부와 상관없이 법무부가 개입하여 관련자들에 대한 형사소송을 추진할 수 있다고 합니다. 또한 세라 크로스화이트 사건에 대한 수사도 넘겨받을 수 있습니다. 따라서 사건 종결까지는 아직 먼 듯합니다. 이번 심리는 해답보다 훨씬 더 많은 의문을 낳았을지 모릅니다. 하지만 오늘 밤 에드먼드 하우스는 자유의 몸이며, 방금 들으셨다시피 맛있는 치즈버거를 먹고 싶어합니다."

앵커가 말했다. "기자도 바람에 날아가기 전에 빨리 폭풍을 피할 곳을 찾아야겠네요. 그런데 크로스화이트 형사는 아무 말 없었습니까?"

밴펠트는 또다시 휘몰아치는 돌풍에 몸을 움츠렸다. 바람이 지나가자 그녀가 말했다. "오늘 휴정 시간에 제가 크로스화이트 형사를 만나 법원의 판결로 누명이 벗겨졌다고 생각하는지 물었습니다. 그녀는 자신에게 피고의 누명 여부는 중요하지 않다고, 자신의 동생이 무슨 일을 당했는지 알아내는 게 중요하다고 대답했습니다. 세라 크로스화이트 사건은 현재로서는 미궁에 빠져 있으며, 영영 해결되지 않을 수도 있습니다."

트레이시의 휴대전화가 울렸다. 그녀는 발신자 이름을 확인했다. 킨징턴이었다. "방금 이메일로 목록을 보냈어. 길지만 검토는 가능해. 후방 제동등이 나간 트럭이라고 했지?"

"응, 맞아. 이 근방에는 여러 대 있을지 몰라."

"에드먼드 하우스가 석방됐다는 뉴스 봤어."

"그 일로 모두 충격에 빠졌어. 다들 마이어스 판사가 이 사안을 숙의 사항으로 두고 소견서만 제출할 줄 알았거든. 하지만 판사가 오늘 판결하지 않았다면 아마도 주말을 넘겨야 했을 거야. 마이어스는 에드먼드 하우스를 교도소로 돌려보낼 생각이 없었어."

"증거가 아주 압도적이었나 보군."

"댄이 굉장히 잘했어."

"그런데 왜 이렇게 맥 빠진 목소리야?"

"그냥 피곤해서 그래. 머리도 복잡하고. 내 동생이랑 엄마랑 아빠 생각이 나. 상황이 너무 급변해서 뭐가 뭔지 혼란스러워."

"에드먼드가 어떤 기분일지 생각해봐."

"무슨 뜻이야?"

"교도소에서 20년이라는 긴 세월을 보낸 자가 갑자기 자유인이 돼서 거리를 걷는 거잖아. 베트남 참전군인들이 적응할 시간도 없이 전장에서 고국으로 보내졌다는 기사를 읽은 적이 있어. 바로 전날까지도 정글 속에서 사람이 죽어나가는 모습을 지켜보던 이들이 고향으로 돌아와 미국의 거리를 걷게 된 거야. 대부분 그걸 감당할 수 없었대."

"오늘 밤에 거리를 싸돌아다닐 사람은 없을 거야. 눈 폭풍이 몰아칠 거래."

"여기도 마찬가지야. 너도 알다시피 이곳 사람들은 눈 오면 언덕길에서 운전 못하잖아. 감기 안 걸리게 조심해. 나도 또라이들이 도로를 완전히 막기 전에 귀가해야겠어."

"자료 고마워, 킨징턴. 정말이야."

"알면 한턱 내."

트레이시는 전화를 끊고 킨징턴의 이메일을 열었다. 가능성 있는 번호판 수가 결코 적지 않았다. 두 번째 볼 때는 등록된 소유주의 이름과 도시를 재빨리 훑어보면서 낯익은 것이 있는지 살폈다. 아는 이름이 좀처럼 눈에 띄지 않았다. 그러다 '캐스케이디아'라는 단어가 보이자 스크롤을 멈췄다. 그 차량의 명의자는 '캐스케이디아 가구'였다. 트레이시는 휴대전화를 들고 댄이 한쪽 구석에 둔 컴퓨터로 가서 검색엔진에 그 이름을 입력했다. "세상에."

놀랍게도 검색 결과가 25만 건 가까이 됐다.

이번에는 '시더 그로브'를 키워드로 추가했다. 덕분에 검색 결과가 상당수 줄었지만, 여전히 너무 많아서 효율적인 확인이 어려웠다. 트레이시는 혼잣말을 중얼거렸다. "또 뭘로 검색하지?"

지난 사흘 동안 정신적으로 시달렸더니 머리가 굳어버렸다. 검색 결과를 줄일 새로운 키워드가 도무지 생각나지 않았다.

맥주를 한 병 더 가져오려고 의자를 뒤로 밀었을 때, 문득 그 이름을 어디서 들었는지 생각이 났다. 트레이시는 부엌을 둘러보았다. 세라의 실종을 조사하며 모아둔 자료가 담긴 상자들이 한쪽 구석에 쌓여 있었다. 트레이시는 맨 위 상자를 들어 식탁에 올려놓고 파일을 뒤적이다가 자신이 찾는 것을 발견했다. 그녀는 의자에 앉아 마거릿 지에사 형사의 법정 증언 기록 사본을 훌훌 넘겼다. 이미 잘 아는 증언이라 원하는 부분을 금세 찾아냈다.

질문자: 클라크 검사

Q: 증인과 현장감식반이 트럭 운전석에서 이 밖의 특이점을 발견했습니까?

A: 상당량의 혈흔이 나왔습니다.

Q: 지에사 형사님, 지금 이젤에는 검사 측 112번 증거물이 놓여 있습니다. 파커 하우스의 사유지를 찍은 항공사진 확대본입니다. 이 사진에서 증인이 다음으로 수색한 곳을 배심원단에게 알려주시겠습니까?

A: 네. 저 길을 따라 내려가 저기 첫 번째 건물을 수색했습니다.

Q: 증인이 가리킨 건물을 1번으로 표시하겠습니다. 저 건물 안에 흥미로운 것이 있던가요?

A: 목공용 도구와 작업 단계가 제각각인 가구 여러 점을 발견했습니다.

트레이시는 킨징턴이 보낸 이메일로 눈을 돌렸다. "캐스케이디아 가구."

그때 폭발이 일어나 창문이 떨리고 집이 흔들렸다. 렉스와 셜록이 벌떡 일어나 널판으로 막힌 창가로 달려가서 사납게 짖어댔다. 곧이어 집 안이 암흑에 휩싸였다.

52

밴스 클라크가 의자에서 서류 가방과 코트를 집어 들고 일어나 로이 캘러웨이의 사무실을 떠나려 할 때, 캘러웨이의 책상에 놓인 무전기가 직직거렸다. 핀레이 암스트롱의 목소리가 흘러나왔지만 잡음이 너무 심해서 알아듣기 어려웠다.

캘러웨이가 다이얼을 돌려 주파수를 조정했다.

"보안관님, 거기 계세요?" 차창을 내리고 차 안에서 말하는 것 같았다.

"나 여기 있어."

그때 멀리서 천둥 치는 것 같은 소리가 들렸는데, 폭발음이라는 것을 캘러웨이는 금세 알아차렸다. 형광등이 껌뻑이고 흐려지더니 이내 꺼져버렸다. 변압기가 터진 것이다. 캘러웨이가 툴툴거렸다. 곧이어 비상 발전기가 가동되는 소리가 들렸다. 흡사 비행기가 이륙할 때 나는 엔진 소리 같았다. 다시 전등이 켜졌다.

"보안관님?"

"잠시 정전됐을 뿐이야. 끊지 말고 기다려. 발전기가 아직 완전히 가동되지 않았어. 자네 목소리가 자꾸 끊겨서 알아듣기 어려워."

"뭐라고요?"

"목소리가 끊긴다고."

흐릿하던 불이 이내 환해졌다.

핀레이는 고래고래 소리쳤다. "폭풍이 거세지고 있어요! 엄청난 바람이…… 여기 와보셔야겠어요, 보안관님. 사고가…… 보안관님이 얼른…… 여기 오셔야……."

"끊지 마, 핀레이. 다시 말해봐. 잘 안 들려. 다시 말해."

"여기 와보셔야겠어요."

"거기가 어딘데?" 무전기가 직직거렸다. 잡음이 점점 심해졌다. 캘러웨이가 다시 물었다. "거기가 어디야?"

"디안젤로 핀의 집입니다."

* * *

강풍에 나무들이 쓰러지고 전기가 완전히 끊겼다. 시더 그로브 시내는 유령 마을처럼 썰렁했다. 눈이 바람에 날리며 텅 빈 인도에 높이 쌓였고, 가로등과 상점 유리창은 컴컴했다. 시내에서 멀리 떨어진 집들의 창문도 컴컴하긴 마찬가지였다. 도시 전체가 정전된 것이 틀림없었다.

눈송이들이 차 앞 유리 위로 미끄러지고 전조등의 고깔 모양 불빛 속에서 회오리쳤다. 바람에 꺾여 도로에 어지럽게 널린 나뭇가지들이 전조등 불빛에 드러나자, 댄은 차를 느릿느릿 지그재그로 몰아야 했다. 엘름우드 애비뉴로 가는 교차로에 다다라서 보니, 멀리서 전신주 꼭대기가 타오르는 횃불처럼 불길에 휩싸여 있었다. 변압기가 폭발한 것이다. 온통 캄캄해진 건 그 때문이었다. 시더 그로브 전체 전력망이 끊겼다. 이 도시에는 비상 복구 전력이 준비되어 있지 않은데, 수년 전 시의회가 주민 대부분이 개인 발전기를 갖고 있다는 이유로 돈이 많이 드는 개선 투자를 승인하지 않았기 때문이다. 물론 개인용 발전기들은 기지국 불통 문제를 해결해주지 못했다. 전력망이 끊기자 휴대전화도 끊겼다.

집 진입로로 들어선 댄은 눈 위에 나 있는 타이어 자국은 봤지만, 트레이시의 차가 보이지 않았다. 곧바로 걱정이 밀려들었다. 휴대전화를 확인했다. 신호가 뜨지 않았다. 트레이시에게 전화를 걸어봤지만 계속 삐 소리만 났다.

대체 어디 간 걸까? 댄은 불안했다.

조수석 서랍을 열고 손전등을 꺼내서 켰다. 댄의 차가 진입로로 올라올 때부터 짖기 시작한 렉스와 셜록은 그가 문으로 다가오자 더욱 맹렬히 짖어댔다.

"잠깐만." 그는 주인의 관심을 갈망하는 130킬로그램 덩치들을 받아줄 준비를 하고 문을 열었다. "그래, 그래." 댄은 개들을 토닥이면서 손전등 불빛으로 집 안을 비추었다. 식탁 의자 등받이에 걸려 있는 트레이시의 서류 가방이 보였다.

"트레이시?" 대답이 없었다.

"얘들아, 트레이시 어디 있니?"

그녀와 통화한 것이 고작 삼십 분 전이었다. 그때는 분명히 아무 일 없다고 했다.

댄은 집 안을 돌아다니며 외쳤다. "트레이시! 트레이시!"

휴대전화는 여전히 먹통이었다. 그래도 전화를 걸어봤지만 신호가 가지 않았다.

"여기 있으렴." 댄은 셜록과 렉스를 두고 현관문을 열었다. 이미

두 녀석 모두 주인을 따라 차고로 갈 마음은 없는 듯했다. 차고에
간 댄은 중앙 배전반에 이어놓은 휴대용 발전기를 가동했다.

다시 집 안으로 돌아와서 보니, 텔레비전이 음소거 된 상태로 켜
져 있었다. 댄은 커피 테이블에 놓여 있는 반쯤 남은 맥주병을 집
어 들었다. 병이 차가웠다. 댄은 리모컨의 음소거 버튼을 눌러 다
시 소리를 켰다. 지역 뉴스 기상캐스터가 도표를 이용해 폭풍의 규
모와 진로를 설명하고, 기압을 들먹이며 내일 아침에 또 눈이 45센
티미터 넘게 쌓일 거라고 예상했다.

"진짜 문제는 눈이 아닙니다. 바람이 점점 강해지고 있습니다."

댄이 중얼거렸다. "제기랄. 큰일 났다, 셜록." 자기 이름을 들은
셜록이 낑낑댔다.

"최근 날씨가 따뜻했다 추웠다 해서 전선에 얼음이 끼고 나뭇가
지가 약해졌습니다. 도로에 널린 나무 조각들을 봤거나 밖에서 나
뭇가지 부러지는 소리를 들은 분들이 계실 겁니다. 보도에 따르면
변압기 폭발로 화재가 발생해 시더 그로브 전역에 정전 사태가 발
생했다고 합니다."

댄이 툴툴댔다. "내가 모르는 걸 이야기해줘."

화면이 바뀌어 스튜디오 데스크에 앉아 있는 뉴스 앵커가 나타
났다. "대형 폭풍으로 발전 중인 이번 폭풍에 대해 새로운 소식이
들어오는 대로 다시 기상캐스터를 연결해 전해드리겠습니다."

댄은 리모컨을 내려놓고 부엌으로 걸어 들어갔다.

"방금 시더 그로브 파인 크레스트로_路에서 발생한 화재 소식이
들어왔습니다."

문득 호기심이 일었다. 시더 그로브에서 자랐으니 당연히 아는
곳이었지만, 어릴 적 추억 이상의 익숙한 뭔가가 느껴지는 이름,

최근의 기억을 자극하는 이름이었다.

"보안관과 소방대원의 신속한 대응 덕분에 불길은 잡았지만, 가옥은 상당한 피해를 입었다고 합니다. 보안관 사무소 대변인에 따르면 해당 주소에 노인 한 명이 거주 중입니다."

순간 기억이 떠올랐다. 댄이 증인 소환장에 쓴 주소였다. 에드먼드 하우스의 심리에 나올 것을 명하는 소환장을 보냈지만 결국 오지 않은 사람. 디안젤로 핀. 댄은 등골이 오싹했다. 속이 울렁거렸다. 다시 트레이시의 서류 가방을 보았다. 그러고는 차 열쇠를 집어 들고 문으로 걸어갔다.

그때 자물쇠 바로 위에 테이프로 붙여놓은 트레이시의 쪽지가 보였다.

* * *

핀레이 암스트롱의 순찰차와 소방차 두 대의 경광등이 내뿜는 빨갛고 파랗고 하얀 빛이 어지럽게 맥동하는 가운데, 로이 캘러웨이의 차가 디안젤로 핀의 커다란 1층 주택 쪽으로 다가왔다. 전조등 불빛에 비친 화재 현장을 보니, 살을 깨끗이 발라낸 짐승 갈비뼈처럼 앙상하게 남은 지붕 밖으로 숯덩이가 된 서까래들이 튀어나와 있었다.

캘러웨이는 두 소방차 중 큰 쪽 뒤에 차를 세우고 내린 다음, 소방 호스를 펴고 되감느라 정신없는 소방관들을 지나쳤다. 현관 계단에 서 있던 핀레이 암스트롱이 캘러웨이를 봤다. 그는 고개를 숙인 채 휘몰아치는 눈과 바람을 가르고 보안관 쪽으로 다가갔다. 두 사람은 집 앞 소화전에서 호스를 끌어오려고 쓰러뜨려놓은 말뚝 울타리 옆에서 만났다. 핀레이는 옷깃을 세우고 모자 양쪽 귀덮개를 내려 턱 밑에 고정했다.

거센 바람 때문에 캘러웨이가 소리쳐 물었다. "발화 원인은 알아냈나?"

"소방서장 말로는 발화 물질의 냄새가 난대요. 아마도 가스일 거랍니다."

"어디서?"

핀레이는 미간을 찡그렸다. 그의 얼굴을 에워싼 모피에 눈과 얼음이 들러붙었다. "뭐라고요?"

"어디서 발화됐는지 알아냈나?"

"차고요. 발전기 때문인 것 같대요."

"디안젤로는 찾았고?"

핀레이가 고개를 옆으로 돌리고 한쪽 귀덮개를 위로 들었다. 캘러웨이가 입을 바짝 대고 말했다. "디안젤로는 찾았나?"

핀레이가 고개를 저었다. "불길도 방금 간신히 잡았는걸요. 집 안으로 들어가도 안전할지 확인하는 중입니다."

캘러웨이는 입구를 지나 걸어갔다. 핀레이도 그를 따라 현관으로 갔다. 그곳에서 소방관 둘이 서서 상황을 논의하고 있었다. 캘러웨이가 필 론카우스키에게 친근하게 인사했다.

론카우스키가 장갑 낀 손으로 악수를 건넸다. "어서 오세요, 보안관님. 눈보라 속에서 화재라니. 별꼴을 다 보네요."

캘러웨이가 목청을 높였다. "디안젤로는 찾았소?"

론카우스키는 고개를 저었다. 그러고는 뒤로 물러나 숯이 된 지붕을 가리켰다.

"불길이 지붕을 타고 빠르게 번져 기의 모든 방을 휩쓸었습니다.

틀림없이 발화 물질이 있었어요. 아마 가스일 겁니다. 이웃 주민들 말로는 연기가 짙고 검었다고 합니다."

"디안젤로가 탈출했을 가능성은?"

론카우스키는 눈살을 찌푸렸다. "그랬다면 좋겠지만 우리가 여기 도착했을 때 아무도 보지 못했습니다. 어쩌면 날씨가 좋지 않아 이웃집에 갔을 수도 있지만, 그 양반이 자기 집에 있다고 알려온 사람은 없어요."

요란하게 우두둑하는 소리에 모두 본능적으로 몸을 움츠렸다. 굵직한 나뭇가지가 부러져 마당에 떨어지자 소방관들이 놀라 흩어졌다. 울타리 일부가 무너졌고, 소방차 한 대는 아슬아슬하게 나뭇가지를 피했다.

캘러웨이가 말했다. "안에 들어가봐야겠소, 필."

론카우스키는 고개를 저었다. "구조물의 안전 여부가 불확실합니다. 바람이 심해서 위험해요."

"위험은 감수하겠소."

"젠장. 여기 책임자는 나란 말입니다."

"기록해두쇼. 내가 독단적으로 한 일이라고."

캘러웨이가 핀레이에게서 손전등을 채가며 말했다. "자넨 여기서 기다려."

현관문의 문틀은 강제로 진입하는 과정에서 손상되어 있었다. 시커멓게 탄 자국들과 물집처럼 부풀어 오른 페인트는 불길의 혀가 닿은 자리를 드러냈다. 안으로 들어서자 집 안을 흐르는 휘파람 같은 바람 소리와 뚝뚝 물방울 떨어지는 소리가 들렸다. 춤추는 손전등 불빛 사이로 만신창이가 된 벽과 숯덩이가 된 가구 잔해가 보였다. 평생 모은 잡동사니와 사진 액자들이 카펫에 여기저기 널려 있었다. 손전등으로 천장을 비춰 보니, 물에 젖은 석고판 조각이 빨랫줄에 걸어놓은 축축한 침대보처럼 천장에 매달려 늘어져 있었다. 지붕에 난 커다란 구멍으로 눈이 쏟아졌다. 실내에 아직 연기가 가득하고 목재와 절연재 탄내가 진동해서 손수건으로 코와 입을 막아야 했다. 캘러웨이가 거실을 가로지르며 부츠로 바닥을 밟을 때마다 작은 웅덩이가 생겼다.

그는 왼쪽 문간 너머로 몸을 기울여 손전등 불빛으로 부엌을 훑어보았다. 디안젤로는 거기 없었다. 거실에 널린 잔해를 가로질러 좁은 복도를 따라 집 뒤쪽으로 가며 디안젤로의 이름을 불렀지만 대답은 없었다. 두 개의 방문 중 하나를 어깨로 밀어 열었다. 손님용 방이었다. 불길이 그 방에는 최소한의 피해만 입혔는데, 론카우스키가 발화 지점이라고 생각한 곳에서 가장 멀리 떨어진 방이라 그런 듯했다. 문도 닫혀 있어서 불길의 연료인 산소의 흐름을 감소시켰을 것이다. 캘러웨이는 손전등으로 퀸사이즈 침대를 비춰 보고, 옷장으로 다가가 문을 열었다. 봉 하나와 철제 옷걸이 몇 개만 남아 있었다.

방에서 나온 캘러웨이는 역시나 문틀에 끼어 있던 두 번째 문을 밀어 열었다. 안방이었다. 벽과 천장에서 검은 연기가 피어오르고 있었지만, 그 방도 나머지 공간에 비하면 피해 정도가 미미했다. 무너져 내린 석고판 조각에 묻힌 서랍장을 비춰 본 다음, 바닥에 한쪽 무릎을 꿇고 잔해 부스러기를 뒤적이다 손전등으로 침대 밑을 비췄다. 아무것도 없었다.

캘러웨이는 무릎을 꿇은 채 소리쳤다. "디안젤로!"

대체 어디 있는 거야? 그는 속으로 중얼거렸다. 디안젤로의 집에 불이 났다는 보고를 들었을 때부터 시작된 불길한 느낌이 점점 강해졌다.

핀레이가 방으로 들어왔다. "소방대원들이 들어오고 있습니다. 사람은 찾았나요?"

캘러웨이가 일어섰다. "여긴 없어."

"탈출한 걸까요?"

"몰라. 대체 어디 있지?"

캘러웨이는 무전기에서 디안젤로의 이름을 들었을 때 처음 느꼈던 불안감을 떨칠 수가 없었다. 뼛속까지 오싹해지는 한기 같았다. 옷장으로 걸어가 손잡이를 잡아당겼지만 문이 문틀에 단단히 걸려 있었다. 캘러웨이가 핀레이에게 말했다. "이 근방을 확인해봐. 어쩌면 그 친구 헤매고 있을지 몰라."

핀레이가 고개를 끄덕였다. "그러죠."

캘러웨이가 문틀에 한 손을 대고 더 힘껏 손잡이를 당기려 할 때, 문에서 비죽 솟은 거무스레한 점 두 개가 눈에 띄었다. 두 점의 거리는 대략 1미터 정도였다. 손전등 불빛으로 비춰 보니, 못 두 개를 공구로 잘못 쏴서 문을 뚫고 나온 듯 보였다. 상당히 크고 굵은 대못 같았다.

"대체 뭐야?"

캘러웨이는 문을 잡아당겼다. 문이 꿈쩍도 하지 않자, 한 발을 벽에 대고 다시 잡아당겼다. 이번에는 예상한 것보다 더 빨리 벌컥 열렸다. 그 힘과 무게 때문에 하마터면 손잡이를 놓칠 뻔했다.

"하느님 맙소사!" 핀레이가 서랍장 쪽으로 뒷걸음질 치며 소리 쳤다.

53

점점 깊어지는 눈을 헤쳐 나가며 타이어가 기를 쓰는 동안, 트레이시는 차의 엔진이 힘겨워하는 것을 느꼈다. 중앙선도 안 보이고 국도의 가장자리도 보이지 않았다. 하얀 담요만 길게 뻗어 있었다. 저속 기어를 넣은 사륜구동 차는 앞으로 나아가긴 했지만 속도를 내지는 못했다. 와이퍼가 쉬지 않고 움직였지만 휘몰아치는 눈을 치우기에는 역부족이었다. 이제는 범퍼에서 몇 발짝 앞까지만 시야가 확보됐다. 휘청거리는 나뭇가지에 쌓여 있던 눈덩이가 거센 바람에 떨어져 일순간 사방이 하얘질 때마다 브레이크를 밟고픈 욕구를 참아야 했다. 일단 차가 멈춰 서면 다시 움직이기 어려울 터였다.

트레이시가 다시 커브를 돌 때, 앞에서 몰려오는 빛에 순간적으로 눈이 멀었다. 그녀는 암벽 쪽으로 운전대를 돌렸다. 바퀴가 열여덟 개인 트럭 한 대가 맞은편에서 달려와 트레이시의 옆을 스쳐가며 차를 흔들고, 눈을 튀겼다. 이런 날씨에 밖에 나온 것부터가 어리석었지만, 트레이시는 댄의 집에 앉아 폭풍이 지나가길 기다릴 수가 없었다. 갑자기 앞뒤가 맞아떨어졌기 때문이다. 그 가능성을 줄곧 간과했다는 게 너무 당혹스러워 분노가 치밀었다. 에드먼드 말고 누가 그 빨간색 쉐보레 트럭에 손댈 수 있었겠나? 그 액세서리와 모발을 가져다 놓을 기회가 있었던 사람이 누굴까? 그 집에 있어도 이상해 보이지 않을 사람, 날마다 거기 사는 사람, 에드먼드 하우스가 신뢰하는 사람이어야 했다.

파커 하우스.

에드먼드의 유죄 판결에 열중한 나머지, 아무도 파커의 알리바이를 의심하지 않았던 것이다. 당시 파커는 제재소에서 야근을 했다고 진술했지만, 어느 누구도 그걸 확인하려 들지 않았다. 가석방으로 풀려난 강간범이 있는데 굳이 그럴 까닭이 없었다. 하지만 지독한 술꾼으로 알려진 파커가 동네 주점에서 한잔 걸친 뒤, 고속도로 순찰대를 피해 국도를 따라 집에 가다가 갓길에 고장 난 차를 세워둔 채 비에 홀딱 젖은 세라를 발견했을 수도 있다. 파커와 안면이 있던 세라는 주저 없이 그의 차를 얻어 탔을 것이다. 그 후 무슨 일이 벌어졌을까? 파커가 추근거리다 세라의 반발에 발끈한 걸까? 결국 몸싸움이 벌어져 세라가 차에 머리를 부딪혔을까? 당황한 파커가 쓰레기 봉지에 세라의 시신을 넣어 숨기고 안전하게 암매장할 때를 기다린 걸까? 파커는 댐이 건설된다는 것을 알고 있었을 것이다. 그의 집은 수몰 예정 지역에서 멀지 않았다. 또한 파커는 산속 오솔길들을 훤히 꿰고 있었고, 주민들과 함께 수색에 참여했던 터라 세라의 시신을 언제 어디 묻으면 좋을지 파악했을 것이다. 그리고 무엇보다 중요한 점은, 캘러웨이가 찾아올 때 넘겨줄 희생양이 준비되어 있었다는 사실이다. 강간범으로 유죄 판결을 받았던 조카.

세라의 실종 당시 파커가 일했던 파인 플랫의 제재소는 이후 문을 닫았다. 파커는 어떻게 생계를 유지했을까? 트레이시가 시더 그로브에 살던 시절에 파커는 취미로 가구를 만들어 코프먼 잡화점을 통해 조금씩 위탁 판매를 했다. 그러다 본격적으로 가구 장사를 시작하면서 '캐스케이디아 가구'라는 이름으로 배달을 위한 평상형 트럭을 구입했을 것이다.

트레이시는 자신이 댄에게 했던 질문을 떠올렸다. 자유의 몸이 된 에드먼드 하우스는 어디로 갈까? 하지만 그녀와 댄이 왈라왈라 교도소를 찾아갔을 때 이미 에드먼드는 그 질문에 대답했다.

벌써부터 눈에 훤한걸. 다시 시더 그로브 거리를 활보하는 나를 쳐다볼 마을 사람들 표정 말이야.

달리 어딜 가겠는가? 언덕에 자리 잡은 숙부의 집 말고 어딜 가겠는가? 에드먼드는 캘러웨이와 클라크가 공모해 자기를 감옥에 보냈다고 주장했다. 물론 그랬을 공산이 커 보이긴 하지만, 목공실에 있던 커피 캔 안에 귀걸이를 숨기고 금발 가닥을 심은 방식은 설명되지 않았다. 캘러웨이나 클라크의 소행일 가능성은 없었다. 집에 에드먼드가 있었고 몹시 예민한 상태였던 데다, 현장감식반이 거기서 채증 작업을 하고 있었기 때문이다. 혹시 에드먼드도 숙부가 자신의 범죄를 덮으려고 캘러웨이와 클라크의 음모에 자발적으로 동참한 것을 눈치챘을까?

트레이시는 잠깐 도로에서 눈을 떼고 휴대전화를 확인했다. 신호가 뜨지 않았다. 댄이 집에 도착해 쪽지를 봤을지 궁금했다. 그가 로이 캘러웨이를 데리러 갔을지 궁금했다.

그때 옆길에서 퍼다 도로변에 쌓아놓은 듯한 눈 더미를 본 트레이시는 길을 더 자세히 보려고 차의 속도를 늦추면서, 거기가 산속 파커의 집으로 향하는 커브가 맞는지 기억을 되짚어보았다. 만약 그녀의 짐작이 틀리다면 돌아 나올 수도 없는 궁지에 몰릴 터였다.

트레이시는 비탈길 쪽으로 차를 돌리고 속력을 유지하려고 가속페달을 밟았다. 하지만 생긴 지 얼마 안 된 바퀴 자국에 타이어가 빠졌다. 축거軸距가 더 길고 타이어가 더 큰 차량이 만든 자국이었다. 평상형 트럭. 그녀의 차는 놀이 기구 트랙 위에 있는 듯 앞뒤로 흔들거렸고, 요동치는 전조등 불빛은 바람에 맹렬히 흔들리는 나무줄기와 나뭇가지를 비추었다. 트레이시는 몸을 앞으로 내밀고 눈과 얼음에 덮여 점점 더 보이지 않는 유리 밖을 응시했다. 이제 앞 유리는 히터의 더운 바람과 와이퍼에 면역이 된 듯했다.

천천히 한쪽 구석으로 차를 물리고 가속페달을 밟아 커브를 빠져나가려 할 때, 눈 위로 비죽 솟은 나뭇가지가 보였다. 힘껏 브레이크를 밟자 차가 덜컥 멈췄다. 전조등 불빛이 가까스로 닿은 곳에 길을 가로질러 쓰러진 나무 두 그루가 있었다. 이제 차로는 더 갈 수 없다. 트레이시는 주위를 두리번거렸다. 파커 하우스의 집까지 얼마나 가면 되는지, 이 길이 맞기는 한 건지조차 알 수 없었다. 다시 휴대전화를 확인했다. 신호가 뜨지 않았다.

댄과 캘러웨이가 오고 있을까? 알 도리가 없었다. 기다릴 시간이 없다고 본능이 속삭였다.

트레이시는 권총 탄창을 확인하고 도로 끼운 다음, 약실에 탄알 한 발을 장전했다. 추가 탄창 두 개를 재킷 주머니에 넣은 뒤, 모자를 쓰고 스키 장갑을 낀 다음 댄의 부엌 서랍에서 가져온 손전등을 집어 들었다. 그녀는 세찬 바람에 쾅 닫히지 않도록 팔뚝으로 차 문을 밀어 열었다. 그리고 추위와 앞으로 벌어질 일을 예상하며 마음을 다잡았다.

54

옷장 문 안쪽에 디안젤로 핀이 매달려 있었다. 두 팔이 어깨높이로 들려 있고, 두 손바닥에는 쇠못이 박혀 있었으며, 양손에서 문짝 아래로 피가 뚝뚝 떨어졌다. 그의 허리에 묶여 몸무게를 지탱하는 밧줄은 문 안쪽의 코트걸이에 매달려 있었다. 디안젤로의 머리는 한쪽으로 기울고 눈은 감겨 있었다. 캘러웨이가 비춘 강렬한 손전등 불빛 속에서 그의 얼굴은 창백했다.

로이 캘러웨이가 디안젤로의 가슴에 귀를 대고 희미한 심장박동 소리를 들었다. 그가 신음했다.

핀레이가 믿을 수 없다는 듯 중얼거렸다. "살아 있어요."

"가서 망치든 뭐든 가져와!"

핀레이는 비틀거리며 방에서 나가다 서랍장에 부딪혀 그 위에 남은 것들을 바닥에 쏟았다.

캘러웨이는 본능적으로 밧줄을 끄르려 했지만, 그랬다가는 디안젤로의 체중이 손바닥을 관통한 못에 걸릴 터였다.

"조금만 참아, 디안젤로. 사람들이 도우러 오고 있어. 내 말 들려? 버텨야 해. 우리가 곧 내려줄게."

론카우스키와 소방관 두 명이 핀레이를 따라 방으로 들어왔다. 소방관 한 명은 환한 랜턴을 들고 있었다.

론카우스키가 신음하듯 중얼거렸다. "맙소사."

"못을 빼낼 도구가 있어야겠소."

"억지로 뽑으면 고통을 못 이겨 죽을지도 모릅니다."

소방관 한 명이 끼어들었다. "뒤로 뽑아내면 어떨까요?"

"마찬가지야."

캘러웨이가 말했다. "못을 자르면 돼."

론카우스키는 한 손으로 자기 얼굴을 쓸었다. "좋습니다. 그렇게 하죠. 몸을 들고 있으면 체중이 손에 쏠리지 않을 겁니다. 더크, 톱 가져와."

핀레이가 소방관을 제지했다. "아닙니다. 그냥 경첩을 풀고 저 우라질 문짝을 통째로 내리면 돼요. 저걸 들것으로 씁시다."

론카우스키가 동의했다. "맞습니다. 그게 낫겠네요. 더크, 가서 망치랑 드라이버 가져와." 그가 디안젤로에게 가까이 다가갔다. "숨 쉬기가 어렵나 봅니다. 몸을 들어 흉곽의 부담을 줄여줍시다."

캘러웨이가 디안젤로의 허리를 안아 들었다. 노인이 신음했다. 핀레이가 부엌에서 의자를 가지고 돌아와 디안젤로의 다리 밑에 놓았지만, 디안젤로는 너무 기운이 없어서 몸을 일으키지 못했다. 캘러웨이가 계속 그의 몸을 들어주는 동안, 더크가 망치와 드라이버를 갖고 돌아와 상단 경첩의 나사를 풀기 시작했다.

핀레이가 말했다. "아뇨. 하단 경첩부터 풀어요. 위는 우리가 잡고 있을 테니까."

소방관은 하단 경첩의 나사를 푼 다음 중간 경첩의 나사도 풀었다. 핀레이와 캘러웨이는 문짝을 붙잡고 있었다.

소방관이 물었다. "잘 잡고 있죠?"

핀레이가 재촉했다. "어서 해요."

소방관이 상단 경첩을 마저 풀었다. 디안젤로와 문짝의 무게를 받아낼 준비를 하던 캘러웨이는 핀레이와 함께 조심스럽게 문을 돌려 천천히 침대에 내려놓았다.

론카우스키가 부하에게 말했다. "끈 가져와. 밖으로 옮기려면 끈으로 몸을 문짝에 고정해야 돼."

그는 디안젤로의 얼굴에 산소마스크를 대고 맥박과 호흡을 확인했다. 소방관 한 명이 끈을 여러 개 갖고 돌아오자, 그들은 디안젤로의 허리에 묶여 있는 밧줄을 풀고 문짝 밑으로 끈을 넣어 발목과 허리, 가슴을 고정했다.

론카우스키가 말했다. "됐어요. 밖으로 옮길 수 있을지 봅시다."

캘러웨이는 디안젤로의 머리가 있는 쪽의 문 가장자리를 붙잡았다. 핀레이는 발이 있는 쪽의 끄트머리를 잡았다.

론카우스키가 말했다. "셋에 들어요."

갑자기 한쪽으로 기울지 않도록 모두 동시에 문짝을 들었다. 디안젤로가 또 신음했다.

다 함께 옷장 문짝을 들고 방문을 지나는 동안 핀레이가 중얼거렸다. "누가 이런 걸까요, 보안관님? 세상에, 대체 누가 노인한테 이런 짓을 한단 말입니까?"

55

옷 솔기마다 찬바람이 스며들어 수십 개의 바늘에 찔린 듯 살갗이 따끔거렸다. 트레이시는 고개를 숙이고 맞바람을 맞으며, 쓰러진 나무를 넘어 타이어 자국을 따라 비탈을 올라갔다. 타이어에 파인 자리만 따라가는데도 높이 쌓인 눈에 종아리까지 푹푹 빠져 한 걸음 한 걸음이 버거웠다. 금세 숨이 찼지만 멈추지 않았다. 어차피 언덕 아래로 차를 물려 돌아 나갈 수도 없다고 스스로를 타일렀다. 더구나 그녀 때문에 시작된 일이었다. 그녀가 멈춰야 했다.

비탈을 200미터쯤 올라가자 개간지 가장자리가 나타났다. 멀지 않은 곳에서 휘몰아치는 눈 사이로 희미한 불빛이 보이고, 건물 몇 채와 눈 덮인 물체들이 어슴푸레 보였다. 에드먼드 하우스의 재판 당시 제출된 항공사진이 생각났다. 그 사진에는 양철 지붕 건물 몇 채가 찍혀 있고, 수리 상태가 제각각인 자동차들과 농기구가 파커 하우스의 집 마당에 널려 있었다. 지금도 그 모습은 크게 달라지지 않은 듯했다. 제대로 찾아온 것이다. 손전등을 끄고 개간지 끄트머리에서 보이는 불빛 쪽으로 살금살금 다가가던 트레이시는 눈이 쌓여 있지 않은 차량의 범퍼 뒤에서 걸음을 멈췄다. 법정 주차장에서 보았던 평상형 트럭이었다. 번호판에 묻은 눈과 얼음을 털어내고 살펴보니 킨징턴이 보내준 목록 속 그 번호였다. 찾던 트럭이 맞다고 확신한 트레이시는 판자로 만든 허름한 건물을 관찰했다. 지붕 위에 눈이 60센티미터 넘게 쌓여 있었다. 길이가 30센티미터에 이르는 고드름들이 뾰족한 이빨처럼 처마에 매달려 있었다. 연통에서는 연기가 나오지 않았다.

재킷 옷깃과 모자 사이의 공간으로 바람이 스며들자 등골이 오싹했다. 장갑 속의 손가락에 감각이 없었다. 더 머뭇거리다가는 온몸이 굳어버릴 것 같았다.

그녀는 트럭 뒤에서 나와 발을 질질 끌며 나무 계단으로 다가갔다. 최근에 삽으로 치웠는지 계단에 눈이 별로 없었다. 트레이시의 몸무게 때문에 나무가 눌렸다. 작은 현관으로 올라선 그녀는 벽에 등을 대고 잠시 기다렸다가 창문을 통해 안을 보려고 몸을 기울였다. 유리창 바깥쪽엔 얼음이 들러붙었고, 안쪽에는 뿌옇게 성에가 꼈다.

트레이시는 이로 장갑을 물어 손을 빼고 재킷 지퍼를 내렸다. 권총에 손을 대자마자 금속의 냉기가 느껴졌다. 그녀는 양손에 번갈아 입김을 불고 문손잡이를 잡았다. 손잡이가 돌아갔다. 살며시 밀어보았다. 문이 걸렸다. 트레이시는 문에 빗장이 걸려 있으리라 생각했지만 이내 벌컥 열렸다. 유리창들이 덜그럭거렸다. 트레이시는 잠시 기다렸다. 뒤에서 세차게 밀어대는 바람 때문에 하마터면 문손잡이를 놓칠 뻔했다. 그녀는 살그머니 안으로 들어가 빠르고 조용히 문을 닫았다. 이제 휘몰아치는 바람은 피했지만 추위는 여전했다. 얼음처럼 싸늘한 집 안에서 쓰레기 썩는 악취가 진동했다.

트레이시는 피가 돌게 하려고 주먹을 쥐었다 폈다 하며 재빨리 주위를 살폈다. 유리 넉 장으로 이루어진 창문 아래 탁자와 의자가 놓여 있었다. 싱크대가 달린 L자 모양 조리대 너머로 아까 밖에서 본 불빛이 새어 나오는 방이 있었다. 조심조심 걷는데도 발밑의 마루가 삐걱거렸다. 나직이 윙윙거리는 발전기 소리가 그 소리를 살짝 덮어주었다. 발전기로 전등을 켜놓은 듯했다. 트레이시는 조리대를 따라 살며시 방문 옆으로 이동했다. 한 손에 총을 들고 몸을 기울여 방 안을 들여다보았다.

전등갓을 벗기고 알전구만 켜놓아서 불빛이 아주 밝았다. 전등 갓은 트레이시를 등지고 있는 갈색 안락의자 옆 바닥에 놓여 있었다. 주황색 연장전선이 바닥을 따라 어두컴컴한 복도로 뱀처럼 뻗어 있었다. 방 안으로 들어서던 그녀는 안락의자 등받이 위로 살짝 솟은 잿빛 머리를 보고 걸음을 멈췄다. 누군가 의자에 앉아 있었다. 그녀의 존재를 모르는지 아무 반응이 없었다. 트레이시는 의자 옆으로 돌면서 계속 안으로 들어갔다. 바닥이 삐걱거리며 그녀의 존재를 알렸다. 작은 탁자를 지나치자 의자 팔걸이 너머에 앉아 있는 사람의 얼굴이 드러났다.

"맙소사." 의자에 앉아 있는 남자가 턱을 들고 눈을 뜨더니 고개를 돌려 트레이시를 바라보았다.

파커 하우스였다.

56

트레이시를 본 파커 하우스의 눈이 휘둥그레졌다. 놀란 표정이
아니었다. 트레이시가 형사 생활을 하며 너무나 자주 보았던, 두려
움 서린 표정이었다. 흉악 범죄의 희생자들에게서 나타나는 표정
이었다. 의자 팔걸이는 피투성이였는데, 그곳에 얹혀 있는 파커의
양손 손등에 쇠못이 박혀 있었다. 부츠를 신은 양 발등에도 하나씩
박힌 못들이 파커의 발을 뚫고 바닥에 박혀 있었다. 부츠 아래에
피 웅덩이가 만들어졌다.

트레이시는 파커의 창백한 얼굴에서 눈을 돌리고 재빨리 방 안
을 둘러보았다. 화목 난로 오른쪽으로 어두컴컴한 복도가 보이자
재빨리 손전등을 켰다. 심장이 두근거리고 현기증이 일었다. 그녀
는 과거에 훈련받을 때처럼 총을 앞으로 내밀고 살금살금 복도를
따라가며 손전등을 좌우로 비추었다. 한쪽 벽에 등을 대고 방 안으
로 빙글 돌아 불빛을 비추자 이불이 구겨진 침대와 싸구려 서랍장
이 보였다. 밖으로 나와 똑같은 동작으로 두 번째 방에 들어갔지만
싱글 침대와 서랍장, 작은 탁자 말고는 텅 비어 있었다. 그녀는 다
시 거실로 돌아오며 상황을 파악하려고 머리를 굴렸다.

파커는 눈을 감고 있었다. 트레이시가 옆에 꿇어앉아 그의 어깨를 살며시 잡았다.

"파커 씨. 파커 씨."

이번에는 그가 반쯤 눈을 뜨더니 조금만 움직여도 고통스럽다는 듯 얼굴을 일그러뜨렸다. 입술을 달싹였지만 말이 나오지 않았다. 파커는 가쁘게 숨을 들이마시며 몹시 힘겨운 표정으로 침을 삼켰다. 마침내 숨이 넘어갈 듯 헐떡이며 말했다.

"난 노력했어……." 트레이시가 더 가까이 몸을 기울였다. "난 노력했어……. 경고하려고……."

그의 시선이 트레이시의 얼굴 위의 뭔가로 이동했지만, 그녀는 너무 늦게 깨달았다. 불빛은 나방을 끌어들이듯 그녀를 유인하는 계략이었고, 윙윙거리는 발전기 소음은 소리를 덮기 위한 것이었다.

트레이시가 벌떡 일어섰지만, 미처 돌아서기도 전에 뒤통수를 세게 얻어맞은 느낌이 들었다. 그녀의 무릎이 꺾이고 손에서 권총이 떨어졌다. 뒤에서 누가 두 팔로 그녀의 허리를 안고 붙잡아 쓰러지지 않게 했다. 트레이시의 귀에 뜨거운 입김이 닿았다.

"그년이랑 냄새가 똑같군."

* * *

로이 캘러웨이와 핀레이 암스트롱은 디안젤로 핀과 옷장 문짝을 들고 현관을 지나 밖으로 나갔다. 거센 폭풍에 문짝이 연처럼 날아갈까 봐 놓치지 않으려고 조심했다.

"천천히 옮겨." 캘러웨이가 말했다. 집 앞 인도에 쌓인 눈에 부츠가 빠지는 느낌이 들자, 보폭을 좁히고 발을 끌면서 가까스로 문짝을 구급차 안으로 옮겼다.

"출발." 론카우스키가 대원들에게 지시했다.

구급차에서 내리려던 캘러웨이가 몸을 숙이고 디안젤로의 귀에 속삭였다. "이 일은 내가 끝낼게. 20년 전에 끝냈어야 했지만……지금이라도 끝내겠어."

론카우스키가 말했다. "빨리 가야 합니다, 보안관님. 상태가 위태롭습니다."

캘러웨이가 차에서 내리고 론카우스키가 문을 닫자, 구급차가 힘겹게 눈을 박차며 앞으로 나아가기 시작했다. 눈이 튀고 경광등 불빛이 번쩍거렸다. 캘러웨이는 구급차가 떠나는 모습을 지켜보았다. 남은 소방관들은 핀레이 옆에 얼어붙은 듯 서 있었다. 그들의 장비가 눈에 덮이고, 수염과 머리카락에 얼음이 방울져 있었다.

캘러웨이가 물었다. "휴대전화 터지는 사람 있나?"

아무도 대답이 없었다.

캘러웨이가 핀레이에게 다가가서 지시했다. "지금 당장 차를 몰고 밴스 클라크 검사의 집에 가. 그에게 아내랑 같이 몸을 피하도록 내가 지시했다고 해. 반드시 권총을 소지하라는 말도 하고."

"대체 무슨 일입니까, 보안관님?"

캘러웨이는 부관의 어깨를 잡았지만 언성을 높이지는 않았다. "방금 내가 한 말 들었나?"

"네. 네, 들었어요."

"그럼 우리 집에 가서 내 아내도 대피시켜. 세 사람 모두 경찰서로 데려간 다음, 무전기 앞에서 대기해."

"그분들한테 뭐라고 하죠?"

"내 지시였다고만 해. 우리 아내는 이따금 노새처럼 고집이 세지. 이러쿵저러쿵 따질 문제가 아니라고 내가 말했다고 전해. 알아 들었나?" 핀레이가 고개를 끄덕였다. "어서 가. 가서 내가 시킨 대로 해."

핀레이는 부츠가 푹푹 빠지는 눈밭을 힘겹게 가르고 순찰차에 올라탔다. 휘몰아치는 눈보라 속으로 그의 차가 사라지자, 캘러웨이는 자기 차에 올라 레밍턴 870 엽총을 클립에서 떼어내고 후미를 꺾어 탄알 다섯 발을 장전했다. 여분의 탄알도 한 움큼 집어 주머니에 넣었다. 자신의 보안관 생활이 이렇게 끝나는 것이라면 임무는 완수하고 물러나자고 생각했다.

시동을 걸고 도로로 차를 빼려 할 때, 그의 앞 범퍼를 향해 똑바로 다가오는 전조등 불빛이 보였다. SUV 한 대가 옆으로 미끄러지며 몇 발짝 앞에서 가까스로 멈췄다. 두꺼운 재킷 차림에 모자를 쓴 댄 올리리가 운전석에서 뛰어내렸다. 차 문은 열어두고 불도 켜놓은 채, 시동도 끄지 않았다.

캘러웨이가 차창을 내리고 소리쳤다. "망할 차 좀 치워, 댄!"

댄이 캘러웨이에게 쪽지 한 장을 건넸다. 캘러웨이는 잠시 쪽지를 읽더니, 이내 동그랗게 구겨 던져버리고는 주먹으로 운전대를 내리쳤다. "자네 차 옆으로 옮기고 여기 얼른 타."

57

댄은 문 위의 손잡이를 붙잡고 나머지 손으로는 대시보드를 짚었다. 두 발로 바닥을 힘 있게 밟았지만, 덜컹거리며 좌우로 흔들리는 차 안에서는 몸을 가누는 데에 큰 도움이 되지 않았다. 캘러웨이가 방향을 조정하고 가속페달을 밟았다. 타이어들이 순간 헛돌다 눈을 박차면서 차가 앞으로 튀어나갔다. 쉴 새 없이 앞 유리에 부딪히는 눈송이 때문에 뿌연 고깔 같은 전조등 불빛이 구실을 하지 못했다. 불과 몇 발짝 앞도 보이지 않았다. 캘러웨이가 땅에 떨어진 커다란 나무줄기를 피하려고 운전대를 돌리자 댄은 의자에서 자세를 바꾸었다.

캘러웨이가 입을 열었다. "당시 제임스는 몹시 괴로워했어. 우린 에드먼드 짓이라고 믿었지. 나뭇조각이 튀어서 얼굴과 팔을 다쳤다는 헛소리 따위는 안 믿었지만 그걸 입증할 수가 없었다네. 난 제임스에게 세라와 엮어줄 증거물 없이는 에드먼드를 절대로 감옥에 처넣을 수 없다고 했어. 명백한 법의학적 증거가 없으면 에드먼드가 곧 풀려날 거라고 말이야. 시신 없이 일급 살인으로 유죄 판결을 받을 수 없고, 당시 과학수사 기술에는 한계가 있었지."

"그럼 제임스 씨가 보안관님께 귀걸이와 모발을 줬나요?"

"처음에 제임스는 내 말을 들을 생각도 안 했어."

"어쩌다 마음이 변한 겁니까?"

캘러웨이는 댄을 힐긋 했다. "조지 보빈."

"나무줄기예요!" 댄은 바닥을 디딘 발에 힘을 주었다. 캘러웨이가 재빨리 방향을 틀어 아슬아슬하게 줄기를 피했다. 댄이 잠시 숨을 골랐다. "보안관님이 보빈을 끌어들였군요. 그분이 저한테 찾아와서 딸 이야기를 늘어놓게 한 것처럼 말입니다."

"절대 아냐. 보빈은 세라 실종 뉴스를 보고 자진해서 제임스를 찾아왔어. 난 전혀 모르고 있었지. 제임스가 자기 집으로 와달라고 나한테 전화했어. 보빈이 이미 와 있더군. 트레이시와 애비는 집에 없었고. 제임스가 서재 문을 닫자 보빈이 지난번에 자네한테 한 이야기를 우리한테도 들려줬지. 일주일 뒤, 제임스가 다시 나를 자기 집으로 불러 귀걸이와 머리카락을 비닐봉지에 담아줬어. 그중 일부가 트레이시 것이었으리라곤 상상도 못 했다네. 말했다시피 당시에는 그런 걸 알아낼 기술이 없었거든. 난 귀걸이와 모발을 책상 서랍에 넣어두고 며칠을 고민하다 밴스 클라크를 불러 상의했어. 우리 둘 다 파커의 집에 대한 수색영장이 없으면 그 증거는 무용지물이라고 결론 내렸지. 그리고 수색영장을 발부받으려면 에드먼드의 알리바이를 의심하게 해줄 목격자를 확보하는 수밖에 없었어."

"무슨 수로 헤이건을 설득했죠? 현상금을 주겠다고 했습니까?"

캘러웨이가 운전대를 돌리는 순간 차 뒤쪽이 미끄러졌다. 그가 방향을 다시 잡자, 차가 부르르 떨리고 엔진이 윙윙거리면서 타이어가 다시 눈을 박찼다.

"라이언의 부친과 나는 경찰대학 동기야. 라이언이 태어났을 때부터 녀석을 알았지. 걔 아버지가 차량 검문 업무 중 사망했을 때, 나는 헤이건 가족을 위한 모금 활동을 벌였어. 라이언은 시더 그로브에 올 때마다 나를 찾아와 담소를 나누곤 했다네."

"그 친구도 세라에 대해 알고 있었군요."

"이 지역에서 그 사건 모르는 사람이 있었겠나. 한번은 내가 라이언과 이야기하다 그 국도를 밤낮으로 자주 이용한다고 증명해줄 사람이 필요하다고 했어. 라이언은 자기 달력을 확인하고는 그날 출장을 다녀왔다고 했지. 난 그 친구한테 그날 국도를 달리다 에드먼드의 트럭을 봤다고 진술해달라고 했네. 현장감식반이 파커의 집에서 그 증거를 찾아내면, 궁지에 몰린 에드먼드가 결국 세라의 시신이 암매장된 위치를 실토할 거라 생각했거든. 그러면 다 끝날 거라고 말이야. 에드먼드가 가석방 없는 무기징역을 선고받으면 우리 마을에서 사라질 테니까. 이렇게 다시 재판이 열릴 줄은 상상도 못 했어."

캘러웨이는 차의 속력을 늦추고 운전대를 오른쪽으로 돌렸다. 차가 통통 튕기며 국도를 벗어나 산비탈을 오르기 시작했다.

댄이 말했다. "새로 생긴 타이어 자국이에요."

"나도 봤어."

"수색영장을 집행하면서 귀걸이와 머리카락을 가져다 놨습니까?"

캘러웨이는 실눈을 뜨고 돌풍이 지나가길 기다렸다. "현장감식반이 있어서 그럴 수가 없었다. 에드먼드가 의심스러운 짓을 하지도 않는데 또 그 집을 찾아갈 빌미도 없었고……. 증거를 심은 사람은 파커였다."

"파커 씨가요? 왜 자기 조카에게 누명을 씌우려 했죠?"

캘러웨이는 고개를 절레절레 저었다. "아직도 모르겠나, 댄?"

58

세라는 언니의 록 음악 CD를 틀어놓고 노래를 따라 부르며, 밴드의 연주에 맞춰 손가락으로 운전대를 두드렸다. 사실 세라는 언니만큼 이 가수의 팬은 아니었다. 가사도 잘 몰랐다. 브루스 스프링스틴, 일명 '보스'라고 불리는 이 남자 가수가 청바지를 입을 때 도드라지는 엉덩이가 마음에 들었을 뿐이다.

세라는 '본 투 런Born to run'의 가사를 따라 부르면서 언니가 떠난다는 생각을 잊으려고 애썼다. 물리적으로 떠나는 것은 아니지만 언니가 결혼하면 모든 게 달라질 터였다.

올림피아에서 차를 몰고 오는 길은 지루하고 울적했다. 세라는 언니의 결혼이 기뻤지만, 언니가 남편과 살게 되면 지금까지의 삶은 더 이상 없으리라는 것도 알고 있었다. 세라에게 트레이시는 늘 단짝처럼 가까웠고, 어떤 면에서는 두 번째 엄마 같은 존재였다. 무엇보다 밤늦게까지 안 자고 누워 사격이며 학교생활, 남자애들 이야기까지 둘이서 온갖 수다를 떨던 일이 가장 그리울 것 같았다. 세라는 언니 침대로 올라가 곁에서 자곤 했던 날들을 떠올리며 빙그레 웃었다. 언니 곁에 있으면 따뜻하고 마음이 놓여 잠이 잘 왔다. 둘이 하던 기도가 생각났다. 그 기도는 절대 잊지 못할 터였다. 그 기도를 읊지 않으면 잠들지 못하는 밤이 많았다.

머릿속에서 언니의 목소리가 들렸다.

나는…….

세라는 소리 내어 따라했다.

"나는……."

나는 어둠이…….

"나는 어둠이……."

나는 어둠이 두렵지 않아.

"나는 어둠이 두렵지 않아."

하지만 열여덟 살인 지금도 세라는 어둠이 두려웠다.

옷도 서로 같이 입고, 크리스마스 아침에 함께 눈뜨던 일이 그리울 것이다. 계단 난간을 타고 미끄러져 내려가 모퉁이에 숨어 기다리다 언니와 언니 친구들을 놀라게 하던 일이 그리울 것이다. 부모님 집 마당에 있던 수양버들 가지를 붙잡고 그네를 타듯 잔디밭 위에서 흔들거리며, 악어가 득실대는 아마존 강이 밑에 흐른다고 상상하며 놀던 일이 그리울 것이다. 언니와 함께했던 모든 순간이 그리울 것이다.

세라는 볼에 흐르는 눈물을 닦았다. 마음의 준비가 충분히 됐다고 생각했는데, 막상 닥치자 준비가 안 됐다는 걸 깨달았다. 준비할 수 없는 일이었다.

세라는 스스로를 타일렀다.

난 내년에 워싱턴 대학으로 떠나잖아. 적어도 이제 언니 곁에 있어줄 남자가 생긴 거야.

언니가 잔뜩 뿔이 난 얼굴로 은도금 버클을 받던 모습이 떠오르자 웃음이 나왔다. 벌에 엉덩이를 쏘인 사람 같은 표정이었다. 트레이시는 세라가 져준 까닭을 짐작도 못 하고 있었다. 너무 화가나서 벤이 새 셔츠와 바지를 입었다는 것도 알아차리지 못했다. 둘다 세라가 골라준 옷이었다. 벤은 혼자서 그런 걸 할 줄 모르는 남자였다. 사격 대회 2주 전 벤이 세라에게 전화를 걸어 그들이 좋아하는 시애틀의 레스토랑에서 청혼할 생각이라고 했는데, 예약할수 있는 시간이 7시 30분밖에 없다고 했다. 사격 대회가 끝나자마자 출발해야 제시간에 도착할 수 있다는 뜻이었다. 그리고 세라 혼자 차를 몰고 집에 가야 한다는 뜻이었는데, 보나 마나 트레이시는절대 안 된다고 언니 노릇을 하려 들 터였다. 세라는 트레이시가집까지 데려다주려고 하지 않게 할 핑곗거리가 필요했고, 오래 생각할 필요도 없었다. 트레이시는 지는 걸 싫어했지만, 세라가 져주는 건 더욱 싫어했다.

빗방울이 굵어지며 앞 유리에 둔탁하게 튕겼지만 아직 트레이시가 걱정했던 폭우는 아니었다. 이 동네에서 이 정도 비는 예사였다.

세라는 보스의 노래를 다시 큰 소리로 따라 불렀다.

트럭이 덜컥거렸다.

세라가 흠칫 놀랐다. 도로에서 뭔가를 친 줄 알고 백미러와 사이드미러를 확인했지만 너무 어두워서 뒤가 보이지 않았다.

트럭이 또 덜컥거렸다. 분명 아무 데도 부딪히지 않았는데 덜컹대고 털털거리며 느려지기 시작했다. 속도계 바늘이 금세 왼쪽으로 떨어지고 계기반에 주유등이 켜졌다. "왜 이래? 장난치지 마."
연료계 바늘은 이미 바닥에 다다랐다.

세라는 손가락으로 계기반을 두드렸지만 바늘은 꿈쩍도 하지 않았다. 이해할 수 없는 일이었다. "이건 말도 안 돼. 안 그래?"

어이가 없었다. 분명히 금요일에 기름을 꽉 채웠다. 트레이시는 사격 대회에 늦을까 봐 일찌감치 주유소에 들렀다. 거기 있는 편의점에서 세라는 가는 길에 차에서 먹으려고 치토스 한 봉지와 다이어트 콜라 한 캔을 샀다.

그날 트레이시가 핀잔을 놓았다.

과자 부스러기로 아침을 때울 셈이야?

엔진이 멈췄다. 운전대를 돌리기가 어려워졌다. 차가 가까스로 다음 커브를 돌았다. 길이 살짝 내리막이어서 차가 조금 굴러가긴 했지만, 남은 거리가 얼마인지는 몰라도 이 상태로 시더 그로브까지 가는 것은 당연히 불가능했다. 트럭이 느려지자 세라는 길옆으로 차를 돌렸다. 타이어가 자갈을 밟으면서 결국 차가 멈춰 섰다. 세라는 차 열쇠를 돌렸다. 그녀를 비웃듯 엔진이 푸드득거렸다. 그러다 아예 잠잠해졌다. 세라는 단념했다. 화가 나서 소리치고 싶었지만 애써 참았다. 브루스 스프링스틴은 계속 울부짖듯 노래하고 있었다. 세라는 오디오를 꺼버렸다.

잠시 불안해하던 그녀가 중얼거렸다. "좋아, 이제 정신 차리자."

아버지는 늘 상황에 적응하고 계획을 세워야 한다고 했다. 하나씩 차근차근.

"좋아, 내 계획은 뭐지? 대체 여기가 어디야?" 백미러로 뒤를 확인했지만 전조등 불빛은 보이지 않았다. 뒤로는 아무것도 보이지 않았다. 주위를 샅샅이 둘러보았다. 한때는 이 길을 잘 알았지만, 주간 고속도로가 생긴 다음부터는 좀처럼 이용하지 않았고 굳이 눈여겨보지도 않았다. 그래서 지금 여기가 어딘지 알 수가 없었다. 세라는 올림피아를 떠나고 얼마나 시간이 흘렀을지 계산해보려고 손목시계를 보았다. 그러면 시더 그로브까지 얼마나 남았을지 짐작할 수 있을 듯싶었다. 하지만 정확히 몇 시에 주차장을 빠져나왔는지 확실하지가 않았다. 일단 국도를 타면 시더 그로브 분기점까지 이십 분 거리인 건 분명했고, 지금껏 십 분 정도 차를 몰고 온 것 같았다. 그 짐작이 맞다면 분기점까지는 10킬로미터쯤 더 가야 할 터였다. 가볍게 산책할 거리는 아니었으며 비를 맞으며 걷기는 더욱 어려웠지만, 그렇다고 마라톤 거리도 아니었다. 운이 좋으면 지나가는 차를 얻어 탈 수도 있다. 하지만 요즘 국도에는 차가 거의 다니지 않는다. 대부분 주간 고속도로를 이용했다.

고속도로만 타고 가겠다고 약속해.

왜 언니 말을 듣지 않았을까? 이 상황을 알면 트레이시는 세라를 죽이려 들 것이다.

세라는 자기 신세가 딱하다는 생각에 신음하듯 탄식했다. 하지만 이내 다시 어떻게 할지 궁리했다. 트럭 짐칸에서 잘까도 생각했지만, 아침에 언니가 집으로 전화를 걸 때—청혼 소식을 알리려고 틀림없이 전화할 터였다—받지 않으면 난리가 날 것이 뻔했다. 보나 마나 언니는 하와이에 놀러 간 부모님을 돌아오게 하고 연방수사국과 시더 그로브 주민 모두를 동원해 동생을 찾으려 할 것이다.

세라는 잠시 고민하다 중얼거렸다. "가만히 앉아 있기보단 한 걸음이라도 가는 편이 낫겠지. 가보자."

세라는 재킷을 입고 조수석에서 언니의 검은 카우보이모자를 집어 들었다. 그 밑에 은빛 버클이 놓여 있었다. 세라는 재킷 주머니에 버클을 넣었다. 아침에 언니에게 돌려주면서 심통 좀 그만 부리라고 놀릴 생각이었다. 그러면 둘이서 한바탕 웃음을 터뜨리게 될 테고, 그 버클은 영원히 트레이시가 약혼한 날을 떠올리게 해줄 것이다. 버클을 기념 액자에 붙여서 선물하면 어떨까.

세라는 잠시 망설였다. 비를 맞으며 10킬로미터를 걸어갈 생각을 하니 막막했다.

결국 카우보이모자를 쓰고 차에서 내린 다음 차 문을 잠갔다. 세라를 괴롭히려는 듯 빗줄기가 더욱 굵어져 폭포처럼 요란하게 퍼부었다. 세라는 국도 가장자리를 따라 걸으며 비를 그을 큰 나무라도 나타나길 기대했다. 몇 분 만에 빗물이 등골을 따라 흐르기 시작했다. "진짜 미치겠네. 장난 아닌걸."

세라는 시간을 때우려고 머릿속에 떠오르는 '본 투 런'의 가사를 흥얼거리며 계속 걸었다. "'오늘 밤 모두가 도로로 나왔지만, 아무것도……' 가사가 뭐였더라."

그저 걷는 수밖에 없었다. 다시 몇 분이 지났을 때 세라가 멈춰서서 귀를 기울였다. 자동차 엔진 소리가 들린 것 같았다. 물론 굵은 빗방울이 나뭇잎을 두드리고 도로에 떨어지는 소리가 시끄러워서 확실하지는 않았다. 세라는 갓길로 더 들어가 도로를 살펴보며 귀를 기울였다. 있다. 전조등 불빛이 도로를 비추더니, 곧이어 차 한 대가 커브를 돌아 나왔다. 세라는 한쪽 발로 도로를 밟고 몸을 내민 채 머리 위로 한 손을 흔들면서, 나머지 손으로는 눈부신 전조등 불빛을 가렸다. 차가 속도를 늦추며 도로에 멈춰 섰다.

빨간색 쉐보레 트럭이었다.

59

트레이시가 눈을 떴지만 주위는 여전히 암흑이었다. 여기가 어딘지 알 수 없었고, 혼란과 고통의 안개가 머리를 어지럽혔다. 그녀는 머릿속 거미줄을 걷어내고 기억을 되찾으려고 기를 썼다. 고개를 들었더니 정수리 부위에 날카로운 통증이 확 퍼졌다. 트레이시는 얼굴을 찡그렸다. 고통이 사그라지자, 앉은 자세로 몸을 일으켜 한 팔로 몸을 지탱했다. 머리가 지끈거렸다. 팔다리가 납덩이처럼 무거웠다. 몇 번이나 심호흡을 하면서 기억을 그러모으고 현재 위치를 파악하려고 노력했다. 이윽고 여러 장면들이 차례차례 떠올랐다.

당장이라도 쓰러질 듯 허름한 집에 다가갔던 일.

일부가 눈에 덮여 있던 평상형 트럭.

부엌으로 들어가는 문.

안방으로 들어서던 순간.

의자 등받이 위로 살짝 솟은 머리.

파커 하우스가 고개를 돌리고 눈을 뜨던 모습.

그년이랑 냄새가 똑같군.

누군가에게 뒤통수를 세게 맞은 일이 생각났다. 머리를 만져보려고 팔을 들자 손목이 무거워진 느낌이었다. 두 팔을 흔들어보니 절그럭거리는 사슬 소리가 들렸다. 심장박동이 빨라졌다. 일어서려고 버둥거렸지만, 파도처럼 밀려드는 욕지기 때문에 도로 주저앉으며 한쪽 무릎을 꿇었다. 몇 차례 숨을 깊이 들이마시자 욕지기가 사라졌다. 이번에는 천천히 조심스럽게 일어섰다. 비틀거리긴 했지만 가까스로 균형은 잃지 않았다.

양쪽 손목에 채워진 수갑이 느껴졌다. 손으로 더듬어보니 두 수갑이 30센티미터 정도의 사슬로 이어져 있었다. 계속 더듬어 나아가자, 양쪽 손목을 연결한 사슬 중간에서 더 굵은 두 번째 사슬이 뻗어나간 것이 느껴졌다. 그 사슬을 양손으로 번갈아 잡으며 끝까지 갔더니 직사각형 금속판 같은 것에 닿았다. 불룩 튀어나온 육각 볼트 두 개가 손끝에 만져졌다. 트레이시는 한쪽 발을 벽에 대고 사슬을 팔에 감은 다음 금속판을 당겼다. 살짝 당겨지는 느낌이 들었지만, 또 욕지기가 치밀어 오르고 욱신거리는 통증이 온몸을 뒤덮었다.

뒤에서 어떤 소리가 들렸다. 길고 뿌연 빛이 어둠을 가르며 서서히 넓어지고 있었다. 문이 열리는 모양이었다. 누군가의 검은 형상이 그 빛 속으로 들어섰고, 문이 닫히자 트레이시는 다시 어둠에 휩싸였다. 그녀는 벽에 등을 대고 두 팔을 들면서 손이나 발로 가격할 준비를 했다.

방 안에서 어슬렁거리는 사람의 발소리를 따라가려 했지만, 어둠 속에서는 사방에서 발소리가 나는 것 같았다. 윙 하는 이상한 소리가 들렸다. 갑자기 강렬한 불빛이 깜빡거리자 순간적으로 눈이 멀었다. 트레이시는 고개를 숙이고 눈앞의 희고 검은 점들이 사라지길 기다렸다. 잠시 후 한 손을 들어 불빛을 가리고 보니, 흙 천장을 수평으로 가로지른 나무 들보 두 개가 보였다. 그중 하나 위로 전선이 늘어져 있고, 그 전선에 매달린 알전구가 빛을 쏟아내고 있었다. 천장에는 삽으로 긁은 자국들이 있었다.

전구 아래 트레이시를 등지고 꿇어앉은 사람이 나무 상자 옆에 튀어나온 핸들을 돌리고 있었다. 핸들이 돌아갈 때마다 보이지 않는 날벌레 떼가 날개를 퍼덕이는 것 같은 소리가 나고, 전구 안의 필라멘트가 맥동하듯 껌뻑거렸다. 주황색에서 빨간색으로 바뀌던 빛이 마침내 환한 백색이 되자, 어둠이 걷히면서 트레이시의 주변 환경과 상황이 드러났다.

그녀가 있는 방은 길이가 6미터, 폭이 3.5미터, 높이가 2.5미터쯤 되어 보였다. 사방이 모두 흙벽이었다. 오래된 기둥 네 개가 천장 들보 두 개를 수직으로 떠받치고 있었다. 방금 그녀가 촉감으로 확인했듯, 양쪽 손목에 채워진 녹슨 금속 수갑은 30센티미터 길이의 사슬로 이어져 있었다. 길이가 1.5미터쯤 되는 두 번째 사슬은 아까 손으로 더듬어 만진 직사각형 금속판에 용접된 상태였다. 그 금속판은 콘크리트 벽에 볼트로 박혀 있었다. 서로 어울리지 않는 카펫 쪼가리들이 군데군데 바닥을 덮은 것이 보였다. 한쪽 구석에 놓인 철제 침대에는 너덜너덜한 매트리스가 얹혀 있고, 그 옆에는 역시나 닳아빠진 의자가 있었다. 한쪽 벽에는 투박한 선반들이 달려 있었는데, 한 선반에는 통조림들이 놓여 있고, 또 한 선반에는 페이퍼백 책들이 꽂혀 있었다. 책들 옆에는 트레이시가 20년 동안 보지 못했던 검은색 카우보이모자가 놓여 있었다.

에드먼드 하우스가 일어나 그녀 쪽으로 돌아섰다.

"집에 온 걸 환영한다, 트레이시."

60

눈 쌓인 나뭇가지 하나가 앞 유리를 후려치면서 하얀 가루가 폭발하듯 흩날렸다. 캘러웨이는 속도를 늦추지 않았다. 그는 타이어 자국을 따라 커브를 돌고 가속페달을 밟으려다 재빨리 브레이크를 힘껏 밟았다. 그들이 탄 차는 트레이시의 차를 불과 몇 센티미터 앞두고 덜컥 멈춰 섰다.

트레이시의 차 뒷 유리와 지붕에 눈이 쌓여 있었지만 두께가 겨우 3센티미터 정도였다. 눈이 새로 쌓인 지 얼마 안 됐다는 뜻이었다.

캘러웨이는 중얼중얼 욕을 내뱉고 클립에서 무전기를 떼어내 주파수를 맞춘 다음 누구든 들리면 대답하라고 말했다. 응답이 없었다. 다시 불러봤지만 이번에도 무전기는 조용했다.

"핀레이, 내 말 들리나? 핀레이!" 결국 무전기를 클립에 도로 걸고 차의 시동을 껐다.

댄이 물었다. "뭘 모른다는 겁니까?"

캘러웨이가 그를 빤히 보았다. "무슨 소리야?"

"저한테 아직도 모르겠냐고 하셨잖아요. 뭘 모른다는 겁니까?"

캘러웨이는 거치대에서 엽총을 내려 댄에게 건넸다. "우린 죄 없는 사람을 처넣지 않았어. 범죄자를 넣었지." 그는 차 문을 열고 눈보라 속으로 들어갔다.

댄은 어안이 벙벙했다. 대체 보안관은 무슨 짓을 한 걸까?

그는 캘러웨이가 구겨서 내던진 트레이시의 쪽지를 집어 다시 펼쳤다.

유리창을 박살 낸 트럭은
파커 하우스의 것이야.
아무도 그를 의심하지 않았어.
답을 찾으러 갈 거야.
캘러웨이를 데려와.

트레이시는 파커가 범인이라고 생각한 것이다. 파커가 세라를 죽였다고.

댄은 모자를 쓰고 장갑을 낀 뒤 무릎까지 빠지는 눈밭으로 내려섰다. 나오자마자 살을 에는 찬바람이 느껴졌다. 그는 눈을 헤치며 차 뒤로 갔다. 캘러웨이가 끈 달린 소총을 어깨에 둘러메고 재킷 주머니에 탄알들을 넣었다.

"어떻게 알았습니까?" 댄은 휘몰아치는 바람 소리 때문에 악을 써야 했다.

캘러웨이는 트렁크 사물함에서 손전등 두 개를 꺼내 그중 하나를 켜보고 댄에게 건넸다. 예비 건전지 두 개도 주었다.

"범인이 파커가 아니라 에드먼드라는 걸 어떻게 알았습니까?"

"말했잖아. 이미 모두에게 말했어. 에드먼드가 나한테 범행을 자백했다고." 캘러웨이는 차 뒷문을 닫고 발자국들 쪽으로 걸어갔다. 발자국 위로는 새로이 눈이 쌓이고 있었다.

댄이 그를 따랐다. "왜 자기 짓이라고 순순히 털어놓았죠?"

캘러웨이는 걸음을 멈추고 거센 바람 너머로 고래고래 외쳤다. "왜냐고? 놈이 빌어먹을 사이코패스니까. 그게 이유야."

그는 나무 그루터기가 눈에 묻혀 있는 길 건너로 걸어갔다. 한쪽 무릎을 꿇고 손으로 눈을 치우자, 누군가 전기톱으로 나무를 곧게 베어낸 자리가 보였다.

캘러웨이는 일어서서 앞이 보이지 않을 만큼 쏟아지는 눈 사이로 언덕 위를 쳐다보았다. "놈은 우리가 오는 걸 알고 있어." 그는 부츠 발자국을 따라 걷기 시작했다. 댄은 엽총을 든 채 따라갔다. 잠깐 걸었는데도 숨이 가빠왔다. 100미터쯤 걷자 둘 다 멈춰 서서 헉헉거렸다.

댄은 힘겹게 말을 내뱉었다. "에드먼드가 세라의 시신을 묻었다면 어째서 보안관님이 못 찾았습니까?"

찬바람에 노출된 캘러웨이의 볼과 코에 도로지도 같은 붉은색 실핏줄이 드러났다.

"그건 거짓말이었으니까. 에드먼드는 곧바로 세라를 죽이지 않았어. 놈은 우릴 갖고 놀았고, 나를 갖고 놀았어. 그리고 이번에는 자네와 트레이시를 갖고 놀았지."

"하지만 그 집을 수색하셨다면서요. 만약 세라가 거기 없었고 에드먼드가 암매장하지 않았다면 대체 어디 있었습니까?"

캘러웨이는 고갯짓으로 산 쪽을 가리켰다.

"저 위에. 세라는 줄곧 바로 저 위에 있었어."

61

세라는 한 손을 들어 전조등 불빛을 가렸지만, 트럭 운전석 문을
열고 몸을 내민 남자의 얼굴은 잘 보이지 않았다.

요란한 빗소리 사이로 남자가 말했다. "아까 저기 갓길에 서 있
는 트럭을 봤는데, 당신 차입니까?"

세라가 대답했다. "네."

"태워줄까요?"

"괜찮아요. 조금만 더 걸으면 돼요."

남자가 차에서 내려 황급히 보닛을 돌아 나오자, 그의 얼굴이 보
였다. 그는 한마디로 근사해 보였다. 하얀 티셔츠에 청바지, 작업용
부츠 차림이 흡사 브루스 스프링스틴 같았다. 비에 젖어 가슴에 들
러붙은 티셔츠는 탄탄한 이두근 때문에 팽팽해져 있었다.

"어떻게 된 일입니까?"

"기름이 떨어진 것 같아요."

"기분이 영 울적했겠군요, 그렇죠?" 남자는 얼굴에 늘어진 머리
카락을 귀 뒤로 넘기며 빙그레 웃었다. 매력적인 미소에 눈빛까지
반짝였다.

"마음 풀어요. 저도 종종 겪는 일이랍니다. 기름 안 채우고 얼마나 멀리 갈 수 있나 시험해보곤 하거든요." 그는 엄지손가락으로 자기 트럭을 가리켰다. "차 안에 기름통이 있어요. 안타깝게도 지금은 비어 있지만 시더 그로브에 가면 주유소가 있을 겁니다."

세라가 대꾸했다. "지금쯤이면 할리 아저씨 가게는 문을 닫았을 거예요. 대개 토요일에는 9시쯤 닫으니까요."

"거기 살아요?"

할리의 이름을 언급한 건 그녀가 이 동네 살고, 이곳 사람들을 잘 알며, 사람들도 그녀를 안다는 사실을 드러내기 위해서였다.

"시내에서 조금 떨어진 곳에요."

남자가 자기 차 운전석 쪽으로 가며 말했다. "어서 타요. 데려다줄 테니까."

하지만 세라는 움직이지 않았다. "어디서 오신 거예요?"

남자가 돌아서서 보닛 너머로 대답했다. "시애틀에서 가족들 만나고 오는 길입니다. 드라이브하기 좋은 밤이잖아요? 더 있고 싶었지만 일이 있어서 돌아와야 했죠. 저는 실버 스퍼스에 삽니다. 주유소가 문을 닫았으면 당신 집까지 태워다줄게요."

세라는 애써 자연스럽게 말했다. "멀지 않아요. 걸어가도 돼요."

"에이, 못해도 6킬로미터는 될 텐데요?"

"그렇게 멀진 않아요."

남자는 싱긋 웃었다. "알았어요. 하지만 오늘 밤에 걸어가다가는 비 맞은 생쥐 꼴이 될 겁니다. 이렇게 합시다. 내가 차를 몰고 먼저 가서 주유소가 열었는지 확인할게요. 열었으면 기름을 사서 돌아와 당신 차 기름통을 채워드리죠. 만약 안 열었으면 내가 당신 집에 가서 당신이 난처한 상황에 처했다고 전하겠습니다."

세라는 할리의 주유소가 문을 닫았다는 걸 알고 있었다. 그리고 집에는 아무도 없다. 언니는 벤이랑 외출 중이고, 부모님은 하와이로 놀러 갔다. 쓸데없이 이 남자에게 수고를 끼치기는 싫었다.

"괜찮아요. 그러실 필요 없어요."

"어려운 일도 아닌데요." 남자가 다가와 손을 내밀었다. "에드먼드라고 합니다."

"저는 세라예요. 세라 크로스화이트."

"크로스화이트? 시더 그로브 고등학교에 성이 크로스화이트인 선생님이 계십니다. 과학을 가르치시는 것 같던데."

"그 고등학교에서 일하세요?"

"야간 관리인입니다."

"저는 뵌 적이 없는데요."

"밤에 일하니까요. 저를 본 건 흡혈귀들뿐이랍니다. 저한테 딱 어울리는 직업이죠."

세라가 빙그레 웃었다. 매력적이고 재미있는 남자였다.

"그분 금발이죠? 당신과 많이 닮았네요."

"그런 말 많이 들어요."

남자가 고개를 끄덕였다. "두 분이 자매로군요. 얼굴만 봐도 알겠습니다."

"언니는 저보다 네 살 많아요. 화학 선생님이고요."

"그럼 화학 성적 A 받는 건 땅 짚고 헤엄치기겠네요?"

"아뇨. 전 졸업했어요. 가을에 워싱턴 대학에 가요."

"머리가 좋으신가 보네."

세라는 얼굴이 빨개지는 느낌이었다. "설마요. 저희 집에서 머리 좋은 사람은 언니예요."

"저도 그런 동생이 있어요. 진짜 아인슈타인 뺨치게 똘똘하죠."

빗줄기가 거세지면서 또 폭우가 쏟아졌다. 남자의 머리카락은 거의 어깨까지 늘어졌다. 이제 티셔츠가 완전히 젖어 가슴과 배의 굴곡이 드러났다. 남자가 자기 두 팔을 문지르며 말했다.

"저 도로표지판 옆에 있는 나무들 밑에서 기다려요. 그래야 내가 당신을 찾을 수 있으니까. 가서 주유소 열었는지 보고 올게요." 그는 운전석 쪽으로 가기 시작했다.

"안 그래도 돼요."

남자가 돌아섰다. "무슨 말이죠?"

"그냥 당신 차 얻어 탈게요."

"정말입니까?"

"네. 그럴게요. 저 때문에 당신이 거기까지 갔다 돌아오게 하긴 싫어요."

"좋습니다."

부리나케 보닛을 돌아 운전석에 올라탄 남자는 팔을 뻗어 조수석 문을 밀어 열고 세라를 내려다보며 빙그레 웃었다.

"그거 이리 주고 올라타요."

세라는 백팩을 남자에게 건넨 다음 문을 잡고 차에 올랐다. 그녀는 카우보이모자를 벗고 비에 젖은 머리를 흔들며, 히터가 내뿜는 따뜻한 바람에 안도했다.

"당신을 만난 게 저한테는 행운인 것 같아요."

남자는 차에 시동을 걸었다. "미친놈 안 만난 게 다행이죠. 이런 데서 그런 놈한테 걸리면 쥐도 새도 모르게 사라질 수 있답니다."

62

댄은 캘러웨이가 시더 그로브 북부 산지의 봉우리 쪽을 가리키고 있다는 건 알았지만, 휘몰아치는 눈보라와 어둠 때문에 한 치 앞도 보이지 않았다.

"에드먼드는 시더 그로브 광산에 있던 방에 세라를 가둬놨어. 댐이 완공될 때까지 기다렸다가 수몰 직전에 세라를 묻었지."

"보안관님이 그걸 어떻게 아십니까?"

"세라의 유해가 발견된 지점을 보면 논리적으로 그렇잖아."

"아뇨, 광산에 가뒀다는 걸 어떻게 아시냐고요?"

"일단 계속 걸어."

댄은 보안관 옆에서 함께 걸으며 열심히 귀를 기울였다.

"파커가 발견했다. 평소 에드먼드는 사륜 오토바이를 타고 집을 나가 산으로 가곤 했어. 놈이 유죄 판결을 받은 뒤, 문득 그 광산이 생각난 파커는 혹시 에드먼드가 그곳에 갔던 게 아닐까 싶었지. 결국 나를 찾아와 그 이야기를 했고, 우리는 철근절단기를 들고 올라가 광산 입구에 걸려 있던 자물쇠를 끊었다. 처음에는 아무것도 발견하지 못했는데, 사무실 벽이 조금 이상하다는 걸 곧 눈치챘지.

대형 광산 회사에 어울리지 않게 만듦새가 조악했거든. 자세히 보니 틈이 있더군. 벽이 아니라 문이었어. 에드먼드가 가짜 벽을 만들어놓고 그 벽 안에 세라를 감금했던 거야. 바닥에는 남루한 회색 드레스가 있었고, 볼트로 벽에 고정된 사슬과 수갑도 있었다." 캘러웨이는 고개를 절레절레 저었다. "세라가 그런 데서 놈에게 무슨 몹쓸 짓을 당했을까 생각하니 속이 뒤집혔다. 우리는 그것들을 전부 그대로 두고 입구를 잠근 다음, 두 번 다시 가보지 않았어."

댄은 캘러웨이의 어깨를 와락 움켜잡고 멈춰 세웠다. "그럼 대체 왜 아무한테도 말하지 않았습니까?"

캘러웨이는 댄의 손을 뿌리쳤다. "무슨 말을 하겠나, 댄? 우리 모두 거짓말을 했다고? 증거를 조작했다고? 하지만 이제 후회가 되니 잘못을 바로잡고 싶다고? 그랬다가는 에드먼드가 석방돼서 또 누군가의 딸을 살해하겠지. 지난 일은 어차피 지난 일이야. 되돌릴 수 없어. 에드먼드는 종신형을 선고받았고, 세라는 죽었다."

"그럼 왜 트레이시한테 말하지 않았어요?"

"할 수가 없었다."

"어째서요? 맙소사, 대체 왜 못 한 겁니까?"

"말하지 않기로 맹세했으니까."

"트레이시는 진실을 모른 채 20년을 고통받았어요. 보안관님 잘못 아닙니까?"

캘러웨이의 모자 테두리 털은 완전히 얼음에 뒤덮였고, 눈썹에도 빙정이 맺혀 있었다.

"내가 결정한 일이 아니야. 제임스가 그러라고 했어."

댄은 믿을 수 없다는 듯 실눈을 뜨고 노려보았다. "하느님 맙소사, 자기 딸한테 왜 그런 짓을 한 겁니까?"

"그 애를 사랑했으니까."

"그게 말이 된다고 생각하세요?"

"제임스는 트레이시가 평생 죄책감을 안고 살길 바라지 않았어. 진실을 알면 죽을 만큼 괴로워할 거라고 생각했지."

"트레이시는 지난 20년 동안 죄책감을 안고 살았어요."

"하지만 이 죄책감과는 달라."

* * *

에드먼드 하우스가 발전기 상자 위에 앉았다. 그의 머리 위에서 전구가 딱딱거리고 나직이 윙 하는 소리를 냈다. "아이러니라는 생각이 드는군."

트레이시가 물었다. "뭐가?"

"그토록 오랜 세월이 지나 이제야 우리가 여기 오다니."

"무슨 소릴 하는 거야?"

"너랑 나, 그리고 여기." 에드먼드는 두 팔을 벌리고 빙그레 웃었다. "여긴 널 위해 지은 곳이거든."

"뭐라고?" 트레이시는 머뭇거리며 방 안을 둘러보았다.

"물론 시더 그로브 광산 회사가 대부분 해놓았지만, 카펫과 침대와 책꽂이들은 내가 집처럼 아늑하게 만들려고 갖다 놨어. 난 네취미가 독서라는 걸 알고 있었거든. 물론 지금은 볼썽사납지. 20년동안 청소 한 번 안 하면 이 꼴이 되는 거야." 에드먼드가 씩 웃었다. "솔직히 내가 떠날 때 모습 그대로 남아 있는 게 놀라워. 지금껏 아무도 찾지 못한 거지."

"난 네가 누군지도 몰랐어."

"하지만 난 널 알았지. 시더 그로브 고등학교에 와서 널 처음 본 순간부터 너의 모든 것을 연구했거든. 종종 하교하는 애들을 보러 가곤 했는데 하루는 네가 학생들에게 둘러싸여 걸어 나오더라고. 처음엔 너도 학생인 줄 알았는데, 행동거지를 보니 성숙한 여자라는 걸 알 수 있었지.

그때부터 널 찜한 거야. 선생을 가져본 적은 한 번도 없었어. 물론 상상은 몇 번 해봤지. 금발 여자를 가져본 적도 없었어. 너를 본 뒤로 날마다 학교가 파하는 오후에 차를 몰고 학교 근처를 배회했어. 네가 어떤 차를 모는지 알아내야 했거든. 하지만 툭하면 주민들이 신고해서 학교 주변에 차를 세워두기가 쉽지 않더군. 네 차가 포드 트럭이란 걸 알아낸 뒤로는 교직원 주차장만 확인하면 됐고, 거기 없으면 차를 몰고 시내로 갔지. 넌 그 카페에 앉아 채점을 하곤 했으니까. 나도 거기 들어가 커피 마신 적 있어. 카페에도 네가 없을 때는, 시내를 벗어나 너희 집 앞을 지나가면서 네 트럭이 진입로에 세워져 있나 살펴봤고.

도로 위쪽에 네 방 창문이 잘 보이는 곳도 찾았어. 어떤 날은 밤에 몇 시간씩 지켜보곤 했지. 난 네가 샤워하고 나와 수건을 머리에 터번처럼 두르고 창밖을 내다보는 모습을 좋아했어. 비록 네가 벤과 사귀기 시작했지만 난 우리 관계가 특별하다고 믿었어. 난 네가 그 자식의 뭐에 끌렸는지, 크고 고풍스러운 저택을 떠나 왜 그 구질구질한 임대주택으로 이사했는지 도통 알 수 없었어. 그리고 벤이 늘 네 주변에 얼쩡거리면서 일이 까다로워졌지. 네 집으로 걸어가 초인종을 누를 수도, 집 안에서 널 기다릴 수도 없게 됐거든. 스스로 기회를 만드는 수밖에 없다고 판단했어. 그때 좋은 수가 떠올랐지. 네 트럭을 망가뜨리는 거였어."

트레이시는 에드먼드가 자신을 줄곧 지켜봤다는 생각에 소름이 돋았다. 그가 몰래 트럭을 고장 냈다는 말을 들으니 더욱 끔찍한 가능성이 뇌리를 스쳤다. 그날 저녁 세라는 트레이시의 트럭을 몰았다. 트레이시는 선반에 놓인 검은색 카우보이모자를 바라보았다.

에드먼드의 말이 이어졌다. "처음 네 동생을 봤을 때 진짜 놀랐지. 카페에 앉아 채점을 하고 있던 네 뒤로 세라가 다가와 네 눈을 가리는 걸 봤는데, 난 둘이 쌍둥이인 줄 알았어."

"그날 저녁 세라를 나로 착각한 거로군."

에드먼드가 일어서서 서성거렸다. "그럴 수밖에 없잖아? 제기랄, 민트 껌 광고에 나오는 쌍둥이 같았어. 너희는 옷차림까지 비슷했단 말이야."

동굴 같은 그 방은 뼈가 시릴 만큼 추웠지만, 트레이시의 얼굴은 땀범벅이었다.

"갓길에 세워진 트럭을 보고 잠시 후 검은 모자를 쓴 채 빗속에 홀로 걷는 여자를 봤을 때, 난 당연히 너일 거라고 생각했어. 차에서 내려 네가 아니란 걸 깨달았을 때 내가 얼마나 놀랐을지 상상해 봐. 처음에는 실망했어. 심지어 그냥 집에 태워다줄 생각까지 했지. 하지만 문득 내가 그간 얼마나 공을 들였는지 생각나더군. 게다가 둘 다 가지면 안 된다는 법도 없잖아."

트레이시는 쓰러지듯 벽에 기댔다. 다리가 후들거렸다.

"이제 둘 다 갖게 됐지."

"넌 세라를 암매장하지 않았어. 그래서 우리가 찾지 못한 거야."

"곧바로 죽이진 않았어. 그럼 아깝잖아. 하지만 애너벨 보빈처럼 도망치게 둘 수는 없었지." 에드먼드는 이를 악물고 어두운 표정을 지었다. "그 망할 년 덕분에 내 인생의 6년이 날아갔어."

그는 손가락으로 자기 관자놀이를 가리켰다. "영리한 인간은 실수를 통해 배우는 법이야. 난 6년 동안 어떻게 하면 다음에 더 잘할지 연구했어. 네 동생이랑 난 여기서 좋은 시간을 보냈어."

세라가 사라진 날은 1993년 8월 21일이었다. 댐이 가동된 것은 10월 중순께였다. 갑자기 신물이 올라와 목구멍이 타는 듯 따가웠다. 속이 울렁거리고 뒤집혔다. 트레이시는 몸을 숙이고 구역질을 했다.

"하지만 빌어먹을 캘러웨이가 계속 나를 압박했어. 헤이건이라는 목격자가 나타났다는 말을 들었을 때, 체포는 시간문제구나 싶었지. 캘러웨이 같은 인간에게 양심 같은 건 없어. 실망스럽지 않아? 아마 너도 네 아버지한테 똑같은 실망감을 느꼈을 거야."

트레이시는 입에 고인 신물을 뱉고 에드먼드를 쳐다보았다. "개자식!"

그는 더 활짝 웃었다. "네 아버지는 자신이 써먹은 액세서리와 머리카락이 나를 그 거지 같은 감옥에서 빼내줄 도구가 될 줄은 상상도 못 했을 거야. 네가 그걸 돕게 될 줄도."

"난 널 도운 게 아냐."

"너무 그러지 마, 트레이시. 적어도 난 너한테 거짓말한 적은 없어."

"무슨 개소리야? 전부 다 거짓말이었어."

"난 그들이 날 엮어 넣었다고 했어. 그들이 증거를 조작했다고 했지. 내가 결백하다고 한 적은 한 번도 없어."

"넌 우라질 정신병자야. 넌 내 동생을 죽였어."

에드먼드는 고개를 저었다. "아니, 그렇지 않아. 난 세라를 사랑했어. 그놈들이 죽인 거야. 캘러웨이와 네 아버지가 온갖 거짓말로

427

죽인 거지. 그놈들 때문에 나로서는 선택의 여지가 없었어. 댐이 가동되면서 그렇게 할 수밖에 없었어. 난 그러기 싫었지만 잘난 캘러웨이는 끝끝내 나를 몰아세웠지."

63

출입문이 열리며 삐걱거리는 소리가 갱도를 따라 울려 퍼졌다. 그 소리에 세라가 고개를 들었다. 에드먼드가 예상보다 빨리 돌아온 것이다. 대개는 그가 돌아오기 전에 불이 완전히 꺼졌지만, 오늘은 아직 전구가 누르스름한 빛을 내뿜고 있었다.

하던 일을 서둘러 마친 세라는 콘크리트 조각들을 집어 들고 아까 만들어놓은 구멍으로 흙을 쓸어 넣었다. 하나뿐인 전구의 불빛이 점점 약해져서 조각을 모두 치웠는지 제대로 확인하기 어려웠지만 계속 살펴볼 시간도 없었다. 그녀는 길고 굵은 쇠못을 구멍에 넣고 다시 흙을 채운 다음 판판하게 다졌다.

벽의 문이 열리기 시작하자, 세라는 카펫을 제자리로 옮기고 벽에 기댄 자세로 앉아 에드먼드가 사다 준 책을 집었다. 안으로 들어온 에드먼드 하우스가 접이식 탁자에 비닐봉지를 내려놓고 발전기 손잡이를 돌렸다. 전구가 환해지자 세라가 눈을 끔뻑였다.

에드먼드가 돌아섰다. 평소보다 더 오래 세라를 보는 것 같았다. 이내 그의 눈길이 바닥의 카펫으로 쏠렸다. 환한 불빛 아래 보니, 카펫을 원래 있던 자리로 정확히 옮겨놓지 못했다.

그가 물었다. "뭐 하고 있었어?"

세라는 어깨를 으쓱하고 책을 들었다. "뭘 했겠어요? 모든 책을 두 번씩 읽었어요. 이미 결말을 아는 이야기라 재미는 없지만."

"불평하는 거야?"

"아뇨, 그냥 그렇다고요. 하지만 다른 책이 몇 권 더 있으면 좋겠어요."

세라가 계산한 바로는 여기 끌려온 지 7주가 지났다. 창문이 전혀 없어서 하루가 언제 끝나는지 알 수 없었지만, 세라는 에드먼드를 시계로 이용했다. 그가 돌아올 때마다 벽에 금을 그었고, 그러면 하루가 다시 시작됐구나 생각했다. 에드먼드는 세라를 8월 21일에 납치했다. 그녀의 계산이 정확하다면 오늘은 10월 11일 월요일이었다.

이곳에 감금되고 한 달이 지났을 때, 세라는 기둥 밑동에 일부가 박혀 있는 굵은 쇠못을 발견했다. 광산에서 캐낸 은을 싣고 나오는 갱도 트랙을 설치하는 데 쓰이던 물건 같았다. 길이는 25센티미터 정도이고, 못대가리는 판판했다. 세라는 벽에 볼트로 고정되어 있는 금속판 둘레의 콘크리트를 그 쇠못으로 조금씩 깼다. 금속판의 볼트들이 조금 헐거워져서 에드먼드가 눈치채지 않게 금속판 뒤를 파낼 수 있었다. 금속판이 벽에서 어느 정도 떨어지면 잡아당겨 뜯어낼 수 있을 것 같았다.

세라가 물었다. "먹을 거 사 왔어요?"

에드먼드는 고개를 저었다. 심란하고 우울한 표정이었다. 풀 죽은 어린애 같았다.

"왜요?"

그가 탁자에 기대자 두 팔의 근육이 도드라졌다. "캘러웨이 보안관이 또 찾아왔어."

세라는 실낱같은 희망을 느꼈지만 애써 억눌렀다. "그 망할 자식이 이번에는 왜 왔대요?"

"목격자가 나타났대."

"정말요?"

"그렇게 말했어. 너랑 나랑 국도에 함께 있는 모습을 봤다고 증언할 목격자를 확보했다는 거야. 난 아무도 본 기억이 없는데. 넌 봤어?"

세라는 고개를 저었다. "제 기억에는 없어요."

에드먼드가 탁자에서 물러나 다가오며 화를 냈다. "그자는 거짓말을 하고 있어. 거짓말이 분명해. 하지만 목격자가 증언하면 수색 영장을 발부받을 수 있다는 거야. 네 생각에는 보안관이 뭐라도 찾아낼 것 같아?"

세라는 어깨를 으쓱했다. "아무것도 못 찾을 거예요. 흔적 안 남기려고 조심했다면서요."

에드먼드가 팔을 뻗어 손끝으로 세라의 볼을 쓰다듬었다. 세라는 움찔하며 고개를 빼고 싶은 충동을 간신히 참았다. 그래봐야 에드먼드의 화를 돋울 뿐이니까. "내 생각을 말해줄까?"

세라는 고개를 끄덕였다.

"아무래도 덫에 걸린 것 같아." 에드먼드는 손을 내리고 걸어갔다. "목격자를 만들어냈는데 증거라고 못 만들겠어. 결국 나를 법정에 세울 거야. 그게 무슨 뜻인지 알아?"

"아뇨."

"오늘이 우리가 만나는 마지막 날일 수도 있다는 뜻이야."

문득 불안감이 파도처럼 밀려들었다. 세라가 말했다. "당신은 붙잡히지 않을 거예요. 엄청 영리하잖아요. 보안관보다도 훨씬."

"작정하고 사기 치면 못 이겨." 에드먼드는 한숨을 쉬고 고개를 저었다. "난 캘러웨이에게 엿 먹으라고 했어. 내가 이미 널 강간하고 죽인 다음 산속에 묻었다고 했지."

"왜 그런 소릴 했어요?"

이제 그는 초조하게 서성이며 언성을 높였다. "망할 자식. 어차피 증명 못 할걸. 평생 의심만 하다 죽으라고 해. 난 네 시신을 어디다 묻었는지 절대 알려주지 않겠다고 했어." 그가 웃었다. "중요한 게 뭔지 알아?"

"뭔데요?" 세라는 점점 더 불안해졌다.

"그 자식이 대화를 녹음하지 않았다는 점이야. 들은 사람이 둘밖에 없는 거지. 내가 그런 말을 했다는 증거가 없어."

세라는 짐짓 진지한 표정을 지었다. "여길 뜰 수도 있잖아요. 우리 둘이 함께 어디론가 떠나요. 사라지는 거죠."

"맞아. 그 생각 나도 했어."

에드먼드가 비닐봉지에서 옷가지를 꺼냈다. 세라는 자신의 셔츠와 청바지를 한눈에 알아보았다. 에드먼드가 불태운 줄로만 알고 있었다.

"너 입으라고 세탁해 왔어."

"왜요?"

"고맙다고 해야 하는 거 아닌가?"

"고마워요."

말은 그렇게 했지만 에드먼드의 속셈을 알 수가 없었다.

그가 세라의 발 앞에 옷을 던졌다. 그녀가 움직이지 않자 에드먼드가 말했다. "어서 입어. 그 꼴로 여길 떠날 수는 없잖아."

"날 보내줄 건가요?"

"더 이상 널 여기 둘 수는 없어. 캘러웨이가 내 꽁무니를 쫓고 있으니."

세라는 그가 주었던 낡은 드레스를 어깨 밑으로 내려 벗어 에드먼드 앞에서 알몸이 되었다. 그는 세라가 청바지를 집어 들고 입는 모습을 지켜보았다. 헐렁해진 바지가 골반에 걸렸다. 세라가 말했다. "살이 좀 빠졌나 봐요."

그녀의 갈비뼈와 쇄골이 도드라졌다. 에드먼드가 대꾸했다. "예전에 좀 통통했잖아. 난 네가 홀쭉한 게 좋아."

세라는 두 팔을 쳐들었다. "수갑이 걸려요."

에드먼드는 주머니에서 열쇠를 꺼내 왼쪽 수갑을 풀었다. 세라는 왼팔을 스컬리 셔츠 소매에 밀어 넣고, 에드먼드가 다시 수갑을 채우길 기다렸다. 하지만 그는 오른쪽 수갑도 풀어주었다. 수갑과 사슬이 세라의 발 앞에 떨어졌다. 7주 만에 처음으로 그녀의 두 팔이 자유로워졌다. 세라는 셔츠를 입고 단추를 채우면서 애써 차분하게 굴었다. "우리 어디로 가요? 캘리포니아 주 어때요? 거긴 아주 넓어요. 아무도 우릴 못 찾을 거예요."

에드먼드는 선반으로 다가가 그 위에 놓인 깡통을 뒤집어 세라의 비취 귀걸이와 목걸이를 쏟았다. 그리고 트레이시의 검은색 카우보이모자를 집어 들더니, 잠시 물끄러미 보다가 선반에 도로 내려놓았다. 그는 액세서리를 세라에게 내밀었다. "이것도 다시 걸어. 내가 갖고 있을 필요 없으니까."

세라는 애써 눈물을 참았다. "날 보내주려는 거예요?"

"언젠가 이런 날이 올 줄 알고 있었어."

세라의 두 뺨에 눈물이 흘러내렸다.

"울 것까지는 없는데."

하지만 눈물이 멈추질 않았다. 드디어 집에 가는 것이었다. 세라가 물었다. "언제 여길 떠나죠?"

"지금 당장. 바로 가면 돼."

"아무한테도 말하지 않을게요. 약속할게요."

"그건 나도 알아." 에드먼드가 고갯짓으로 문을 가리켰다. 세라가 망설이자 그가 말했다. "자, 어서 가."

세라는 달려가고픈 충동을 가까스로 억눌렀다. 빨리 여길 벗어나 다시 신선한 공기를 마시고, 하늘을 보고, 새소리를 듣고, 상록수 향기를 맡고 싶었지만 참았다. 그녀는 조심스럽게 문 쪽으로 한 걸음 내딛고 에드먼드를 돌아보았다. 그의 얼굴은 무표정한 가면 같았다.

한 걸음 더 내디딘 세라는 다시 언니와 부모님을 만날 생각에, 다시 자기 집 자기 방에서 잠들고 깨어날 생각에 가슴이 벅찼다. 지금껏 모든 일이 악몽이었다고, 끔찍한 악몽일 뿐이었다고 믿으리라 다짐했다. 에드먼드 하우스에게 당한 일은 생각하지 않으리라 다짐했다. 꿋꿋이 삶을 이어가리라. 예전처럼 학교를 다니고 졸업한 다음 시더 그로브로 돌아와, 늘 계획했던 대로 언니와 함께 살아가리라. 너무 흥분한 나머지 세라는 에드먼드가 문 옆의 사슬을 집어 드는 소리를 듣지 못했다.

세라가 문에 다다랐을 때, 에드먼드가 사슬로 그녀의 목을 꽉 감고 힘껏 졸랐다. 세라는 사슬 밑으로 손가락을 넣으려고 기를 썼고, 에드먼드의 팔을 할퀴려고도 해봤다. 하지만 그는 사슬로 그녀를 뒤로 잡아당겼고, 그 엄청난 힘에 세라의 발이 땅에서 떨어졌다. 어두운 우물 속으로 떨어지듯 문틈으로 새어드는 빛이 점점 멀어졌다. 세라는 그 빛을 잡으려고 두 손을 내뻗었다. 눈앞에 언니의 모습이 어른거린 순간, 그녀의 뒤통수가 콘크리트 벽에 세게 부딪쳤다.

64

"죽이고 싶진 않았어." 에드먼드 하우스는 발전기 상자 위에 다시 앉아 두 팔뚝을 넓적다리에 얹었다. 마치 모닥불을 쬐며 귀신 이야기를 들려주는 사람 같았다. "하지만 세라의 시신을 처리할 기회는 그때뿐이라고 생각했지. 다시 감옥에 가지 않으려면 말이야."

그는 몸을 곧추세우고 분노가 서린 목소리로 말을 이었다.

"내가 용의자가 될 줄은 상상도 못 했어. 완벽한 계획을 세우고 세라를 여기 데려왔으니까. 하지만 캘러웨이가 엉터리 증거를 심어놓고 디안젤로 핀과 밴스 클라크, 네 아버지까지 모두를 끌어들였어. 심지어 숙부까지 나를 배신했지. 그래서 난 결심했어. 여생을 지옥에서 보내야 한다면 캘러웨이도 데려갈 거라고 말이야. 내가 세라한테 한 짓을 있는 그대로 말해줬지."

에드먼드가 씩 웃었다. "큰 문제가 하나 있었어. 캘러웨이가 내 말을 녹음하지 않은 거야. 그게 캘러웨이를 열받게 할 줄은 알았지만, 그 인간의 자충수가 될 줄은 꿈에도 상상 못 했다고. 참으로 아이러니지? 왈라왈라 교도소에서 첫날 감방 문이 닫히던 순간, 난 내가 거기서 죽을 때까지 있겠구나 싶었거든."

그는 말을 멈추고 조롱하듯 기분 나쁘게 트레이시를 보았다. "그런데 네가 나를 만나러 온 거야." 에드먼드가 웃기 시작했다.

"너랑 이야기해보니, 넌 그자들이 무슨 짓을 했는지 모르더군. 너한테 말해주지 않은 거지. 넌 귀걸이 이야기도 했어. 네 동생이 그날 그 귀걸이를 걸지 않았다면서, 그걸 걸지 못하는 까닭도 말했지. 하지만 아무도 네 말을 들으려 하지 않는다고. 솔직히 난 네 이야기를 듣고 희망이 생겼지만, 호수 바닥에 세라의 시신이 묻혀 있다는 사실이 생각나자 내가 내 발등을 찍었구나 싶었지. 결국 단념하고 형기나 채우자 했어. 내 팔자려니 한 거야."

트레이시는 갑자기 두 다리의 기운이 빠져 콘크리트 벽을 따라 미끄러져 내려갔다. 그녀에게 진실을 말하지 말고 무덤까지 가져가라고 결정한 사람이 누굴까. 그녀가 디안젤로 핀을 만나러 갔던 날, 디안젤로는 차마 그 말을 하지 못했다. 로이 캘러웨이는 동물 병원 밖에서 그 말을 할 뻔했다. 트레이시의 아버지였다. 아버지는 두 남자로 하여금 트레이시에게 절대 말하지 않겠다고 맹세하게 했다. 트레이시가 바로 디안젤로가 말한 그 사람이었다. 여전히 남아 있는 사람, 아버지가 정말로 사랑했던 사람.

아버지와 캘러웨이는 에드먼드가 실은 트레이시를 노렸다는 것을 알았다. 이 지옥으로 끌려와 수갑이 채워진 채 지금 그녀 앞에 서 있는 사이코패스에게 능욕당했어야 했던 사람은 트레이시였던 것이다. 아버지는 다들 입도 벙긋하지 말라고 엄포를 놓았다. 진실을 알게 되면 트레이시가 엄청난 죄책감을 못 이겨 자살할지도 모른다고 생각했기 때문이다.

에드먼드가 일어섰다. "이제 난 가봐야겠어. 마무리 지을 일이 있거든."

"절대 네 뜻대로는 되지 않아, 에드먼드. 캘러웨이가 알고 있어. 널 잡으러 오는 중이야."

에드먼드는 빙그레 웃었다. "나도 알아."

65

댄이 파커 하우스의 사유지로 추정한 땅 가장자리에서 캘러웨이가 멈춰 섰다. 윙윙대는 바람 속에서 두 남자 모두 숨을 헐떡였다.

"연료 호스가 찢어진 걸 할리가 발견했다. 세라와 트레이시가 사격 대회에 참가한 동안 에드먼드가 한 짓이 틀림없어. 어쩌면 그 상태로 차가 얼마나 갈지 시험해보려는 것이었을 수도 있고."

"그런 건 재판 당시 말하지 않았잖아요?" 댄은 거센 바람에 몸을 움츠렸다.

"그 트럭은 트레이시의 차였고, 자신의 검은색 카우보이모자를 세라에게 준 것도 트레이시였으니까. 그날 저녁 세라는 비를 막으려고 그 모자를 썼지. 그 애들은 서로 많이 닮았어. 어둠 속에서는 에드먼드가 구분할 수 없었겠지. 그놈은 자기가 세라에게 한 짓을 나한테 말했다. 여러 차례 강간하고 죽였다며 낄낄대고는 '실은 내가 노린 여자도 아니었어'라고 하더구나. 물론 난 그것도 법정에서 밝히지 않았지. 제임스는 트레이시가 진실의 고통을 안고 살아가길 바라지 않았어."

댄도 수긍했다. "죽을 만큼 괴로웠겠죠. 하지만 이 지경이 되기 전에 트레이시를 말릴 수는 없었나요? 이런 상황이 오기 전에 왜 사실대로 말해주지 않았죠?"

"이 지경이 될 줄은 꿈에도 몰랐으니까. 난 그 애들이 찍은 즉석 사진을 깜빡했어. 세라는 권총 모양 귀걸이를 걸지 못했지. 트레이시가 그것들을 끄집어냄으로써 음모에 대한 의심을 불러일으켰지. 난 그 머리카락들이 세라와 트레이시가 함께 쓰던 빗에서 뽑아온 것이란 사실도 몰랐다. 당시에는 알려고 하지도 않았어. 어차피 내가 무슨 말로 설득하려 해도 트레이시는 믿지 않았을 거야. 더구나 걔 아버지는 죽었고 어머니는 아무것도 몰랐지. 이제 그만 잊으라고 트레이시를 설득할 사람이 아무도 없었어."

캘러웨이는 사유지 끄트머리의 건물에서 나오는 희미한 빛을 보며 중얼거렸다. "내가 여기 다시 오게 될 줄이야." 그는 댄에게 눈길을 돌렸다. "저 안에 뭐가 있을지 모르겠다. 무슨 일이든 생기면 쏴버려. 겨냥도 하지 마. 그냥 방아쇠를 당겨."

두 사람은 작은 눈 언덕들을 지나 낡고 허름한 집에 다다랐다. 캘러웨이가 장갑을 벗자, 댄도 장갑을 벗어 주머니에 쑤셔 넣었다. 엽총 개머리가 얼음처럼 차가웠다. 주먹을 쥐었다 폈다 하자 손가락이 아팠다. 주먹 쥔 손에 입김을 불어 넣으려 했지만 입이 바싹 말라 있었고, 거친 숨을 고르기도 어려웠다.

캘러웨이는 권총을 쳐들고 문으로 다가갔다. 문은 잠겨 있지 않았다. 잘린 나무 그루터기에 쌓인 눈을 치울 때처럼 그는 댄을 보고 '놈은 우리가 오는 걸 알고 있어'라는 표정을 지었다.

그가 안으로 들어섰다. 댄은 문이 바람에 밀려 벌컥 열리지 않게 붙들고 캘러웨이를 따라 들어간 다음 조용히 문을 닫았다. 집 안에서 윙윙거리는 발전기 소리가 들렸다. 댄은 캘러웨이를 따라 가까운 방으로 들어갔다. 캘러웨이는 신중하게 걸음을 옮기며 재빨리 좌우를 살폈다. 방 한복판에서 갑자기 멈춰 선 그는 곧 안락의자 쪽으로 다가갔다.

파커 하우스가 의자에 앉아 있었다. 양쪽 손등에 꽂힌 못이 팔걸이에 박혀 있고, 팔걸이에는 피가 흥건했다. 못이 하나씩 박힌 두 부츠 아래 바닥에도 피가 고여 있었다. 댄이 중얼거렸다. "맙소사."

캘러웨이가 자신의 입술에 집게손가락을 댔다. 그리고 손전등을 켜고 총신과 나란히 든 채 복도를 따라 걸어가 두 방 안을 비추었다. 잠시 후 돌아온 그는 두 손가락을 파커의 목에 댔다. 파커의 얼굴은 창백하고 입술이 푸르스름했다.

"살아 있어." 캘러웨이가 소곤소곤 말했지만 크고 또렷이 들렸다. 파커가 서서히 눈을 떴다. 마치 시체가 살아난 것처럼 그 작은 움직임도 섬뜩했다. 눈빛이 흐리멍덩했다. 잠이 덜 깬 사람 같았다.

캘러웨이가 무릎을 꿇었다. "파커. 파커." 파커가 눈을 끔뻑거리자 캘러웨이가 물었다. "녀석이 트레이시를 데려갔나?"

파커는 말을 하려는 눈치였지만, 이내 오만상을 짓고 힘겹게 침을 삼켰다.

"이 친구한테 물 좀 가져다줘."

다시 부엌으로 달려간 댄은 여기저기 찬장을 여닫다 유리컵을 찾아내 수도꼭지에서 물을 채웠다. 그가 방으로 돌아왔을 때, 캘러웨이는 복도에서 담요를 끌어오고 있었다. 그는 담요로 파커를 감싸주고 댄에게서 유리컵을 받아 파커의 입술에 대고 기울였다.

파커가 물을 조금 마셨다.

캘러웨이가 다시 물었다. "녀석이 트레이시를 데려갔나?"

파커는 죽어가는 목소리로 대답했다. "광산으로."

캘러웨이는 유리컵을 바닥에 내려놓은 다음 허리를 펴고 댄에게 말했다. "넌 돌아가서 무전기로 연락해."

"지금 무전기 먹통이잖아요."

"무전기는 아무 문제 없어. 받는 사람이 없었을 뿐이지. 지금쯤 핀레이가 서에 있을 거야. 내가 무전기 앞에서 대기하라고 했다. 넌 무전기 전원 버튼만 누르면 돼. 동원 가능한 모든 경찰관과 구급차를 보내라고 해. 전기톱도 가져오라고 하고."

"오려면 한참 걸릴 겁니다."

"그러니 어서 가. 차에 가서 내가 시킨 대로 한 다음, 여기로 돌아와서 불을 피워. 땔감을 못 찾겠으면 우라질 가구라도 태워. 구급차가 올 때까지 파커를 따뜻하게 해줘야 해. 지금 우리가 할 수 있는 일은 그것뿐이야. 핀레이가 오면 내 발자국을 따라가라고 해. 에드먼드가 트레이시를 시더 그로브 폐광으로 끌고 갔다고."

"보안관님이 올라가실 거면 저도 따라가겠습니다."

"인력이 더 필요하다, 댄. 우리 중 한 사람은 돌아가서 사람들을 불러야 해."

"연락이 될지조차 모르잖아요?"

"시간 낭비하지 말고 당장 내가 시킨 대로 해. 지금은 트레이시가 살아 있지만, 오래가지는 못할 거야."

"그걸 어떻게 아세요?"

"이번에는 에드먼드가 숨으려 하지 않으니까. 놈은 디안젤로를 죽일 수 있었고 파커를 죽일 수도 있었어. 이건 우리를 유인하는 빵 부스러기나 마찬가지야."

"누굴 유인한단 말입니까?"

"나. 놈이 원하는 건 나야. 놈은 나를 증오해."

"그렇다면 더더욱 사람들을 기다려야겠네요."

"기다리다가는 트레이시가 죽을 수 있어. 난 세라를 잃었고, 막역한 친구 한 명을 잃었다. 나 또한 지난 20년간 고통 속에 살았어. 그 망할 자식한테 트레이시마저 잃을 수는 없다."

"하지만……."

"말싸움할 시간 없다, 댄. 우리 중 한 사람은 돌아가서 무전기로 인력을 불러야 해. 넌 광산 위치도 모르잖아. 얼른 가서 도움을 청해. 안 그러면 파커와 트레이시 모두 죽는다."

댄은 나직이 투덜거리며 캘러웨이에게 엽총을 건넸다. "자, 받으세요."

캘러웨이는 댄에게 소총을 주려 했지만 댄이 고개를 저었다. "총이 없어야 더 빨리 갈 수 있어요."

캘러웨이가 뒷문으로 가서 문을 밀어 열었다. 바람이 밀려들면서 눈송이가 집 안에 흩날렸다.

"보안관님."

캘러웨이가 뒤를 돌아보았다. 이 우람한 사내는 늘 존재감이 대단했다. 그는 시더 그로브의 법이었으며, 여기 사는 이들은 모두 그가 있어야 마음이 놓였다. 하지만 지금 댄의 눈앞에 선 남자는 전성기를 지났다. 그리고 그는 사이코패스를 찾으려고 눈보라 속으로 뛰어들려 하고 있었다.

캘러웨이는 고개를 한번 끄덕이고 문밖으로 나갔다. 이내 폭풍이 그를 삼켰다.

66

발전기가 계속 윙윙거렸지만 남은 빛은 빠르게 사라지고 있었다. 발전기 상자에 닿을 만큼 사슬이 길지 않아서 트레이시는 직접 손잡이를 돌릴 수 없었다. 하얗던 불빛이 붉은색으로 흐려지더니 이제는 뿌연 주황빛으로 바뀌었다. 어둠이 시작된다는 두려움이 밀려들자, 사슬에 매여 있었을 세라 생각이 났다. 어둠을 너무나 두려워하던 어린 동생. 그 긴 어둠 속에서 세라는 뭘 했을까? 언니 생각을 했을까? 언니를 원망했을까? 트레이시는 콘크리트 벽에 쓸쓸히 놓여 있는 카펫 조각을 보며 저기가 세라가 앉아 있던 자리였을까 생각했다. 동생의 자취를 느끼고 싶어 카펫을 만지던 트레이시는 콘크리트 벽에서 긁힌 자국을 보았다. 희미하지만 분명히 있었다. 카펫을 치우고 몸을 숙여 벽에 파인 홈을 살펴보았다. 손끝으로 자국을 따라가보니, 글자를 새겨놓은 것이 틀림없었다.

트레이시는 몸을 더 숙여 희고 고운 콘크리트 가루를 입으로 불었다. 홈이 파인 자리를 손가락으로 더듬어갔다. 글자들이 더 뚜렷해졌다.

나는

배가 조여드는 기분이었다. 더욱 절박한 심정으로 힘껏 바람을 불어 가루를 날리고, 첫 줄 바로 아래 둘째 줄 글자를 더듬었다.

나는 어둠이

둘째 줄 아래 셋째 줄의 글자들은 파인 자리가 덜 뚜렷했다.

나는 어둠이 두렵지

손으로 그 밑을 더듬어봤지만 더 이상 홈은 만져지지 않았다. 트레이시는 자기 그림자가 벽에 드리워지지 않도록 몸을 비스듬히 기울였지만, 기도의 나머지 부분은 보이지 않았다. 세라가 끝까지 새겨 넣지 못한 듯했다.

기도 오른쪽에서 긁힌 자국이 또 만져졌지만, 이번에는 세로로 파인 홈이었다. 남은 불빛을 가리지 않으려고 이번에도 몸을 옆으로 기울였다.

／／／ ／／／ ／／／ ／／／ ／／／
／／／ ／／／ ／／／ ／／／ ／／／
／

트레이시는 주저앉아 손으로 입을 가렸다. 두 볼에 눈물이 흘러내렸다. "미안해, 세라. 널 구해주지 못해서 정말 미안해."

문득 다른 생각이 떠올랐다. 세라가 날수를 새겨놓은 까닭은 뻔했다. 며칠이나 감금당하고 있는지 세려는 것이었다. 하지만 기도는 왜? 하고 많은 것들 중에서 굳이 그녀와 트레이시만 아는 기도를 적은 까닭이 뭘까? 자기 이름을 새길 수도 있었다. 뭐든 새겨 넣을 수 있었다.

트레이시는 돌아서서 벽에 달린 문을 바라보았다. 선반 위의 검은색 카우보이모자로 눈을 돌리는 순간 깨달았다. "놈이 너한테 말해줬구나? 원래 노린 사람은 네가 아니라 나였다고."

언젠가 트레이시가 같은 벽에 사슬로 매일 것을 염려한 세라가 언니에게 메시지를 남긴 것이 틀림없었다. 하지만 그녀가 남긴 것은 기도만이 아니었다. 기도 말고 다른 것도 있었다.

"뭘로 새긴 거야?" 트레이시는 다시 글자들을 만져보았다. 손톱으로 새겼을 리는 만무했다.

단단하고 날카로운 도구를 사용한 것이다. 이 콘크리트 벽이 그 위에 덮인 젖은 흙과 습기에 수년간 물러졌다지만, 20년 전에는 그랬을 리가 없었다.

트레이시는 바닥을 두리번거렸다. "뭘 사용한 거니? 뭘로 새긴 거야? 에드먼드가 보지 못하게 어디 숨겼어?"

* * *

갱도까지는 2킬로미터 정도 언덕을 올라가야 했다. 입구를 찾을 수 있을지도 의문이었다. 20년 전 파커 하우스가 캘러웨이를 데리고 산을 오를 때 이미 광산으로 가는 길은 잡초투성이였다. 그로부터 20년이 지나는 동안 길은 완전히 수풀로 뒤덮였을 테고, 지금은 수십 센티미터나 쌓인 눈 때문에 길을 찾기가 더욱 어려웠다.

캘러웨이는 손전등 불빛으로 눈을 비추며 발자국을 찾았지만 보이지 않았다. 대신 설상차가 지나간 듯 썰매 자국이 있었다. 집 뒤에 있는 헛간에서 시작되어 언덕을 올라간 자국이었다. 캘러웨이는 헛간에 들어가 불빛을 비추었다. 사륜 오토바이와 낡고 녹슨 장비만 보일 뿐 또 다른 설상차는 없었다. 그의 허연 입김이 허공에 퍼졌다. 손전등으로 헛간을 훑던 그는 벽에 매달린 눈신 한 켤레가 불빛에 드러나자 움직임을 멈췄다. 나뭇가지를 끈으로 엮어 만든 오래된 눈신이었다.

그는 눈신을 떼어내고 장갑을 벗은 다음 그것을 신기 시작했다. 손가락이 금세 곱아버렸다. 신코를 넣는 부분이 좁아 부츠를 끼우기 어려웠지만 억지로 끼우고 최대한 단단히 끈을 묶었다. 그리고 다시 장갑에 손을 밀어 넣은 다음 밖으로 나갔다. 세차게 불어오는 바람이 그를 반기는 건지 경고하는 건지 알 수가 없었다. 캘러웨이는 고개를 숙이고 맞바람을 맞으며 썰매 자국을 따라 언덕을 올라갔다. 나무틀 부분이 눈에 푹푹 빠져서 처음 몇 걸음은 어기적거렸다. 체중을 발끝에 두고 걷자 금세 익숙해졌다.

몇 분 만에 넓적다리와 종아리 근육이 찢어질 듯 아팠고, 가슴에 돌덩이를 올려놓아 허파에 제대로 산소 공급이 안 되는 것만 같았다. 캘러웨이는 등반가가 기운을 비축하고 호흡을 안정시키기 위해 쉬면서 걷는 방식으로 한 발 한 발 내딛는 데만 집중했다. 하지만 가만히 있으면 몸이 굳어버릴까 봐 움직임을 멈추지 않았다. 한 걸음 내딛고 무릎을 편 다음, 한 박자 쉬고 다시 발을 옮겼다. 그만 멈추고 돌아가라는 집요한 목소리와 피곤함을 떨쳐내며 계속 나아갔다. 절대 돌아갈 수 없었다. 그는 에드먼드의 목적을 알고 있었다. 놈은 그의 피와 살을 원했다. 이번에는 세라를 숨겨둔 것처럼 트레이시를 숨겨두지 않았으며, 무작정 캘러웨이를 기다리지도 않을 터였다. 놈은 트레이시를 죽일 것이다. 캘러웨이를 후려치는 바람이 설상차 자국까지 지워버려 길을 찾기가 더욱 어려웠다. 그래도 그는 계속 언덕을 올라갔다.

이번에는 반드시 끝을 낼 생각이었다.

그는 에드먼드 하우스도 같은 생각일 거라 확신했다.

67

댄이 캘러웨이의 SUV 보닛 위로 쓰러져 헐떡이고 씨근거렸다. 숨을 고를 수가 없었다. 가슴이 욱신거리고 허파가 터질 것만 같았다. 숨이 넘어갈 듯 괴로웠다. 추위 탓에 얼굴과 손발이 화끈거렸다. 손가락과 발가락에 감각이 없었다. 팔다리는 납덩이처럼 무거웠다.

그는 캘러웨이와 함께 파놓은 길을 따라 눈을 헤치며 최대한 빨리 차로 내려왔다. 도중에 멈출 엄두가 나지 않았다. 빨리 차에 가서 무전기로 연락할 생각만 했다. 이 폭풍 속에서 무전기가 작동할지 의문이었지만, 트레이시를 찾으려면 사람들을 불러야 했다. 여전히 마음 한구석에서는 캘러웨이가 더 이상 그를 위험에 노출시키지 않으려고 일부러 차로 보냈을 거라고 생각했다.

비틀거리며 차 옆으로 간 댄은 하마터면 넘어질 뻔했지만 가까스로 차 문손잡이를 잡고 버텼다. 차 문을 열자 지붕에 쌓인 눈이 바닥과 운전석에 쏟아졌다. 댄은 운전대를 붙잡고 운전석에 올라탄 다음 손전등을 조수석에 내려놓았다. 안에서 잠시 숨을 고르는 동안 허연 입김이 내부 공기를 가르며 퍼졌다. 댄은 장갑을 벗어 주먹 쥔 손에 입김을 불고 양손을 비비면서, 부은 것 같은 손가락에 생기를 되찾으려고 기를 썼다. 그리고 무전기의 전원스위치를 켰다. 불이 켜졌다. 일단 시작은 좋았다. 댄은 마이크를 빼고 심호흡을 한 다음 숨찬 목소리로 말했다. "여보세요? 여보세요? 누구 없어요?"

잡음만 들렸다.

"저는 댄 올리리입니다. 거기 누구 없습니까?" 그는 잠시 숨을 골랐다. "동원 가능한 경찰 병력을 전부 파커 하우스의 집으로 보내주십시오. 전기톱도 필요합니다. 쓰러진 나무가 도로를 가로막고 있습니다."

좌석에 머리를 기대고 기다렸지만 여전히 잡음만 들렸다. 응답이 전혀 없자 댄은 투덜투덜 중얼거리며 아까 캘러웨이가 하던 것처럼 다이얼을 돌리고 다시 말했다.

"반복합니다. 동원 가능한 모든 병력을 당장 보내주십시오. 구급차도 보내주십시오. 전기톱도 필요합니다. 장소는 파커 하우스의 사유지입니다. 핀레이, 거기 있습니까? 핀레이? 제기랄!"

이번에도 잡음만 들릴 뿐이었다. 댄은 한 번 더 메시지를 반복하고 응답이 없자 마이크를 제자리에 도로 걸었다. 누군가 그의 말을 들었길 기대했지만 더 이상 기다릴 수는 없었다. 이미 몸이 처지고 팔다리가 무거워지고 있었다. 그의 마음과 자기보호본능은 살을 에는 바람과 눈 뜨기도 어려운 눈보라 속으로 다시 나가야 한다는 의무감과 싸우고 있었다.

댄은 주먹을 쥐었다 폈다 하고 마지막으로 입김을 분 다음, 다시 장갑을 꼈다. 그리고 조수석에서 손전등을 집어 들고 차 문을 밀어 열었다.

무전기가 지직거렸다. "보안관님?"

* * *

트레이시는 하얀 콘크리트 가루와 갈라진 틈에서 스며 나온 물질을 살펴보았다. 손가락을 혀끝에 댔다. 쓰고 시큼한 맛이 났다. 냄새를 맡아보니 희미하게 유황 냄새가 났다.

뒤로 기대어 앉아 여기저기 긁힌 흙 천장을 쳐다보았다. 그 천장 위에는 양치식물과 관목, 이끼가 숲을 이루고 있었다. 수백만 년 동안 해마다 사계절을 거치며 꽃을 피우고 떨어뜨리기를 되풀이해 온 생태계. 죽은 동식물이 썩어서 분해되면 흙 속으로 되돌아가고, 거기에 비가 내리고 눈이 녹으면 분해 과정에서 생성된 화학물질이 암석과 땅으로 스며들었다. 콘크리트는 그런 습한 환경을 견디기 어려웠다. 황산염은 콘크리트 속에 화학적 변화를 일으켜 시멘트의 결합력을 약화시켰다.

트레이시는 다시 꿇어앉아 콘크리트 조각을 집어 들었다. 푸석푸석해진 콘크리트는 잘게 바스러졌다. 사슬을 당기자 벽에 고정된 금속판이 조금 움직였다. 콘크리트 속에 박혀 있는 볼트들이 녹슬고 부풀어 금속판 뒤의 콘크리트가 깨지면서 물이 스며들었을 것이다. 다시 사슬을 당겼다. 금속판이 벽에서 1센티미터가량 빠졌다. 트레이시는 금속판 뒤에 손끝을 넣어 더듬었다. 누군가 파낸 자리가 느껴졌다. 세라였다. 금속판을 벽에서 뜯어내려고 그랬겠지만 20년 전에는 지금보다 더 어려웠을 것이다.

"어떻게 여길 파낸 거야?"

트레이시는 자리에서 일어나 사슬에 매인 상태로 벽에서 최대한 멀리 걸어갔다. 세라가 닿을 수 있었던 범위를 알아내려는 것이었다. 트레이시는 반원을 그리며 걸었다. 머리 위의 전구 불빛은 계속 흐려지고 있었다. 그림자가 콘크리트 벽을 따라 늘어지며 세라의 메시지를 덮었다.

나는
나는 어둠이
나는 어둠이 두렵지

네모난 카펫 쪼가리들을 물끄러미 보던 트레이시는 무릎을 꿇고 카펫을 차례차례 쳐들면서 바닥이 우둘투둘한 곳이 있는지 만져보았다. 잠시 후 그녀는 두 손으로 땅을 파기 시작했다.
"뭘로 콘크리트를 파낸 거야? 그 도구가 어디 있어?"
전구 불빛이 점점 약해지더니 이제 흐린 주황색으로 바뀌었다. 빛이 닿는 영역이 줄면서 그림자가 벽을 따라 더 밑으로 내려왔다.

나는 어둠이 두렵지

트레이시의 손이 빨라졌다. 손끝에 뭔가 딱딱한 것이 닿았다. 더 빨리 흙을 파내자 작고 둥그런 돌이 나왔다. 트레이시는 욕을 내뱉고 벽에 달린 문을 바라보았다. 에드먼드가 언제 돌아올지는 알 수 없지만, 손이 닿는 구역 전체를 파내기는 불가능했다. 범위가 너무 넓었다. 그리고 세라 때와는 달리 이번에는 에드먼드가 갱도 안에 오래 머물지 않을 거라는 느낌이 들었다. 그는 복수의 임무를 수행 중인 것 같았다. 이제 거의 캄캄한 어둠 속에서 트레이시는 계속 바닥을 더듬었다. 문득 묘한 기분이 들었다. 마치 누군가 그녀의 손을 잡고 이끌어주는 것 같았다. 방금 돌을 꺼낸 구덩이 위쪽으로 손을 옮기자 조금 불룩한 땅이 만져졌다. 손으로 그 부분을 쓸어보니 한쪽이 살짝 밑으로 꺼져 있었다. 거기를 파기 시작했다. 지면 아래 고작 몇 센티미터 지점에서 단단한 것이 손에 닿았다. 이제 눈앞이 보이지 않아서 손가락으로 그 물체의 표면을 만지며 흙을 긁어냈다. 뭔지는 모르지만 둥글지는 않았다. 곧은 직사각형 모양이었다. 트레이시는 물체의 표면을 만지며 뚜렷한 가장자리를 찾기 시작했다. 그걸 발견하고 손가락들을 더 깊이 넣자 물체의 밑부분이 만져졌다. 그 자리에 손가락 하나를 끼우고 힘껏 당기자 물체가 살짝 흔들리는 느낌이었다. 이번에는 그 밑으로 손가락 하나를 더 끼우고, 세 번째 손가락도 넣었다. 그 상태로 단단히 잡고 마지막으로 힘껏 당기자 물체가 쑥 빠져나왔다.

굵은 쇠못이었다.

68

로이 캘러웨이는 몸이 감당할 수 없을 정도로 스스로를 밀어붙였다. 다행스럽게도 잠시 눈발은 약해졌지만, 언덕을 오르는 동안 세찬 바람이 그의 드러난 얼굴을 계속 후려쳤다. 두 다리 근육이 뭉쳐 쥐가 나기 시작했다. 숨이 너무 차서 가슴 속 허파가 터져버릴 것만 같았다. 손발에 감각이 없었다. 걸음을 멈추고 숨을 고르며 쉬고픈 욕구가 점점 강해졌다. 몇 걸음 더 걷자 길이 판판해지면서 20년 전 파커 하우스와 함께 이 언덕마루로 올라왔던 일이 머릿속에 떠올랐다. 캘러웨이의 기억이 정확하다면 광산 입구는 왼쪽에 있을 터였다. 하지만 과연 찾을 수 있을까?

그가 기억하는 입구는 직사각형 모양에 크기가 외짝 차고 문 정도였다. 당시에도 이미 나무 문설주가 기울기 시작해서 머지않아 무너질 것 같았고, 길을 낸 지 수십 년이 지난 터라 갱도 입구도 일부분 수풀에 덮여 있었다. 지금쯤이면 완전히 가려졌어야 마땅하지만, 캘러웨이는 에드먼드가 트레이시를 갱도 안으로 데려가려면 입구의 수풀을 치워야 했을 거라고 생각했다.

손전등 불빛을 좌우로 돌리며 눈발을 살펴보았다. 설상차 자국이 더 이상 눈에 띄지 않고 설상차도 보이지 않았다. 에드먼드가 설상차를 숨겨두고 갱도 입구까지 트레이시를 옮긴 게 틀림없었다. 주위를 유심히 살펴보니 한 사람의 부츠 발자국이 있었다.

광산이 그리 멀지 않은 것이다.

캘러웨이는 손전등 불빛으로 부츠 발자국을 비추며 따라갔다. 발자국이 이어진 곳은 처음에는 바위인 줄 알았는데, 실은 산 중턱에 나 있는 시커먼 구멍이었다. 입구를 넓히려고 최근에 삽으로 눈을 치워놓은 듯했다.

캘러웨이는 무릎을 꿇고 손전등으로 주위를 둘러보았다. 어깨에 메고 있던 엽총을 내리고 장갑을 벗은 뒤, 감각을 되찾으려고 주먹을 쥐었다 폈다 했다. 눈신의 끈을 풀고 눈 위에 벗어놓은 다음 귀를 기울였지만, 윙윙거리는 바람 소리만 들렸다. 어둠 속을 뚫어져라 보며 다시 주먹에 입김을 불어넣은 그는 엽총을 움켜잡고 손전등을 집어 들며 일어섰다.

불빛으로 땅을 비추고 한 걸음 내디뎠다. 부츠가 무릎 높이까지 빠졌다. 눈 밖으로 다리를 빼고 다시 한 걸음 내딛자 또 무릎까지 빠졌다. 발자국에 눈이 다져진 왼쪽으로 이동하자 언덕을 오르기가 한결 수월했다. 물론 여전히 걷기 어려웠다. 구멍에 가까워졌을 때, 다시 오른발로 발자국 자리를 밟았지만 이번에는 부츠가 푹 빠지지 않았다. 뭔가 딱딱한 것에 닿았다.

순간 발밑에서 간헐천처럼 폭발한 눈이 캘러웨이의 얼굴에 뿌려졌다. 요란하게 철컥하는 소리가 들리자마자 강철 이빨이 그의 살에 박혔고, 곧이어 우두둑하는 끔찍한 소리가 났다.

캘러웨이가 고통의 비명을 지르고 눈밭에 얼굴을 처박으며 쓰러졌다.

뭔가 무거운 것이 그의 등을 덮치자 숨이 턱 막히고 몸이 더 깊이 처박혔다. 질식해 죽을 것 같았다. 고개를 돌려 공기를 마시려고 바동거렸다. 누군가가 캘러웨이의 두 팔을 잡고 머리 위로 잡아당겼다. 그의 손목에 수갑이 채워졌다.

가까스로 고개를 들었지만 눈과 고통 때문에 여전히 눈앞이 흐렸다. 후드를 뒤집어쓴 형체가 캘러웨이의 두 팔을 잡고 뒤로 걸으며 그를 검은 구멍 쪽으로 끌고 갔다. 마치 사냥한 먹이를 끌고 땅굴로 들어가는 포식자처럼.

69

섭뜩한 비명 소리가 갱도를 따라 울려 퍼졌다. 상처 입은 짐승이 울부짖는 소리처럼 들렸지만, 트레이시는 그것이 사람 목소리임을 알아차렸다. 에드먼드가 돌아온 것이다. 그는 혼자가 아니었다.

전구 불빛이 거의 사라진 방 안은 어둠에 삼켜지기 직전이었다. 세라가 시작한 것을 끝내기로 결심한 트레이시는 부랴부랴 마지막으로 벽을 긁었다.

나는

나는 어둠이

나는 어둠이 두렵지 **않아**

고통스럽게 울부짖는 비명 소리가 점점 더 커지며 메아리쳤다. 그러다 갑자기 멈췄다. 소름이 끼쳤다.

트레이시는 벽에 달린 금속판을 고정하는 볼트 둘레에서 뜯어낸 콘크리트 조각과 부스러기를 쓸어 모아, 세라가 숨겨놓은 쇠못을 꺼낼 때 만들어진 구덩이에 넣었다. 그리고 흙으로 구덩이를 메운 다음 판판하게 두드렸다. 벽 너머에서 덜컹거리고 쿵쿵대는 소리가 들렸다. 트레이시는 구덩이를 카펫 조각으로 덮고 나머지 카펫들과 줄을 맞추어놓았다.

문이 왈칵 열렸다.

에드먼드가 트레이시를 등진 채 낑낑대면서 뭔가 묵직한 것을 안으로 끌고 들어오더니, 문간의 희미한 빛 속에서 한쪽 세로 기둥 근처에 털썩 내려놓았다. 사람이었다. 그림자 때문에 얼굴이 잘 보이지 않았다. 트레이시는 파커일 거라고 예상했다.

이어서 에드먼드는 기다란 사슬을 제일 가까운 가로 들보 위로 던져 받고 뒤로 물러났다. 그러고는 마치 돛을 올리는 선원처럼 양손으로 사슬을 번갈아 잡아당겼다. 사람 몸뚱이가 두 팔을 머리 위로 뻗은 채 올라갔다. 에드먼드는 그 사람이 푸줏간 창문 너머 고깃덩이처럼 매달릴 때까지 계속 사슬을 당겼다. 그는 마지막 신음을 내뱉으며 사슬의 고리 하나를 기둥에 박혀 있는 갈고리에 걸어 사람을 매달았다. 일을 끝낸 에드먼드는 다른 기둥에 기대어 앉아, 무릎 위에 손을 얹고 몸을 숙인 채 거친 숨을 몰아쉬었다. 그는 잠시 숨을 고르다 주먹을 허공에 내지르고 비틀비틀 앞으로 걸어가서는 바닥에 꿇어앉았다. 트레이시는 그가 발전기 손잡이를 돌리며 헉헉대는 소리를 들었다. 전구가 느리게 껌뻑이며 빛나고, 윙윙거리는 소리가 점점 커졌다. 빛의 범위가 넓어지면서 그림자를 밀어내자 사슬에 매달린 사람이 서서히 드러났다.

로이 캘러웨이가 두 손목이 사슬에 매달린 채 나무 기둥에 늘어졌다. 기둥이 썩 높지 않아서 그가 대롱대롱 매달리진 않았다. 불빛이 캘러웨이의 얼굴을 비추었다. 트레이시는 그가 죽은 줄 알았다. 얼굴과 옷에 눈과 얼음이 달라붙어 있었다. 그의 몸을 따라 빛이 퍼지면서 둔부에 달린 총집에 아직 권총이 꽂혀 있는 것이 보였다. 더 밑으로 내려가자, 무릎 바로 아래쪽이 앞으로 꺾인 오른쪽 다리가 빛에 드러났다. 강철 곰덫에 찍힌 자리였다. 찢어진 바지는 피투성이였다.

트레이시가 꿇어앉은 자세로 캘러웨이에게 다가가려 했지만, 사슬이 짧아 손이 닿질 않았다.

에드먼드가 발전기 손잡이를 돌리다 말고 탁자에 기댄 채 계속 헐떡였다. 녹은 눈과 땀 때문에 머리카락이 이마에 들러붙었고, 얼굴을 따라 물이 줄줄 흘렀다. 그는 손에서 장갑을 빼고 외투도 벗은 다음 죄다 침대로 내던졌다. 소매가 긴 셔츠는 가슴에 밀착되어 있었다. 에드먼드는 로이 캘러웨이를 물끄러미 보았다. 사냥해 온 순록의 내장을 꺼내기 전에 감상하듯이.

캘러웨이가 신음했다.

에드먼드가 손을 뻗어 캘러웨이의 얼굴을 잡았다. "좋아, 그래야지. 내 앞에서 죽을 생각은 하지 마, 개자식아! 그건 너한테 과분한 호사야. 죽음은 너희 모두에게 과분하지. 20년 옥살이에 맞먹는 고통을 겪게 해줄 거야."

그는 캘러웨이의 고개를 트레이시 쪽으로 돌렸다. "잘 봐, 보안관. 온갖 거짓말로 그 고생을 했지만 결국 당신은 실패했어."

트레이시가 쏘아붙였다. "멍청한 새끼."

에드먼드가 캘러웨이의 얼굴을 놓았다. "방금 뭐라고 했지?"

트레이시는 조롱하듯 고개를 절레절레 저었다. "못 들었어? 멍청한 새끼라니까."

에드먼드가 그녀에게 다가왔다. 아직 손이 닿을 거리는 아니었다. 트레이시가 말했다. "이런 짓을 하다니, 생각이 있긴 한 거야?"

캘러웨이가 다리를 움직이며 일어서려다 아파서 비명을 지르자, 에드먼드의 눈길이 다시 그에게로 쏠렸다. 그가 한 팔로 기둥을 잡고 몸을 기울여 캘러웨이에게 코가 닿을 만큼 얼굴을 바짝 대고 이죽거렸다. "교도소 독방이 어떤지 알아? 누군가 나를 구덩이에 처넣어 모든 감각이 사라진 기분이야. 내가 존재하지 않고 세상이 존재하지 않는 것 같지. 그걸 너한테 해줄 생각이야. 이 캄캄한 동굴에 갇혀 있으면 너도 존재하지 않는 기분이 들겠지. 차라리 죽고 싶다는 생각이 들게 될 거야."

트레이시가 쏘아붙였다. "넌 진짜 멍청한 개새끼야."

에드먼드가 기둥에서 손을 뗐다. "멍청이는 너지. 그러니까 여기서 그 꼴을 당하고 있는 거야."

"넌 두 번 사고를 쳤어. 두 번 체포됐고, 결국 두 번 철창신세를 졌지. 혹시 네가 스스로 생각하는 것만큼 영리하지 않아서 그랬다는 생각 안 들어?"

"입 닥쳐. 넌 아무것도 몰라."

트레이시는 에드먼드가 했던 말을 흉내 냈다. "영리한 인간은 실수를 통해 배우는 법이지. 네가 그렇게 말했잖아? 내가 보기에 넌 눈곱만큼도 배운 게 없어."

"입 닥치라니까."

"넌 시더 그로브의 보안관을 여기로 데려왔어. 멍청하기 짝이 없는 짓이잖아? 네 숙부 파커는 아직 살아 있어. 캘러웨이가 혼자 여기 왔을 것 같아? 다들 네가 어디 있는지 알아. 넌 다시 감옥에 갈 거야. 삼진 아웃인 셈이지. 알겠어, 에드먼드?"

"저 자식과의 일을 마무리할 때까지는 아무 데도 못 가. 그 후에는 널 상대해주지."

에드먼드는 발전기를 들어 탁자에 올리고 뒤로 돌려놓았다. 상자 뒤가 열려 있어서, 트레이시의 예상대로 커다란 배터리들과 전선들이 드러났다.

에드먼드가 나비너트를 풀고 배터리 위에 솟은 볼트에 피복을 벗긴 구리 선을 감았다. 그가 트레이시에게 말하려고 돌아섰을 때, 부주의로 전선 끄트머리들이 서로 닿으면서 불꽃이 튀었다. 에드먼드는 눈살을 찌푸리고 놀라서 움찔했다. "제기랄."

"진짜 멍청하군."

그가 전선을 손에 쥔 채 트레이시 쪽으로 한 걸음 다가왔다. "멍청하다고 하지 마."

"보안관이 어떻게 여기 왔겠어? 아무 생각도 없는 거야? 사람들이 널 잡으러 오고 있어. 넌 또 지는 거야."

"닥쳐."

"넌 지금껏 아무것도 배우지 못했어. 너에 대한 혐의가 풀렸고, 검사 측은 항소할 생각조차 없었어. 넌 자유롭게 걸어 나가면 그만이었는데 자존심에 발목이 잡힌 거야."

"달아날 생각 없어. 복수를 하려는 거지. 이제 복수의 시간이야. 난 그놈들과 너를 어떻게 처리할지 20년 동안 궁리했어."

"그래서 네가 삼진 아웃 패배자인 거야. 넌 멍청이니까."

"날 멍청이라고 부르지 마!"

"넌 모든 죄수가 바라고 꿈꾸는 기회를 얻었지만 너무 멍청해서 그 기회를 날려버렸어."

"날 멍청이라고 부르지……."

"넌 한 번도 성공하지 못했어. 이번에 또 진 거야. 너무 어리석어 그 사실도 모르지. 휴, 멍청한 새끼."

에드먼드가 전선을 내던지고는 눈을 부릅뜬 채 성난 얼굴로 트레이시에게 달려들었다. 그녀는 부츠 속에 감춘 쇠못의 판판한 끄트머리에 손을 대고 에드먼드가 다가오길 기다렸다. 놈이 덮치기 직전, 트레이시가 있는 힘껏 땅을 박차고 일어나면서 굵은 쇠못의 뾰족한 부분으로 에드먼드의 갈비뼈 바로 밑을 찔렀다. 그가 달려오던 여세와 트레이시의 힘이 맞물려 쇠못이 살 속 깊이 박혔다.

에드먼드가 고통스럽게 비명을 지르며 뒤로 쓰러졌다.

빙글 돌아선 트레이시는 한 발로 벽을 밀면서 양손으로 사슬을 휘감아 잡고 금속판을 힘껏 당겼다. 시멘트 조각과 석고 가루가 방 안에 뿌려지고, 녹슨 볼트들이 벽에서 뽑혀 나왔다. 여전히 손목에는 30센티미터 길이의 사슬로 연결된 수갑이 채워져 있었다. 로이 캘러웨이의 엉덩이에 걸려 있는 큰 권총을 향해 달려간 트레이시는 부랴부랴 총집의 단추를 끌다가 갑자기 뒤로 획 끌려갔다. 에드먼드 하우스가 사슬을 잡고 개 목줄처럼 당긴 것이다. 엉덩방아를 찧은 트레이시는 허둥지둥 일어나 다시 총을 잡으려 했다. 에드먼드가 사슬로 그녀의 목을 휘감았다. 트레이시는 기둥에 부츠를 대고 힘껏 밀어 뒤로 몸을 날렸다.

두 사람이 간이 탁자에 부딪히면서 탁자가 뒤집히고 발전기가 바닥에 나동그라졌다. 트레이시는 에드먼드 위로 쓰러졌다. 그는 계속 그녀의 목을 졸랐다. 트레이시는 뒤통수로 그의 얼굴을 치려고 고개를 뒤로 젖히고, 발길질을 하고, 팔꿈치를 뒤로 내질렀다. 사슬이 더 조여왔다. 트레이시는 사슬 밑으로 손가락을 끼워 넣으려고 기를 썼지만, 에드먼드의 기운이 너무 세서 손가락이 들어가질 않았다. 그녀는 손을 내려 더듬거리다 놈의 몸에 박힌 쇠못을 찾아내고 꾹 눌렀다. 에드먼드가 비명을 지르며 욕을 쏟아냈지만 사슬은 느슨해지지 않았다.

이번에는 쇠못을 위로 힘껏 쳐들어보았다. 에드먼드가 비명을 질렀다. 사슬이 조금 느슨해졌다. 트레이시가 때를 놓치지 않고 머리를 뒤로 휙 젖히자 단단한 무언가에 부딪혔다. 에드먼드의 코뼈가 부러지는 소리가 들렸다. 사슬이 한층 더 느슨해지자, 그녀는 사슬을 잡아끌어 머리 위로 넘긴 다음 앞으로 굴렀다. 숨이 넘어갈 것 같고 목이 화끈거렸다. 여전히 에드먼드의 손에 감겨 있는 사슬의 길이가 충분하길 바라며 바닥을 기어갔다. 캘러웨이에게 다다른 트레이시는 총집 단추를 끌렀다. 이번에는 권총 손잡이를 움켜잡고서야 사슬이 팽팽해졌다. 트레이시의 손목에 채워진 수갑이 당겨지면서 두 팔이 뒤로 휙 젖혀졌다. 그 바람에 손에 쥐고 있던 권총이 날아가 어딘가에 떨어졌다.

비틀비틀 일어난 에드먼드의 우람한 팔뚝에 사슬이 감겨 있었다. 쇠못 끝부분이 튀어나온 쪽 셔츠가 피로 얼룩져 있고, 코피가 턱을 따라 흘러 뚝뚝 떨어졌다.

트레이시는 몸을 일으키려 했지만 에드먼드가 또 사슬을 당기는 바람에 앞으로 고꾸라졌다. 그가 트레이시 쪽으로 다가왔다. 옆을 보니 바닥에 발전기가 쓰러져 있었다. 트레이시는 구리 선 두 줄을 잡고 일어서기 시작했다. 에드먼드가 또 당겼다. 그녀는 굳이 버티지 않았다.

트레이시가 몸을 날려 에드먼드를 쓰러뜨렸다. 둘이 땅에 부딪힌 뒤, 그녀가 피복 벗긴 구리 선들을 쇠못에 대자 불꽃이 튀었다. 요란하게 퍽 하는 소리와 함께 살이 타는 냄새가 났다. 에드먼드가 부르르 떨면서 씰룩씰룩 움찔거렸다. 트레이시의 머릿속에서 교사 시절 그녀의 학생이었던 엔리케가 '도체요!' 하고 외치는 소리가 들렸다. 순간 연결이 끊기자 다시 구리선을 댔다. 에드먼드의 몸이 들썩이더니 마침내 축 늘어졌다.

트레이시가 몸을 굴려 그에게서 벗어났다. 이번에는 에드먼드의 손에서 사슬을 빼앗아 들고 힘겹게 권총을 찾아다녔다. 뒤에서 에드먼드가 신음했다. 어깨 너머로 돌아보니 그가 용케 몸을 돌려 손과 무릎으로 땅을 짚었다. 흡사 곰이 일어서려고 기를 쓰는 듯했다. 트레이시는 땅과 벽이 만나는 자리를 무턱대고 더듬었다.

에드먼드가 일어났다.

트레이시의 손이 바닥을 휘저었다.

에드먼드가 비틀비틀 걸으며 다가왔다.

벽을 더듬던 트레이시의 손에 권총이 닿았다.

에드먼드는 빠르게 방을 가로질렀다. 웬만한 사람이라면 총을 쏠 틈이 없을 정도로 빨랐다. 하지만 트레이시는 웬만한 사람이 아니었다.

몸을 굴려 땅에 등을 대면서 이미 공이치기를 뒤로 당겼다. 발사하고, 공이치기를 당기고, 발사하고, 공이치기를 당기고, 곧바로 세 번째 총알을 발사했다.

70

트레이시는 자신의 체중을 사슬에 실어 반대편 끄트머리에 매달린 캘러웨이의 몸을 끌어 올렸다. 사슬이 조금 늘어지자 걸쇠에 걸린 고리를 떼어내고 천천히 캘러웨이를 바닥으로 내렸다. 캘러웨이는 알아들을 수 없는 말을 웅얼거렸다. 숨이 짧고 거칠었다. 의식을 잃었다 깨어나기를 반복하는 것 같았다. 살아 있기는 했지만 얼마나 오래 버틸지 알 수 없었다.

저만치에는 에드먼드가 얼굴을 땅에 처박고 쓰러져 있었다. 첫 번째 총알은 명치를 관통하면서 그의 전진을 멈추었다. 그가 바닥에 부딪히기 직전, 첫 번째 총알이 맞은 자리에서 왼쪽으로 5센티미터 지점에 두 번째 총알이 박히면서 심장이 터졌다. 세 번째 총알은 이마에 구멍을 내고 뒤통수를 날려버렸다.

트레이시는 에드먼드의 바지 주머니에서 수갑 열쇠를 찾아냈다. 수갑을 푼 다음, 에드먼드가 내던진 옷을 길게 찢어 캘러웨이의 다리를 감싸 지혈했다. 곰덫을 떼어내지는 않았다. 그랬다가 상처가 더 벌어지면 출혈이 심해질 수 있었다. 당장 죽지는 않더라도 쇼크 상태에 빠질 터였다. 트레이시는 캘러웨이의 머리를 자신의 무릎에 얹었다. "로이 아저씨! 아저씨!"

캘러웨이가 눈을 떴다. 방 안은 여전히 몹시 추웠지만, 심각한 열병에 걸리기라도 한 듯 그의 얼굴에는 땀이 맺혀 있었다. 그가 미약한 목소리로 물었다. "에드먼드는?"

"죽었어요."

캘러웨이의 입술에 희미한 미소가 스쳤다. 곧 눈꺼풀이 떨리며 눈이 감겼다.

트레이시는 그의 뺨을 때렸다. "정신 차려요, 아저씨! 우리가 여기 있는 거 또 누가 알죠?"

캘러웨이가 나직이 대답했다. "댄."

71

로이 캘러웨이의 차가 세워져 있는 곳에서 댄이 핀레이 암스트롱과 또 다른 부관, 전기톱을 가져온 시더 그로브 주민 두 명을 만났다. 주민들이 쓰러진 나무를 썰어 파커 하우스의 집으로 가는 길을 내는 동안, 댄과 두 부관은 마당에 잡동사니가 널린 집을 향해 언덕을 올라갔다.

눈이 그치고 바람이 잦아들어 걷기가 수월해졌다. 마치 태풍의 눈 속에 들어온 것처럼 으스스하게 주위가 고요했다. 건물에 다다른 두 남자는 아직 살아 있는 파커 하우스를 발견했지만, 댄이 떠날 때보다 상태가 훨씬 악화된 듯 보였다.

핀레이가 댄에게 말했다. "여기에서 구급차가 올 때까지 기다리고 계세요."

댄이 쏘아붙였다. "웃기지 마요. 나도 당신과 함께 트레이시를 구하러 갈 겁니다."

핀레이가 반발하려 하자 댄은 캘러웨이가 했던 말을 그에게 써먹었다. "말싸움할 시간 없어요, 핀레이. 우리가 여기서 얼쩡대는 동안 에드먼드가 두 사람을 죽일지도 모른단 말입니다." 그는 뒷문으로 걸어가며 재촉했다. "어서 갑시다."

핀레이와 댄은 산을 오르기 시작했다. 시더 그로브에서 자라며 평생 크고 작은 산을 오르내린 두 남자는 시더 그로브 광산으로 가는 길을 알고 있었다. 눈이 쌓여 사방이 달라 보이긴 했지만, 캘러웨이가 남긴 게 틀림없는 발자국들이 길을 만들어놓았다.

이십 분 정도 올라가자 땅 위에 놓아둔 눈신이 보이고 거기서 5미터쯤 위에 누군가 부분적으로 파놓은 입구가 있었다. 깊은 부츠 발자국이 그쪽으로 길을 만들어놓았고, 눈 위로 사람을 질질 끌고 간 기다란 흔적도 보였다.

두 남자는 입구 앞에서 무릎을 꿇었다. 핀레이가 손전등으로 갱도를 비추고 엽총을 든 채 먼저 안으로 들어갔다. 댄은 소총을 움켜쥐었다. 둘의 손전등이 갱도 안으로 고깔 모양 불빛을 비추었다.

댄이 자신의 손전등을 끄고 속삭였다. "불 꺼요."

두 남자는 칠흑 같은 어둠 속으로 들어섰다. 하지만 몇 초 뒤, 6미터쯤 앞에서 뿜어져 나오는 희미한 주황색 불빛이 보였다. 그쪽으로 걸어가자 방으로 들어가는 문간이 나타났다. 핀레이가 그 앞에 멈춰 서서 손전등을 켜고 엽총을 겨눈 채 안으로 들어갔다. 댄도 손전등과 소총을 들고 따라갔다. 빛의 고깔들이 훑은 곳은 과거에 사무실이었던 듯했고, 안에는 철제 책상과 의자, 암녹색 캐비닛이 여럿 있었다.

그 방 뒤쪽에 널판을 댄 벽 틈에서 주황색 불빛이 새어나오고 있었다.

트레이시의 목소리가 들렸다. "여기야. 나 여기 있어."

댄이 문으로 가려 하자 핀레이가 그의 팔을 붙잡고 소리쳤다. "트레이시? 괜찮아요?"

"네. 에드먼드는 죽었어요."

핀레이가 문을 열고 들어가자 댄이 뒤따랐다.

알전구 하나가 전선에 매달려 있었다. 그 밑에서 나무 기둥에 기대어 앉은 트레이시와 그녀의 무릎을 베고 쓰러진 로이 캘러웨이가 보였다. 맞은편 구석에는 뒤통수와 셔츠가 피범벅이 되어 쓰러진 에드먼드가 있었다.

댄이 꿇어앉아 트레이시를 끌어안았다. "너 괜찮은 거야?"

그녀는 고개를 끄덕이고 캘러웨이를 내려다보았다. "오래는 못 버티실 거야."

* * *

동이 트면서 폭풍도 지나갔다. 핀레이는 무전기로 연락해 불러온 사람들과 함께 광산 입구의 눈을 치워 놓았다. 트레이시는 입구 옆에 서서 보온용 은박 담요로 몸을 감싸고, 구름 사이로 군데군데 드러난 파란 하늘을 쳐다보았다. 폭풍이 지나간 하늘에서 진홍색과 빨간색, 주황색으로 물든 구름을 뚫고 빛줄기가 쏟아지고 있었다. 저 멀리 골짜기에 늘어선 시더 그로브의 주택 지붕들이 자그마한 피라미드처럼 보였다. 굴뚝에서 구불구불 피어오르는 연기가 잔잔한 대기에 조각조각 퍼졌다. 과거에 트레이시의 방에서도 창 밖으로 비슷한 풍경이 펼쳐졌다. 그 많은 집에 그녀가 아는 사람들이 살고 있다는 사실은 늘 평온과 위안을 주었다.

갱도 안쪽에서 들려오는 소리가 트레이시의 주의를 끌었다. 뒤를 돌아보니 구급대원들이 담요에 싸인 로이 캘러웨이를 썰매에 실어 밖으로 나오고 있었다. 썰매가 트레이시를 지나쳐 갈 때, 캘러웨이가 고개를 돌리고 그녀와 눈을 맞췄다. 트레이시는 갱도 밖으로 나온 구급대원들이 썰매를 눈밭에 내려놓고 설상차 두 대 사이에 묶는 모습을 지켜보았다.

뒤에서 댄이 다가왔다. "여전히 질긴 사람이야, 그렇지?"

트레이시가 대꾸했다. "2달러짜리 스테이크처럼."

댄은 한 팔로 그녀의 어깨를 안고 자기 쪽으로 끌어당겼다. "너도 그래, 트레이시 크로스화이트. 그리고 사격 솜씨도 여전해. 명사수가 따로 없어."

트레이시가 물었다. "파커 씨는 좀 어때?"

"중태야. 디안젤로 핀도 마찬가지고."

"디안젤로 씨도?"

"응. 에드먼드는 모두에게 복수할 생각이었던 같아. 우리가 늦지 않게 도착한 거였어야 하는데 걱정이야. 모두 무사하기를 바랄 수밖에."

"이번 일은 우리 모두에게 상처로 남겠지."

댄은 은박 담요로 그녀의 어깨를 잘 감싸주었다. "어떻게 빠져나온 거야? 무슨 수로 놈의 손아귀에서 벗어났어?"

트레이시는 굴뚝에서 나선형으로 연기가 피어올라 제트기가 지나간 자리에 남은 수증기 흔적처럼 가만히 떠 있는 모습을 지켜보았다.

"세라 덕분에." 댄이 의아해하는 표정을 짓자 그녀가 말을 이었다. "에드먼드는 처음부터 날 노렸어."

"알아. 캘러웨이 보안관한테 들었어. 안타까운 일이야, 트레이시."

"그자가 세라 다음으로 나를 납치할 생각이라고 말한 게 틀림없어. 세라가 나한테 보내는 메시지를 벽에 새겨놨거든. 설령 에드먼드가 그걸 봤더라도 무슨 의미인지 몰랐을 거야. 오직 나만 아는 것이니까. 밤에 세라랑 함께 읊조리던 기도였어. 나한테 보낸 메시지였어. 벽을 파내고 볼트를 느슨하게 만들 도구를 발견했다는 걸 내게 알리고 싶었던 거야. 시간이 모자라 다 새기질 못했겠지. 그리고 20년 전에는 지금보다 콘크리트가 더 강했을 테고."

"무슨 뜻이야?"

트레이시는 한숨을 쉬었다. "화학적 변화가 생기거든. 그 벽이 지어진 건 못해도 80여 년 전, 혹은 더 오래됐어. 세월이 흐르는 동안 동식물이 썩으며 생성된 물질이 흙으로 스며들어 콘크리트에 닿아 화학반응을 일으킨 거야. 콘크리트가 변질되어 금이 가면, 어김없이 그 틈으로 물이 흘러 들어가지. 그 물이 볼트에 닿자 녹이 슬기 시작한 거야. 볼트가 녹슬어 팽창하면 콘크리트는 한층 더 금이 가게 돼. 세라는 벽에 메시지를 새겼지만, 그보다 더 중요한 일은 쇠못으로 금속판 뒤와 볼트 둘레의 콘크리트를 파내는 거였어."

댄이 빙그레 웃었다. "앨런 선생님이 자랑스러워하시겠는걸."

트레이시는 댄의 어깨에 머리를 기댔다.

"세라가 어릴 때 우린 함께 그 기도를 읊곤 했어. 걔는 어둠을 무서워했거든. 툭하면 내 방에 살금살금 들어와 침대로 기어 올라와서는 내 옆에 누웠지. 나는 세라한테 눈을 감으라고 하고 함께 기도를 읊었어. 그러고 불을 끄면 세라가 잠이 들었어."

트레이시는 흐느끼기 시작했다. 굳이 눈물을 닦으려 하지도 않았다. "벽에 새겨진 글은 우리가 했던 기도야. 세라는 자신이 두려워한 걸 알리고 싶지 않았던 거야. 그 애가 그리워, 댄. 너무 보고 싶어."

댄은 그녀를 꼭 안았다. "어쩐지 세라가 죽지 않은 것 같아. 여전히 너의 곁에 있는 기분이야."

트레이시가 갑자기 고개를 들더니 그를 빤히 보았다. "왜 그래?"

"이상한 일이지만 나도 세라를 느꼈어. 이곳에서 개가 내 곁에 있는 기분이었어. 그 쇠못으로 나를 인도해주는 것만 같았어. 그게 아니고서는 내가 정확히 그 지점을 파낸 까닭이 설명이 안 돼."

"다른 설명은 필요 없겠는걸."

72

선고 후 감형 심리를 보도하려고 전국에서 몰려든 기자와 카메라맨 들이 눈 폭풍에 길이 막혀 시더 그로브와 주변 마을에 머물고 있었다. 하지만 디안젤로 핀과 파커 하우스의 피습 소식과 시더 그로브 광산에서 벌어진 일이 전해지자, 다들 부랴부랴 호텔을 나와 차에 올랐다. 몹시 들뜬 마리아 밴펠트는 시더 그로브 곳곳을 돌면서 방송을 하고, 자신의 방송인 〈크릭스 잠입 취재〉가 이 사건을 처음 보도했다며 떠벌리기 바빴다.

트레이시는 댄의 집에서 편안한 소파에 앉아 언론의 야단법석을 텔레비전으로 보았다. 밖에 몰려든 기자단에게서 트레이시를 지키려는 듯 렉스와 셜록이 그녀 옆 바닥에 엎드려 있었다. 무슨 말이든 해주지 않으면 기자들이 떠나지 않을 거라 생각한 트레이시는 제일장로교회에서 기자회견을 열겠다는 말을 전했다. 시더 그로브에서 예상 인원을 수용할 수 있는 건물은 거기뿐이고, 아버지의 장례식이 거행된 곳도 그 교회였다.

트레이시가 전화로 킨징턴에게 말했다. "상부의 우려를 불식시키려고 이러는 거야."

"그 말을 믿으라고? 네가 목적도 없이 그런 일을 벌일 리 없다는 걸 내가 아는데."

* * *

트레이시와 댄은 신도석과 통로를 가득 메운 사람들을 피해 교회 안쪽의 작은 방에 서 있었다.

댄이 말했다. "이번에도 네가 시더 그로브를 살렸어. 요즘 시장이 마을 자랑을 하고 다닌대. 시더 그로브가 기회로 가득하고 발전 가능성이 큰 특별한 곳이라고 말이야. 심지어 오래전에 폐기됐던 캐스케이디아 리조트 개발 계획을 재검토하겠다던데."

트레이시는 빙그레 웃었다. 이 오래된 마을은 재기할 때가 되었다. 이곳 사람들 모두가 그랬다.

살짝 밖을 내다보니 수많은 사람의 얼굴이 이쪽으로 쏠려 있었다. 자리가 없어 서 있는 이들도 많았다. 기자들은 수첩과 녹음기를 들고 앞쪽에 몰려 앉아 있었다. 카메라맨들은 통로에 자리를 잡고 언제든 촬영을 개시할 태세였다. 지역 주민과 구경꾼도 많이 입장했는데, 대부분 세라의 장례식과 심리 법정에 왔던 아는 얼굴들이었다. 조지 보빈은 앞쪽 신도석에 앉아 있었는데, 그와 그의 아내로 보이는 여인 사이에는 애너벨이 앉아 있었다. 앞서 보빈은 댄에게 전화를 걸어, 이번 사건이 끝나 에드먼드 하우스가 진짜 죽었다는 사실을 알게 되자 자신의 딸이 마침내 한을 풀고 천천히 삶을 되찾기 시작했다고 했다.

서니 위더스푼과 대런 소런슨도 와 있고, 남들보다 위로 30센티미터는 더 솟은 빅터 파치오도 또렷이 보였으며, 빌리 윌리엄스와 킨징턴도 눈에 띄었다.

"행운을 빌어줘."

트레이시가 방에서 나오자 카메라 수십 대의 셔터 소리와 번쩍거리는 플래시가 그녀를 에워쌌다. 연단 위에 꽃다발처럼 테이프로 감아놓은 마이크들은 심리가 끝난 뒤 기자회견장에서 에드먼드 하우스를 맞이한 마이크 다발보다 훨씬 더 컸다.

"간략히 말씀드리겠습니다." 트레이시는 준비해온 발표문이 적힌 종이 한 장을 꺼냈다.

"에드먼드 하우스의 석방으로 끝난 이번 심리 이후에 무슨 일이 벌어졌는지 많은 분들이 궁금해하실 겁니다. 결국 제 생각은 옳았습니다. 과거 에드먼드 하우스의 판결에는 절차상 문제가 있었습니다. 하지만 그가 무죄라고 생각한 것은 틀렸습니다. 20년 전 로이 캘러웨이 보안관에게 자백한 대로 에드먼드 하우스는 제 동생 세라를 강간하고 살해했습니다. 하지만 바로 죽여 암매장하지는 않았습니다. 산속 폐광에 7주 동안 감금했죠. 그리고 댐이 가동되기 직전에 세라를 살해하고 시신을 땅에 묻었습니다. 그 지역이 수몰되면서 그의 범죄 또한 영원히 묻히는 듯했습니다."

그녀는 숨을 들이마시고 마음을 가다듬었다.

"에드먼드 하우스가 과거 유죄 판결을 받은 이유를 다들 궁금해하실 줄로 압니다. 저도 지난 20년 동안 같은 의문을 품고 살았고, 마침내 답을 찾았습니다. 바로 제 아버지 제임스 크로스화이트였습니다. 제 아버지를 아시는 분들께는 아마도 받아들이기 어려운 일이겠지만, 부디 그분을 비난하지 말아주십시오. 아버지는 온 마음을 다해 저와 세라를 사랑했습니다. 세라가 실종되자 크게 상심하셨죠. 더 이상 예전의 그분이 아니었습니다."

트레이시는 조지 보빈을 보며 말을 이었다.

"아버지가 한 일은 세라에 대한 사랑 때문이었습니다. 딸을 사랑하는 모든 아버지를 위해 그랬던 겁니다. 아버지 자신과 조지 보빈씨가 에드먼드 하우스 때문에 겪은 고통과 슬픔을 더 이상 어떤 아버지도 겪지 않게 하리라 결심한 겁니다."

그녀는 잠시 사이를 두고 북받치는 감정을 추슬렀다.

"논리적이고 이성적인 결론은 하나뿐입니다. 에드먼드 하우스가 캘러웨이 보안관에게 범행을 자백하고 세라의 시신 없이 유죄 판결을 받을 리 없다고 이죽거렸습니다. 그 말을 전해 들은 제 아버지가 저와 제 동생이 함께 쓰던 화장실에 있던 빗에서 머리카락을 뽑아 에드먼드의 트럭에 증거로 심은 겁니다. 파커 하우스 씨의 사유지 목공실에 있는 커피 캔에 세라의 액세서리가 담긴 양말을 숨겨놓은 사람도 제 아버지였습니다. 동네 의사였던 아버지는 왕진을 자주 다녔고, 파커 씨의 집에도 종종 들렀습니다. 또한 세라에 관한 모든 제보를 확인하고 라이언 헤이건 씨에게 전화해, 그날 밤 차를 몰고 국도를 지나다 빨간색 쉐보레 트럭을 봤다고 진술해달라고 설득했습니다. 전부 아버지 혼자 한 일입니다. 분명히 말씀드리지만, 제가 알기로 로이 캘러웨이 보안관과 밴스 클라크 검사를 비롯해 어느 누구도 아버지의 범죄에 가담하지 않았습니다. 아버지의 행위는 슬픔과 절망, 절박함에서 비롯된 것이었습니다. 그분의 행위는 지탄받을 만하지만, 부디 그분의 동기만은 비난하지 말아주십시오.

제 아버지를 아는 분들께 부탁드립니다. 부디 그분을 성실한 남편이자 사랑 많은 아버지, 믿음직한 친구로 기억해주세요."

트레이시는 종이를 접고 고개를 들었다. "궁금한 점이 있으면 얼마든지 질문해주십시오."

곧바로 질문이 쏟아졌다. 트레이시는 대답할 수 있는 것은 대답하고, 난처한 질문은 요령껏 비껴가고, 부득이한 경우에는 모른다고 하면서 질문의 파도를 요리조리 누볐다. 십 분 뒤, 시더 그로브 임시 보안관 핀레이 암스트롱이 앞으로 나와 기자회견을 끝냈다. 트레이시와 댄은 핀레이가 제공한 경찰 호위를 받으며 교회를 빠져나와 댄의 집으로 돌아왔다. 그리고 시더 그로브에서 가장 훌륭한 보안 시스템의 보호를 받으며 다시 세상으로부터 멀어졌다.

* * *

이튿날 트레이시는 캐스케이드 카운티 병원에 있는 로이 캘러웨이의 병실로 걸어 들어갔다. 파커 하우스는 여전히 중태였지만 호전되는 중이었다. 의사들은 시간이 지나면 상처가 치유될 거라고 했다. 물론 마음의 상처까지 치유될지는 의문이었다.

캘러웨이는 한쪽 다리를 붕대에 걸고 침대 위로 쳐든 채 45도 기울여놓은 침대에 기대어 앉아 있었다.

"안녕하세요, 보안관님."

캘러웨이가 고개를 저었다. "이젠 아니다. 은퇴했어."

"해가 서쪽에서 떴나 보네요?"

"벌써 사흘 됐다."

트레이시는 빙그레 웃었다. "잘하셨어요. 다리는 좀 어떠세요?"

"의사들 말로는 수술을 몇 번 더 해야 한다더구나. 절룩거리며 지팡이 짚고 다녀야겠지만, 낚시를 못 할 정도는 아니랬어."

트레이시가 그의 손을 잡았다. "이런 일을 당하게 해서 죄송해요, 아저씨. 아빠가 아무 말도 하지 말라고 했다는 거 알아요. 제가 계속 캐묻고 다니자, 아저씨는 밴스 씨와 디안젤로 씨를 보호해야 한다는 마음에 저한테 그만 손 떼고 떠나라고 종용하셨던 거죠."

"내가 무슨 대단한 일을 한 것처럼 말하지 마라. 나도 결코 떳떳한 입장은 아니야. 너한테 털어놓을까 고민도 많았단다."

"어차피 저는 믿지 않았을 거예요."

"그럴 거라 생각했다. 그래서 말하지 않았지. 넌 이미 마음을 굳혔으니까. 더구나 내가 아는 넌 네 아버지만큼이나 고집이 세지."

트레이시가 싱긋 웃었다. "더 심하죠."

"네 아버지는 이미 충분히 고통받은 네가 더 괴로워하지 않길 바랐다, 트레이시. 그 친구는 세라를 잃었어. 너까지 잃고 싶지는 않았던 거란다. 네가 감당하기 어려운 죄책감을 안고 살까 봐 걱정했어. 그걸 원치 않았다, 트레이시. 너 때문에 세라가 죽었다고 생각하지 않길 바랐지. 실제로 세라의 죽음은 너랑 무관해. 에드먼드는 사이코패스였다. 세라가 눈에 띄어서 죽였을 뿐이야. 물론 그런 말은 너한테 할 필요 없겠지. 이곳 시더 그로브보다 대도시에서 그런 살인마를 네가 더 많이 목격할 테니 말이다."

"왜 그러셨을까요?"

"누구? 네 아버지 말이냐?"

"아저씨는 아빠를 누구보다 잘 아셨죠. 왜 그러셨던 걸까요?"

캘러웨이는 대답하기 전에 잠시 고심하는 눈치였다. "아마 상실감을 떨치지 못했기 때문일 게다. 슬픔을 이겨내지 못했겠지. 제임스는 너희 둘을 너무나 사랑했어. 그날 이곳에 있지 않았다는 것 때문에 엄청난 죄책감에 시달렸지. 너도 아버지가 어땠는지 알잖니. 그 친구는 자기가 있었으면 어떻게든 그 일을 막을 수 있었을 거라고 생각했어. 그 일로 결혼 생활까지 망가졌어. 너도 알지?"

"그러셨을 거예요."

"제임스는 하와이에 놀러 가느라 여기 있지 못했던 것 때문에 아내를 원망했어. 대놓고 그러지는 않았지만…… 원망했단다. 그리고 정당하게 세라의 한을 풀어줄 수 없다는 생각이 들자, 이성을 잃고 점점 극단으로 치달았던 거야. 제임스는 아주 고매한 남자였어. 거짓 증거를 심은 건 그에게는 굉장히 부끄러운 일이었겠지. 네 아버지를 원망하지 마라, 트레이시. 네 아버지는 훌륭한 사람이었어. 그는 자살한 게 아니야. 슬픔이 그를 죽인 거지."

"알아요."

캘러웨이는 심호흡을 하고 한숨을 내쉬었다. "기자회견에서 그렇게 말해줘서 고맙다."

트레이시는 웃음을 참았다. "사실대로 말했을 뿐이에요."

캘러웨이가 껄껄 웃었다. "법무부에서는 썩 좋아하지 않겠는걸."

"걱정 마세요. 그들에겐 더 큰 문제들이 많으니까."

트레이시는 디안젤로 핀이 했던, 우리가 항상 대답을 들을 수 있는 건 아니라는 말이 옳다고 생각했다. 그 대답이 오히려 해로울 경우에는 모르는 편이 나을 수도 있다. 이제 그녀는 아버지를 원망하지 않았다.

"아빠도 이렇게 되길 원하셨을 거예요."

"늘 혼자 떠안으려는 친구였지."

캘러웨이는 침대 옆 탁자에서 유리컵을 들었다. 빨대로 주스를 한 모금 마시고 도로 내려놓았다. "그래, 이제 떠날 생각이냐?"

"여전히 저를 쫓아버리지 못해 안달이시군요."

"아니다. 오히려 너무 오래 떠나 있었다고 생각하지."

479

"또 돌아올 거예요."

"쉽지 않을 텐데."

"과거의 유령을 묻으려면 맞서야 하는 법이죠. 그리고 이젠 세라를, 아버지를, 시더 그로브를 떠나보낼 필요가 없다는 거 알아요. 언제나 저의 일부일 테니까요."

"댄은 좋은 남자란다."

트레이시가 빙그레 웃었다. "서둘지는 않을 거예요."

"그 모든 일을 알고도 정말 괜찮겠니? 나랑 이야기하고 싶으면 언제든 전화하렴."

"시간이 좀 필요할 거예요."

"우리 모두가 그렇겠지."

* * *

디안젤로 핀은 병실에서도 변함없이 달관한 사람처럼 말했다.

"지금쯤 아내랑 있어야 하는 건데. 그것도 나쁘지는 않을 듯싶다."

트레이시가 물었다. "어디로 가실 생각이세요?"

"포틀랜드 근처에 사는 조카 녀석이 텃밭 가꿀 사람이 필요하다 더구나."

* * *

마지막으로 만난 사람은 파커 하우스였다. 그의 병실로 들어가며, 트레이시는 법정에서 아버지가 파커도 고통받았다고 했던 말을 떠올렸다. 그가 지금 어떤 기분일지는 짐작하기 어려웠다.

파커는 양손에 붕대를 감고 있었다. 얇은 병상 이불을 덮고 있었지만 두 발도 붕대에 감겨 있을 거라 짐작했다. 평소보다 창백하고 수척해 보였다. 부상의 충격만이 아니라 며칠 동안 술을 마시지 못한 여파도 있지 않나 싶었다.

파커가 입을 열었다. "미안하구나, 트레이시. 그날 난 취해 있었고 두려웠다. 그놈은 글러먹었어. 처음 여기 와서 나랑 살 때부터 글러먹은 놈이었지만, 동생의 아들이라 책임감을 느꼈던 거란다."

"알아요."

"너나 댄, 그 친구 개를 해칠 뜻은 없었다. 그냥 겁을 줘서 손떼게 하려던 것뿐이었어. 난 그 녀석이 석방될 날이 올 줄은 상상도 못 했고, 그놈이 감옥에서 나오면 무슨 짓을 할지 몰라 두려웠다. 그냥 당황했던 것 같아. 댄의 집 유리창을 박살 낸 건 어리석은 짓이었어."

"저희 아버지는 당시 사건에 대해 눈곱만큼도 아저씨를 원망하지 않았어요. 그 점을 알려드리고 싶어요. 저도 마찬가지고요. 당시에도 그렇고 지금도 그래요."

파커는 입술을 앙다물고 고개를 끄덕였다. "너희 가족은 훌륭한 가족이었다, 트레이시. 일이 이렇게 돼서 미안하구나. 그놈 때문에 벌어진 모든 일이 미안해. 가끔은 그놈이 여기 오지 않았다면 어땠을지, 시더 그로브가 지금 어떤 모습일지 생각한다. 너도 그런 생각 해본 적 있니?"

트레이시는 싱긋 웃었다. "가끔요. 하지만 이제는 그러지 않으려고요."

73

트레이시는 시더 그로브에 최대한 오래 머무르려 했지만, 일요
일 오후가 되자 더 이상 출발을 미룰 수 없었다. 시애틀로, 일터로
돌아가야 했다. 그녀는 현관에 서서 댄의 품에 안겼다. 둘의 키스
가 오래 이어졌다. 마침내 댄이 입술을 뗐다. "누가 너를 더 그리워
할지 모르겠는걸. 나일지 이 녀석들일지."

두 사람 곁에 앉은 렉스와 셜록이 쓸쓸한 표정을 지었다.

트레이시가 댄의 가슴을 톡 쳤다. "너면 좋겠어."

댄이 놓아주자 그녀는 이제 플라스틱 고깔을 벗은 렉스의 머리
를 어루만졌다. 수의사는 렉스가 아주 쌩쌩해질 거라고 장담했다.
잊히기 싫다는 듯 셜록이 주둥이로 트레이시의 손을 밀어댔다.

"걱정 마. 너희 둘 다 잊지 않을 테니까. 또 만나러 올게. 너희가
날 보러 시애틀에 와도 돼. 물론 내가 마당이 있는 집을 구할 때까
지 기다려야겠지만. 더구나 로저는 너희 둘이 오는 걸 썩 좋아하진
않을 거야."

트레이시는 도합 130킬로그램이 넘는 개 두 마리에게 자신의 성
역을 빼앗긴 고양이가 어떻게 반응할지 상상해보았다.

그녀가 댄의 집에서 회복의 시간을 보낼 동안 댄은 둘의 앞날에 대해, 트레이시가 시더 그로브에 눌러살지에 대해 한 번도 묻지 않았다. 하지만 병원에서 파커 하우스에게 말했듯이, 트레이시는 이따금 과거의 시더 그로브가 머릿속에 그려졌다. 생각하지 않으려 해도 어쩔 수 없었다. 그러나 트레이시와 댄은 각자의 삶이 있다는 것을, 그 삶을 당장 바꿀 수는 없다는 것을 알고 있었다. 트레이시에게는 형사로서 할 일이 있고, 댄에게는 시더 그로브에서 시작한 새로운 삶이 있었다. 그는 셜록과 렉스를 돌봐야 한다. 에드먼드 하우스를 변호하며 얻은 유명세와 그 후 벌어진 일 덕분에 형사소송 의뢰도 폭발적으로 밀려들었다.

댄과 개 두 마리가 그녀를 차까지 배웅했다. "도착하면 전화해."

트레이시는 자신을 걱정해주는 사람이 있다는 사실에 행복했다. 그녀가 댄의 가슴에 두 손을 얹었다. "이해해줘서 고마워, 댄."

"서둘 거 없어. 마음의 준비가 되면 언제든 와. 나랑 이 녀석들은 여기 있을 테니까. 치즈버거 또 만들어줄게."

트레이시는 차를 후진해 도로로 몰고 나가며 손을 흔들었다. 그리고 출발하면서 다시 손을 흔들고 뺨에 흐르는 눈물을 닦았다. 고속도로에 다다라 입구를 지날 즈음에는 문득 떠나고픈 마음이 사라져 차를 오른쪽으로 돌리고 다시 시더 그로브로 들어섰다. 햇살이 환한 시내는 한결 좋아 보였다. 모든 것이 활기차 보이고, 건물들도 더 이상 버려진 느낌이 아니었다. 사람들이 거리를 활보하고 상점 앞에는 차들이 세워져 있었다. 어쩌면 시장이 성공할지도 모른다. 이 오래된 마을을 부흥시킬지도 모른다. 투자자를 유치하고 캐스케이디아 리조트를 완공해 시더 그로브를 멋진 휴양지로 변모시킬지도 모른다. 한때 이곳은 어린 자매에게 너무나 즐겁고 편안한 마을이었다. 다시 그렇게 될 수도 있다.

길가에 늘어선 1층 주택들 마당 안에서는 겨울옷을 입은 아이들이 뛰어놀았다. 눈사람은 흔적 없이 거의 다 녹아 있었다. 시내를 멀리 벗어나자 더 넓은 택지에 자리 잡은 커다란 집들이 나타났다. 보기 좋게 단장한 울타리 위로 지붕들이 우뚝 솟아 있었다. 가장 큰 울타리 앞에서 속도를 늦추고 잠시 망설이던 트레이시는 두 돌기둥이 양쪽에 서 있는 입구로 차를 몰고 가서 진입로를 올라갔다.

차고 앞에 차를 세운 그녀는 한때 이 집을 지키는 웅장한 수호신 같은 수양버들이 서 있던 곳으로 걸어갔다. 예전에 세라는 수양버들 가지에 대롱대롱 매달린 채, 발아래 풀밭이 악어가 득실거리는 늪이라며 트레이시에게 구해달라고 외치곤 했다. 악어가 면도날처럼 날카로운 이빨과 억센 턱으로 자기를 물어뜯으려 한다고 엄살을 부리면서.

살려줘! 나 좀 살려줘, 언니! 악어 떼가 나를 잡아먹으려 해.

그럴 때면 트레이시는 돌길을 따라 조심스럽게 수양버들 가까이 가서 풀밭 위로 몸을 기울이고 손을 내뻗는다.

세라는 자신이 지어낸 환상에 사로잡힌 듯이 말한다.

손이 닿질 않아.

그러면 트레이시가 대꾸한다.

흔들어. 가지를 흔들어 내 쪽으로 와.

세라는 다리와 몸을 움직여 가지가 흔들리게 한다. 둘의 손끝이 스친다. 손이 닿는다. 마침내 충분히 가까워지면 트레이시가 동생의 손을 잡고, 둘의 손가락이 뒤얽힌다. 트레이시가 말한다.

이제 손을 놔.

무서워.

무서워하지 마. 너한테 나쁜 일이 일어나게 두지 않을 거야!

결국 세라가 손을 놓으면, 트레이시가 어린 동생을 안전하게 끌어당겨 안는다.

뒤에서 현관문이 열리는 소리가 들렸다. 트레이시가 돌아섰다. 여자 한 명과 어린 소녀 둘이 현관에 서 있었다. 열두 살과 여덟 살 정도로 보이는 애들이었다. 여자가 말했다. "당신일 줄 알았어요. 신문과 방송에서 얼굴을 익히 봤거든요."

"함부로 들어와서 죄송합니다."

"괜찮아요. 전에 여기 사셨다는 기사 봤어요."

트레이시는 두 소녀를 바라보았다. "네, 여동생이랑 살았죠."

여자가 안쓰러워하는 표정을 지었다. "끔찍한 일을 겪으셨더군요. 정말 마음이 아파요."

트레이시는 언니로 보이는 소녀에게 물었다. "너도 계단 난간을 미끄럼틀 타듯 내려오니?"

소녀가 생글거리며 고개를 들어 엄마를 쳐다보았다. 동생도 웃음을 터뜨렸다.

애들 엄마가 말했다. "안에 들어오실래요? 한번 둘러보지 그래요. 이 집에 추억이 많으실 텐데."

트레이시는 한때 자신의 보금자리였던 집을 바라보았다. 여자의 제안은 그녀가 이곳에 온 목적이었다. 나쁜 기억 대신 가족과 함께 했던 좋은 추억을 되새기고 싶었다. 트레이시는 어린 자매를 보고 다시 빙그레 웃었다. 지금 두 소녀는 장난꾸러기들처럼 소곤대고 있었다. 트레이시가 대답했다.

"괜찮습니다. 이제 저는 괜찮을 거예요."

에필로그

트레이시는 빨간색 스카프의 가운데 매듭을 바로잡고 한쪽 부츠 앞부분을 땅에 박은 다음, 두 다리를 살짝 벌리고 가슴을 폈다. 마음속으로 사격 순서를 되뇌었다.

대회 심판이 물었다.

"준비됐습니까, 키드? 필요하다면 사격 순서를 다시 설명해주겠습니다. 머릿속에 담고 있다 보면 헷갈리게 마련이죠. 우린 모든 참가자에게 공평하려고 노력합니다. 특히 초보자에게는요."

오늘은 트레이시가 시애틀로 돌아온 지 한 달이 지난 토요일이었다. 무성한 나뭇잎 사이로 새어드는 이른 아침 햇살 덕분에 서부 시대 마을을 재현하고자 임시로 지은 상점들이 매혹적으로 보이고, 다른 참가자 십여 명들 사이로 그림자가 드리워졌다. 1800년 대 카우보이 복장을 한 그들은 친근하게 대화를 나누거나 자기 차례를 준비하고 있었다.

트레이시는 노란색이 들어간 사격용 고글을 통해 표적들을 다시 보고 대답했다. "그러세요."

대회 심판이 재차 설명해주고 싶어하는 눈치였기 때문이다. 더구나 그녀의 아버지가 늘 당부하기를, 대회에 나가면 작은 실수도 조심하라고 했다.

"표적 하나에 두 발씩 쏩니다. 두 번째 테이블로 이동하면 엽총으로 비석을 맞혀 쓰러뜨려요. 그게 끝나면 저 상점 앞으로 달려가서 창밖으로 주황색 표적 다섯 개를 맞힙니다. 한 발에 하나씩."

"고맙습니다. 알아들었어요."

"그럼 좋습니다." 대회 심판이 뒤로 물러서며 외쳤다. "사수 준비됐습니까?"

트레이시가 대답했다. "준비됐습니다."

"관측원들 준비됐습니까?" 남자 셋이 고개를 들고 앞으로 나섰다. "준비됐습니다."

대회 심판이 말했다. "삑 하는 소리에 시작하세요. 좋아하는 구호 있습니까?"

트레이시가 물었다. "구호요?"

"사격할 준비가 됐다고 알리는 구호 말입니다. 어떤 사람은 '난 뱀이 싫어!'라고 외칩니다. 저는 '우린 총으로 말해, 친구!'라고 하죠. 영화 〈황야의 7인〉에 나오는 대사랍니다."

트레이시는 사격 대회에 나갈 때마다 자신이 외치던 구호를 생각했다. 〈진정한 용기〉에서 루스터 콕번이 번쩍이는 엽총을 들고 말을 달려 들판을 가로지르기 전에 했던 말. 총 뽑아, 개자식아!

"네, 있어요." 그녀는 심호흡을 하고 숨을 내쉰 다음 소리쳤다. "난 어둠이 두렵지 않아!"

타이머에서 삑 소리가 났다. 트레이시는 테이블에서 소총을 집어 발사한 다음 재빨리 레버를 당겨 두 번째 총알을 쟀다. 그사이 첫 번째 총알이 금속 표적에 명중해 팅 하는 소리가 났다. 그녀는 표적을 두 번째로 맞히고 다시 레버를 당겼다. 그렇게 나머지 표적 네 개를 빠르게 연속으로 두 번씩 맞힌 다음, 곧바로 두 번째 테이블에서 엽총을 집어 들고 첫 번째 비석을 맞혔다. 그 비석이 땅에 쓰러지기도 전에 이미 탄알을 넣고 두 번째 비석을 쐈다. 요란한 총성과 함께 두 비석이 왼쪽에서 오른쪽으로 차례로 쓰러졌다. 엽총을 내려놓고 부리나케 상점 안으로 달려 들어간 트레이시는 창문 앞에 똑바로 서서 대각선으로 권총을 뽑았다. 그리고 창밖으로 모든 표적을 연달아 사격하자, 팅 소리가 여러 번 들렸다.

사격을 마친 트레이시는 권총을 빙그르르 돌려 총집에 도로 꽂았다.

곧바로 대회 심판이 외쳤다. "끝!"

모든 참가자가 일어서서 지켜보고 있었지만, 다들 입도 벙긋하지 않았다.

아침 공기 사이로 연기가 퍼져 나가자, 향긋하고 익숙한 화약 냄새가 났다. 관측원 세 명 모두 주먹을 높이 들었지만 확신이 안 서는지 서로를 멀뚱멀뚱 보았다.

트레이시는 확신했다. 표적을 하나도 놓치지 않았다고.

대회 심판이 타이머를 보고는 믿기 어렵다는 듯 다른 참가자를 보고 다시 타이머를 보았다.

"왜 그래, 래틀러*?" 다리를 벌리고 두 손을 넓적다리에 올린 채 드럼통 위에 앉아 있는 나이 많은 참가자가 물었다. 머리에 쓴 중산모와 빨간색 페이즐리 천 조끼에 꽂혀 있는 황금 회중시계와 체인을 보니, 그의 카우보이 별명은 은행가를 뜻하는 '뱅커'일 듯했

* '방울뱀'이라는 뜻.

488

다. 그가 카이저수염을 움찔거리며 입가에 씁쓸한 미소를 머금고 다시 물었다.

"타이머가 고장이라도 났어?"

래틀러가 대답했다. "28.6초야."

나머지 참가자들이 트레이시를 보고는 서로를 쳐다보았다. 그중 한 사람이 물었다. "정말입니까?"

또 다른 참가자도 믿지 못하는 눈치였다. "말도 안 됩니다. 그럴 리 없어요."

트레이시의 기록은 여태 가장 빨리 쏜 참가자보다 6초나 빨랐고, 그녀가 진지하게 시합에 임했을 때의 최고 기록보다는 3초 느렸다.

대회 심판이 물었다. "이름이 뭐라고 하셨죠?"

트레이시는 상점에서 걸어 나와 권총을 다시 총집에 꽂았다. "더 키드요. 그냥 키드라고 부르세요."

* * *

하루가 저물어갈 무렵, 트레이시는 낡은 카트를 끌고 자갈과 흙이 널린 땅을 가로질러 주차장 쪽으로 걸어갔다. 오래전에 아버지가 손수 만들어준 그 카트였다. 부모님 집에서 가구 몇 점을 가져오러 갔을 때 창고에서 총들과 함께 꺼내온 것이었다. 웨스트 시애틀에 있는 방 두 개짜리 집으로 이사한 트레이시는 집 안을 채울 물건들이 필요했다. 그 집에는 넓은 마당이 있어서 렉스와 셜록이 놀러 오기에도 좋았다.

대회가 진행되는 내내 트레이시를 유심히 지켜보던 뱅커가 그녀

곁으로 다가왔다. "가시는 겁니까?"

"네."

"아직 우승자 발표도 안 했는데요."

트레이시는 빙그레 웃기만 했다.

"우승자가 받을 버클은 어쩝니까?"

"오늘 사격 대회에 손녀분이 참가했죠?"

"네, 맞습니다."

"몇 살인가요?"

"막 열세 살이 됐죠. 거의 걸음마 할 때부터 총을 쐈답니다."

"버클은 손녀분이 받을 거예요. 멈추지 말고 계속 정진하라고 하세요."

"말씀 고맙습니다. 20년 전에 '키드 크로스드로'라는 이름의 총잡이를 봤어요. 하지만 다들 그냥 '더 키드'라고 불렀죠."

트레이시가 걸음을 멈췄다.

뱅커가 빙그레 웃었다. "그 친구를 올림피아에서 봤어요. 지금껏 내가 본 최고의 총잡이였답니다. 물론 그 후로 두 번 다시 못 봤죠. 그 친구의 아버지와 언니도 솜씨가 꽤 훌륭했습니다. 혹시 그분의 이야기 들은 적 없습니까?"

트레이시가 대답했다. "들었어요. 하지만 잘못 알고 계시네요."

"뭘 말입니까?"

"그 친구는 지금도 최고의 총잡이예요."

뱅커는 수염 끝을 만지작거렸다. "꼭 다시 보고 싶군요. 그분이 다음에는 어느 대회에 나올지 아십니까?"

"알죠. 하지만 조금 기다리셔야 할 거예요. 요즘 그 친구는 더 높은 목표를 겨냥하고 있거든요."

MY SISTER'S GRAVE

내 동생의 무덤 모중석스릴러클럽 050

1판 1쇄 인쇄 2021년 11월 30일 **1판 1쇄 발행** 2021년 12월 24일

지은이 로버트 두고니
옮긴이 이원경
펴낸이 고세규
편집 백경현 박규민 **디자인** 정윤수
마케팅 이헌영 홍보 이혜진
발행처 김영사
주소 경기도 파주시 문발로 197(문발동) 우편번호10881
등록 1979년 5월 17일(제406-2003-036호)
구입 문의 전화 031)955-3100 **팩스** 031)955-3111
편집부 전화 02)3668-3289 **팩스** 02)745-4827 **전자우편** literature@gimmyoung.com
비채 카페 cafe.naver.com/vichebooks **인스타그램** @drviche **카카오톡** @비채책
트위터 @vichebook **페이스북** facebook.com/vichebook
ISBN 978-89-349-7492-5 03840 책값은 뒤표지에 있습니다.

비채는 김영사의 문학 브랜드입니다.